Newton Compton Editores

Título original: *Not in My Book*

© 2024, Katie Holt. Publicado por primera vez en Estados Unidos por Alcove Press, un sello de The Quick Brown Fox & Company LLC.
© 2025, de la traducción por Silvia Guillén Macías
© 2025, de esta edición por Antonio Vallardi Editore S.u.r.l., Milán

Todos los derechos reservados

Primera edición: junio de 2025

Newton Compton Editores es un sello de Antonio Vallardi Editore S.u.r.l.
Pl. Urquinaona, 11, 3.° 1.ª izq. Barcelona, 08010 (España)
www.newtoncomptoneditores.com

Gruppo Editoriale Mauri Spagnol S.p.A.
www.maurispagnol.it

ISBN: 978-84-10359-43-7
Código IBIC: FR
DL: B 3.874-2025

Diseño de interiores:
David Pablo

Composición:
Javier Sánchez Meco

Impreso en junio de 2025 en Puntoweb s.r.l., Ariccia (Roma), en Italia.

Katie Holt

Amor entre líneas

Traducción de Silvia Guillén Macías

Newton Compton Editores
Barcelona, 2025

Para Momo, mi abuela y mi querido abuelo.
Me he dejado la piel, pero puede que también
se me haya ido un poco la lengua.

Para mis padres, que me demuestran todos los días
que el amor de las novelas románticas
también existe fuera de ellas.

OTOÑO

**Extracto de *Sin título*,
de Rosie Maxwell y Aiden Huntington**

La gente dice que del amor al odio hay un paso. Pero entre
Hunter y yo había todo un océano de por medio.

Capítulo 1

Mi madre decía que cuando uno no tiene nada bueno que aportar es mejor quedarse callado. Era el típico consejo de madre, pero al final se terminó convirtiendo en una especie de mantra. A los del sur se les conocía por su hospitalidad, así que podía considerarse uno de los mandamientos de los sureños.

Estaba bastante segura de que la madre de Aiden Huntington le había recomendado a su hijo que hiciese todo lo contrario: «Si no tienes nada bueno que aportar, ¡grítalo a los cuatro vientos y repítelo sin parar hasta que les hagas creer que son unos auténticos inútiles!».

Eso explicaría por qué Aiden sentía la necesidad de atacarme en cada maldita clase.

—Las descripciones que apelan a los sentidos dejan mucho que desear.

Eso fue lo primero que le salió cuando le tocó dar su opinión sobre mi capítulo. El resto empezaba resaltando siempre una o dos cosas positivas y terminaba con una crítica constructiva y educada, pero Aiden prefería ir directo al grano, sin importarle si me hacía daño o no. Fue pasando las páginas, haciendo una mueca con el ceño fruncido, como si mis palabras le hubiesen ofendido a él directamente.

—Y los diálogos… Uf, no hay más que leerlos. Si Rosalinda...

—Rosie —lo interrumpí, y él alzó la cabeza para mirarme, con las cejas ligeramente levantadas—. Te lo he repetido un millón de veces. Me llamo Rosie.

Nuestra profesora, Ida, se aclaró la garganta y me miró con los

13

ojos entrecerrados. ¿La primera regla? No hablar hasta que no sea tu turno. Cada alumno debía leer su trabajo en voz alta delante de toda la clase, que siempre traía apuntes sobre la obra en cuestión. Y mientras el resto daba su opinión, el autor del capítulo debía permanecer en silencio y escuchar.

Cerré el pico y le hice un gesto a Aiden a regañadientes para que continuara.

El semestre había empezado hacía tan solo un par de semanas, pero esto ya formaba parte de nuestra rutina. Cuando se trataba de las propuestas de Aiden, todos alabábamos su trabajo, pero también lo evaluábamos. Sin faltarle al respeto; eran más sugerencias que críticas. Le hablábamos en todo momento con educación y le decíamos lo que creíamos que funcionaba y lo que no. El problema era que, la mayoría de las veces, a lo que escribía era imposible ponerle un pero.

Él, en cambio, decía lo que pensaba de los capítulos del resto sin tapujos. Era duro, pero, muy a mi pesar, todos sus comentarios resultaban útiles. Aiden tenía buen ojo para la literatura, cosa que me repateaba, pero que hacía que todo el que estuviese a su lado se convirtiese en un mejor escritor. Excepto yo. Nuestro tira y afloja venía de antes: me había hecho lo mismo el semestre pasado en la clase avanzada de Escritura de Ficción. Las novelas románticas le parecían una pérdida de tiempo, así que ni siquiera se esforzaba por mirar con detenimiento mi trabajo y mucho menos por ayudarme.

Siguió hablando un par de minutos más, diciendo lo mismo que siempre decía cuando se trataba de algo que había escrito yo:

—A ver, entiendo que haya romance, pero… ¿por qué tiene que ser la historia de amor la trama principal? ¿Los personajes no tienen nada mejor que hacer aparte de enamorarse? Y ¿qué significa «su mirada se oscureció»?

Miré a Jess desde el otro lado de la mesa. Éramos las únicas de la clase que escribíamos novelas de amor. Ella puso los ojos en blanco, solidarizándose conmigo. Como estudiante a tiempo completo, Jess estaba matriculada en dos asignaturas más que yo. No podía ni imaginarme lo agotada que debía de estar. Yo solo lo era a tiempo parcial; apenas tenía dinero para pagarme el programa de posgrado en Escritura Creativa, así que no me quedaba más remedio que alargar mis años de estudio en la NYU, la Universidad de Nueva York.

Gracias a nuestra pasión en común, empezamos a hablar el año pasado. Sin embargo, ese vínculo empezó a hacerse más fuerte este año, cuando descubrimos la más que evidente aversión de Aiden a nuestro género. Me había pasado todo el semestre anterior quejándome de él, pero una vez que vio con sus propios ojos que parecía tenerme manía −algo que, curiosamente, a ella no le tenía− empezó a ponerse de mi parte. Siempre que mencionaba a Aiden, me decía: «Creo que lo hace por pura frustración sexual. Seguro que le pone peros hasta a los gemidos de su novia».

−Además −Aiden dejó caer la pila de papeles sobre la mesa de madera que nos separaba, haciendo una mueca, como si le supusiese un sacrificio tener que seguir mirándolos−, la historia no te dice nada. No hay emoción. Se supone que el romance debería hacerte sentir algo. Como mínimo alegría. Me sorprende bastante que ni siquiera hayas sido capaz de transmitir eso.

Fulminé a Aiden con la mirada, pero seguí nuestra regla de oro y me mantuve con la boca cerrada.

−Rosie, si quieres, ahora puedes responder a cualquiera de los comentarios de tus compañeros −dijo Ida una vez que Aiden terminó de dar su opinión.

Revisé los apuntes que me habían hecho mis compañeros. Era la tercera vez que presentaba mi primer capítulo, con la esperanza de que algo −cualquier cosa− funcionara. Estábamos en una optativa de escritura de novelas que duraba dos semestres, lo que significaba que teníamos que entregar la primera parte de nuestra obra a finales de este y tenerla acabada antes de que terminase el curso. A pesar de no ser obligatoria, nos servía para conseguir créditos y, sobre todo, para ayudarnos a aquellos que queríamos presentar una novela como tesis final.

Teníamos un periodo de prueba en el que podíamos tantear con diferentes capítulos hasta que estuviésemos seguros del rumbo que queríamos que tomase nuestra historia, y yo aún seguía sin tener nada claro.

Había crecido con la idea de que quería ser escritora. Ya había decidido que iba a publicar novelas románticas y a hacer que los lectores de todo el mundo se desmayasen con mis historias. Era lo único a lo que podía aspirar. El amor era el motor de mi vida; el culpable de que lo viese todo con optimismo y esperanza. Quería hacerle ese regalo a más personas. Y esta era mi oportunidad de acabar de una vez por todas con mi bloqueo creativo y de publicar un manuscrito.

—Primero estoy intentando que haya tensión entre ellos. Quiero que el romance de verdad llegue al final...

Un resoplido me interrumpió. Aiden se apoyó en el respaldo de la silla y puso los ojos en blanco. Antes —hace una eternidad— Aiden me parecía mono. Si no lo conociese, me habría emocionado al pensar que acabaría sentándome justo enfrente de él. Pero después de nuestra primera clase juntos compartir espacio con él me producía rechazo. Éramos nueve en clase, pero los asientos que habíamos ocupado en nuestro primer día pasaron a convertirse en permanentes, de lo contrario, ya me habría cambiado al extremo opuesto de la mesa, muy muy lejos de él.

—Ay, perdón, Aiden. ¿Querías decir algo?

Entrecerré los ojos y lo desafié a hablar.

Los ojos verdes le brillaron como le ocurría siempre antes de que iniciáramos una pelea. Al muy sádico le encantaba que discutiéramos casi tanto como le gustaba torturar a sus personajes con historias deprimentes y finales trágicos. Era el tipo de protagonista que cualquier lectora de novela romántica detestaría y cada vez que abría la boca, lo demostraba.

—Ya he dicho todo lo que quería decir —respondió él, para mi sorpresa.

—No, por favor. Insisto.

Me incliné hacia él. El pelo me cayó por encima del hombro y se me dibujó una sonrisa en el rostro. Yo no era masoquista, pero nunca podía decir que no a una confrontación con Aiden. A diferencia del resto, yo no le tenía miedo.

—Muy bien.

Se enderezó en la silla y se subió las mangas hasta el codo.

Lo que más me fastidiaba de él, aparte de lo bien que se le daba escribir, era que era el chico más guapo que había visto en mi vida. Era como uno de esos hombres que salen en las cubiertas de los libros de romance histórico. Tenía la mandíbula cuadrada y el pelo perfectamente peinado y suave. La camisa de manga larga le quedaba como anillo al dedo y era lo bastante ajustada como para que se le notasen los bíceps. Desvié la mirada, intentando convencerme de que era igual de feo por fuera que por dentro.

—Es un romance contemporáneo, ¿no? —añadió él.

—Así es.

—Entonces, ¿cuánta tensión podría llegar a crearse en realidad? Vivimos en la cultura de la inmediatez. La única tensión que se crea hoy en día la da el deslizar el pulgar hacia la izquierda o hacia la derecha.

—Discrepo —intervino Tyler. Era una de las pocas personas sensatas que había en clase. A pesar de que Tyler y yo éramos buenos amigos, se había negado a escoger bando. Toda la clase había elegido si quería formar parte del Equipo Rosie o del Equipo del Mal, pero él se había mantenido al margen. Le dediqué una sonrisa a Aiden mientras Tyler hablaba, porque tener a Tyler en tu equipo significaba que eras el claro vencedor de nuestra competición tácita—. Creo que sigue habiendo muchas parejas que se conocen de manera fortuita, y, cuando lo hacen, estoy convencido de que se genera cierta tensión. Mi hermana conoció a su mujer en una cafetería. Nada de Tinder ni Hinge. Fue un encuentro casual y bonito.

Aiden puso los ojos en blanco al escuchar la palabra «bonito». De la misma manera que lo hacía cuando oía «final feliz», «cachorrito» o «cariño».

—Sigue sin decirme nada.

—Bueno, cuando esté escribiendo un libro para gilipollas infelices de veintitantos años, te pediré tu opinión —le espeté, cada vez más molesta.

–Genial. Cuando yo esté escribiendo un libro para mujeres que acaban solas y con gatos, te pediré la tuya.

Le hice una peineta, ruborizada por el enfado.

–Ya te he dicho que ese es un estereotipo un tanto anticuado. Y también sexista.

–Y yo ya te he dicho que la ficción literaria no es para gente infeliz.

–¡Yo no digo que la ficción literaria sea para gente infeliz! –La clase nos observaba como si fuera un partido de tenis; las cabezas se movían de un lado a otro con cada palabra que nos lanzábamos–. ¡Pero sí lo que sea que escribas tú!

–Vale, vamos a calmarnos.

Ida se levantó de su asiento, presidiendo la mesa, y nos miró a ambos. De buenas a primeras, no parecía una persona que intimidase, pero cuando Aiden y yo discutimos por primera vez nos demostró que tenía bastante carácter. Era pelirroja y los rizos, cuando se enfadaba, parecían llamas.

Aiden y yo nos recolocamos en nuestros asientos como si fuéramos unos críos de cinco años, fulminándonos con la mirada el uno al otro. Crucé los brazos sobre el pecho, resistiendo la tentación de sacarle la lengua. A pesar de que el semestre acababa de empezar, seguíamos arrastrando la tensión del anterior, y era consciente de que la clase también lo notaba. Dijera lo que dijese, él me llevaría la contraria, y viceversa. Estaba segura de que todo el mundo lo comentaba a nuestras espaldas.

–Vamos a intentar comportarnos de manera civilizada y convertir esta clase en un espacio seguro para compartir nuestro trabajo. –Ida nos lanzó una mirada de advertencia–. Tenemos que aprender a respetar todas las historias, aunque no sean de nuestro agrado.

Y luego empezó a darme su opinión sobre mi capítulo, y yo intenté hacer lo posible por prestarle atención, pero Aiden me había descentrado. Una vez que terminó y pasamos a comentar el trabajo de otra persona, miré a Aiden, deseando con todas mis fuerzas que se evaporase. Él alzó la vista y sus labios se curvaron en una mueca de disgusto antes de volver a girarse hacia Ida.

Me clavé las uñas en la palma de la mano y me juré a mí misma que algún día escribiría un personaje con su nombre y le daría la muerte más insoportable y dolorosa que se me ocurriese. Aunque estaba segura de que eso le encantaría al verdadero Aiden.

—Tenéis que terminar de trazar la trama antes de que acabe el periodo de prueba, porque después nos dedicaremos únicamente a la redacción —nos informó Ida—. Sé que da respeto, pero tenemos que ponernos las pilas si queremos terminar las novelas a tiempo. Si alguno siente que está bloqueado, puede venir a verme en el horario de tutoría. Hasta la próxima clase.

—Rosie, ¿vienes a tomar algo con nosotros? —me preguntó Jess, mientras recogía la pila de papeles con todos los comentarios de mis compañeros y la metía dentro de mi bolsa de tela.

Tyler, Logan, Jess y yo solíamos ir a un bar, el Peculiar Pub, después de clase. Jess y yo nos habíamos hecho amigas enseguida durante nuestro primer semestre juntas, cuando estábamos estresadas por los plazos de entrega y escribiendo como si no hubiera un mañana en cualquier cafetería de Greenwich Village. Tyler era el *crush* de Jess. Habíamos coincidido un par de veces con él en la biblioteca y en Writer's House, hasta que, la primavera pasada, se matriculó en la misma asignatura que nosotras. Jess había tenido una especie de flechazo, así que decidí invitarlo a Logan y a él a tomar algo con nosotras un día. Y así fue como se formó nuestro grupito.

—Hoy no —dije en tono de disculpa—. Tengo turno en el Hideout. A ver si puedo la próxima. —Miré a Tyler desde el otro lado de la mesa y le susurré a Jess—: No desaproveches la oportunidad, id vosotros.

Jess puso los ojos en blanco.

—Sí, claro… Como está tan interesado en mí...

—Sí que lo está —insistí—. Pero, si no te apetece, te prometo que la próxima vez haré de celestina.

—Más te vale —me dijo antes de salir por la puerta.

Miré el móvil e hice una mueca. Si no quería perder el metro y llegar tarde, tendría que correr hasta Union Square.

—Iré a tu despacho mañana, Ida —le grité, saliendo del aula.

—Trae el capítulo y los comentarios —me dijo, esbozando una sonrisa amable.

Dábamos las clases en el Lillian Vernon Creative Writer's House, un centro cultural cerca de la Quinta Avenida. Desde fuera, uno nunca se imaginaría que formaba parte del programa de posgrado en Escritura Creativa de la Universidad de Nueva York. Era una casita preciosa con unas aulas diminutas, y me gustaba mucho pasar tiempo entre sus paredes. Después de cada clase, cuando me abría paso entre la multitud para no perder el metro, me sentía como una auténtica neoyorquina. El otoño acababa de empezar; me encantaba oír el crujido de las hojas con cada pisada y el contraste de los edificios de hormigón con las tonalidades marrones de los árboles.

Lo mejor y lo peor de estudiar en Nueva York era que la ciudad en sí era tu campus. No solo tenía que esquivar a un sinfín de estudiantes, sino también a los neoyorquinos ocupados que iban y venían del trabajo, y a los turistas que se detenían cada dos por tres a hacerse una foto.

Cada día que salía, me veía obligada a seguir el ritmo frenético de la ciudad. Al principio me costó acostumbrarme. En Tennessee, andábamos sin prisa. Nos tomábamos nuestro preciado tiempo para oler el dulce aroma de las rosas. Paseábamos e íbamos saludando a casi todas las personas con las que nos cruzábamos. Pero aquí las cosas eran diferentes.

Aligeré el paso para poder coger el metro de la línea 6 que llegaba en dos minutos, yendo en contra de mi naturaleza sureña.

—¿A qué viene tanta prisa, Rosalinda?

Di un respingo al oír la voz de Aiden. Me sacaba más de treinta centímetros, pero aun así se las había ingeniado para acercarse a mí de manera sigilosa.

—Estaba buscando un baño. Oler tu colonia ha hecho que me entren ganas de potar —respondí con dulzura.

De repente, un tipo se interpuso entre nosotros, caminando en dirección contraria, y me empujó al pasar por mi lado. Estuve a punto de caerme, pero Aiden me agarró por la cadera con firmeza.

–Es italiana, por si no lo sabías –me informó él, levantando la barbilla.

Se había puesto un jersey negro, lo que le daba un toque otoñal y *cozy*. Negué con la cabeza, intentando apartar ese pensamiento de mi mente.

–Es de persona arrogante, por si no lo sabías.

Llegamos por fin a Union Square y bajamos juntos las escaleras que se encontraban justo al lado del parque. Fruncí el ceño cuando los dos pasamos los móviles por el torniquete. Cogía este metro todos los lunes y miércoles después de clase y era la primera vez que coincidía con Aiden. Lo miré por el rabillo del ojo mientras bajaba las escaleras a mi lado. Si su intención fuese asesinarme, no lo haría en público, ¿no?

Se quedó a mi lado en el andén, esperando a que llegase el metro. Lo miré y después me fijé en las vías vacías. Retrocedí un par de pasos y me quedé detrás de una de las columnas. Solo por si acaso.

Nos quedamos en silencio, con el estruendo de los trenes que teníamos alrededor de fondo. Cuando empecé a perder la paciencia, me giré hacia él, desconfiada.

–¿Me estás siguiendo? –le pregunté, con las manos en las caderas y haciendo todo lo posible para incomodarlo, a pesar de que tenía que estirar mucho el cuello para poder mirarlo a los ojos.

Me lanzó una mirada divertida.

–Podría preguntarte lo mismo.

–¿Acaso coges la línea 6? –indagué con recelo–. Nunca te he visto por aquí después de clase.

Me dedicó otra mirada.

–No.

–¿Ves? Me estás siguiendo.

El metro pasó a toda velocidad por nuestro lado y el viento hizo que el pelo me tapase la cara. Con el ruido del tren de fondo, Aiden se inclinó hasta quedar a la altura de mis ojos y esbozó una sonrisa.

–Estás en la línea L.

Extracto de *Sin título*,
de Rosie Maxwell y Aiden Huntington

–¿Eres así de pesada siempre? –pregunté, alargando las palabras–. ¿No te cansas?

Ella me miró con los ojos entrecerrados. No me habría sorprendido si le hubiese salido humo de las orejas.

Bajó los brazos y apretó los puños. Tal vez si fuese más alta, me daría miedo. Pero me parecía un tanto... adorable.

–¿Y tú eres así de gilipollas siempre?

Me quedé callado, fingiendo que le daba vueltas a la pregunta.

–Sí, diría que sí.

Capítulo 2

—Sé que llegó tarde, lo siento. —Asomé la cabeza por el despacho después de fichar—. Me he equivocado de línea, me he perdido, y ¡todavía tengo que cambiarme!

—No te preocupes, Rosie. Solo llegas unos minutos tarde. —Mi jefe, Luke, ni siquiera levantó la vista del escritorio. Hizo un ademán con la mano y añadió—: Y el bar está vacío, así que… Cámbiate y ya está.

Me había mudado por puro capricho. Mi pueblo en Tennessee, Rogersville, contaba con menos de cinco mil habitantes, por lo que para mí una ciudad como Nueva York era un mundo completamente nuevo. Acostumbrarme había sido mucho más duro de lo que pensaba. No podía refugiarme en la hospitalidad sureña y aprendí bastante rápido que tenía que buscarme la vida sola. Pero al final había encontrado mi lugar en esta ciudad.

—Llegando tarde, ¿eh?

Alexa se inclinó sobre la barra y me dedicó una sonrisa que hizo que su pelo corto oscuro se balancease alrededor del rostro.

—Aiden —le expliqué mientras me ataba el pequeño delantal blanco alrededor de la cintura—. Me distrajo cuando salíamos de clase y terminé en la línea L en lugar de la 6.

—Ah, ¿sí? ¿Y cómo te distrajo exactamente?

Alexa movió las cejas.

—Sabes que no me refiero a ese tipo de distracción.

Puse los ojos en blanco, volviéndome hacia la pared en la que estaban las botellas de licor y los vasos para prepararle un Shirley Temple, el cóctel sin alcohol que le hacía cada vez que comenzaba mi turno. Alexa defendía el sexo con el mismo ímpetu que yo el amor verdadero. De hecho, pensaba que acostarte con alguien que odiabas era lo mejor que podía pasarte en la vida.

—A ver, si está tan bueno como dices...

—Nunca he dicho que estuviese bueno —la corté, indignada, a la vez que deslizaba la bebida por la barra de madera.

Cogió el vaso y se lo llevó a los labios.

—No hace falta. Lo dices cada vez que te sonrojas al hablar de él y cada vez que me recuerdas que tiene los ojos verdes.

—Verde moco.

Alexa se echó a reír. Los ojos le brillaron.

—Tarde o temprano te darás cuenta de que tengo razón. Del amor al odio solo hay un paso, Rosie. Uno muy pequeñito.

—Tampoco tan pequeño —murmuré.

La verdad era que me pillé un poco por Aiden Huntington el otoño pasado. Jess me había llevado a rastras a una sesión de lectura en la que iba a participar Tyler, y Aiden se levantó a leer. Era la primera vez que lo veía, y me pareció innegablemente guapo, de hombros anchos y pelo oscuro. Resultaba difícil verlo bien bajo una luz tan tenue, pero pude distinguir su mandíbula cuadrada y sus ojos verdes. Y la forma en la que encogió la nariz y alzó la barbilla ligeramente cuando se puso de perfil... No pude evitar imaginármelo como el protagonista de una novela romántica.

—Buenas tardes. Soy Aiden y escribo ficción literaria. Os voy a leer un extracto de una novela corta que se titula *Hogar*.

Al instante, me cautivó con sus palabras. El zumbido de su voz llenó la sala e hizo que sintiese un cosquilleo por toda la columna. Su historia iba sobre un niño que nunca tuvo un hogar y que intentó buscar esa calidez en otras personas, pero que al final acabó tirando la toalla.

Se me caían las lágrimas; tal vez porque echaba de menos a mi familia. Lo escuché con atención, aferrándome a cada una de sus palabras. Habló durante cinco minutos, pero a mí se me hizo corto. Necesitaba seguir escuchándolo. Cualquiera hubiese sentido envidia al ver la naturalidad con la que encadenaba las frases, pero yo me quedé impresionada.

Después, el primer día del semestre de la primavera del año pasado, entró por la puerta con un abrigo de botones. Hacía un frío glacial, pero los chicos de hoy en día no usaban abrigos como ese, sino chaquetones de North Face con el logo delante o sudaderas con capucha. Y no hizo más que empeorar: se quitó el abrigo y se quedó con un jersey azul marino que luego se arremangó hasta los codos. Resultaba casi doloroso lo atractivo que era.

Ese día se sentó justo enfrente de mí y me devolvió la sonrisa con un gesto tímido. Me convencí de que, cuando terminase la clase, lo invitaría a tomar un café. Y en ese mismo instante, me imaginé lo que iba a pasar: charlaríamos, le diría que me había llamado la atención en la sesión de lectura, él me confesaría que estaba locamente enamorado de mí, y tendríamos nuestro fueron felices y comieron perdices. Una historia de amor como la de los libros.

Mi padre solía decir que yo no veía la vida de color de rosa, sino de color de Rosie. Veía lo que quería ver. Y vi a Aiden y fue amor a primera vista. Pero *la vie en rose*: cuanto más perfecto nos parece algo, más difícil nos resulta notar las señales de advertencia.

Todos nos sentamos en la mesa, nos presentamos y dijimos qué género nos gustaba escribir, desde terror hasta comedia. Sin embargo, desde el momento en el que pronuncié la palabra «romance», a Aiden le cambió la cara. La imagen de calidez que desprendía fue reemplazada por su característico ceño fruncido. Arrugó la nariz con disgusto como si estuviese diciendo: «¿En serio?».

Sentado en la silla como si estuviese en un trono, Aiden comentó que escribía «ficción literaria». Hasta alzó la barbilla cuando lo dijo.

A partir de ahí, las cosas fueron cuesta abajo y sin frenos. Aiden y yo nos llevábamos la contraria siempre que podíamos. Criticaba las novelas románticas cada vez que presentaba alguno de mis trabajos y hacía comentarios sarcásticos como: «Vaya..., ¡qué casualidad que solo hubiese una cama!» o «Ah, claro… Tiene muchísimo sentido que le oculte que es un príncipe. Sí...». Yo también quería lanzarle pullitas a él que le hiciesen daño. Y lo intenté, pero me costaba horrores encontrar algo malo en lo que escribía.

Había cometido un error garrafal al contarle a Alexa que me hacía tilín Aiden, sobre todo, cuando aún no lo conocía de verdad. En realidad, ella seguía creyendo que no lo había superado, aunque evidentemente lo había hecho.

—¿Qué tal en clase hoy? —Alexa subió la barra de madera, tratando de ver algo detrás de ella—. ¿Quedan cerezas?

Saqué la pequeña taza de la nevera que había debajo de la barra y le puse un par en la bebida.

Alexa y yo éramos tres cosas: amigas, compañeras de trabajo y compañeras de piso. Las madres peruanas tienen contactos por todo el mundo. Cuando decidí mudarme a Nueva York, mi madre fue presa del pánico y llamó a todas mis tías para ver si conocían a alguien con quien pudiese irme a vivir. Y al final descubrimos que la amiga de mi tía que le enviaba pasta de ají amarillo desde Perú tenía una sobrina que se iba a mudar a la ciudad en la misma época que yo. Alexa ya había conseguido un apartamento en East Village, y el desconocimiento hizo que nos entendiésemos enseguida. Nuestra relación como compañeras de piso se acabó convirtiendo en una extraña e inusual amistad, así que, cuando terminó el año, ni siquiera nos pensamos dos veces lo de renovar el contrato de alquiler.

Aunque nos llevábamos muy bien, éramos polos opuestos. Tuvimos que aprender a adaptarnos al estilo de vida de la otra. A ella le encantaban las fiestas, las discotecas y los planes improvisados, mientras que yo prefería pasarme los viernes por la noche envuelta en una manta y planificarme la semana.

No me había resultado sencillo mantener mis raíces peruanas en Tennessee, ya que la única tienda que vendía Inca Kola estaba a dos horas del centro de la ciudad. Pero Alexa siempre tenía paquetes de galletas Morochas en la cocina y me enseñó a preparar algunos platos tradicionales, como el lomo saltado o el pollo a la brasa.

Casi nunca nos veíamos fuera del piso y del restaurante. Estaba estudiando moda a tiempo completo en una universidad privada, The New School, y trabajaba como camarera a tiempo parcial. A diferencia de mí, a Alexa le habían ofrecido una beca. Yo, sin embargo, no podía permitirme esos lujos; entre semana trabajaba después de clase y los findes escribía y estudiaba.

–Aiden estaba más insoportable de lo normal. Tuvimos otro rifirrafe en clase.

Alexa se sentó en un taburete, y yo apoyé los antebrazos en la barra oscura.

–¿Y esta vez por qué?

–Atacó sin piedad mi trabajo. Pensé que había escrito un buen comienzo para mi manuscrito, uno del que estaba muy orgullosa, pero al parecer estaba equivocada...

–Oh, qué preliminares más interesantes... –Ella sonrió, cogió una cereza y se la llevó a la boca–. Cuéntame más.

El calor me subió por el cuello.

–Ya te he dicho que no estoy interesada... Es una persona horrible. Y lo peor es que solo es así conmigo, y todo porque no le gustan las novelas románticas. –Suspiré–. Es la versión 2.0 de Simon.

–Simon era un gilipollas egocéntrico.

Se me erizó la piel al pensar en mi exnovio narcisista. Me había pasado el último año intentando pasar página.

–Igual que Aiden.

–Simon no te valoraba ni valoraba tus sueños. Si le hubieses hablado en otro idioma, ni siquiera se habría dado cuenta.

–Ojalá Aiden y yo no hablásemos el mismo idioma... –murmuré.

Una pareja entró en el restaurante. Alexa dio unos golpecitos en la barra y dijo:

–Pasa de él. En fin, el deber me llama.

Mientras se acercaba a atender a los clientes, comencé a organizar los vasos y las botellas de alcohol.

El Hideout era uno de los mejores restaurantes de Flatiron. Estaba un poco lejos de nuestro piso, pero el sueldo y las propinas lo compensaban. No solía venir mucha gente entre semana, solo algunos clientes habituales, pero los fines de semana se llenaba.

Pese a que se podía ganar el importe de una semana entera en una sola noche de fin de semana, desde el primer momento me negué a trabajar los sábados y los domingos.

Apenas podía pagar la universidad y el alquiler. Me pasaba las noches comiendo las sobras del día en el almacén, en la parte trasera del restaurante. Odiaba tener que terminar el máster mucho más tarde que cualquiera de mis compañeros. Pero a pesar de que no estaba viviendo la vida desenfrenada en Nueva York que siempre soñé, estaba ahí. Y eso era lo que importaba.

Mi ex Simon y yo nos conocimos en el instituto. Casi como si hubiese sido un flechazo, me enamoré de él enseguida. Me seguía resultando difícil explicar el porqué. Tal vez porque parecía maduro y no era un completo idiota como el resto de los chicos a los quince. Tal vez porque nunca venía despeinado.

No empezamos a salir hasta que cumplimos los dieciséis. Era mi mejor amigo, hasta que una noche le confesé lo que sentía por él y todo cambió. Estaba tan feliz de haber dado el paso, de habernos convertido por fin en Simon y Rosie, que pasé por alto muchas *red flags*.

Él me repetía hasta la saciedad que era difícil encontrar un amor como el nuestro y que no podíamos arriesgarnos a perder lo que teníamos. De hecho, me convenció para que no solicitase una plaza en el Barnard College de Nueva York y fuéramos juntos a la universidad local. Le molestaba que hablase tanto de la Gran Manzana o de mi sueño de ser escritora. Pensaba que era una idea ridícula y que era mejor optar por algo más práctico como Magisterio, o simplemente quedarme en casa para criar a nuestros hijos. E incluso entonces, todavía me parecía romántico que quisiese formar una familia conmigo.

Cuando nos graduamos, se volvió aún más controlador. La situación podía conmigo, pero terminé convenciéndome de que todas las parejas se peleaban. Todas tenían sus cosas en común y sus diferencias, y esa era una de las nuestras. Pasó el tiempo y Simon siguió sin pedirme matrimonio porque, según él, «aún no estaba seguro».

Pero entonces leí *Por qué todos deberíamos leer novelas románticas*, de Ida Abarough, y me volvieron a entrar ganas de escribir historias de amor. En el artículo, expresaba con elocuencia por qué la población femenina leía novelas de este género y cómo hacerlo las animaba a tomar el control de sus vidas, sin ser cosificadas y sin dejar de sentirse deseadas. Y cómo habían ido evolucionando hasta incluir diferentes identidades de género y convertirse en un espacio seguro para las personas de color. Porque no importaba que el mundo de la protagonista estuviese patas arriba; siempre tendría un final feliz que le demostraría que todo en la vida tiene solución.

Esa noche ideé un plan y establecí los pasos que seguiría: entraría en la Universidad de Nueva York y asistiría a todas las clases de Ida que pudiese. Me había vuelto una persona apática que seguía trabajando en el bar del pueblo, así que la idea de intentarlo me devolvió la ilusión y, como si de un milagro se tratase o por pura suerte, justo después de mi veinticinco cumpleaños, me aceptaron en el programa de posgrado.

Cuando le conté a Simon que había entrado en la NYU, se echó a reír. Pensó que le estaba gastando una broma, y cuando le aseguré que hablaba en serio, me dijo: «Rosie, no hace falta que vayas a la universidad para vender ese tipo de libros. Pon un chico que esté bueno en la cubierta y no te hará falta hacer nada más». Todas las personas que formaban parte de mi vida, Simon incluido, pensaban que las historias de amor no eran más que un *guilty pleasure*. No ibas a la universidad a estudiarlo y, por supuesto, no le dedicabas toda tu vida.

Pero fui. Y lo primero que hice fue apuntarme a un taller de Técnicas Narrativas con Ida.

Simon y yo probamos lo de la relación a distancia durante un tiempo. Siempre había pensado que era la mejor manera de comprobar si lo que tenías con alguien era amor verdadero. Si querías a una persona, te daría igual quedarte despierto hasta tarde, aunque no pudieses con tu vida. Le dedicarías el esfuerzo y el tiempo que se mereciese. Sin embargo, cada vez que Simon y yo hablábamos por teléfono, él me decía: «Rosie, ¿cuándo vas a despertarte de ese mundo de fantasía en el que vives y vas a volver?». Cada vez que le mandaba un mensaje y no me respondía, me convencía a mí misma de que no lo hacía porque estaba ocupado.

Nunca pensé que la distancia destruiría lo que teníamos, pero al final me alegré de que lo hiciera. La realidad me golpeó de lleno en mi primer otoño en Nueva York, y había ocasiones en las que me seguía costando creerlo.

Pero la clase de Ida consiguió que la escritura volviese a hacerse un hueco en mi corazón. Un día, al final de la sesión, nos dijo: «Si tenéis alguna duda, sobre lo que hemos visto hoy o sobre cualquier otra cosa, podéis venir a verme en mi horario de tutoría. Estaré encantada de ayudaros».

Tal vez era el protocolo de todo profesor, pero yo lo vi como una oportunidad. Empecé a ir a verla cada semana y me quedaba en su despacho durante horas, prácticamente obligándola a que me hiciese de mentora. Le contaba con todo lujo de detalles mis ideas y, al principio, ella negaba con la cabeza, esbozaba una pequeña sonrisa y me decía: «Rosie, quizá deberías dedicar estas horas a escribir o a ir a hablar con tu profesor del programa». Yo me limitaba a sonreír y a responderle: «Solo me he podido apuntar a tu taller. No tengo ninguna asignatura más».

Me llevó tiempo, pero, poco a poco, conseguí ganarme a Ida. Sabía que odiaba que la llamásemos «profesora Abarough» porque la hacía sentirse vieja. Acababa de pasar por un divorcio de lo más desagradable, pero al menos había conseguido quedarse con la custodia de su perro, Buster. Siempre tenía un libro de Lisa Kleypas en la mesa –*Casarse con él*– y lo leía cuando se sentía agobiada. Y en el fondo sabía que le encantaba ser mi mentora, aunque actuara como si lo detestara.

Como siempre hacía, me dirigí a su despacho en el Departamento de Filología de la NYU en Greene Street. Pero cuando vi un folleto en el tablón de anuncios que había cerca de su puerta, me quedé sin aliento. Lo descolgué enseguida y lo leí con atención.

En él, se animaba a los estudiantes a solicitar la beca Sam Frost que cubría la mitad de la matrícula del próximo año. *The Frost* era una prestigiosa revista nacional de literatura, a la altura de *The Paris Review*. Si me la daban, no solo podría pagar sin problema el alquiler y convertirme en una estudiante a tiempo completo, sino que también me haría un hueco en el sector. Me metí el folleto en el bolso antes de entrar en el despacho sin llamar.

El espacio era pequeño, con una mesa y una silla frente a una pared llena de libros. Por lo general, siempre intentaba mantener el despacho limpio, pero el desorden tarde o temprano acababa reinando en el escritorio por culpa de las pilas de papeles y las tazas de café. Entré y me acomodé.

—Tenemos que hablar de tu capítulo —me dijo, sin levantar la vista del portátil.

Tenía el pelo recogido en un moño y las gafas negras en la punta de la nariz mientras le daba a las teclas.

—Lo sé. No es mi mejor trabajo.

Saqué los apuntes y el texto, dejándolo todo en el borde de la mesa.

—¿Qué es exactamente lo que intentabas transmitir?

—Pues… —Hice un ademán con la mano–. ¿Angustia?

Me miró con seriedad.

—Inténtalo de nuevo.

—No sé. Quiero que simplemente… enganche.

—Rosie —me dijo ella con dulzura–, el tiempo es oro. Tienes que decidir ya el enfoque que le quieres dar a tu historia o te quedarás con algo que ni siquiera te apasiona. Cuando termines, tendrás que presentar una tesis, así que es mejor que empieces cuanto antes. No sabemos si a tu tutor de tesis le gustará tanto el género como a mí, así que la propuesta tiene que ser lo suficientemente buena.

—¿De verdad no salvarías nada de lo que escribí?

Ella vaciló un instante.

—Claro que sí. Pero no refleja la personalidad y la esencia que tanto te caracteriza y que hace que tu redacción sea brillante. Todo lo que escribiste el semestre pasado parecía traspasar el papel y esto…, no sé, diría que las palabras parecen forzadas… No es muy propio de ti. —Cuando vio que se me desencajaba la cara, añadió–: ¿Por qué no volvemos a leerlo juntas y vemos qué podemos dejar y qué no?

Nos quedamos sentadas en silencio mientras ella leía la copia que le había enviado por correo y yo revisaba los apuntes que me habían dado mis compañeros de clase, con la esperanza de que algo me sirviese de inspiración. Aunque la letra se entendía perfectamente, entrecerré los ojos, agarrando el papel con fuerza.

«Las descripciones dejan mucho que desear».

«Los diálogos no suenan naturales».

Cada comentario terminaba con un punto. ¿Qué tipo de psicópata tomaba notas y ponía puntos al acabar la frase? La ira me recorrió el cuerpo al leer sus palabras.

–¿Esto es en serio? –Le di las notas de Aiden–. ¿Has reconsiderado lo de expulsarlo de la clase?

Ella puso los ojos en blanco.

–Sois los dos igual de insoportables –respondió, y los labios se le torcieron un poco cuando leyó los comentarios.

Me quedé con la boca abierta, perpleja.

–¡¿Qué?! Si soy un maldito encanto. Aiden supone una amenaza para toda la clase.

–Te recuerdo que la semana pasada amenazaste con tirarle la libreta desde lo alto del Empire State.

Hice un gesto con la mano para restarle importancia.

–Por favor, estaba de coña.

–Ah, ¿sí? ¿Y qué hay de aquella vez que le dijiste que lo que escribía podía haberlo escrito perfectamente un grafitero en la puerta de un baño?

–¿Eso? –me burlé–. Eso fue un cumplido. En las puertas de los baños hay frases bastante poéticas –comenté, sin perder la calma.

Ella se echó a reír y me devolvió el papel.

–No sé por qué os lleváis tan mal.

–Venga ya, consiénteme un poco… Sé que te encanta chismorrear sobre Aiden. Es nuestro pasatiempo favorito.

–No, es tu pasatiempo favorito. –Me fulminó con la mirada–. La mitad de las veces que vienes aquí, solo lo haces para hablar de él. Venga, termina de revisar las notas del capítulo.

Resoplé, pero hice justo lo que me dijo. Era difícil no tomarse sus palabras al pie de la letra cuando era un escritor con talento. Y en el fondo deseaba todos los días que apareciera en clase con el abrigo de botones, a pesar de que el otoño acababa de llegar y no hacía el frío suficiente para ponérselo.

—Rosie... —me llamó Ida en voz baja, de esa manera en la que siempre lo hacía para no herir mis sentimientos cuando me iba a decir algo que sabía que no me iba a gustar.

La primera vez que usó ese tono de voz conmigo fue cuando me derrumbé delante de ella después de que Aiden me dijese que mi capítulo estaba lleno de «clichés patéticos».

—Lo sé. Lo sé. —Levanté la vista de los apuntes—. Pero es que no sé cómo encaminarlo.

—Sigo sin entender por qué no continuaste con la historia anterior. Prometía bastante.

—Pero no te parecía buena —señalé.

—Sí que me lo parecía, pero había que darle una vuelta —me corrigió—. Creo que la descartaste por otros motivos que no tienen nada que ver con lo que yo te dije.

Me observaba con intensidad, y fui incapaz de mantenerle la mirada. Tenía razón. No había podido continuar con ese proyecto ni empezar uno nuevo porque me sentía como una impostora. Estaba escribiendo un romance intenso y arrollador cuando en realidad lo único que podía usar de referencia era la relación que había mantenido con Simon. Si no había conseguido tener mi propio final feliz, ¿cómo iba a saber cómo dárselo a unos personajes?

—Quiero probar cosas nuevas —le aclaré, ignorando su pregunta implícita—. Quiero escribir algo que me ponga a prueba.

—Vale. —Ida sacó un cuaderno del cajón de su mesa y colocó un bolígrafo encima—. Hagamos una lluvia de ideas.

Eso era justo lo que más me gustaba de Ida. Nunca me hacía creer que mis ideas eran absurdas. Nos pasamos la siguiente hora debatiendo diferentes tópicos literarios para ver cuál me encajaba más y ni una sola vez me hizo sentir idiota, como sí hacía Aiden.

Salí del despacho de Ida con una cosa clara: escribiría un romance que fuese divertido, sexi y adorable, y a Aiden no le quedaría más remedio que tragarse sus propias palabras.

No había venido hasta Nueva York para dejar que un imbécil arrogante con un abrigo de botones –por muy bonito que fuese el abrigo– me dijese que no era una buena escritora. Si él podía hacer que me viniese abajo con un par de palabras, yo podía hacer lo mismo. Porque yo también era escritora.

**Extracto de *Sin título*,
de Rosie Maxwell y Aiden Huntington**

–¿No estáis hartos ya de tanta pelea?

Maxine y yo nos miramos como si la pregunta nos pareciese ridícula.

–Es mi pasatiempo favorito.

Capítulo 3

Me prometí que me vengaría cuando le tocase el turno a Aiden. Y como si el universo se hubiese alineado a mi favor, leyó el peor capítulo que había escrito hasta la fecha. Al igual que yo, seguía sin tener claro el tema en el que quería que se centrase su historia. Me sentí mucho mejor al descubrir que no era la única que estaba perdida. Intentaba imitar el estilo de Faulkner, una especie de flujo de conciencia que en realidad no tenía sentido alguno. Mientras comentábamos su trabajo, todos fruncían el ceño, pero yo sonreía.

Espere con paciencia mientras el resto daba su opinión, hasta que llegó mi turno. Aiden clavó sus ojos brillantes en mí. Intenté disimular el cosquilleo de inquietud que me recorría todo el cuerpo.

—No sé... —suspiré con fuerza, colocando con cuidado las hojas encima de la mesa. Traté de mantener la calma, aunque el corazón me martilleaba en el pecho y me temblaban las manos. Tenía que mantenerme firme, no iba a dejar que Aiden se riese de mí por ser una escritora de un género comercial mientras se pavoneaba por ahí con ese estúpido aire de superioridad. Lo miré y levanté un solo hombro—. No es nada... original.

A Aiden le cambió la cara un segundo antes de volver a adoptar una expresión impasible. Reprimí una sonrisa y seguí:

—A ver, supongo que en parte lo haces porque eres un gran admirador de Faulkner, ¿o me equivoco? —Alargué las palabras, esperando a que me confirmase si mis sospechas eran ciertas, aunque en el fondo sabía que sí lo eran. Una vez, en el semestre pasado, se pasó horas hablando sobre él y lo mucho que le había inspirado para escribir uno de sus relatos cortos. Aiden hizo un pequeño movimiento con la cabeza y se le tensó el músculo de la mejilla–. Me lo imaginaba. A ver, es tan evidente… No hay más que ver la forma en la que se narra todo sin interrupciones… Sin ofender, pero parece que te centras tanto en ser coherente que el texto termina siendo mediocre. Es más un *fan fiction* de Faulkner que otra cosa… Pero, oye, yo no tengo nada en contra de los *fan fictions*, ¿eh? De hecho, me encantan. ¡Pero no sabía que te iban a ti! –Le dediqué una sonrisa forzada desde el otro lado de la mesa.

Aiden soltó el bolígrafo que tenía en la mano. Se recostó en la silla y me miró mientras yo intentaba mostrarme indiferente.

–Vamos, que la historia no te dice nada –añadí, repitiendo las palabras que me había dicho él hace unas semanas. Me daban igual la dignidad y la madurez; tenía sed de venganza–. Diría que no es un comienzo factible para una novela, son más bien… las divagaciones que podría haber escrito perfectamente un chaval en 2003 en su blog. Es más, me atrevería a decir que ni siquiera tiene un pase. –Crucé los brazos y los apoyé en la mesa. La clase se sumió en un silencio incómodo cuando me giré hacia Ida con una sonrisa amplia–. Eso es todo.

Aiden me miraba fijamente, con los ojos entrecerrados y el odio creciendo entre nosotros.

–Vale… –dijo Ida con cautela–. ¿Quieres decir algo, Aiden?

Nos miró con vacilación, esperando a que estallara la bomba. Para ser sincera, yo también lo esperaba. Deseaba ver a Aiden perdiendo los papeles mientras mis palabras se colaban en su mente y lo destrozaban como me había pasado a mí con las suyas.

Sin embargo, Aiden se enderezó y se aclaró la garganta. Después, miró a cada uno de nuestros compañeros y fue respondiendo con educación a las sugerencias que le habían hecho. Esperaba que le temblara la voz, que se le escaparan las lágrimas. Pero su expresión era aburrida, como si no le hubiese afectado lo más mínimo lo que le había dicho. El enfado me dio de lleno en el pecho. Daba igual lo que hiciese, siempre conseguía parecer que estaba muy por encima de los demás. Fue conciso en sus aportaciones, y a mí me entraron ganas de estrangularlo.

Al fin, posó los ojos en mí durante un segundo antes de volverse hacia Ida.

—Ya he respondido a todas las opiniones que considero que valían la pena. Como ya dije en su día, no escribo para mujeres que se sienten solas y que viven sus fantasías a través de unos libros que se publican en masa y que se venden en cualquier hipermercado. Yo busco un texto de mayor calidad.

—Oh, venga ya —resoplé.

—Escribo para un público que se preocupa por cosas importantes y no por clichés y hombres que no existen en la vida real.

—Bueno, al menos mi novela no se convertirá en un posavasos para un cuarentón desgraciado que piensa que Matt Rife es una especie de Dios —contraataqué.

—La tuya solo servirá para poner encima el vibrador de una señora aburrida que vive con diez gatos.

—¡Sí, el vibrador que se acabará comprando tu mujer cuando vea que no eres capaz de satisfacerla!

—¡Al menos yo me casaré!

—¡Al menos yo...!

—Se acabó —espetó Ida. La mitad de la clase se quedó con la boca abierta por el *shock*, y el resto hizo lo que pudo para que no se le escapara la risa—. No quiero volver a oíros hasta que termine la clase —añadió, lanzándonos una mirada de advertencia.

Me encogí en mi asiento mientras la vergüenza hacía acto de presencia. ¿En qué estaba pensando? ¿Por qué quería vengarme de un hombre cuya opinión ni siquiera me importaba? Estaba en esa clase para aprender, no para discutir con uno de mis compañeros. Además, tampoco buscaba decepcionar a Ida. En nuestro primer día, nos había recalcado por activa y por pasiva que no iba a tolerar las faltas de respeto. Aiden y yo habíamos tenido nuestros desencuentros, pero nunca habíamos cruzado esa línea.

Durante el resto de la clase, mantuve la cabeza gacha; estaba demasiado avergonzada para establecer contacto visual con alguien. Y sabía que desde el momento en el que mirase a Aiden, sentiría la necesidad imperiosa de acabar con él.

Cuando terminó la clase, me dirigí hacia la puerta con la esperanza de no tener que volver a cruzármelo jamás. Había quedado con mis amigos para tomar algo en el Peculiar Pub, pero lo último que me apetecía era que me recordasen una y otra vez lo que había pasado en las últimas horas.

Los esperé al final de la manzana, en la intersección de la Quinta Avenida con la calle Diez. Jess y Logan se reían mientras caminaban y cuando me vieron se rieron aún más fuerte. Tyler los miró de reojo, con los labios curvados hacia arriba.

—No tiene gracia —me quejé.

—No, tiene muchísima gracia. —Logan sonrió—. Joder, qué bien me lo he pasado. A partir de ahora me apuntaré a todas las clases en las que estéis Aiden y tú.

—Se estaba comportando como un imbécil, y no estoy dispuesta a tolerarlo —dije a la defensiva.

—No es por nada, pero has empezado tú… —comentó Logan.

—¡Pero bueno!

—¡¿Qué?! ¡Es verdad! Y me alegro de que lo hayas hecho; la mayoría de las veces es Aiden el que inicia las peleas, pero, esta vez, ha sido todo gracias a ti.

Me moría de la vergüenza. Miré a Tyler y a Jess.

—No me habrá hecho la cruz por haberlo provocado, ¿verdad?

—No —respondió Jess para tranquilizarme—. Ya se ha pasado el periodo de prueba; ya no puedes cambiarte de asignatura. Puede que te baje la nota de participación o algo así, pero tampoco creo que sea para tanto.

—Vamos al Peculiar —dije, y suspiré con pesar.

Como adoraba las historias de amor y a Jess, le seguí dando conversación a Logan mientras caminábamos hacia el *pub*, dándole así algo de tiempo a solas con Tyler. De vez en cuando, mientras seguíamos avanzando, la oía soltar alguna que otra carcajada.

En los últimos meses, Logan y Tyler se habían convertido en grandes amigos. Tyler siempre se mostraba serio e impasible; era de los que medían las palabras antes de hablar y antes de escribir. Le gustaba la ficción contemporánea que podía leerse como poesía y todo lo que escribía era cautivador. No era de extrañar que a Jess le gustase tanto.

Logan, por su parte, era todo lo contrario a Tyler. Era fácil saber lo que sentía o pensaba. No tenía filtro y tampoco era algo que le preocupase. Escribía comedias y novelas de terror y era capaz de hacer que se te erizara la piel en una página y que rieses a carcajadas en la siguiente.

El nombre «Peculiar Pub» era perfecto para nuestro bar: en la parte delantera estaba la barra y había espacio de sobra para merodear y hablar, pero, en la parte trasera, el ambiente era totalmente diferente; había reservados y las paredes estaban decoradas con chapas. Una vez le pedimos a la camarera que nos trajese la bebida más peculiar que tuviesen en la carta, y ella nos trajo una cerveza con sabor a tarta de queso y frambuesa.

–Os invito a la primera ronda –anunció Tyler–. Pido lo de siempre, ¿no?

Todos asentimos con la cabeza, y él se acercó directamente a la barra. Jess no le quitó el ojo de encima en ningún momento.

–Sabes –comentó Logan, pensativo–, creo que mi parte favorita ha sido cuando Aiden ha pronunciado la palabra «vibrador».

–¡Por Dios! –Agaché la cabeza.

–Nunca he tenido un vibrador. ¿Vienen con una especie de posavasos o...?

Nos miró a Jess y a mí, esperando una explicación.

Jess alargó el brazo desde el otro lado de la mesa para darle una cachetada cariñosa.

–Logan, cállate, por favor –añadió ella, y después hizo una pausa–. Y no, no vienen con posavasos.

Tyler apareció en ese momento con las bebidas. Nos entregó a Jess y a mí los margaritas y a Logan una cerveza. Este le dio un sorbo y dijo:

–Creo que si follaseis dejaríais de pelearos.

Tosí, atragantándome con el cóctel.

–¿Qué?

–A ver, es evidente que entre vosotros hay una tensión sexual

43

no resuelta. Probablemente os trataríais mejor si os acostaseis. Así no lo odiarías tanto.

Negué con la cabeza con vehemencia; me entraron arcadas solo de pensarlo.

–Uf, no. Seguro que usa metáforas raras cuando lo está haciendo. Además, no lo odio porque me atraiga.

–¿Segura?

Logan arqueó las cejas.

–Pues claro. –Me sonrojé–. Lo odio porque se cree mejor que nosotras por no escribir novelas románticas. ¿A que sí, Jess?

–Es más crítico con nuestro trabajo que con el del resto. Solo llevamos unas semanas de clase y no ha habido día que no le haya encontrado un defecto a los capítulos de Rosie.

Jess asintió en señal de apoyo.

–Pero de los tuyos no ha dicho nada malo –insistió Logan, frunciendo el ceño–. No es tan duro contigo como lo es con Rosie, y tú escribes lo mismo.

–No quiero seguir hablando de esto –dije–. Quiero disfrutar de una noche de copas con mis amigos sin tener que estar pensando en Aiden.

–Vale, vale. Cambiemos de tema –intercedió Logan–. Tyler, ¿qué va a pasar en los próximos capítulos de tu libro? Quiero un *spoiler*. Necesito saberlo.

Charlamos un rato sobre los proyectos de todos. Ya no podía dejar la asignatura, así que tenía que ceñirme sí o sí a la trama que se me había ocurrido. No podía permitirme el lujo de volver a empezar otra novela ni de probar otros comienzos. El tiempo corría en mi contra, tenía que escribir algo, lo que fuese. Sobre todo después de haber montado un numerito en clase.

Cuando nos terminamos la segunda ronda, Jess bostezó tapándose con la mano y dijo:

–Tengo que irme. No quiero llegar tarde a casa; tardo cuarenta minutos en llegar a Brooklyn.

–Yo también debería irme ya –coincidí yo.

Alexa probablemente seguiría en el trabajo, así que tenía que aprovechar el silencio para escribir.

Decidí ir caminando a casa, con la esperanza de encontrar inspiración en la diversidad cultural de las calles de Lower East Side, pero fue en vano. Cuando llegué al piso, entré directamente en mi cuarto, me puse un pantalón de chándal y un *crop top*, y me acosté en la cama con el portátil apoyado en las rodillas. Revisé lo que tenía apuntado en la aplicación de notas del móvil –un batiburrillo de escenas aleatorias y frases que podían encajar en ellas–, deseando con todas mis fuerzas que hubiese algo lo bastante bueno para darle una vuelta a mi historia.

Pero no lo había. Emití un gruñido, frustrada a más no poder. Quizá ya era hora de que aceptase de una vez por todas que estaba bloqueada. Cogí mi bolso del suelo y rebusqué en él mi lectura actual, pero, en lugar de eso, saqué el folleto que había cogido del tablón de anuncios del despacho de Ida.

Nunca había oído que la revista *The Frost* ofreciese becas. Jess me contó una vez que Tyler había conseguido que le publicasen un texto y eso había hecho que le contactasen más revistas del mundillo, consiguiendo así hacerse cada vez más conocido. Pero la verdad es que no era algo que yo tuviese en mente.

Con una búsqueda rápida en Google, descubrí que se la consideraba una de las becas más importantes. Solo seleccionaban a diez estudiantes de todo el país que estuviesen cursando el máster. De hecho, era un grupo de profesores de diferentes universidades los que se encargaban de evaluar las propuestas. Los ganadores recibían una cantidad bastante generosa que, en la NYU, me serviría para cubrir la mitad de la matrícula. Ese dinero podría cambiarme la vida.

Fui abriendo los ojos cada vez más a medida que leía la lista de los pocos exalumnos de mi universidad que habían conseguido obtenerla. La mayoría eran ahora autores reconocidos o incluso editores de la propia revista. Todos los números estaban publicados en Internet.

Estaba inmersa en uno de hace unos años cuando me sonó el teléfono. Ida me había mandado un correo. Me sonrojé al ver que en copia estaba Aiden.

ASUNTO: Clase de hoy

Queridos Rosie y Aiden:

Me gustaría que nos reuniésemos para hablar de lo que ha pasado hoy en clase. Lo he estado pensando durante toda la tarde y creo que deberíamos tener una conversación. Como no tenemos clase mañana, os pido por favor que vengáis a verme a mi despacho mañana al mediodía. Si no os viene bien a esa hora, hacédmelo saber lo antes posible, ya que considero que es algo que debemos solucionar cuanto antes.

Acto seguido, le hice una captura de pantalla y la envié por el grupo que tenía con mis amigos. Le cambiaban el nombre prácticamente todas las semanas; el de esta era: «La peor pesadilla de Aiden Huntington».

LOGAN: estás jodidísima

JESS: q va!!! seguro q solo quiere daros un toque de atención

Me mordí el labio.

ROSIE: tyler??? q opinas???

Tyler era la única persona sensata del grupo. Sería sincero conmigo y me diría si la cosa pintaba tan mal como me imaginaba.

TYLER: Intenta no darle demasiadas vueltas.

Solté un gruñido. Definitivamente estaba jodida.

De camino al despacho de Ida, decidí que me disculparía con ella. Tenía veintiséis años; era una persona madura. Entraría, le pediría perdón a Ida las veces que hiciese falta y luego tal vez le diría un «Lo siento» a Aiden entre dientes. Además, Ida

46

era mi mentora. No me fastidiaría... Querría lo mejor para su aprendiz, ¿no?

Aiden y yo pisamos Greene Street al mismo tiempo, pero desde extremos opuestos de la calle. Puso los ojos en blanco cuando me vio y abrió la puerta, entrando a la misma vez que yo.

—No me puedo creer que me hayan llamado al despacho de una profesora como si fuese un puto crío de primaria —murmuró mientras esperábamos en el pequeño ascensor.

—Te recuerdo que empezaste tú —dije.

Las puertas del ascensor se abrieron y los dos avanzamos por el pasillo hasta el despacho de Ida.

—¿Me lo dices en serio? ¡Te pasaste tres pueblos conmigo en la última clase! —respondió, antes de llamar a la puerta y esperar a que Ida nos invitase a pasar.

—Porque tú criticaste mi capítulo hace unas semanas.

Aiden se quedó con la boca abierta, incrédulo.

—¿Me estás diciendo que el numerito de ayer es por algo que dije hace dos semanas?

—¡Y porque odias las novelas románticas! —grité, fulminándolo con la mirada. Al darme cuenta de la diferencia de altura, me puse de puntillas para parecer más alta e intimidante, pero aun así me seguía sacando unos quince centímetros—. ¡Y porque te crees mejor escritor que yo!

—Y jode… —Volvió a poner los ojos en blanco y se inclinó para mirarme a los ojos—. Rosalinda, te voy a dejar una cosa clara: no creo que sea mejor escritor que tú. Sé que lo soy.

Se me quitaron las ganas de pedirle perdón. La ira me golpeó de lleno en el pecho y cerré las manos en un puño.

—Voy a hacer que te arrepientas de todas las cosas que me has dicho. Voy a echarle un mal de ojo a tu familia que se pasará de generación en generación. Voy a...

—Basta ya —espetó Ida mientras abría la puerta—. Entrad.

Dimos un paso al frente al mismo tiempo y nos quedamos atascados en el marco de la puerta. Le di un codazo para que se apartase, pero él hizo lo mismo conmigo. Giré un poco el cuerpo y me acabé tropezando al entrar en la habitación.

Me alisé la blusa y alcé la barbilla antes de sentarme como si nada en la silla en la que siempre lo hacía cuando iba a ver a Ida. Aiden se acomodó en el asiento de al lado, e hice todo lo posible por alejarme de él. Aiden estaba pisando terreno desconocido, y yo jugaba en casa.

Ida se sentó con el cuerpo hacia nosotros y los labios formando una línea fina. Era igual de bajita que yo, pero aun así siempre encontraba la manera de imponer a los demás, tal y como lo hacía Aiden. Mi confianza empezó a decaer cuando adoptó una expresión seria.

—Desde nuestra primera clase, os habéis comportado como dos críos inmaduros, les habéis hecho perder el tiempo a vuestros compañeros y todos nos hemos tenido que comer vuestro espectáculo diario. Vuestro profesor del semestre pasado me había advertido, pero asumí que estaba exagerando. Luego, cuando me di cuenta de que no lo hacía, me aferré a la idea de que vuestra relación mejoraría con el tiempo, pero ya estoy empezando a cansarme de vuestro jueguecito.

Aiden y yo nos miramos, sintiéndonos culpables al saber que llevaba razón.

—Los dos escribís de maravilla, pero habéis cruzado la línea.

Abrí la boca para defenderme, pero ella levantó la mano.

—Rosie, esto no es discutible —añadió—. No me esperaba esto de ti. Sobre todo tras haber hablado en numerosas ocasiones de que los escritores de romántica se merecen más respeto… Pides lo que tú tampoco eres capaz de dar.

Me encogí, avergonzada por mi actitud.

Ida se aclaró la garganta.

—Lamento mucho tener que deciros esto, pero creo que lo mejor será que renunciéis a mi asignatura y os matriculéis en otra. Sé que ya se ha pasado el plazo, pero no voy a tolerar que sigáis retrasando al grupo. Desde el primer momento os dije que mi prioridad era crear un espacio seguro en el que pudiesen compartir sus escritos. Os sugiero que habléis con administración para ver si os pueden hacer algún hueco en otra asignatura.

Me enderecé, alarmada.

–Lo siento mucho, de verdad. Pero, por favor, no me hagas esto –intervine.

No podía contarles a mis padres que me habían expulsado por una estúpida discusión con Aiden. Si abandonaba la asignatura, era imposible que consiguiese cursar otra. Además, la clase se impartía durante todo el año académico, así que eso significaba que la mala suerte me acompañaría también en el segundo semestre y perdería el dinero que ya había pagado. No podía permitirme el lujo de pagar otra asignatura.

–A partir de ahora voy a intentar ser más amable, ¿vale? –Me giré hacia Aiden. No sabría decir si estaba más sorprendido por la desesperación que desprendía mi voz o por la bomba que nos acababa de soltar Ida–. Aiden, tu narración es fluida y tu prosa es envidiable, sobre todo cuando usas esas metáforas tan... tuyas. –Me volví hacia Ida, con los ojos abiertos de par en par–. ¿Ves? Podemos llevarnos bien.

–Rosie, lo siento. Me duele, de verdad que sí, pero no quiero que el resto de la clase os tome como ejemplo. Vuestro comportamiento va completamente en contra de los valores que defiende la Universidad de Nueva York y el programa de Escritura Creativa. Y estoy haciendo todo esto para evitar tener que dejarlo en manos del decano.

Aiden permaneció en silencio, pero sabía perfectamente que él también lo estaba pasando mal; se había agarrado como si no hubiese un mañana al reposabrazos de la silla y tenía los nudillos blancos.

Ida era la mejor profesora que había tenido. Si abandonaba su asignatura, perdería, además del dinero, su respeto y su mentoría. Me revolví solo de pensarlo.

–Tiene que haber otra solución –insistí–. Te prometo que no volverá a repetirse lo de ayer.

Ida nos dirigió una mirada intensa y seria.

–Creo que tengo una idea que igual podría interesaros...

–Sí, lo que sea.

El corazón me dio un vuelco.

–Se te da de pena negociar –murmuró Aiden en voz baja.

Con disimulo, le dirigí una mirada de advertencia.

—No respetáis el trabajo del otro... y si queréis continuar en el programa eso tendría que cambiar. Aiden, sé que estás teniendo dificultades para desarrollar la trama de tu proyecto. —Aiden asintió a regañadientes—. Y Rosie, ya hemos hablado de lo mucho que te está costando empezar. —Asentí, sonrojada—. Así que..., solo os dejaré continuar en mi asignatura si escribís una novela juntos. Los dos tendréis que seguir trayendo capítulos a clase, y espero que os aseguréis de cumplir siempre con el número de palabras.

El silencio se extendió por cada rincón del despacho. Sentí que la piel empezaba a arderme y que el sudor se me acumulaba detrás de las rodillas y en la frente. Lo último que me apetecía, aparte de tener que renunciar a esta asignatura, era escribir una novela con Aiden Huntington.

—Te agradezco muchísimo que nos des otra oportunidad —respondí con cautela—. Pero... ¿no hay otra solución? Creo que Aiden estará de acuerdo conmigo cuando digo que ninguno de los dos quiere escribir una novela del género del otro.

Para mi sorpresa, Aiden asintió.

—Lo sé, Rosie —coincidió Ida—. Pero ¿qué tienen en común todas las novelas románticas?

—Los finales felices —contesté enseguida.

No me hizo falta mirar a Aiden para saber que había puesto los ojos en blanco.

—Así que la idea es que escribáis una novela romántica, pero... sin un final feliz. De esta forma, el reto de Aiden será escribir una historia de amor y el tuyo, un desenlace triste. Así que sí, la idea es que creéis algo juntos.

Ni de coña. Vivía por y para las historias de amor, así que sabía mejor que nadie que la regla número uno de toda novela romántica era y siempre sería que los protagonistas tuviesen un final feliz. Y me negaba a romperla. ¿Qué sentido tenía hacer que dos personas se enamorasen para nada? Además de las escenas subidas de tono, lo mejor era su desenlace.

Me mordí el labio, tratando de encontrar la manera de salir de este lío sin decepcionar a Ida. Miré a Aiden en busca de ayuda, pero al verle la cara, me di cuenta de que a él tampoco le hacía ni pizca de gracia todo esto.

A pesar de que era un pensamiento inmaduro, me atrajo la idea de hacerlo sufrir.

Si aceptaba, Aiden tendría que escribir escenas de sexo y frases cursis. Lo pasaría fatal. Lo sacaría de quicio y se moriría de la vergüenza. Conseguiría que se sintiese igual que yo cada vez que criticaba mi trabajo.

–Lo haré –le aseguré con alegría. Aiden me lanzó una mirada cargada de incredulidad que no hizo más que animarme–. A ver, tampoco es para tanto, ¿no? –Levanté un hombro para quitarle hierro al asunto–. Pero, Aiden –me giré hacia él con una expresión compasiva en el rostro–, sé que el romance no es lo tuyo y, como hay que crear una historia de amor, entendería perfectamente que no quisieras hacerlo... A ver, a mí no me da miedo el reto, pero...

–Está bien –me interrumpió Aiden con brusquedad–. Lo haré. Tampoco hay que ser un genio para escribir una historia de amor. Haremos que los personajes se queden atascados en un ascensor y cuando vean que son el uno para el otro, haremos que el ascensor se caiga.

Me clavé las uñas en las palmas de las manos, deseando que fueran los ojos de Aiden. Por primera vez desde que entramos en su despacho, Ida sonrió.

–Perfecto. Asunto resuelto. Quiero el primer y el segundo capítulo para la próxima semana. Y se acabaron las peleas en clase –nos advirtió.

Ida nos despidió y una vez más nos quedamos los dos atrapados en el marco de la puerta. Esta vez, Aiden me empujó primero. Cerré la puerta al salir y cuando me di la vuelta, me lo encontré mirándome fijamente con cara de pocos amigos.

–Sé perfectamente que no quieres hacer esto –me echó en cara. La mirada fría que me lanzó hasta me emocionó.

–Y tú tampoco. Odias las novelas románticas más de lo que me odias a mí.

Dejó escapar una risa entrecortada mientras nos dirigíamos al ascensor.

–No digas gilipolleces.

–Vamos a escribir la historia de amor más adorable, cursi y romántica del mundo –lo piqué a la vez que le daba al botón de la planta baja con rabia–. Y la llenaremos de escenas sexuales.

–Ah, ¿sí? Pues yo pienso matar a uno de nuestros personajes principales –dijo él con calma.

Las puertas del ascensor se abrieron, y lo seguí por Greene Street hasta Waverly.

–¿Qué? No puedes hacer eso –protesté, interponiéndome en su camino para que dejase de andar.

–Claro que puedo.

–¡Es la idea más horrible y macabra que se te podría haber ocurrido!

–Nada de finales felices, ¿o es que ya no te acuerdas?

–Eso no significa que puedas matarlos cuando te venga en gana –me quejé.

Quería escribir un libro que me hiciera creer en el amor, aunque la historia se torciese al final. No algo con lo que fantaseaba un psicópata como Aiden.

–Espera y verás –añadió, dejándome atrás.

Le saqué la lengua, aunque no pudiese verme, y arrugué el gesto, enfadada.

Apenas pude concentrarme durante mi turno en el Hideout. Me confundía con las bebidas y me temblaban las manos cuando las servía. Mi cerebro estaba demasiado ocupado planeando cómo podía hacer sufrir a Aiden con este proyecto. Ya me parecía lo bastante malo tener que aguantar sus comentarios en clase, pero ahora ni siquiera iba a poder hacer un borrador tranquila.

El móvil no paraba de vibrarme en el bolsillo trasero.

LOGAN: rosie, desembucha

TYLER: No hace falta, Rosie.

JESS: oh, sí sí q hace falta

TYLER: Está trabajando, chicos. No os va a contestar.

LOGAN: pero es k necesito saberlo!!!

JESS: y yoooo!!!

TYLER: Seguro que solo les pidió que se tratasen con más respeto en clase.

Suspiré y les envié un mensaje rápido.

ROSIE: no puedo hablar. estoy trabajando. Pero vamos a tener q hacer el proyecto final juntos...

Me volví a guardar el teléfono en el bolsillo, pero no tardaron mucho en bombardearme con más mensajes.

LOGAN: JAJAJA

JESS: tienes q estar de coña

TYLER: ¿Lo dices en serio? ¿Qué escribiréis, un romance?

LOGAN: dios mío, no me puedo creer k vayamos a poder presenciar esto en directo... y encima gratis!!!

JESS: en realidad tenemos q pagar bastante para asistir a esa clase...

LOGAN: no seas aguafiestas, jess

JESS: rosie, no nos estarás gastando una broma, ¿no?

Puse los ojos en blanco.

ROSIE: no. ojalá. tenemos q escribir una historia romántica sin un final feliz??? Así q el engendro del mal me obligará a matar a uno de los personajes...

LOGAN: por favor, podríamos empezar a referirnos a Aiden como «el engendro del mal»???

Logan cambió el nombre del grupo a «Aiden = El engendro del mal».

TYLER: ¿Estás bien, Rosie?

Me quede quieta, dejando que una corriente de ira me recorriese todo el cuerpo. Sinceramente, no sabía si estaba bien. Estaba avergonzada por mi comportamiento de niña pequeña y enfadada porque iba a tener que interactuar con Aiden más de dos veces a la semana. Y estaba muy preocupada por si esto no funcionaba y acababa desperdiciando la oportunidad de terminar una novela y convertirme en una buena escritora.

Cerré los ojos un momento e hice todo lo posible por recordar la cara que pusieron mis padres cuando se enteraron de que me habían aceptado en el programa. Mi padre se había quedado con la boca abierta, pero mi madre me había dedicado una sonrisa cómplice, como si ya se esperase la noticia. El recuerdo consiguió que me dejase de ir tan rápido el corazón.

ROSIE: me las apañaré

Puse el móvil en silencio y me lo volví a guardar en el bolsillo trasero. No decepcionaría a mis padres y tampoco me decepcionaría a mí misma. Y lo que era más importante: no iba a dejar que Aiden Huntington se saliese con la suya.

Extracto de *Sin título*,
de Rosie Maxwell y Aiden Huntington

–No sabía que podías ser amable. No le habrás pagado a alguien para que le eche veneno, ¿no?

Maxine miró con recelo el café que tenía delante. Incluso tuvo el descaro de quitarle la tapa y llevárselo a la nariz para olerlo.

–Si lo hubiese hecho, ya habrías muerto –respondí, dándole un sorbo al mío–. Pero, no, no lo he hecho. Lo creas o no, Maxine, también puedo ser amable.

–Si tú lo dices… –resopló ella.

–La mayoría da las gracias cuando la invitan a un café.

–Está bien… Gracias. –Hizo una pausa–. Supongo que puedes ser amable. A veces.

–Soy amable la mayor parte del tiempo.

–Tampoco hace falta que te vengas arriba.

–Cierra el pico y bébete el café, Maxine.

–Ay, qué chico tan simpático…

Capítulo 4

Como yo era la experta en romance, me tocó a mí escribir el primer capítulo. Al principio, había intentado meterle miedo a Aiden, diciéndole que empezara él, pero cuando le brillaron los ojos con malicia, me imaginé los engranajes de su cabeza funcionando a toda velocidad para poder darle a la historia el inicio más morboso y angustiante. No me fiaba lo suficiente de él como para arriesgarme a que el encuentro casual de los personajes se convirtiese en un incidente sangriento.

Quería crear la historia y los personajes perfectos para que todo lo demás fluyese solo. Después, me limitaría a sentarme delante del portátil y a teclear como si hubiese nacido para ello hasta que consiguiese escribir el mejor borrador de la historia.

Pero eso no sucedió.

Salí a dar un paseo por Greenwich Village, intentando buscar cualquier cosa que me sirviese de inspiración. Me encantaba Bleecker Street; desde pequeña, soñaba con vivir en esa zona. Tendría una casa de piedra caliza de color rojizo, me despertaría cada mañana con el sonido de las sirenas y los coches y desayunaría todos los días en la panadería que estuviese a la vuelta de la esquina. Evidentemente, en aquella época no sabía cómo era realmente Nueva York, y mi apartamento en East Village no se parecía en nada a lo que me había imaginado. Pero caminar por Bleecker Street siempre hacía que recordase lo mucho que quería esta vida.

Después de llegar prácticamente hasta Chelsea, di la vuelta y decidí que quizá lo mejor era que me sentase en algún sitio para ver si se me ocurría algo. Think Coffee era uno de mis lugares favoritos para estudiar y escribir. Los universitarios siempre iban en masa después de clase con el portátil y los libros de texto en la mano. Me encantaba sentarme al fondo de la cafetería cuando hacía frío. La luz cálida y la música tranquila hacía que me resultase más sencillo encontrar las palabras.

Entré y me prometí que no me levantaría hasta que se me ocurriese algo con lo que poder empezar.

Sabía que quería escribir un *enemies-to-lovers*. Es un tópico y para algunos puede resultar demasiado predecible, pero a las lectoras de novela romántica –entre las que me incluyo– nos encantan.

Sabía que a Aiden le repatearía tener que escribir algo así, por lo que esa ya era una ventaja adicional. Le parecería todo un cliché y se vería obligado a alargar toda la parte romántica de la novela hasta que llegara su trágico final.

Me puse la última en la cola para pedir un café, al lado de la puerta. Cada vez que alguien la abría, me llegaban las ráfagas del viento otoñal. Estaba acostumbrada al frío de Tennessee, es decir, a tener que aguantar el aire gélido durante los diez segundos que tardabas en meterte en el coche y a soltar un suspiro de alivio cuando te llegaba el calorcito de los asientos calefactables. Sin embargo, en Nueva York, el frío te calaba hasta el último de los huesos.

Tenía ganas de volver a casa. Cogía todos los turnos que podía en el Hideout con la esperanza de poder reunir el dinero suficiente para comprarme los billetes y para sobrevivir una semana entera sin cobrar. Teniendo en cuenta que el precio de la matrícula de la universidad y el alquiler subía cada año, no era fácil. Aun así, tenía fe. Sabía que si me esforzaba, al final me daría cuenta de que había merecido la pena.

La campanilla de la puerta volvió a sonar cuando entró otro cliente, pero esta vez oí un suave «Oh» antes de que la cerrasen. Me di la vuelta y vi a Aiden de pie detrás de mí, con un jersey blanco de punto trenzado. Me dedicó una de esas sonrisas que eran más bien una especie de mueca. Como si le jodiese ser un poco simpático conmigo.

Lo miré con los ojos entrecerrados un segundo antes de darle la espalda.

—¿Has venido a trabajar? —quiso saber.

Lo ignoré, fingiendo que estaba ocupadísima mirando el menú que teníamos delante, a pesar de que sabía perfectamente qué me iba a pedir. Me repitió la pregunta, pero yo me limité a levantar la barbilla y a guardar silencio. Había aceptado las condiciones de Ida, pero eso no significaba que quisiera ser amiga de Aiden.

—Rosalinda Maxwell demostrando una vez más lo madura que es... —murmuró él.

—Para que lo sepas —dije por encima del hombro—, soy más madura que tú. Y con madurez, he decidido no responderte.

—Para que lo sepas, acabas de responderme.

—¿Qué estás haciendo aquí? Esta es mi cafetería. ¿Por qué no te vas al Starbucks?

Me giré para mirarlo y tuve que echar la cabeza hacia atrás para poder establecer contacto visual con él, ya que llevaba unas zapatillas planas.

Aiden no solo era alto, sino que también era corpulento. Ocupaba prácticamente todo el espacio libre que había delante de la puerta y cada vez que la abrían, me servía de barrera contra el viento. Tenía las mejillas ligeramente sonrojadas y la punta de las orejas rosadas por el frío. Me repateaba admitirlo, pero estaba mono.

—¿Eres la dueña del Think Coffee? —Levanto las cejas—. Vaya, enhorabuena, Rosalinda —comentó con sarcasmo.

—¿No deberías estar, no sé, matando cachorros? ¿O haciendo trizas los sueños de otro escritor?

Sus ojos verdes brillaron y alzó las cejas con incredulidad. Hasta de cerca era atractivo.

—¿Y tú no deberías estar en tu habitación babeando por hombres sin camiseta que no existen? —se burló.

—Estás celoso porque nunca serás uno de esos hombres sin camiseta.

—Ya te gustaría —dijo con repugnancia.

Sabía que solo me estaba tomando el pelo, pero con sus ojos clavados en mí sentía que era capaz de ver más allá de mi piel.

—Ya te gustaría a ti.

Recé para que atribuyera mi rubor al frío. Me ponía nerviosa tenerlo tan cerca. Por lo general, siempre había una mesa entre nosotros. Inclinado hacia delante y con la mirada fija en mí, tuve que obligarme a dejar de pensar en lo suave que parecía su pelo.

—Vamos.

Eché la cabeza hacia atrás, con el corazón martilleándome en el pecho.

—¿Qué?

—Es tu turno. —Aiden hizo un movimiento con la cabeza hacia la cajera que estaba esperando para atenderme.

Caminé a paso ligero hasta el mostrador y le pedí disculpas a la mujer. Cuando terminé de hacer el pedido, abrí el bolso para coger el monedero.

—Tiene que estar por aquí… —murmuré, dejando mi bolso abierto en el mostrador para poder buscar mejor—. Joder, joder.

La miré y esbocé una sonrisa amable. Nada más mudarme, aprendí que a los neoyorquinos o les encantaba el acento sureño o lo odiaban. Muchos ponían los ojos en blanco al oírme, pero, oye, también me había ganado algún que otro descuento gracias a él. Así que decidí exagerar el toque nasal y alargué aún más las vocales, con la esperanza de que eso me salvase de tener que hacer el ridículo delante de Aiden.

—¿Puedo pagarle con el móvil, con bízum? ¿O puedo abrirme una cuenta aquí, como en los bares?

—Pues…

La mujer frunció el ceño, un poco confundida.

—Ya lo pago yo.

Aiden se acercó a nosotras y pasó la tarjeta por el datáfono.

—No, no hace falta. —Intenté impedírselo, pero él me agarró de la muñeca para detenerme. Sentí calor con el roce y seguí sintiéndolo cuando apartó la mano—. Puedo pagarlo —añadí con los dientes apretados. Lo último que necesitaba era deberle un favor.

—Para una vez que soy amable contigo… —siseó.

—Seguramente lo haces porque quieres ponerme laxante en el café.

Soltó lo que podría haber sido una carcajada —si Aiden hubiese sabido lo que era reírse, claro— y abrió los ojos de par en par. La cajera me entregó el tique, y me quedé esperando a un lado del mostrador. Aiden hizo lo mismo cuando terminó de hacer su pedido.

—Gracias —le dije a regañadientes, con la boca pequeña—. Supongo que puedes ser amable. A veces.

Él asintió.

—De hecho, soy amable la mayor parte del tiempo.

—Tampoco hace falta que te vengas arriba.

—Simplemente no soy amable contigo.

La camarera pronunció mi nombre en voz alta, y me volví hacia Aiden.

—Bueno, nos vemos el lunes. Gracias de nuevo por el café.

Levanté la bebida como despedida y me dirigí al fondo de la cafetería. La mayoría de las mesas estaban ocupadas. El semestre acababa de empezar y parecía que todos los universitarios se habían puesto de acuerdo para estudiar en el Think Coffee. Encontré una mesa vacía en la esquina y saqué el portátil.

Abrí el documento en blanco, con la esperanza de que las palabras me saliesen solas. El cursor parpadeaba, como si se estuviese burlando de mí al ver que no se me ocurría nada. El semestre pasado las había pasado canutas para escribir una historia que fuese romántica. Me había tenido que obligar a escuchar los álbumes de Taylor Swift y a releer mis novelas favoritas para encontrar inspiración. No podía coger como ejemplo mi vida real. El hombre al que había considerado mi primer amor no me quería, y eso había hecho que me diese cuenta de que en realidad yo tampoco lo había amado a él. Y después de eso, tuve que aprender a la fuerza que los hombres de Nueva York, o al menos la mayoría de ellos, solo buscaban rollos de una noche de los que se olvidaban por la mañana.

Moví los dedos, con las manos flotando por encima del teclado.

«Cualquier cosa —me dije—. Escribe cualquier cosa».

Desvié la vista un momento de la pantalla cuando vi a Aiden parado en medio de la cafetería. Con el cuello tenso, se puso a buscar una mesa vacía, pero ya no quedaban. Ya había sido todo un milagro encontrar una para mí. La culpa hizo que se me revolviese el estómago cuando vi que se daba la vuelta para marcharse.

Aunque ya llevaba un año en la ciudad, me seguía costando desprenderme de mi naturaleza del sur. Sin pensármelo dos veces, me levanté de la silla.

—¡Aiden! —grité.

Él se dio la vuelta y me miró con el ceño fruncido. Le hice señas para que se acercara y, con cierta vacilación, me hizo caso.

—Podemos compartir mesa. Es lo menos que puedo hacer —le ofrecí, sentándome de nuevo—. Ya sabes, como agradecimiento por el café.

—¿Estás segura? —Bajó las cejas sin apartar la vista de la mesa.

—Segurísima.

Cogí el bolso que había dejado en el asiento de enfrente para que pudiese sentarse.

—Pues..., muchas gracias. Muy amable —respondió él con sinceridad después de aclararse la garganta.

—Para una vez que soy amable contigo… —repetí sus palabras y le sonreí, pero él se limitó a hacer un pequeño movimiento con la cabeza.

—No te molestaré. Yo también he venido a trabajar.

Sacó el portátil de su mochila.

Casi de inmediato, empezó a escribir. Ni siquiera se paraba a pensar; solo escribía. Sentí envidia. ¿Por qué le era tan sencillo? ¿Qué había hecho para no tener un bloqueo creativo?

Por mucho que me costara, tenía que admitir que el ruido que hacía al teclear me relajaba más que la música de la cafetería. Aunque también me ponía de mala leche. Se respiraba cierta calma con el ir y venir de sus dedos. Los movimientos eran suaves y seguros, como si quisiese darle a cada palabra la importancia que se merecía. Escribir en sí me parecía algo muy íntimo. Y era extraño observar a alguien en esos momentos de privacidad.

Cuando decidí que Aiden se convertiría en mi archienemigo,

investigué un poco. Me gustaba saber de qué pie cojeaba la gente a la que odiaba porque... ¿y si Aiden dedicaba su tiempo libre a ayudar a los niños más desfavorecidos? ¿De verdad podía detestar a alguien así?

El año pasado, Jess y yo preguntamos por él en el campus y enseguida descubrimos que Aiden era un estudiante de máster a tiempo completo. Este semestre estaba dando una asignatura de Introducción a la Escritura Creativa a los universitarios recién graduados. Como estudiante era insoportable, pero... ¿como profesor? No me extrañaría que sus alumnos saliesen llorando de clase.

Desvié la vista hacia el cursor de mi pantalla; intenté concentrarme, pero el parpadeo constante me recordaba que no era capaz de escribir ni una mísera palabra. Miré a Aiden por encima de mi portátil. Se mordía el labio y entrecerraba los ojos, sin parar de teclear. El jersey blanco le quedaba como anillo al dedo con su piel bronceada, y tuve que obligarme a apartar la mirada.

Para mi desgracia, me fue imposible no preguntarme cómo sería tener una relación con él. ¿Sería así? ¿Nos sentaríamos uno frente al otro en una cafetería a escribir? ¿Siempre llevaba ropa formal o sería el tipo de novio que usaba sudaderas con capucha para acurrucarse en el sofá?

Lo más seguro era que fuese igual de frío con su pareja que con sus compañeros de clase. El típico que elegía todas las cenas y todas las películas. Probablemente también era así en la cama. Solo se hacía lo que a él le apeteciese y...

Cerré los ojos. Aiden no era el personaje de una novela romántica y nunca lo sería. Simplemente me sentía sola. Echaba de menos a mi familia, estaba agobiada por las clases y Aiden llevaba puesto un jersey. Y la combinación de todos esos factores podía llegar a ser muy pero que muy peligrosa.

Unos minutos después, Aiden seguía escribiendo, como si no supiese lo que era quedarse sin palabras. Empecé a cansarme del ruidito incesante del teclado.

–¿Qué estás escribiendo? –le pregunté.

Me lanzó una mirada rápida, levantando por un segundo las manos de las teclas.

–Un relato para otra asignatura.

–Ah.

Agarré la taza de café con las dos manos, tratando de entrar en calor, y bajé la mirada hasta el documento en blanco que tenía delante, desanimada. Cuando levanté la vista, sus ojos pasaron de mi clavícula a mis ojos. Se le pusieron las mejillas rojas.

–¿Y qué no estás escribiendo tú? –quiso saber él con curiosidad, señalando mi portátil con la cabeza.

–Nuestro primer capítulo –le expliqué–. Sé que dijimos que iríamos improvisando, pero la verdad es que no tengo ni idea de por dónde empezar.

–¿No tendrías que empezar por uno de esos encuentros casuales y cursis? –Entrecerró los ojos, moviendo una mano–. Pensé que para ti esto sería pan comido. Eres la experta en el tema.

Solté una risita suave.

–No es tan fácil. Y encima… –Me quedé callada y respiré hondo–. Hay días que me cuesta encontrar las palabras. Sé que están ahí, en algún lugar de mi cabeza, pero cuando veo la hoja en blanco, me bloqueo. No es como tener una simple palabra en la punta de la lengua, es peor; es incluso doloroso. Como cuando sabes que necesitas llorar, pero las lágrimas no te salen.

–¿No te han hablado nunca del primer borrador de mierda?

Ladeé la cabeza.

–Ah, sí. Tú presentas siempre uno en clase.

–Qué graciosa –dijo con el rostro inexpresivo–. El primer borrador de mierda te da la libertad de sacar todo lo que llevas dentro. Hace que te dé igual que las palabras que escribas no sean perfectas. Simplemente te limitas a escribir.

–¿Y qué quieres decirme con eso?

–Pues… –Se encogió de hombros–. La perfección llega en el momento de la revisión. Nada es definitivo y la tecla de suprimir funciona igual de bien que el resto del teclado.

–Ya… –Puse los ojos en blanco. Pero aun así me quedé pensando en sus palabras. Nunca lo admitiría en voz alta, pero era un buen consejo–. Me conformaría con tener claro por dónde empezar, la verdad. Si supiese lo que buscamos, me sería más fácil encontrar las palabras adecuadas. Se supone que voy a ser yo la que marque el inicio. ¿Qué pasa si no te gustan los nombres que elijo para los personajes? ¿Y si sin querer acabo poniéndole el nombre de tu madre y te resulta difícil distanciarte de la vida real y terminas escribiendo una historia de amor sobre ella? ¿Y si...?

–Déjate de «y si...». –Cerró el portátil y sacó la libreta negra que guardaba en el bolso–. Bien. Vamos a decidirlo juntos.

–¿En serio?

–En serio. Venga, dime en qué habías pensado.

Cuando cerré mi portátil, me di cuenta de que la cafetería se había quedado prácticamente vacía. Ya no había tanta gente y ya no era necesario que siguiésemos sentados en la misma mesa. Pero ninguno de los dos se movió de su asiento.

–Pues... quería que fuese un *enemies-to-lovers* porque considero que es el mejor tópico. –Aiden abrió la boca, pero yo seguí hablando para que no le diese tiempo a protestar–. Pero todavía tengo que decidir un montón de cosas. ¿Por qué se llevan como el perro y el gato? ¿Qué hace que dejen de odiarse? Y sigo sin saber qué nombres ponerles a los protas. ¿Tienen un pasado? ¿Cómo son físicamente?

–Por el amor de Dios, Rosalinda, ¿cómo vamos a avanzar si me estás estresando hasta a mí?

Se frotó los ojos con las palmas de las manos.

–Creo que lo primero que tenemos que hacer es resolver lo de los nombres –insistí, ignorándolo.

Aiden arrugó el gesto. No me había percatado hasta ese instante de que tenía pecas en la nariz.

–¿Qué? ¿No consideras que los nombres sean importantes? –le pregunté.

–Claro que son importantes. Pero creo que nos saldrán solos cuando llegue el momento. Después de que decidamos cuál va a ser su historia.

–Vale..., ¿qué propones que hagamos entonces?

—Bueno, primero tendríamos que decidir qué nombres vamos a darles a los personajes para poder ponernos en situación.

Levanté las manos, irritada a más no poder, hasta que descubrí que Aiden había curvado los labios ligeramente hacia arriba. Lo miré con incredulidad.

—¿Acabas de hacer una broma? Pensaba que no sabías hacerlas. No estarás enfermo, ¿no?

El amago de sonrisa desapareció y fue reemplazado por un ceño fruncido.

—Quizá podrían ser compañeros de trabajo.

—¡Sí! Un *office romance*. —Me apoyé en el respaldo de la silla, intrigada—. ¿Qué más?

—Siempre están compitiendo por ver quién hace las cosas mejor. Trabajan en el Departamento de Ventas y está en juego la permanencia de un cliente muy importante, así que les obligan a trabajar juntos para una presentación. Siempre están discutiendo, pero se van a un retiro corporativo y empieza a surgir el amor entre ellos...

—Odio tener que decirlo —dije, cerrando los ojos—, pero, sorprendentemente, me parece una buena trama para una novela romántica. ¿Y cómo vamos a darles un final trágico?

—Esa es la mejor parte —respondió él, con los ojos brillantes.

Y procedió a contarme un sinfín de escenarios diferentes que hicieron que me entrasen ganas de echarme a llorar: pasados oscuros, muertes... Y siguió así un rato hasta que no pude soportarlo más y lo interrumpí:

—Ni de broma. —Negué con la cabeza—. Los protagonistas no pueden ser malvados. Eso solo haría que al lector le diese completamente igual si acaban juntos o no.

—Yo no he dicho que tengan que ser malvados.

Puede que no lo hubiese dicho en voz alta, pero se intuía. Seguía sin entender por qué alguien no querría darle un final feliz a sus personajes.

—¿Por qué no te gustan las historias que acaban bien? —le pregunté sin poder controlarme.

Se encogió de hombros.

–No son realistas.

–Muchas parejas consiguen su final feliz.

–La mayoría no.

–Lo dirás por ti... –bromeé–. Tarde o temprano, la gente que se lo merece, lo tiene.

Debí de tocar una fibra sensible porque se tensó de pies a cabeza y pasó a mirarme con frialdad.

–¿Estamos hablando de mí o estamos hablando de los personajes? Si vamos a tener que pasar más tiempo juntos, será mejor que tengamos la fiesta en paz. –Antes siquiera de que pudiese responder, se levantó del asiento con tanto ímpetu que estuvo a punto de tirar la silla al suelo–. Tengo que irme. Al menos un capítulo podrás escribir sola, ¿no?

Y dicho eso, cogió su mochila y salió echando humo de la cafetería.

Puede que me hubiese pasado un poco, pero tampoco era para ponerse así. Maldije en voz baja mientras metía mis cosas en el bolso. Era un arrogante. Se creía mucho mejor escritor que yo por hacer que sus lectores se sintiesen tristes.

Puede que antes no supiese cómo empezar el capítulo, pero ahora lo tenía más claro que nunca.

Extracto de *Sin título*,
de Rosie Maxwell y Aiden Huntington

Mi madre solía decir que cuando uno no tenía nada bueno que aportar, era mejor quedarse callado.

Así que no diría nunca en voz alta que me encantaría que Hunter se cayera por un precipicio.

Capítulo 5

L e había enviado un mensaje a Aiden hacía casi una hora para que supiese que había terminado el capítulo. Después de que se fuese del Think Coffee hecho una furia, estaba tan molesta que me fue imposible pensar en otra cosa. Estábamos atrapados juntos en este estúpido proyecto porque ninguno de los dos soportaba al otro, pero al menos teníamos que hacer un esfuerzo. No podía perder la última oportunidad que me habían dado para cursar la asignatura.

Teníamos un documento de Google compartido para el proyecto. Era más fácil tenerlo todo en un solo sitio, así al menos nos ahorrábamos el tener que enviarnos los capítulos y las escenas que fuésemos escribiendo. Además, así veía si estaba conectado y si había hecho algún cambio… Y si era demasiado cruel con mi trabajo, siempre podría hacer lo mismo con el suyo.

Cuando le mandé el mensaje, mantuve el documento abierto, esperando con ansias a que apareciese su nombre en la pantalla. Me empecé a morder las uñas por los nervios y releí el capítulo, tratando de verlo con los ojos críticos de Aiden.

Era consciente de que no estaba perfecto. Había creado una disputa entre los dos personajes y había escrito alguna que otra broma graciosísima de la que estaba la mar de orgullosa. Tal vez podríamos acabar usando algo de lo que había escrito para el primer capítulo definitivo, pero, por ahora, mi objetivo era otro.

Cuando el nombre de Aiden apareció en el documento, dejé a un lado la bolsa de patatas y me acerqué el portátil. Me quedé mirando cómo su cursor recorría cada línea. El corazón se me aceleró cuando llegó a la última palabra.

Y entonces me sonó el móvil.

AIDEN: Reescríbelo.

Solté una risita, metí la mano en la bolsa y saqué otro trozo de plátano.

ROSIE: no

AIDEN: Reescríbelo. No podemos presentar esto.

ROSIE: pq no???

Empezó a escribir, pero enseguida dejó de hacerlo. Tenía la vista clavada en el móvil, a la espera de su mensaje, y masticaba con lentitud.

AIDEN: Porque el objetivo de esto era que nos llevásemos bien. No buscar otra manera de sacarme de mis casillas.

ROSIE: no sé de q estás hablando

Me recosté en la cama mientras me reía. ¿Qué más daba que tuviese que reescribirlo? Al menos lo había puesto nervioso.

AIDEN: Le pusiste ese nombre al protagonista por mí.

ROSIE: pero si no se llama aiden

AIDEN: No, se llama Hunter. Hunter de Huntington. No soy idiota, Rosalinda.

Me lo imaginaba con el ceño fruncido, como siempre hacía cuando estaba enfadado. Me pregunté si le había tocado las narices lo suficiente como para que se le notase la vena del cuello. La última vez que lo conseguí fue el semestre pasado, cuando le dije que su protagonista era un quejica con complejo de superioridad.

ROSIE: hunter es un nombre muuuy común. no todo gira en torno a ti; es un consejo q te doy como amiga
AIDEN: Cámbialo.

Puse los ojos en blanco y volví a coger el portátil. Había que entregar el capítulo como muy tarde a medianoche, para que así a toda la clase le diese tiempo a leerlo al día siguiente. Ya lo había chinchado, que era lo que quería, pero ahora, por el bien de los dos, tenía que empezar algo con lo que realmente pudiésemos trabajar. Clavé los ojos en el texto y lo releí todo. Vacilé un instante mientras rozaba la tecla de suprimir. Era bueno. Bueno de verdad. Dudaba que pudiese escribir algo mejor... En realidad, le había dado muchas vueltas a este capítulo.

ROSIE: dime la verdad..., q pensarías del texto si el protagonista no se llamase hunter???

Se pasó los siguientes minutos escribiendo y borrando el mensaje. Mientras tanto, yo seguía comiendo, con ansiedad, preparándome para lo peor.

AIDEN: Te diría que es casi perfecto.

Me enderecé de golpe y volví a leer el mensaje. Se me escapó una sonrisa. No solía lanzarme cumplidos y, por mucho que lo odiase, me importaba su opinión.

ROSIE: geniallll!!! pues entonces no hace falta q lo reescriba!!! la gente pasará por alto lo del nombre
AIDEN: Nadie va a pasarlo por alto, Rosalinda. Cámbialo y ya está.

Resoplé. Si el resto no se iba a cambiar, el nombre tampoco. En ese preciso instante, oí cómo Alexa abría la puerta y se quitaba los zapatos con los pies, haciendo ruido cuando cayeron al suelo.

ROSIE: lo siento no puedo. ya le he cogido demasiado cariño. Avísame cuando tengas listo el segundo capítulo!!! :)

Puse el móvil en silencio y me bajé de mi pequeña cama. Encontré a Alexa en nuestra diminuta cocina, quitándose la corbata del uniforme del Hideout.

–Hola, ¿qué tal hoy en el trabajo?

Me fulminó con la mirada.

–Si trabajases los fines de semana lo sabrías –me respondió en español.

–Me duele la cabeza; en inglés, por favor –le supliqué.

–Si no practicas, nunca mejorarás tu español –me reprendió.

Cuando se dio cuenta de que no hablaba español con fluidez, Alexa se empeñó en enseñarme. Mis padres procedían de diferentes culturas, pero en casa hablábamos casi siempre en inglés. Así que hasta que no me mudé e intenté compartir mi lado peruano con el resto de la comunidad que vivía en Nueva York, no me sentí fuera de lugar. Era como si los otros peruanos pensasen que no respetaba parte de su cultura porque no era capaz de conjugar bien los verbos a la primera o porque me costaba más que a ellos mantener una conversación en español. Pero no era cierto. Me vestía de rojo cada 28 de julio y cocinaba lomo saltado cuando echaba de menos a mi familia... Bueno, le pedía a Alexa que lo cocinara.

–Lo sé, lo sé. –Hice un gesto con la mano para restarle importancia–. Me he pasado toda la tarde escribiendo. Tengo el cerebro fundido.

Ella suspiró, cediendo.

–Necesito que trabajes conmigo los findes.

–Ni hablar. –Negué con la cabeza.

–¡A Benji se le da de pena estar en la barra! No da ni una con las bebidas y se pasa todo el turno coqueteando con mujeres.

–No puedo –dije en tono de disculpa.

–¿Por qué no? –se lamentó ella, golpeando el suelo con el pie.

–Porque… –Hice una pausa–. Los sábados y los domingos son los únicos días en los que puedo dedicarle tiempo a escribir. Y todos os quejáis siempre que os toca trabajar los findes, como si fueseis a ir al mismísimo infierno. Así que si puedo evitarlo, lo haré.

–Pero si trabajases los findes, conseguirías antes el dinero que necesitas para ir a casa en Acción de Gracias y para matricularte en más asignaturas. –Alexa cogió una taza del armario y metió la tetera debajo del grifo. Era como si estuviese pagando su enfado con Benji con los utensilios de cocina. Puso la tetera en el fuego con un golpe seco y lo encendió para hervir el agua–. Además, los clientes son más generosos con la propina los findes.

–No me vas a convencer.

Cuando la tetera comenzó a silbar, vertió el agua en la taza y metió una bolsita de té.

–¿Qué tal tu día? ¿Se te ha ocurrido algo para el primer capítulo? –añadió ella después de hacer un mohín y llevarse la taza a los labios.

Solté una risita por lo bajini.

–Sí, por fin. ¿Y sabes qué? He coincidido con Aiden en la cafetería que está cerca del campus.

Alexa abrió los ojos como platos, pero la interrumpí antes de que pudiese hacer un comentario de lo más desafortunado:

–No pasó nada. Iba todo bien, hasta que de repente volvió a comportarse como un imbécil.

–Quizá no aguantaba tanta tensión sexual… –Alexa levantó las cejas–. ¿Pudiste al menos terminar el capítulo?

Pasé los dedos con suavidad por la superficie del mueble de la cocina.

–Sí.

Se sentó de un salto a la encimera, sin dejar de darle sorbos al té.

–¿Y qué le pareció a él?

Reprimí una sonrisa.

–Diría que se sintió bastante identificado con el protagonista.

–Anda, pues tal vez la sugerencia de tu profesora no sea tan descabellada como pensaba.

El lunes coincidí con Aiden antes de que comenzara la clase. Estaba esperando fuera de Writer's House, apoyado en el marco de la puerta. Cuando me vio, la abrió y me dijo:
–Hola, Rosie.
–Estás demasiado contento para ser tú...
Al darme cuenta de que me había llamado Rosie y no Rosalinda, fruncí el ceño.
Lo miré con los ojos entrecerrados, con la esperanza de poder adivinar por su rostro a qué estaba jugando. Me quedé con la boca abierta cuando mantuvo la puerta abierta para que pasase yo primero.
Vacilé un segundo. ¿Estaba poseído? El Aiden que conocía nunca habría tenido ese gesto conmigo. De hecho, fingiría abrirme la puerta y después me empujaría para pasar él primero. Era evidente que se traía algo entre manos.
–¿Te encuentras bien? –le pregunté, pasando por su lado.
Me llegó el olor de su colonia; una mezcla cálida e intensa. Fingí que me desagradaba.
–No.
–Estás siendo amable. Es raro.
–Solo te he saludado.
–Exacto.
–Supongo que no leíste el segundo capítulo –añadió él mientras caminábamos por el pasillo hacia el aula.
Ladeaba un poco la cabeza mientras hablaba.
–Joder –dije, parándome en seco. Lo miré y le agarré la mano–. ¡Se me olvidó! Lo siento muchísimo. Por favor, no se lo digas a Ida. –Él se quedó con la vista clavada en nuestras manos y levantó las cejas. Se la solté como si quemase y me limpié en el abrigo–. No quiero que piense que seguimos cayéndonos como el culo.
–No te preocupes –respondió él con frialdad, lo que hizo que yo me preocupase aún más. ¿Desde cuándo Aiden no se altera-

ba al hablar conmigo?–. No diré nada si tú no dices nada. Después de ti.

Me hizo un gesto con la mano para que entrara en la clase.

Cada uno tendría que leer sus respectivos capítulos en voz alta.

Ida ya le había explicado a la clase lo que ella describió como «nuestro proyecto particular» en el correo electrónico que nos mandaba a todos cada semana.

–Rosie, ¿te parece bien que empecemos por tu capítulo y el de Aiden? Me muero de ganas de escuchar lo que se os ha ocurrido.

Empecé a mover la pierna por debajo de la mesa, nerviosa. Se me erizó la piel y cerré los puños. Aiden me lanzó una mirada de advertencia.

–Para –me susurró, haciendo un gesto con la cabeza hacia la mesa que se movía ligeramente.

–Déjame en paz –murmuré por lo bajini.

–No te preocupes –respondió él, después de mirar de reojo a Ida–. Saldrá bien.

–Rosie, cuando quieras.

Recorrí la mesa con la mirada hasta que mis ojos se volvieron a encontrar con los de Aiden. Él asintió en señal de apoyo. Sentí un vuelco en el pecho. Quizá lo del otro día en la cafetería no había sido puro teatro. Tal vez estaba nervioso y por eso se había marchado. Tal vez estábamos empezando a dejar de odiarnos para ser amigos. Y puede que a mí ya no me pareciera tan mala idea.

Comencé a leer. A medida que avanzaba, me fue temblando cada vez menos la voz y, al releer mis palabras, supe a ciencia cierta que eran buenas. Me fijé en Ida, en busca de alguna reacción, pero su rostro permaneció impasible.

Cuando conseguí arrancar unas cuantas carcajadas, me enderecé en el asiento con orgullo. Eran los momentos como estos, cuando confiaba ciegamente en mi trabajo, los que me recordaban que había tomado la decisión correcta al mudarme a Nueva York. Estaba hecha para esto.

Pero justo cuando empecé a leer los diálogos, fruncí el ceño. Algo no cuadraba. Aiden había cambiado el nombre de la protagonista femenina. Ahora se llamaba Max.

Al principio le había puesto Meg, en honor a la actriz Meg Ryan, porque pensaba rendirle homenaje de alguna forma durante la novela. Seguí leyendo como si nada, aunque por dentro me fastidiaba saber que Aiden había tomado una decisión así sin siquiera preguntarme primero.

Cuando terminé, Ida intervino:

—Creo que será más fácil para todos que Aiden lea ahora su capítulo, así podremos comentar los dos a la vez.

Miré a Aiden. Yo tampoco era idiota; se estaba vengando de mí por haberle puesto su nombre al personaje masculino. Era evidente que la protagonista se llamaba Max por mi apellido: Maxwell. No me cabía duda de que se había quedado a gusto con su capítulo, como a mí me había pasado con el mío.

—«Los puntos de vista poco realistas de Maxine siempre le impedirían avanzar. Con su ingenuidad, le era imposible distinguir la realidad». —Aiden se aclaró la garganta y se removió en el asiento. Yo me tensé—. «No le costaba confiar en los demás y se reía con facilidad, incluso cuando sabía perfectamente que no debía».

Debió de sentir el peso de mi mirada porque levantaba la vista cada vez que leía un párrafo. De repente, una de las comisuras de la boca se le curvó hacia arriba antes de seguir adelante:

—«Pero solo era una fachada. Era más que evidente. Y a mí no me la iba a colar».

Cerré los ojos, intentando controlar la respiración. Solo estaba intentando sacarme de quicio. ¿No había hecho yo lo mismo con él? Había escrito frases como: «Su cara impasible se complementaba a la perfección con su corazón frío».

Habíamos leído los capítulos de forma completamente distinta. Yo había empezado sintiendo que estaba en terreno inestable; me había temblado la voz, pero poco a poco había ido recuperando la confianza. Sin embargo, Aiden pronunciaba cada palabra con firmeza.

—Estupendo. ¿Algún comentario? —dijo Ida una vez que Aiden terminó.

Todos levantaron la mano a la vez.

—Me ha flipado. —Logan se inclinó hacia delante con una sonrisa–. No quiero ofender a nadie, pero sin duda es el mejor trabajo de esta semana. No dejéis de escribir juntos o me muero.

–No seas teatrero –murmuró Jess, dándole una patada por debajo de la mesa.

–Me gusta la dinámica –comentó Tyler en un tono mucho más serio mientras Logan se reía con disimulo–. Creo que la idea de conocer el punto de vista de los dos personajes es bastante interesante. Será divertido ver cómo continuáis con la historia en los próximos capítulos.

Cada uno de nuestros compañeros nos dio su opinión, pero cuando llegó el turno de Aiden, Ida levantó la mano.

–Estoy segura de que Aiden y Rosie ya habrán hablado largo y tendido sobre ello; no haré que lo repitan delante de la clase.

–Nos dedicó a los dos una sonrisa amplia, como si la semana pasada no nos hubiese dado el ultimátum del siglo–. Por ahora, solo os diré que estoy bastante sorprendida con vuestro trabajo. Me habéis dejado con ganas de leer más.

Por primera vez desde el incidente, me permití relajarme. Aunque sentía cierto alivio, entrecerré los ojos y avisé a Aiden con la mirada de que esta conversación no se había terminado.

Cuando se acabó la clase, salí del aula en silencio. Notaba la presencia amenazadora y acosadora de Aiden justo detrás de mí. Por lo general, me gustaba ver el mundo de color de rosa, pero en ese instante lo veía todo rojo. No le di el gusto de mirarlo hasta que salimos a la calle, bajo el frío otoñal de Nueva York y fuera del alcance de los ojos de Ida.

Me di la vuelta y le toqué el pecho con un dedo acusador.

–Vaya...

Levantó las manos, retrocediendo con cada paso que daba yo hacia delante, hasta que quedó de espaldas al tráfico.

Los neoyorquinos no nos prestaban atención; estaban acostumbrados a ignorar a cualquier persona con la que se cruzaban. Pero era imposible pasar por alto a Aiden; era peor que un grano en el culo.

–¿Cómo te atreves a cambiarle el nombre a mi prota para ponerle Max? –le recriminé con la mandíbula apretada.

–No sé, digamos que… le tenía demasiado cariño al nombre –dijo él.

–¡Lo que yo escribí sobre ti no es tan malo como lo que tú has escrito sobre mí! –exploté.

Aiden dio un paso hacia delante, cerniéndose sobre mí. Alcé la cabeza para mirarlo; el pecho me subía y me bajaba con rapidez por el enfado.

–¿Quién te ha dicho que lo que escribí iba por ti? –Estábamos tan cerca el uno del otro que podía sentir su aliento. Los ojos se me fueron a sus labios–. Mi personaje se llama Maxine, no Rosie. Una chica optimista…

–Una chica romántica, querrás decir… –lo interrumpí.

–Una chica optimista –me corrigió–. Una que siempre ve algo bueno en los demás aunque no se lo merezcan. Que vive en su mundo de fantasía. Que siempre se las ingenia para provocarme un puto cosquilleo por toda la piel.

Su tono de voz era tranquilo, pero también cortante.

Mi cabeza me traicionaba ya que, cuanto más se me acercaba, más ganas tenía de saber cómo sería besarlo. Odiaba que fuese capaz de hacer que mi mente pasase de la ira al deseo en un abrir y cerrar de ojos. Recé para que no se diera cuenta de que un estremecimiento me recorría la columna vertebral cada vez que me hablaba con esa voz suave y baja.

–Una chica que no se parece en nada a ti, ¿verdad? –concluyó él.

No. Para nada. Yo era optimista y veía lo mejor de cada persona que se lo merecía. No vivía en un mundo de fantasía, solo intentaba hacer que el mío fuera mejor. Y no me las ingeniaba para provocarle un puto cosquilleo por toda la piel, sino para hacer que le hirviese la sangre por todo el cuerpo.

–Ah, ¿sí? Pues lo que yo escribí tampoco iba por ti, sino por Hunter. Un chico que está empeñado en hacer infeliz a todo el que le rodea para poder sentirse un poco mejor consigo mismo. Que cada vez que vuelve del trabajo, se encuentra una casa vacía y se masturba hasta quedarse dormido porque se ve a la legua que ha pasado demasiado tiempo desde la última vez que folló con alguien. Que prefiere sacar lo peor de la gente que admitir en voz alta que sigue habiendo personas buenas en el mundo.

Me observaba con intensidad. Nos desafiamos el uno al otro con la mirada, pero ninguno de los dos la apartó.

Se le tensó la mandíbula.

–Vale, aclarado: ninguno de los dos está escribiendo sobre el otro.

–Eso es.

–Entonces no hay mensajes implícitos, ¿no?

–Para nada –respondí con dulzura.

–Entonces te leeré en el siguiente capítulo.

Pasó por mi lado y reanudó la marcha, mezclándose entre la multitud. Yo me quedé donde estaba con el corazón martilleándome en el pecho.

Por mucho que lo odiara, siempre había una parte de mí que convertía cualquier interacción con él en una escena de una novela romántica. Me repateaba haber deseado que se hubiese inclinado lo suficiente para rozar mi barbilla con los labios. Cualquier chica se habría visto obligada a cerrar los ojos para recomponerse si la hubiesen mirado así. En el próximo capítulo se iba a enterar de lo que realmente pensaba de él.

Extracto de *Sin título*,
de Rosie Maxwell y Aiden Huntington

No podía soportar más el sonido incesante del teléfono. Me prometí a mí misma que me mantendría alejada de él porque tenía que acabar mi parte de la presentación que íbamos a hacer juntos. Pero era imposible cuando ignoraba cada una de las llamadas que le llegaban.

–¿Puedes coger el maldito teléfono? –espeté, girándome en la silla.

A Hunter y a mí nos habían obligado a sentarnos en distintos escritorios pero dentro del mismo cubículo. De espaldas uno al otro, todos los días, con tan solo una pared gris a nuestro alrededor.

–No.

Ni siquiera levantó la vista.

Observé cómo continuaba escribiendo con lentitud y precisión en su cuaderno negro, como si el flequillo rubio no le molestara.

El teléfono siguió sonando.

–Estupendo. –Empujé la silla de oficina y me acerqué a él para contestar yo–. Buenos días. Ha llamado usted a la oficina de Hunter Adrian. Está demasiado ocupado para atenderle porque no le parece lo suficientemente importante. Pero a Max Daisy sí. Ella le atenderá con gusto en la extensión 9412.

Colgué el teléfono con brusquedad antes de rodar con la silla hacia atrás.

–Enhorabuena –dijo Hunter. Se había remangado la camisa azul de botones hasta los codos. Cada vez que lo hacía, tenía que obligarme a apartar la mirada. Cruzó los brazos por delante del pecho–. Parece que acabas de robarme a uno de mis clientes.

–Era lo mínimo que podía hacer, viendo que no le coges las llamadas...

Me volví hacia mi escritorio, intentando calmarme.

–¿No te provoca ni una pizca de curiosidad saber quién es tu nuevo cliente? –insistió él.

Me lo imaginé con los labios torcidos y el ceño fruncido; la cara que siempre ponía cuando lograba sacarlo de quicio.

–Tranquilo, estoy segura de que lo descubriré pronto –murmuré por encima del hombro.

Recoloqué el teclado y fingí estar ocupada, moviendo los dedos al azar por las teclas.

–Ah, estupendo –contestó él. Oí el movimiento de su silla y el sonido del lápiz al escribir–. Pues cuando mi madre te llame, salúdala de mi parte.

Me quedé de piedra.

–¿Tu madre?

–Buen trabajo, Maxine. Ahora, gracias a ti, Durgis Agency tiene un nuevo cliente.

Me di la vuelta y casi perdí el equilibrio. Tuve que mover el pie para evitar caerme al suelo.

–¿Por qué no le coges las llamadas a tu madre?

–¿Por qué no te pones a trabajar y me dejas tranquilo?

–Cuando tu madre me llame, le diré que no sabes comportarte y te obligará a volver a vivir bajo su techo. Te pasarás el resto de tu vida encerrado en su sótano.

–Ya que estás, dile que llegaré tarde a la cena del martes.

Ni siquiera se giró para mirarme.

Capítulo 6

—**P**ara que lo sepas —dijo Aiden en cuanto contesté al teléfono—, yo respondería a mi madre.

—Claro, claro.

Sujeté el móvil con la oreja y el hombro mientras me inclinaba hacia delante, deslizando el pincel del esmalte rojo con sumo cuidado por las uñas de los pies.

En los últimos dos meses, desde que nos asignaron el proyecto en común, habíamos pasado de los mensajes a las llamadas. Todo empezó cuando intentó que despidieran a Maxine del trabajo y cayese en una depresión; me había visto obligada a llamarlo por teléfono para gritarle.

—Y tú levantarías la vista de la libreta si te hablase.

El semestre pasado siempre me quejaba de que no me miraba a los ojos cuando le hablaba. Cada vez que abría la boca, él se ponía a escribir en su estúpida libretita. Lo mismo pasaba cuando criticaba su trabajo.

Aiden maldijo en voz baja. Se oía un ruido suave y constante de fondo.

—¿Dónde estás? —quise saber. Oía la música a todo volumen aunque, después de oírle maldecir un par de veces, el bullicio disminuyó—. ¿Estás en una fiesta? ¿Estabas leyendo mi capítulo en una fiesta?

—No, por supuesto que no —dijo él con sequedad. Por mi silencio, debió de llegar a la conclusión de que no le creía. Finalmente suspiró y añadió—: Estoy en el baile del instituto de mi prima.

Solté una carcajada.

–Ay, por favor. Ahora necesito saber el porqué.

Ya me lo imaginaba pasándose la mano por la cara mientras gruñía. Era extraño ver lo bien que conocía a Aiden, a pesar de lo mucho que lo detestaba. Había pasado tanto tiempo sentada frente a él que ahora podía visualizarlo sin siquiera tenerlo delante.

–Necesitaban un supervisor y me dijo que si no lo encontraban iban a tener que cancelarlo.

–Y ¿te ofreciste voluntario? Qué...

–Por favor, no digas la palabra «romántico» –me interrumpió.

–...romántico –suspiré. Me dejé caer en la cama y los muelles del colchón crujieron–. ¿Quién me iba a decir a mí que Aiden Huntington podía llegar a ser taaan romántico?

–No digas tonterías –insistió–. No me quedó más remedio.

–Como el protagonista de una novela romántica; fuiste valiente y defendiste el honor de tu prima. Y encima salvaste el baile del instituto.

–No, como una persona que sacrificó unas cuantas horas de su preciada vida para estar con un grupo de adolescentes sudorosos en un gimnasio escuchando canciones de Taylor Swift.

–Pues a mí me parece un plan perfecto; si quitásemos a los adolescentes y no fuera en un gimnasio, claro.

Me sorprendí al oír una carcajada, aunque en realidad fue más bien una exhalación áspera. ¿Desde cuándo se reía Aiden Huntington? Eso lo hacía más humano y yo me moría de ganas de seguir escuchándolo. Me senté para comprobar si el esmalte ya estaba seco.

–¿En serio coges siempre las llamadas de tu madre? –le pregunté de manera casual.

–Las cogía –respondió en voz baja. Después, se aclaró la garganta y añadió–: ¿Por qué estás trabajando en el proyecto justo el fin de semana de Acción de Gracias?

Se me formó un nudo en la garganta cuando sentí que las lágrimas me empezaban a nublar la vista. El Día de Acción de Gracias había sido el jueves pasado y no había podido ahorrar lo suficiente para comprarme un billete. Sin embargo, seguía teniendo la esperanza de volver a casa por Navidad.

–¿Tienes hermanos? –solté, ignorando su pregunta.

Ya llevábamos casi dos meses trabajando juntos en el manuscrito y seguía sintiendo que no sabía prácticamente nada de él.

–Rosalinda…–me advirtió.

Sabía por qué lo hacía: no quería darme munición para mi próximo capítulo.

–No lo voy a usar para fastidiarte. Es que no sé nada sobre ti –confesé, y tiré de un hilo suelto de mi edredón blanco–. ¿No crees que es raro? Te odio, pero no sé nada de tu vida.

–Así que me odias, ¿eh?

–Me desagradas –le concedí–. Has pasado del odio al rechazo, enhorabuena. Es solo porque ahora sé que salvas bailes de instituto.

Esta vez sí que se rio a carcajadas y yo noté calidez en el pecho. Lo último que esperaba era que su risa me hiciese sentir como cuando vuelves a casa después de un día largo en el trabajo. Detestaba esa parte de mí que se moría de ganas de ver su sonrisa. ¿Inclinaba la cabeza hacia atrás o la sacudía al sonreír?

–No tengo hermanos –murmuró–. Soy hijo único. ¿Y tú?

–Yo tengo una hermana pequeña –le expliqué–. Nos llevamos un año y medio.

Me entraron ganas de decirle lo mucho que la echaba de menos, que era mi mejor amiga y que me había sentido muy perdida sin ella durante los dos últimos años.

–¿Por qué…? –Lo interrumpió el sonido de unas risas de fondo–. ¡Eh, tú! ¿Eso es un váper? ¡Ven aquí ahora mismo! –Su tono de voz fue lo bastante aterrador para asustarme al otro lado de la línea–. Tengo que dejarte, Rosalinda. No tardaré en escribir el próximo capítulo.

Colgó sin decir ni una palabra más, y yo me vi obligada a ignorar esa pequeña parte de mí que quería llamarlo otra vez para volver a escuchar su risa.

Había estado evitando a propósito las tutorías de Ida desde el incidente; me preocupaba que hubiésemos perdido para siempre la confianza que teníamos.

Me detuve delante de la puerta de su despacho, tratando de reunir el coraje que necesitaba para entrar. Normalmente lo hacía sin dudar, pero estaba tan nerviosa que hice algo que nunca había hecho antes: llamé a la puerta.

Después de oír un suave «Adelante», abrí la puerta y entré en su despacho. Levantó la vista de los papeles que tenía delante y alzó las cejas al verme.

–Rosie, qué sorpresa. Hacía mucho tiempo que no pasabas por aquí.

Vacilante, me senté en la silla enfrente de su escritorio y me pasé las manos por la falda para secarme el sudor.

–Lo sé. Es que… quería pedirte perdón por lo que pasó… Con Aiden, me refiero. Te juro que hemos dejado de comportarnos como dos críos.

–Rosie –dijo en voz baja–, no estoy enfadada contigo. Es cierto que me vi obligada a tomar medidas. No podía seguir tolerando ese tipo de comportamiento en clase, pero nuestra relación sigue siendo la misma, ¿vale?

Asentí con la cabeza.

–Menos mal, porque tengo apuntadas un montón de preguntas que quiero hacerte.

Ella sonrió.

–No esperaba menos de ti. ¿Ya has terminado el capítulo para la próxima clase? Déjame ver lo que tienes.

Le entregué los papeles y ella les echó un vistazo rápido.

–Sé que no es mi mejor trabajo –me excusé.

Ante, cuando tan solo era una niña que se sentaba a escribir en el suelo de su habitación, sin la presión de Ida y Aiden a sus espaldas, todo era más fácil. Quería volver a sentir esa sensación.

–Creo que no conozco a Aiden lo suficientemente bien para trabajar con él; si tengo una idea en mente para una escena, siempre llega él para cambiar el rumbo de la historia.

–Mmm, os falta química.

–Eso no es verdad –me apresuré a decir.

–Entonces…, ¿me estás diciendo que tenéis química? –me preguntó ella, enarcando una ceja.

Me sonrojé. Por extraño que pareciera, sentía la necesidad de defender la dinámica que habíamos adoptado Aiden y yo. No era la habitual, pero ahora que ya llevábamos un tiempo trabajando juntos, sentía que habíamos encontrado nuestro sitio. Aunque fueran sitios diferentes. La mitad de las veces que se metía conmigo, me entraban ganas de apuntarlo por si más adelante me servía de inspiración para la novela.

—No sé... —Me encogí de hombros—. No creo que nos esté yendo tan mal.

—Creo que lo que necesitáis es aprender a comunicaros mejor. Piensa en las novelas de Christina Lauren. Son dos autoras que saben mezclar bien sus voces porque están muy compenetradas entre sí.

—Pero ellas escriben el mismo género.

—Nadie dijo que fuese a ser fácil —me contestó Ida, levantando los hombros.

Suspiré. Tenía razón. Si se producía un milagro y Aiden y yo dejábamos de tener problemas de comunicación, nos abriríamos el uno al otro. Y yo no estaba preparada para eso.

—Veremos qué piensan los compañeros mañana. Tengo que reconocer que estoy bastante impresionada con lo que he leído hasta ahora. De hecho, diría que es tu mejor trabajo hasta la fecha.

—No sé yo... —Me reí—. A veces, cuando leo mis textos, siento que no los he escrito yo.

—Y eso está bien —me aseguró, inclinando la cabeza—. Puede que sea una parte de ti que aún no has descubierto. Y, siendo sincera, me gusta mucho. Pero primero vamos a ver si le podemos dar una vuelta a esta escena...

Continuamos revisando el capítulo que le había traído y me hizo un par de sugerencias. No todos los escritores servían para enseñar; muchos optaban por quedarse en la comodidad del pedestal en el que se les había colocado. Pero Ida no era así. Estuvo conmigo todo el tiempo que fue necesario para revisar mi trabajo línea a línea y para ayudarnos a encaminar la trama. Siempre salía de su despacho con absoluta satisfacción.

—Quería preguntarte una cosa más... —le dije mientras recogía mis cosas–. ¿Sabes algo de la beca de la revista *The Frost*? Estaba pensando en mandar la solicitud...

Había hecho los cálculos y, si ganaba, podría estudiar y terminar el programa antes. visitar a mi familia más a menudo y sería todo un honor que publicasen algo mío en la revista, ya que eso me haría sumar puntos como escritora.

A Ida se le iluminaron los ojos.

—¡Hazlo! Es una gran oportunidad.

—Quiero hacerlo, de verdad que sí, pero... –vacilé.

—Pero tienes miedo de lo que sucederá si presentas una novela romántica –adivinó ella.

—Yo solo sé escribir historias de amor, y soy consciente de lo que la gente opina del género. No quiero presentar algo a lo que sé que ni siquiera le darán una oportunidad.

Se inclinó hacia delante, mirándome a los ojos.

—Voy a serte sincera: no sé qué pensarán de las novelas románticas. Y tampoco puedo decirte si eso será un motivo de rechazo. Pero sí que tengo claro que si lo dejas pasar te arrepentirás de no haber aprovechado esta oportunidad. Eres una gran escritora –comentó ella con afecto–, así que mi mayor consejo es que escribas una historia de amor. Y si no les gusta, que les den.

Era muy fácil decir: «Que les den. Me niego a presentar una historia triste y aburrida. ¡No hay nada mejor que una comedia romántica!». Sin embargo, la posibilidad del rechazo no me la quitaba nadie. Me perseguía día y noche, y me hacía dudar cada vez que le dabas a las teclas.

—¿Revisarías mi historia antes de presentarla? –me atreví a preguntarle al final.

—Me encantaría –respondió ella con una sonrisa.

Extracto de *Sin título*,
de Rosie Maxwell y Aiden Huntington

–Eso es todo por hoy. Bien hecho. Seguid así.

Ivy apiló los papeles que tenía encima de la mesa de la sala de reuniones y se puso de pie.

Yo me quedé sentado en mi sitio, justo enfrente de Maxine. Trabajábamos siempre juntos en nuestro cubículo, pero siempre nos poníamos uno enfrente del otro cuando teníamos una reunión. Tal vez porque así podíamos lanzarnos miradas y saber mejor lo que estaba pensando el otro. Ella tampoco se levantó. Me inmovilizó con sus ojos azules mientras la habitación se vaciaba. Me había vuelto adicto a esa mirada. Era una especie de vicio; siempre buscaba la manera de hacerla rabiar, de hacer que solo se fijase en mí para conseguir que me mirase así.

Empezó a mover la pierna, impaciente, haciendo que la mesa temblara.

–¿Podrías dejar de hacer eso? –espeté, pero ella entornó los ojos y movió la pierna aún más rápido–. Te vas a hacer daño.

–Me da igual –contestó.

Su voz aterciopelada llenó la habitación; era casi asfixiante. Llamaba la atención de todo el que se cruzaba con ella, aunque ni siquiera se diese cuenta. Brillaba, como si no le tuviese miedo a nada. Me sacaba de quicio, pero también la admiraba.

—¿Cómo vas con tu parte de la presentación? —pregunté de manera casual.

Levantó un hombro, como si no le afectasen mis palabras.

—Tal y como te imaginas. He oído por ahí que la tuya está llena de datos aburridísimos.

—Ah, ¿sí? ¿Y dónde se supone que oíste eso?

—Ah, bueno, ya sabes que a la gente le encanta cotillear en los descansos…—Esbozó una sonrisa amplia, y a mí el corazón me dio un vuelco al pensar que había preguntado por mí—. No te preocupes; mi parte les gustará más. No es tan fría. Ni tan sosa.

—No es realista, entonces —la corregí.

—¿Acaso sabes diferenciar lo que es realista de lo que no?

Reprimí una sonrisa. Cuando estaba con ella siempre me sucedía lo mismo; me daba miedo lo que pudiese pasar si volvía a dejar entrar a alguien en mi vida.

Golpeé con los dedos la mesa, dejando marcas en el cristal, y decidí que era mejor que me alejase todo lo posible de ella.

—Ya va siendo hora de que pongas los pies en la tierra, Maxine. Estás en el mundo real; uno en el que están en juego cosas importantes, entre ellas, tu puesto de trabajo. No me vengas lloriqueando cuando te lleves la hostia de realidad. No seré yo el que te ayude a levantarte.

Capítulo 7

En efecto, me pasé la siguiente clase moviendo la pierna por debajo de la mesa. Ni siquiera era consciente de que a Aiden le molestaba ni de que lo hacía con tanta frecuencia, pero tampoco iba a parar ahora.

Me miró desde el otro lado de la mesa.

–Estate quieta –murmuró.

–Presta atención –le susurré yo.

Nuestros compañeros de clase seguían dando su opinión sobre nuestros nuevos capítulos. Parecía que todo el mundo se había puesto de acuerdo para dorarnos la píldora hasta que finalmente Tyler dijo:

–Me han gustado bastante, pero diría que esto no es un *enemies-to-lovers*. Algún día tendrán que dejar de pelearse, ¿no?

Por el rabillo del ojo, vi cómo Ida asentía con la cabeza. Fruncí el ceño. Era a propósito, si dejaban de odiarse tan pronto, los lectores se aburrirían.

–Es evidente que Max y Hunter se detestan, y me parece bien que hayáis empezado a insinuar que hay sentimientos de por medio, pero la historia no avanza. Tienen química como rivales, pero no llega a producirse en ningún momento una trama romántica como tal y, sin eso, la tensión entre los protagonistas es un tanto… rara –añadió Tyler.

Desde el centro de la habitación, Ida me dirigió una mirada como diciendo: «¿Ves?». Me giré hacia Aiden, pero él ni se inmutó. Puse los ojos en blanco. Era probable que ni siquiera estuviese escuchando.

—Estoy de acuerdo —dijo Ida.

—Creo que hablo por los dos cuando digo que todavía estamos intentando reforzar ese tira y afloja —les aclaré.

—Ya —Ida movió la cabeza de un lado a otro, como si lo estuviera considerando—, pero toda esa tensión tendrá que estallar en algún momento. Dejáis caer que hay sentimientos entre ellos, pero es como si estuviesen caminando en círculos todo el rato. No olvidéis que estáis escribiendo una historia de amor. Necesitamos momentos románticos, no solo pensamientos que ni siquiera le confiesan al otro. —Hizo una pausa—. Tengo una propuesta para vosotros.

—¿Otra? —dijo Aiden en voz baja, mientras apoyaba el bolígrafo en una de las hojas de su libreta negra para tomar nota de lo que Ida estaba a punto de decirnos.

—Necesitáis conoceros mejor para que así vuestros personajes puedan evolucionar en la trama romántica. ¿Por qué no hacéis una especie de juego de rol?

Empecé a toser por la sorpresa, y Aiden levantó por fin la vista de su cuaderno.

—Podríais tener una cita este fin de semana, como si fueseis Max y Hunter —sugirió Ida—. Y cuando volváis a casa, escribid sobre ello. Si os ponéis en la piel del personaje, os será más fácil construir la historia de amor.

Aiden frunció el ceño.

—¿Es opcional o una obligación?

—Si me lo preguntase otra persona le diría que es una mera sugerencia. Pero veo que tienes dudas, así que prefiero decirte que es una obligación.

Aiden y yo compartimos una mirada llena de pánico.

Ida soltó una risita.

—Os irá bien, ya veréis —nos tranquilizó—. Eso sí, intentad no mataros; tendréis que ponernos al día en la próxima clase.

Cuando salimos del aula, mis amigos y yo nos quedamos en silencio durante un minuto.

—¿Se puede saber qué os pasa? —Puse los ojos en blanco, y todos estallaron en carcajadas a la vez—. A mí no me hace gracia.

Me alegro de que os haga tan felices ver que me han obligado, en contra de mi voluntad, a salir con Aiden –dije, enfadada.

–¡Por favor! –soltó Logan, secándose una lágrima de los ojos–. No nos hagas reír más.

–Será un mal trago –comentó Tyler con amabilidad–, pero, con suerte, se te pasará rápido.

–Lo dudo. Va a ser como vivir una muerte lenta y dolorosa –murmuré.

–¡Qué va! Va a ser como en las novelas románticas –exclamó Jess, pensativa y sonriendo–. Un *enemies-to-lovers*, con proximidad forzada...

–Haz el favor de no volver a decir eso en mi presencia –respondí, malhumorada–. Nuestra relación no se parece en nada a la de las novelas de ficción. Somos enemigos que como mucho se convertirán en el asesino del otro. Y no estoy exagerando: cada vez que hablamos me entran ganas de estrangularlo.

De repente, la puerta de Writer's House se abrió y Aiden empezó a bajar las escaleras.

–Después hablamos –les dije antes de correr para alcanzarlo.

Cada vez hacía más frío, así que había decidido sacar por fin su abrigo de botones del armario. No se lo había visto desde el invierno pasado y odiaba lo mucho que me gustaba que lo usara. Había decidido no mirarlo demasiado cuando justo apareció por la puerta con él puesto.

–Tenemos que planificar lo de mañana.

Aiden se sobresaltó al oírme y me miró, desconcertado.

–Joder, Rosalinda, me has asustado.

–Tenemos que planear nuestra cita –insistí con voz inexpresiva.

Él frunció el ceño y cruzó la calle hacia University Place y Union Square.

–¿Podemos no llamarlo «cita»?

–¿Por qué? ¿Demasiado cursi? –bromeé.

–Exacto –contestó él con sequedad.

–Pues ya va siendo hora de que aprendas a ser más romántico.

Me costaba seguirle el ritmo mientras caminábamos por las calles. Estaba a punto de comenzar la época navideña, lo que significaba que había más turistas de lo normal. No solo tenía que esquivar a la multitud que se aglomeraba en medio de la acera, sino que encima también tenía que acomodarme a las zancadas largas y rápidas de Aiden. Prácticamente me veía obligada a trotar para no quedarme atrás.

—O al menos de que te acostumbres a la palabra «cita». Te lo digo por tu bien. La mayoría de las mujeres no saldrían con un chico que las invite a «pasar el rato».

—La palabra no me supone un problema. —Juraría que se había dado cuenta de que me costaba mantener el ritmo y ahora iba más rápido a propósito—. Pero sí tener que usarla contigo.

—Oh, pues estás de suerte. No sé si lo sabías, pero las citas son lo mío.

—Ah, ¿sí? ¿Cómo se llamaba tu novio? No me acuerdo…

—Igual que tu novia —farfullé.

Se detuvo en una intersección muy transitada y se giró para observarme fijamente. Tuve que estirar el cuello para poder mirarlo a los ojos.

—Ahora en serio, ¿qué quieres que hagamos en nuestra cita? —le pregunté.

Aiden se quedó un rato en silencio, estudiándome.

—Nada. Les haremos creer que la tuvimos y ya está —respondió, y continuó caminando con las manos metidas en los bolsillos del abrigo. Se encogió de hombros justo cuando nos sorprendió una ráfaga de viento.

—¿Qué? ¡No! —protesté—. Creo que tienen razón: necesitamos conocernos mejor para poder terminar la novela. Hasta hace tan solo unas semanas, ni siquiera sabía que eras hijo único y menos aún que tenías una prima adolescente. ¡Y una madre! —Aiden puso los ojos en blanco al escuchar eso último—. Si queremos que nuestros protas se enamoren, tenemos que pasar más tiempo juntos.

—Pensé que no estábamos escribiendo sobre el otro —comentó él, con los ojos entornados.

Dejé escapar un suspiro cargado de frustración.

—¿Tan insoportable te parezco que ni siquiera eres capaz de pasar un par de horas conmigo? Yo al menos puedo tolerarte.

—Vale, está bien. Te recogeré en tu casa mañana, ¿entendido?

Aceleró el paso una vez más, y casi me vi obligada a correr tras él.

—No podemos tener una cita mediocre.

Volvió a sobresaltarse.

—No te preocupes, prepararé una pancarta y todo.

—El sitio tiene que ser romántico. No puedes llevarme al McDonald's y quedarte tan tranquilo.

Al llegar a un paso de peatones, traté de cruzar a pesar de que el semáforo estaba en rojo. Pero Aiden extendió el brazo para impedírmelo justo cuando pasó una bicicleta a toda velocidad y me lanzó una mirada molesta.

—No voy a planear nada romántico. Porque no lo soy.

—¡Bueno, pues da igual! —grité, y él me miró con apatía—. ¡Llévame donde te dé la gana! Ya nos inventaremos algo para arreglar el capítulo. Pero que sepas que cualquier gesto puede ser romántico si sabes apreciarlo. Solo tienes que intentarlo, Aiden. Yo también haré el esfuerzo.

Se frotó la cara con la mano, justo donde le estaba saliendo la barba incipiente. Se le tensó la mandíbula y yo perdí por completo la capacidad de habla y razonamiento coherente.

—Envíame tu dirección. Te recogeré mañana a las siete —concluyó él.

A la mañana siguiente, abrí la puerta del despacho de Ida y, como de costumbre, ni siquiera levantó la vista del portátil.

—Me alegro de que hayamos vuelto a la normalidad —murmuró ella—. Pensé que ibas a seguir llamando a la puerta como si fueras un ratoncillo asustado.

Me dejé caer en la silla de siempre mientras me quitaba el abrigo.

—No me esperaba esto de ti. ¿Por qué lo has hecho? ¡Ha sido un acto de crueldad en toda regla!

Ella puso los ojos en blanco y cerró la pantalla del ordenador.

—Oh, por el amor de Dios, no seas tan dramática.

—Ese hombre es mi peor pesadilla. ¡Y ahora voy a tener que sentarme yo sola con él e intentar mantener una conversación civilizada!

Ida me miró como si estuviese reprimiendo una sonrisa.

–Os irá bien.

–¿Por qué estás tan interesada en nuestro libro? –Entorné los ojos–. Nos presionas más que al resto.

Ella frunció el ceño.

–Eso no es verdad. Hice que Logan fuera a un programa de comedia la semana pasada después de que presentase un capítulo que no hacía ninguna gracia. También le sugerí a Amelia que leyese tres novelas juveniles para que dejase de incluir escenas de fiestas con marihuana y que hablase con su sobrina de quince años para que saber cómo hablan hoy en día los adolescentes.

–No es lo mismo –resoplé.

Ida se echó a reír.

–Creo que Aiden y tú sois unos escritores increíbles. Pero también creo que los dos sois más tercos que una mula y que os habéis acomodado en vuestro género. Solo intento que salgáis de vuestra zona de confort.

–Tú no sueles escribir novelas que no sean románticas –señalé.

–Pero tuve que tocar todos los palos antes de encontrar mi sitio. Tuve que aprender a darle autoridad a mis personajes femeninos; de nada serviría que tuviesen el control de sus vidas y de su sexualidad si al lector no le iba a parecer creíble. Y tuve que hacer varios análisis detallados de los personajes, al igual que de su evolución, antes de probar suerte con mi primera novela romántica. –Se inclinó hacia delante–. Sé que te chifla el *romance*. Y a mí también. Pero una novela romántica no funciona si el autor no ahonda de lleno en las emociones humanas. Hay muchos factores que influyen, no solo el amor, y eso es importante recordarlo. Tus personajes necesitan ir más allá. Puede que no te haga mucha gracia tener que darle a tu historia un final triste, pero creo que escribir una escena como esa y conseguir que ese dolor sea visceral te ayudará en el futuro.

Sabía que tenía razón. Todos los personajes que creaba no tenían en sí un desarrollo emocional complejo; de hecho, eran un tanto planos. Me daba mucho miedo lastimarlos o hacerlos sufrir. Trabajar con Aiden me ayudaría de una manera u otra a cambiar eso.

–Está bien… –Cogí mi bolso y saqué el portátil–. No solo venía a echarte en cara que me hubieses traicionado de esta manera. También quería enseñarte algunas propuestas que pienso que tal vez podrían funcionar para la beca.

Ella sonrió.

–Claro. Me alegro mucho de que hayas decidido solicitarla.

–Y yo. Puede que no la consiga, pero no pierdo nada por intentarlo, ¿no?

–Como escritora, Rosie, vas a recibir muchos rechazos. Nos pasa a todos. Y confío en ti, pero creo que también es importante que estés preparada para aceptar que no siempre vas a escuchar la respuesta que quieres. –Alargó el brazo para coger mi ordenador–. Déjame ver lo que tienes.

–Se me ha ocurrido presentar una obra en la que trabajé el semestre pasado. Es una novela epistolar sobre una pareja que intenta mantener una relación a distancia.

Nos quedamos un rato revisando el texto, discutiendo la trama y haciendo algún que otro cambio. Pero fue la forma en la que se le iluminaron los ojos cuando la terminó de leer lo que realmente me hizo creer que tenía una oportunidad.

Extracto de *Sin título*,
de Rosie Maxwell y Aiden Huntington

Por supuesto que quería cenar con Max. Era la única forma de hacerle ver que no era tan malo como pensaba. Sentía que era capaz de sacar lo mejor de mí siempre que la tenía cerca y estaba dispuesto a hacer lo que fuese para seguir sintiéndolo. Quería demostrarle que me importaba. No sabía si se me volvería a presentar una oportunidad así y tampoco podía arriesgarme a desperdiciarla. Cuando vi que era casi imposible conseguir una reserva con tan poca antelación, hice lo único que odiaba de verdad: llamé a mi padre.

Capítulo 8

Esa noche, saqué casi todo lo que tenía en el armario y lo dejé en la cama. Si hubiese sido una cita normal, me habría puesto vaqueros o minifalda con una blusa bonita. Pero ¿qué debía ponerme para salir con un hombre al que en realidad no soportaba? Alexa estaba acostada encima de mi cama, con la cabeza colgando, y me observaba mientras me ponía varias blusas por delante del pecho.

—¿Estás segura de que no es una cita? —comentó ella de repente.

Al parecer, a todos les costaba creerlo. Mis amigos me habían bombardeado con mensajes, sobre todo Logan y Jess. Logan estaba convencido de que era una cita, pero Jess pensaba que Aiden tenía la intención de asesinarme al final de la velada.

LOGAN: no sabía k vuestro proyecto particular nos iba a dar tanto juego. sigo sin creerme k podamos ver esto gratis

JESS: hace falta q te lo repita??? no es gratis!!!

TYLER: Rosie, mándanos un mensaje si nos necesitas.

JESS: A saber q se le habrá ocurrido a aiden

LOGAN: x favor, todos sabemos k van a acostarse esta noche

JESS: logan!!!

LOGAN: k??? rosie, tienes k contarnos si hace cosas raras en la cama... estoy seguro de k tiene una de esas habitaciones rojas...

JESS: tiene pinta de tener un columpio sexual como mínimo

TYLER: ¿Eso existe?

LOGAN: quieres k te pase unos vídeos???

TYLER: No, gracias.

JESS: rosie, envíanos la ubicación. al menos así sabremos dónde encontrar tu cuerpo si ocurre lo peor

LOGAN: sí, así todos sabremos cuándo llegas a su casa

JESS: no seas pesado, logan...

LOGAN: acaso nadie cree en la magia de las noches de invierno??? el frío despierta la necesidad de sentir el calor humano

JESS: ay, por favor , cállate ya

TYLER: :)

Dejé que mi móvil siguiese vibrando en la cama y no miré los mensajes.

—No es una cita, es una tarea de clase —le recordé a Alexa.

Al menos eso es lo que me repetía a mí misma una y otra vez porque, si no lo hacía, entraría en terreno pantanoso. Empezaría a romantizarlo todo y a ver cosas donde no las había, y luego me enamoraría de la versión de Aiden que había creado mi cabeza. Era exactamente eso lo que me había ocurrido con Simon cuando tenía quince años y no me había dado cuenta de ello hasta que diez años más tarde.

Hacía tiempo que no tenía una cita. Después de que Simon y yo rompiésemos, les dije que sí a prácticamente todos los chicos que me invitaban a tomar algo. Estaba desesperada por volver al mercado y superar a Simon, pero enseguida aprendí que en el amor también había espacio para la crueldad. Todos fruncían el ceño cuando pedía un plato de carbohidratos, les hacía una cobra o me negaba a ir a su casa. Uno de ellos se fue a su casa indignado después de que le dijese que no le iba a hacer un bízum solo porque andaba flojo de dinero...

–¿Estás nerviosa? –Alexa se incorporó y se apoyó en el cabecero.

–Puede que un poco –admití.

–Aiden no es Simon.

En realidad, ese era el temor que me acompañaba cada vez que tenía una cita. Que sería incapaz de ver las señales de advertencia y acabaría tropezando otra vez con la misma piedra.

Quería ese tipo de amor que tratabas con delicadeza, como si pudiera romperse. Que era intenso, pero real. Ese por el que estarías dispuesto a luchar contra viento y marea. Y quizá estaba equivocada y lo que tanto anhelaba no existía. Pero al menos quería vivir algo que se le pareciera.

–Ya lo sé.

Me decidí por un top de manga larga granate con un escote en forma de corazón y unos vaqueros negros. Me los puse y me di la vuelta para que Alexa me pudiese ver bien.

–¿Qué tal estoy?

–Uf, vais a acabar follando esta noche –respondió ella, sonriendo.

Solté un gemido y le lancé a la cara la almohada que me quedaba más cerca.

–¡Que no es una cita!

–Si tú lo dices… –añadió ella, arrastrando las palabras–. Pero tienes las tetas prácticamente fuera de la camiseta. En el momento en el que Aiden te vea, se le va a salir la lengua de la boca como si fuera un perrito.

Tal vez una parte muy pequeñita de mí deseaba que Aiden pensara que estaba guapa. Seguramente todo era culpa de mi lado romántico, que ya estaba empezando a delirar, pero aun así se me escapó una sonrisa ante la idea.

A las siete en punto, justo cuando estaba terminando de maquillarme, llamaron a la puerta. Me sobresalté –por poco no me pinté los labios por fuera– y me volví hacia Alexa, que seguía sentada en mi cama.

–¿Cómo ha entrado en el edificio?

–Le habrá dejado pasar Ronny Júnior.

Suspiré, intentando calmarme mientras le abría la puerta al

mismísimo Aiden Huntington, que lucía la misma cara de pocos amigos de siempre. Llevaba su característico abrigo y una bufanda negra. Por lo general, solía llevar el pelo perfectamente despeinado, pero, en esta ocasión, se lo había echado hacia atrás. Enseguida me llegó el aroma de su colonia. ¿Cómo podía pensar que estaba muchísimo más bueno cuando estaba cabreado?

–Hay un ladrillo que mantiene abierta la puerta de tu edificio –dijo él con brusquedad.

Tenía la mandíbula apretada y se le notaba más de lo normal.

–Hola a ti también, Aiden –lo saludé.

–Rosalinda –me interrumpió–, cualquiera podría entrar en el edificio.

–Que sepas que ese ladrillo se llama Ronny Júnior. Gracias a él, Ronny Padre puede entrar en el edificio cuando se olvida las llaves –le conté con la esperanza de que cambiase de tema.

Me fulminó con la mirada y adoptó una expresión sombría.

–¿Me estás diciendo que sabías que había un ladrillo y que aun así no has hecho nada para solucionarlo?

–Tampoco es para tanto. Tenemos pestillo. –Tiré de la cadena sujeta al marco de la puerta para demostrárselo–. ¿Vas a pasarte toda la noche cuestionando la seguridad de mi hogar o podemos irnos ya a cenar?

–Rosalinda, todo esto es absurdo. Incluso para alguien como tú.

Aiden tenía un Rolex. Usaba una colonia italiana carísima y seguramente solo cogía el metro en vez de un Uber con el fin de conseguir algo de inspiración para sus novelas. Era evidente que no tenía que preocuparse por el dinero, pero yo sí. No me había quedado más remedio que cogerle cariño al edificio que se caía a pedazos y que había acabado convirtiéndose en mi hogar, así que no iba a tolerar que Aiden se metiese con él.

–Genial, me mudaré mañana mismo ahora que sé que tengo tu aprobación. ¿Nos vamos ya?

–Yo no...

–¡Adiós! –grité para que me oyese Alexa–. Nos vemos luego.

–¡Espero que no! –exclamó ella con alegría desde su dormitorio.

Puse los ojos en blanco y empujé a Aiden para poder cerrar la puerta.

–¿Adónde vamos?

Me llevó a un restaurante italiano que estaba a tan solo unas manzanas de mi apartamento y que se llamaba Il Buco. Había pasado por delante muchas veces, deteniéndome frente al edificio para poder inhalar aquel olor tan distinto al de los fideos instantáneos. El restaurante era pequeño, pero había mucha gente haciendo cola en la acera, esperando a que les diesen una mesa. Nada más entrar, me enamoré del sitio. No había ni un hueco en el interior que no estuviese decorado. Había cacerolas y sartenes colgadas del techo que brillaban a la luz de las velas. Las estanterías cubrían casi todas las paredes y en ellas habían colocado libros viejos de cocina, jarrones y botellas de vino. El restaurante parecía más la casa de una abuela que un restaurante de lujo de Bowery. La melodía de una canción italiana se mezclaba con las conversaciones de los clientes. Olía a albahaca fresca y a romero, y me rugieron las tripas por la anticipación.

Fruncí el ceño cuando vi que la camarera de la entrada le sacudía la cabeza con simpatía a todas las personas que teníamos delante. Había trabajado en el Hideout el tiempo suficiente para saber lo que significaba ese gesto: era imposible que Aiden y yo consiguiésemos una mesa esta noche.

–¿Crees que nos darán una mesa? –le pregunté a Aiden–. Está lleno.

–He reservado –me contestó él.

–¿Cómo lo has hecho con tan poco tiempo de antelación?

–Moviendo algunos hilos.

–Pero...

Suspiró, resignado.

–¿Vas a seguir con las preguntitas o vamos a cenar?

Casi todas las mesas estaban a rebosar; las parejas se apiñaban unas al lado de otras como podían. Lo miré con escepticismo mientras se acercaba a la camarera que estaba en la entrada.

–Tengo una reserva a nombre de Huntington.

Ella asintió y cogió dos menús.

—Acompáñenme.

Nos guio por el restaurante hasta una pequeña mesa que había justo enfrente de una pared de ladrillos. Aiden me hizo señas para que me sentara en el asiento acolchado, y él ocupó la silla de madera.

Hubo un silencio incómodo entre los dos. Crucé los tobillos, alejándolos lo máximo posible, ya que mis rodillas ya rozaban las suyas. Lo último que me apetecía era que Aiden Huntington se dedicara a darme paraditas por debajo de la mesa.

—Ahora en serio, ¿cómo conseguiste hacer la reserva?

Aiden tenía los labios apretados en una línea fina.

—Llamé a mi padre —respondió él por fin.

—¿Llamaste a tu padre?

Se puso a mirar la carta y murmuró algo. Me pregunté cómo sería tener un padre que podía conseguirte todo lo que quisieras en un abrir y cerrar de ojos. Una reserva en un restaurante de lujo, un coche, quizá también un palacio o puede que incluso dos… Si llamase a mi padre para pedirle algo, se reiría a carcajadas y me diría: «Puedo enviarte un poco de albahaca fresca del huerto. ¿Te vale con eso?».

Fruncí el ceño y abrí la carta. Los precios eran desorbitados. Hasta una simple ensalada costaba quince dólares… No podía permitírmelo.

—Buenas noches. —Una camarera se detuvo en nuestra mesa—. ¿Celebran algo especial hoy?

Justo cuando Aiden estaba a punto de negar con la cabeza, se me ocurrió una idea. Le di una patada en la espinilla por debajo de la mesa y dije:

—¡Sí, es nuestro aniversario!

Aiden se frotó la pierna y me lanzó una mirada de advertencia.

—¡Ay, qué ilusión! ¿Cuánto tiempo llevan juntos? —nos preguntó la camarera con una sonrisa.

—Tres años; los tres mejores años de nuestra vida.

Aiden me fulminó con la mirada, y yo abrí los ojos de par en par para que me siguiera el juego.

–Sí, tres años de pura felicidad –añadió él con tensión.

–En ese caso, muchas gracias por haber elegido nuestro restaurante para celebrar un día tan especial. ¿Qué desean tomar?

Aiden me hizo un gesto con la cabeza para que pidiese yo primero. No me hacía falta abrir la carta para saber que ningún cóctel costaría menos de dieciocho dólares.

–Una botella de agua, por favor.

Aiden pidió lo mismo.

–¡Les dejaré un rato para que piensen qué quieren comer! –concluyó la camarera con una sonrisa.

Le devolví el gesto mientras se alejaba.

–¿A qué ha venido eso? –quiso saber Aiden.

–Se supone que debemos fingir que somos una pareja feliz, ¿no? Pensé que quizá nos regalaría una botella de champán o algo. Es lo que harían en Tennessee.

–Bienvenida a Nueva York –se burló él–. Aquí nada es gratis.

–Aun así, sigo creyendo que es buena idea –espeté–. En esta cita tenemos que actuar como Max y Hunter, ¿recuerdas?

–Max y Hunter se odian –replicó él–. Y no llevan tres años juntos...

–Muy bien. Nos quedaremos aquí sentados en silencio y le diremos a Ida que nos fue genial.

–Vale.

–Vale.

Volví a coger la carta y la hojeé en busca del plato más barato. Una ensalada César ligera debería saciarme hasta mañana y no me dolería tanto pagarla. Me la zamparía en un momento y me iría a mi casa lo antes posible.

Eché un vistazo a las mesas que nos rodeaban. Era evidente que parecía que estábamos teniendo una primera cita. Puede que la gente incluso pensase que era una cita a ciegas. No cabía ni un alfiler en el restaurante y el personal corría sin parar de un lado a otro. Hice una mueca al pensar que debía de estar pasando algo similar en el Hideout. Me sentí mal por los trabajadores cuando los vi cargando platos y platos de comida y llenando vasos de agua.

Los minutos me parecieron horas mientras esperábamos a que

regresara nuestra camarera. Hasta que no pude soportarlo más y tuve que romper el silencio.

–El local es muy romántico… Mira a todas esas parejas. –Hice un gesto con la cabeza hacia dos enamorados que estaban sentados más allá, ambos en el mismo lado de la mesa–. Buena elección.

Me dedicó una sonrisa tensa. Aiden observaba el crepitar de la llama de la vela que había en el centro de la mesa como si fuera la cosa más interesante que había visto en su vida.

Suspiré, molesta, al ver que no estaba dispuesto a continuar la conversación, pero aun así no me rendí:

–Esto no va a funcionar si no hablamos, Aiden.

Levantó la vista para mirarme y luego desdobló con cuidado su servilleta y se la colocó en el regazo.

–Creo que igual Ida tiene razón –continué–. Por mucho que me guste meterme contigo en los capítulos, necesitamos hacer que Hunter y Max se enamoren. Sé que todavía no han llegado a ese punto, pero su historia depende únicamente de nosotros.

–Me está costando mucho no meterme contigo ahora mismo. Cuando te tengo delante, me sale solo.

–Vale. Pues quizá deberíamos decirnos cosas feas.

Me enderecé en el asiento.

–¿Qué?

–Es la única forma en la que sabemos comunicarnos. Actuemos como siempre y seamos crueles el uno con el otro. –Las comisuras de la boca de Aiden se curvaron ligeramente hacia arriba, pero no dijo nada–. Muy bien. Empezaré yo. Te has pasado tres pueblos en mi casa.

–Pero ¿qué dices? –Frunció el ceño.

–Lo que oyes. ¿No crees que te has excedido un poco con Ronny Júnior?

–Solo dije que me parecía absurdo que mantuvieseis la puerta abierta con un puñetero ladrillo. Sobre todo en la zona en la que vivís...

–Bla, bla, bla. Yo solo escucho a alguien criticando el lugar en el que vivo y por el que pago un alquiler desorbitado. –Hice un gesto con la mano–. Pero tranquilo; se me ha pasado el enfado cuando te he dicho a la cara que eras un imbécil.

–No me has llamado imbécil en ningún momento.

–Lo que tú digas… Te toca.

–Vale. Se te da de pena caminar con tacones –soltó él con cierta vacilación, como si no estuviera del todo seguro de su comentario.

Solté un jadeo dramático.

–¡Eso no es verdad!

Sí que lo era: había tropezado varias veces por el camino, pero tenía la esperanza de que no se hubiese percatado. En mi defensa, habíamos bajado por Bond Street: una calle repleta de adoquines. Era prácticamente imposible caminar con decencia por allí, ni siquiera con zapatillas de deporte.

–Vale, entonces lo de antes, cuando casi te comes el suelo, ¿ha sido fruto de mi imaginación?

Sonrió, reclinándose en la silla.

–¿Sabes qué? Cuando antes te he llamado imbécil, lo decía en serio.

–He fingido no darme cuenta porque soy todo un caballero –añadió él, ignorando mi comentario.

–Sí, claro… –me burlé–. Si de verdad fueses un caballero, no hubieses sacado el tema.

–Y si tú de verdad fueses una dama, sabrías caminar con tacones –comentó en un tono de voz relajado.

–Nunca he dicho que lo fuese.

La camarera volvió por fin para apuntar nuestra comanda. Aiden frunció aún más el ceño cuando solo pedí una ensalada, pero no dijo nada. Después, la mujer nos dejó solos en la mesa con una pequeña cesta con pan y mantequilla. Sabía que la ensalada no me llenaría el estómago, así que me hice con uno de los trozos enseguida.

–¿Qué tal en el baile de tu prima? –le pregunté, y me metí el pan en la boca.

Él hizo una mueca.

–La mayoría de los críos no saben todavía lo que es un desodorante. Y perdí la cuenta de todos los polvos de picapica que tuve que confiscar...

Arrugué el gesto.

—Joder. Yo siempre me quedaba en la zona de picoteo para ver si encontraba. Aunque lo mejor de los bailes eran las madres que traían *cupcakes*.

—¿Ibas a esos bailes?

Debió de darse cuenta de cómo observaba la cesta del pan porque me la acercó. Le dediqué una sonrisa de agradecimiento y cogí otros dos trozos. Y después un tercero, por si acaso.

—¿Tú no?

Negó con la cabeza.

—Me parecía que tan solo era una excusa para presumir delante de las chicas y para hacer el ridículo bailando delante de los padres y los profesores. Nunca les vi sentido.

—Yo solo iba por Trent Walsh —dije con un suspiro—. Era el chico más guapo del insti. Tenía el pelo ondulado y llevaba los vaqueros caídos y una cadena.

—Entonces, ¿solo ibas porque tenías la esperanza de que te sacase a bailar?

No me estaba juzgando, su tono de voz era más bien curioso. Como si él no se hubiese colado por nadie en el instituto.

—No, iba porque sabía que me iba a sacar a bailar —lo corregí—. Le dijo a todo el mundo ese mismo viernes que le gustaba mi pelo y que pensaba que era la chica más lista de la clase. Bailamos una canción de Coldplay. Las luces del gimnasio eran tenues y, aunque estábamos en un rincón, ni siquiera intentó agarrarme el culo. Me pareció tan romántico… Fue mi primer beso.

Aiden se aclaró la garganta para reprimir una sonrisa. ¿Por qué siempre hacía lo mismo? ¿Por qué se negaba a sonreír?

Cuando nos trajeron la comida, miré el plato de pasta de Aiden adornado con albahaca fresca con envidia. Enrolló con el tenedor los espaguetis mientras yo pinchaba la lechuga de mi triste ensalada como si fuese la culpable de todas mis desgracias. Ni siquiera podía permitirme pagar el pollo asado que podías pedir como acompañamiento.

Debí de quedarme un rato largo con la vista clavada en el plato de Aiden porque, de pronto, dejó de comer. Levantó una ceja y me ofreció el tenedor.

–¿Quieres probarlo?

Negué con la cabeza, volviendo a la realidad.

–No, gracias.

–Sabes que… –empezó a decir él con cuidado– la cena la voy a pagar yo, ¿no?

Me quedé inmóvil, mirándolo con los ojos entornados.

–¿Y eso a qué viene ahora?

–A que puedes pedir cualquier cosa de la carta. Hoy invito yo.

–Puedo pagarme la cena.

–Es una cita, Rosalinda.

–Y yo soy feminista...

–Y yo –me cortó. Después, se aclaró la garganta y apoyó el tenedor con delicadeza en el plato–. Te he traído aquí y pagaré la cena. Pide otra cosa.

–No hace falta; ya estoy llena.

Mentía, pero era demasiado orgullosa para decirle que en realidad me estaba muriendo de hambre. No me fiaba. Seguro que solo se ofrecía a pagarme la cena porque le había dicho a...

–Deja de darle vueltas –añadió, interrumpiendo mis pensamientos.

Suspiré.

–Este lugar ya es caro de por sí. No voy a dejar que pagues otro plato más.

Puso los ojos en blanco como si fuese yo la que estaba dando la lata. Luego le hizo señas a la camarera y pidió un plato limpio.

–¿Qué haces?

Me miró con impaciencia antes de pasar con cuidado la mitad de su pasta al plato que le habían traído y ponérmelo delante.

–Solucionado. Ya no tengo que pagar otro plato ni ver cómo miras tu ensaladita con tristeza.

–¿Acabas de decir ensaladita?

No podía evitar sonreír.

–Cómete los espaguetis.

Suspiró como si ya se le hubiese agotado toda la paciencia. Pero no continuó comiendo hasta que yo cogí el tenedor con vacilación.

Aiden volvió a centrar toda su atención en su plato mientras yo me metía en la boca un puñado de espaguetis. Cuando gemí levantó la vista y se movió incómodo en la silla.

—Dios mío —solté entre bocados—, ¡está buenísimo! Creo que es el mejor plato de pasta que he probado en mi vida. —Aiden torció los labios mientras yo continuaba comiendo—. Gracias. Haré lo que quieras. Podemos matar a uno de los protas. Me da igual. Madre mía... Muchas gracias.

—Tienes toda la boca manchada de salsa marinara.

—Creo que esa es la frase más sexi que me han dicho nunca.

No sabía por qué había dicho eso en voz alta. Tal vez por el hambre. O quizá por lo buena que estaba la pasta. O puede que fuese por el tono ligeramente autoritario que Aiden siempre usaba cuando hablaba conmigo. Pero tenía delante a un hombre que llevaba un jersey bonito y que me había ofrecido la mitad de su comida. ¿Qué chica no hubiese pensado que era una escena de lo más romántica?

—¿No se supone que deberíamos comportarnos como si fuésemos Max y Hunter? —preguntó él, y dio un sorbo a su vaso de agua.

Me encogí de hombros.

—¿No lo hacemos siempre?

—Qué graciosa... Lo digo en serio.

Me enderecé y me recoloqué la servilleta que tenía en el regazo.

—Bueno, Hunter, ¿cómo estás?

—Bien, Maxine. Y tú, ¿qué tal? —dijo sin emoción en la voz, pero siguiéndome el juego.

—¿Por qué siempre me llamas «Maxine»? Sabes perfectamente que todo el mundo me llama Max.

—No lo sé —respondió él.

—Sí lo sabes. —Me llevé el vaso de agua a los labios y bebí un trago—. Tiene que haber algún motivo. Siempre me llamas Rosalinda.

—Maxine —me corrigió.

Hice un ademán con la mano.

–Bueno, el mismo perro con distinto collar.

–Siguiente pregunta –me cortó.

–Esto no funciona así, ¿sabes? No puedes cambiar de tema siempre que te hago una pregunta que te incomoda.

–No estoy incómodo.

–Por favor, ¡si prácticamente te estás retorciendo en la silla!

–Ya estás empezando a delirar.

–Me pasa a veces… –dije antes de echarme a reír.

En ese instante, la camarera nos interrumpió y nos puso delante la carta de postres.

–¿Tienen pensado los tortolitos pedir postre?

–Ah, no. –Cerré la carta–. Íbamos a pedirle ya la cuenta. Si no le importa, podría dividir...

–Rosalinda, pide un postre –me ordenó Aiden con impaciencia.

–No –contesté, devolviéndole el menú a la camarera.

–Sé que eres golosa. Y también sé que quieres comerte un postre. Así que pide uno y ya está –añadió él, ofreciéndome su carta.

La camarera nos miró y dio un paso vacilante hacia atrás.

–Les dejo unos minutos para que decidan.

–No hace falta –insistí yo.

–Gracias –pronunció Aiden al mismo tiempo.

Lo observé desde el otro lado de la mesa. Me volvió a ofrecer su carta y yo crucé los brazos por delante del pecho y levanté la barbilla, con actitud desafiante.

–Pide un puñetero postre, Rosie. Ya te he dicho que te iba a invitar.

–Ni de broma. No voy a dejar que me pagues una ensalada, que ni siquiera me he terminado, y un postre cuando encima me he comido la mitad de tu plato. Es demasiado.

–No lo es –repitió con el ceño fruncido y con ese tono de voz severo que siempre conseguía derretirme por dentro–. Además te gusta. Casi todos los días te traes a clase algo que lleve chocolate, así que pide algo.

Intenté que no notara que me había sorprendido su comentario, porque tenía razón: no podía aguantar muchas horas sin llevarme algo dulce a la boca. Por lo general, siempre guardaba un paquete de M&M's en el bolso, pero, si conseguía una buena propina en el trabajo, me compraba una galleta o un cruasán de chocolate en la panadería que había cerca de mi casa. Y a veces le robaba a Alexa algunas Morochas, las famosas galletas peruanas.

Sin embargo, había una parte de mí que pensaba que tal vez lo sabía porque era obvio. Quizá no lo recordaba porque me prestara mucha atención en clase, sino que más bien era un dato aleatorio de Rosalinda que se le había quedado grabado. Seguramente para poder usarlo en mi contra en el futuro.

Pero sí que era cierto que me apetecía pedir un postre.

–Está bien… –Le quité la carta de las manos–. Pero solo si lo compartes conmigo.

–Oh, no. ¿Ahora me estás obligando a comerme un trozo de tarta de chocolate? ¿Qué voy a hacer ahora? –se burló, con el rostro impasible.

–¿Cómo sabes que voy a pedir la tarta de chocolate? –quise saber, enarcando una ceja.

–Porque está claro que no vas a elegir el tiramisú –respondió, como si fuera más que evidente.

Se inclinó hacia delante y cogió el menú que tenía en las manos con delicadeza.

Los ojos verdes le brillaban con la luz de las velas y deseé, solo por un segundo, que todo fuese real. Que la cita que estábamos teniendo no fuese una farsa. Pero enseguida descarté la idea porque Aiden Huntington y yo no acabaríamos juntos ni en un universo paralelo.

–¿O me equivoco? –añadió él, haciendo que volviese a la realidad.

–No –murmuré.

–Lo sabía –respondió con orgullo.

La camarera no tardó mucho en traernos el postre. Cuando Aiden fue a coger un trozo, mi cuchara chocó con la suya y conseguí arrebatárselo. Él ni se inmutó, pero cuando lo volví a hacer por segunda vez, su mirada se cruzó con la mía.

Me metí la cuchara en la boca y le dediqué una sonrisa pícara.

Creí ver un destello de algo en sus ojos, y fue él el que me robó a mí el siguiente pedazo. Seguimos con ese tira y afloja hasta que Aiden me quitó la servilleta que tenía en el regazo para despistarme. Jadeé cuando se comió el último trozo.

–Eres un tramposo.

Se llevó la cuchara a los labios y dijo, con un tono de voz demasiado divertido para ser Aiden:

–No sé de qué estás hablando.

Cuando la camarera nos trajo la cuenta, me preparé para otra pelea.

–Déjame verla –le dije, intentando hacerme con el portacuentas negro.

A Aiden no le hizo ni pizca de gracia; de hecho, ni siquiera levantó la vista del papelito.

–Ya hemos hablado de esto, Rosalinda.

–Pero he cambiado de opinión.

–Me da igual.

–Por favor, no...

–Como quieras. –Aiden cerró la tapa y me lo pasó–. Todo tuyo.

Lo abrí con lentitud y, cuando vi el número que aparecía en la parte inferior, se abrí los ojos como platos.

–Pensándolo bien..., creo que tal vez sea mejor que...

Volvió a poner los ojos en blanco y me arrebató la cuenta de las manos.

Mientras caminábamos hasta mi casa, el silencio volvió a extenderse entre nosotros, justo como había sucedido a lo largo de la noche. Nos rodeaba, al igual que lo hacían los rascacielos y las luces de la ciudad, consiguiendo que la situación se volviese aún más incómoda.

–La cita ha sido…

Hice una pausa, intentando encontrar la palabra correcta. Me quedé con la vista clavada en el cielo oscuro y con la esperanza de que se me ocurriese otro término para describirla que no fuese «desastrosa».

–La mejoraremos en la historia –me cortó cuando nos detuvimos delante de mi edificio–. La perfección se consigue en la revisión, ¿no?

Tuve que estirar el cuello para poder mirarlo a los ojos. Dios mío… Era atractivo, pero de una manera poco convencional. Me gustaba la forma en la que las cejas se le fruncían; eran del mismo tono que su pelo y contrastaban a la perfección con sus ojos claros. Tenía la nariz ligeramente torcida, pero eso lo hacía parecer aún más perfecto. A veces, cuando lo observaba, pensaba que se habían inspirado en él para crear el personaje de Clark Kent.

Nos quedamos allí parados, en silencio, con el vaho saliendo de nuestras bocas por el frío cortante. Pensaba que cualquier momento podía ser romántico si sabías apreciarlo, pero ese no era romántico. Estábamos esperando a que el otro dijese algo que nos sirviera como vía de escape.

Cambió el peso del cuerpo de un pie a otro, con la vista clavada en mi portal, y yo me ajusté el abrigo, sin apartar los ojos del suelo. Cuando no pude aguantarlo más, me metí las manos en los bolsillos y dije:

–Bueno, nos vemos la semana que viene.

Después, me giré con torpeza y me apresuré a abrir la puerta.

–¿Qué haces aquí? –quiso saber Alexa cuando entré en nuestro apartamento–. Deberías estar en su casa. Desnuda.

–Sí, así estaba justo antes de volver a casa –dije con sarcasmo, caminando hacia la cocina.

Saqué un vaso del armario y lo puse debajo del grifo.

–Ja, ja. ¡Qué graciosa! ¿Cómo ha ido?

–Tal y como me esperaba. –Me tragué el agua–. Horrible, incómodo y lamentable.

Había habido momentos de la cita en los que había estado cómoda, pero ¿cómo iba a escribir sobre ello sabiendo que Aiden lo leería después?

–No creo que nos haya servido de mucho para la novela –añadí.

–Algo se te ocurrirá –me animó ella, sonriendo.

Después de desmaquillarme y ponerme una sudadera, cogí el móvil y revisé el montón de mensajes que habían enviado mis amigos por el grupo.

LOGAN: me apuesto lo k queráis a k
ya está en casa de Aiden

JESS: o muerta

LOGAN: no digas eso, x dios!!!

JESS: es una posibilidad. no conocemos bien a aiden...

TYLER: Para ser justos, ninguno se ha esforzado
demasiado en entablar una conversación con él.

LOGAN: Pk da un miedo k te cagas!!!

JESS: tenemos q salvar a rosie

TYLER: Seguramente sigan en la cita.
Que no cunda el pánico.

Me puse de costado, cubriéndome los hombros con una manta.

ROSIE: ya estoy en casa. un desastre. me quiero morirrr

LOGAN: cuenta cuenta!!!

ROSIE: me llevó a un restaurante bonito, pero
apenas hablamos. y luego me acompañó a
casa sumido en un silencio incómodo...

TYLER: ¿Te acompañó hasta tu casa? Qué majo.

JESS: es lo mínimo, por dios!!! podemos dejar
de alabar a los hombres por hacer lo que
viene siendo el mínimo esfuerzo???

LOGAN: dilo tataaaa

JESS: logan, haznos un favor y cierra el pico

TYLER: ¡Qué ganas de leer vuestros capítulos en clase!

LOGAN: creo k serán más de terror que de romance...

ROSIE: sois de lo que no hay...

Silencié el grupo y me pasé la siguiente hora mirando las redes. Y justo cuando me estaba empezando a quedar dormida, me llegó otro mensaje.

AIDEN: Capítulo terminado.

Me apresuré a coger el portátil que había dejado en la mesita de noche y abrí el documento compartido. El icono con su foto seguía apareciendo en la pantalla, al igual que el cursor en la última palabra, lo que significaba que todavía estaba conectado y mirando el documento. Me desplacé hasta la parte superior del capítulo y comencé a leer.

**Extracto de *Sin título*,
de Rosie Maxwell y Aiden Huntington**

Me sorprendió que Maxine me invitase a cenar. Pero me sorprendió aún más que me sintiera tan nervioso.

Me recordé a mí mismo que no era una cita de verdad, sino más bien una cena entre compañeros. Unos que no se aguantaban. Que nunca se habían visto fuera del trabajo. Y que hacían todo lo posible por entablar conversación para poder lanzarse pullitas.

Por mucho que intentase calmarme, seguía habiendo algo entre nosotros que me lo impedía. Siempre me pasaba cuando estaba cerca de Maxine. Nos insultábamos el uno al otro, pero ¿cuántos de esos insultos eran en serio?

No es una cita. Es una cena con una compañera de trabajo. Eso es. Me lo repetí por activa y por pasiva, como si fuese un mantra. No había tenido una cita de verdad desde que había roto con mi expareja. E incluso entonces, no estaba lo suficientemente bien como para dedicarle la atención que se merecía, sobre todo, después de todo lo que había pasado con mi madre. No me apetecía abrirme a otra persona cuando sentía que todo mi mundo estaba patas arriba. Pero con Maxine era diferente, porque se me había colado bajo la piel; era como si una parte de ella me fluyese por las venas, la llevaba dentro. Tener citas nunca había estado en mi lista de prioridades, pero a ella era incapaz de decirle que no.

Capítulo 9

Se me pasaron un millón de preguntas por la cabeza. Su capítulo transmitía tanta sinceridad que me resultó difícil saber si lo había escrito como Aiden o como Hunter. Seguí leyendo.

Cuando llegué a su apartamento, me detuve en la puerta del edificio. Sentí una mezcla de rabia y temor por dentro. La inicial de su nombre y apellido estaban escritas en el timbre del apartamento 9C, pero no me hizo falta llamar. Había un ladrillo en el suelo que mantenía la puerta abierta. Uno de sus vecinos, o puede que un intruso, pasó a mi lado y entró en el edificio como si nada. Lo seguí, clavándome las uñas en las palmas de la mano. Intenté relajar los puños. El ascensor chirriaba con cada sacudida; llegué a pensar que de un momento a otro los cables dejarían de funcionar.

Nunca lo admitiría delante de ella, pero Maxine era la mujer más lista que conocía. Cuando tuvo que asistir a su primera reunión en la empresa, se mantuvo serena. Aunque fuera nueva en el equipo y la sala estuviese llena de extraños, no le tembló el pulso al dar su opinión. De hecho, consiguió hacer que todos riesen una o dos veces.

Empecé a ponerme nerviosa mientras continuaba avanzando. Me convencí de que no estaba haciendo alusión a la primera clase en la que coincidimos el semestre pasado. Aquel día estaba tan alterada que balbuceaba cada vez que me daban la palabra y, sí, hice reír a algunos compañeros. Me decía que seguramente tan solo se trataba de una mera coincidencia. Solo había leído las primeras páginas del capítulo; era imposible que se estuviera refiriendo a mí.

Pero iba a empezar a dudar de su inteligencia si vivía aquí.

Vale, quizá sí que hablaba de mí.

Era una decisión de lo más imprudente; estaba poniendo en riesgo su seguridad. Llamé a la puerta con tres golpes rápidos. Oía sus murmullos de fondo y, aunque su voz solía calmarme, me fue imposible sentir otra cosa que no fuera ira.

Le quitó el pestillo a tres cerraduras antes de abrir la puerta con una sonrisa capaz de iluminar el cielo bajo la oscuridad de la noche. No quería apartar la mirada, quería detenerme y estudiar su boca, estudiarla a ella. Quería descubrir quién era fuera de esas cuatro paredes en las que nos quedábamos atrapados entre semana. Esta era la oportunidad que tanto había estado esperando y su sonrisa me recordó el porqué: quería confesarle que me volvía loco, y no precisamente porque me hiciese enfadar todos los días.

Pero, en lugar de eso, le dije:

—Hay un ladrillo que mantiene abierta la puerta de tu edificio.

Ella parpadeó; tenía las pestañas tan largas que parecían dos abanicos.

—Ah, sí. Mi vecino, Andy, siempre se olvida las llaves, así que lo puso ahí.

Sentí que la rabia me comía por dentro y se me formaba un nudo en la garganta.

—¿Me estás diciendo que sabías que había un ladrillo?

—Tampoco es para tanto. Tenemos pestillo.

La miré con los ojos entornados mientras los engranajes de mi cabeza se ponían en marcha a toda velocidad para buscar una solución a su problema. No podía comprarle un apartamento, no podía denunciar al dueño del edificio, pero sí que podía convencerla para que se mudara.

—Maxine, todo esto es absurdo. Incluso para alguien como tú —añadí de manera elocuente, como de costumbre. De inmediato, las mejillas se le tiñeron de rojo por el enfado. Quería ser más amable y cariñoso con ella. Quería ser el tipo de hombre que se merecía tener al lado, pero siempre acababa tirándome piedras contra mi propio tejado.

Levanté las cejas, sorprendida. Hasta ahora, escribir como Max y Hunter significaba lanzarnos indirectas que en realidad queríamos decirnos en persona. Nunca habíamos cruzado esa línea. Pero... ¿a Aiden le gustaba tanto mi sonrisa como a Hunter la de Max?

Había llegado a la conclusión de que me había dicho lo del ladrillo porque quería alardear; recordarme que yo era pobre y él no. Nunca pensé que estuviese preocupado por mi seguridad. Lo más probable era que hubiese disfrazado la realidad para poder plasmarlo en la novela. Quizá se le daba mejor escribir historias de amor de lo que pensaba.

—¿Nos podemos ir ya?

Me rozó al pasar hasta el pequeño pasillo y a mí no me quedó más remedio que seguirla.

Cuando me envió su dirección, busqué en Google cuáles eran los mejores restaurantes de su zona. Quería llevarla a un lugar que le gustase. O a uno que sabía que nunca se daría el gusto de probar.

Una vez que llegamos al restaurante, tras haber dado un paseo un pelín incómodo, me preguntó:

—¿Cómo has conseguido una mesa para hoy?

Me encogí de hombros.

—Moviendo algunos hilos...

En otras palabras: había llamado a mi padre y le había prometido cenar juntos si me conseguía una reserva. Tan solo se interesaba por mí una vez al año y siempre se pasaba esa hora y media criticando las decisiones que había ido tomando a lo largo de mi vida. Se aseguraba de que supiese que lo había decepcionado y que había echado por tierra mi futuro. Pero estaba dispuesto a aguantar las cenas que hiciesen falta con él a cambio de pasar un par de horas con ella. Si no metiese la pata cada vez que abría la boca...

Me empezó a latir el corazón con fuerza. Había copiado la noche casi al pie de la letra, pero a la romántica que había en mí le resultaba difícil distinguir qué frases eran reales y cuáles mera ficción.

Seguía conectado cuando llegué al final del capítulo y no se marchó cuando empecé a escribir mi borrador:

Hunter me llevó a un restaurante italiano precioso. Había pasado por delante un millón de veces. En primavera, cuando todavía no hacía suficiente calor para que la gente se sentara fuera, me quedaba un rato parada en la acera, disfrutando del olor a albahaca fresca y pasta. Cuando entramos, la música me cautivó de inmediato, al igual que el olor a comida que me hizo la boca agua. Estaba cabreada con Hunter por lo que había dicho de mi apartamento, pero, por mucho que me costase admitirlo, tenía que reconocer que estaba deseando que llegase esa noche.

Me paré a reflexionar un instante antes de continuar.

Quizá había malinterpretado sus palabras. Lo más seguro era que solo estuviese intentando ser amable. Tal vez la imbécil era yo y me había enfadado sin motivo.

Justo cuando terminé de escribir esa última línea, me apareció una notificación en el chat del documento.

AIDEN: Rosalinda.
ROSIE: q??? no he dicho ninguna mentira!!!

126

No podía apartar la vista del icono de Aiden mientras escribía. Cerré los ojos y sentí la misma mirada intensa que siempre me dedicaba en cada clase. Empecé a dudar.

ROSIE: me estás poniendo nerviosa
AIDEN: ¿Por qué?
ROSIE: pq me estás viendo escribir...
me siento cohibida...
AIDEN: Pues haz como si no estuviese.

De repente, se me ocurrió una idea y, antes de que pudiese arrepentirme, la escribí en el chat:

ROSIE: o puedes escribir conmigo...

Respiré hondo y me mordí el labio inferior mientras observaba cómo aparecían y desaparecían los puntitos en la conversación.

AIDEN: Vale.
ROSIE: eres libre de escribir cuando quieras!!!
AIDEN: Vale.

Esbocé una sonrisa de triunfo y continué con el capítulo.

—Te he invitado a cenar porque quería que firmásemos una especie de tregua —confesé, y levanté la barbilla, fingiendo confianza.
Puse las manos debajo de la mesa y me limpié el sudor en la falda.
Él frunció el ceño y se le formaron unas arrugas en la frente.
—¿Una tregua?
—Sí, quiero que la presentación salga bien. Y a ninguno de los dos nos apetece trabajar juntos. —Él asintió con la cabeza para indicarme que estaba de acuerdo—. Y si te soy sincera, no sé

qué me agota más, si el trabajo u odiarte. Así que he pensado que lo mejor es eliminar uno de los dos problemas.

Esperé a que Aiden continuase, pero no lo hizo.

—Una tregua —repitió él, como si estuviese saboreando cada una de las letras de la palabra.

Y entonces Aiden empezó a escribir:

—¿Y en qué consiste exactamente esa tregua?
Me incorporé con una sonrisa en los labios.
—He decidido dejar de odiarte. Pero, una vez que todo esto termine, siéntete libre de volver a detestarme.

Dejé de teclear, sin saber si ahora estaba escribiendo solo como Maxine, y él como Hunter. Aiden continuó con la historia:

—¿Me estás diciendo que solo necesitaba sacarte de la oficina para que dejaras de odiarme? Joder, pues debería haberlo hecho hace mil.
—¿Aceptas, entonces? —añadí, ignorando su comentario y extendiendo la mano sobre la mesa.
Me la estrechó.
—¿Se supone que ahora somos amigos o todo esto es una especie de alto el fuego?
Arrugué la nariz mientras meditaba la respuesta.
—Bueno, si fuésemos amigos, tendrías que empezar a darme información valiosa sobre ti...
Puso los ojos en blanco mientras bebía otro sorbo de agua.
—Ah, ¿sí? ¿Por ejemplo?
—No lo sé. Nos sentamos a un metro y medio de distancia cada día, pero apenas sé nada sobre ti. Ni siquiera sé de dónde eres.
Él frunció el ceño.
—Soy de aquí. Pensé que lo sabías.
Hice un ademán con la mano.

–Sé que eres de Nueva York, pero ¿de dónde exactamente? Seguro que fuiste a uno de esos colegios privados de Upper East Side.

–A uno de Upper West Side –me corrigió–. Desde la guardería hasta que terminé el instituto.

Apoyé los codos en la mesa de una manera un tanto vulgar y me sujeté la barbilla con las manos.

–¿Cómo fue crecer en Nueva York?

–¿Cómo fue crecer en Tennessee? –replicó.

Entornó los ojos, a la defensiva, como si así se estuviese protegiendo. No quería insistir, pero necesitaba saber más cosas de él, hasta el más mínimo detalle, para poder saciar mi curiosidad.

–Nada del otro mundo –respondí, pensativa–. Ser una niña latina en un colegio del sur no siempre fue fácil.

–Eres peruana, ¿no?

Alcé la barbilla, sorprendida.

–Sí. ¿Cómo lo sabes?

–Una vez trajiste un bolso con un pin de una bandera roja –respondió él con timidez–. La busqué en Internet después de clase.

El cursor de Aiden retrocedió enseguida, eliminando la palabra «clase» para cambiarla por «trabajo». Sentí una pequeña sacudida en el pecho.

Era verdad. Tenía una bolsa de tela llena de pines y, justo al lado de la bandera de Tennessee, había una pequeña de Perú. Me sorprendió que Aiden se hubiese fijado.

–Mitad peruana, en realidad –le aclaré–. Mi padre es más de Tennessee que la canción *Rocky Top*, pero mi madre sí que es de Perú. Nuestras reuniones familiares son un tanto… especiales.

Él rio.

–Ya me imagino.

–¿Y tú? –Cogí un panecillo de la cesta que había en la mesa–. ¿También estás hasta las narices de las reuniones familiares?

Hunter se quedó en silencio, sin mirarme a los ojos. Después, se aclaró la garganta y dijo:
–No solemos tener muchas reuniones familiares.
–¿Ni siquiera para las fiestas? Nuestras cenas de Acción de Gracias siempre son un mix extraño de platos: pastel de boniato por un lado, y ceviche por el otro.
De nuevo, Hunter se mantuvo callado un instante.
–Ni siquiera para las fiestas. –Justo cuando estaba a punto de presionarlo para que se explicase, añadió–: Seguro que en tu familia sois de seguir tradiciones navideñas.

Era evidente que Aiden no quería darme más detalles sobre su familia. No todo el mundo tenía la suerte de crecer en un hogar lleno de amor y apoyo. Este era justo el tipo de conversación que me habría gustado mantener con él durante la cena, pero me conocía lo bastante bien para saber que lo hubiese presionado. Quería saber por qué pasaba Acción de Gracias solo y por qué le había costado tanto llamar a su padre para hacer la reserva en el restaurante. Y también por qué no quería ir a cenar con él. Pero ¿cómo podía saber si lo que había escrito era real? Aiden elegía cada una de sus palabras con cuidado, así que cabía la posibilidad de que todo formase parte de la ficción. Sin embargo, algo dentro de mí me decía que iba en serio.

–Sí, seguimos varias tradiciones en Nochebuena –le respondí–. Cada año preparamos un gran banquete y viene toda mi familia por parte de madre. Abrimos los regalos justo cuando llega la medianoche y bailamos hasta que todos caen rendidos y se van a sus respectivas casas. Después, mi padre nos obliga a ver *Qué bello es vivir*. Y el día de Año Nuevo sí que tiramos la casa por la ventana. –Una sensación de felicidad me recorrió el cuerpo al recordar esas noches frías de diciembre–. Hay una pequeña comunidad peruana en mi ciudad natal y el 31 de diciembre siempre vienen a casa y seguimos todas las tradiciones que podemos.
–¿Como cuáles?

–Por ejemplo, la de llevar prendas de un color específico. Amarillo, para atraer la buena suerte; verde, para el dinero; rojo, para el amor...

–Ah. **–Se apoyó en la silla, asintiendo con la cabeza mientras asimilaba mis palabras–. ¿Y tú siempre vas de rojo?**

–Menos el año pasado –le confesé–. Me vestí de amarillo. Necesitaba… necesitaba que la suerte estuviese de mi lado. Y decidí que volvería al rojo cuando estuviese realmente preparada.

La conversación era tan fluida que olvidé por completo que hacía apenas unas horas había tenido ganas de matarlo.

En esas pocas páginas estaba descubriendo más cosas sobre Aiden que durante el último año en clase. Tenía un lado divertido, en ocasiones incluso seductor…

Sacudí la cabeza, recordándome a mí misma que estaba dándole forma al protagonista de una novela romántica, no sucumbiendo yo misma a sus encantos.

–Cuéntame cómo es crecer en una ciudad como Nueva York –le rogué–. Vamos, aunque sea solo una cosa.

Hunter suspiró, como si le supusiera un gran esfuerzo responder.

–Vale, vale. Lo pillo –murmuré para mis adentros.

Esperé con ansias a que siguiese escribiendo. Le había regalado algunos de mis recuerdos reales a Aiden, así que solo le pedía que me diese uno suyo a cambio.

Cuando vio un atisbo de esperanza en mis ojos, cedió.

–Ahí tienes –dije con una sonrisa triunfal.

Al final, tras lo que me pareció una eternidad, Aiden volvió a teclear.

–Sí que fui a un colegio privado de Upper West Side, pero me fui a vivir con mi madre a Alphabet City cuando mi padre

y ella se separaron. El colegio estaba a cuarenta minutos en metro de mi casa. Así que, con nueve años, iba y venía todos los días yo solo.

Me quedé con la boca abierta, sorprendida.

—Y yo poniéndome nerviosa a los veintiséis por un trayecto en metro de diez minutos...

Él se encogió de hombros y volvió a coger el tenedor.

—Te acabas acostumbrando —añadió, moviendo la comida de un lado a otro—. Aprendes qué vagones son seguros y cuáles no. Siempre coincidía con una madre y sus hijos, así que en el fondo sabía que, si llegase a necesitarlo, habría alguien que me ayudaría.

Se me encogió el corazón al leer lo que acababa de escribir. Siempre había soñado con crecer en Nueva York, pero la imagen de un pequeño Aiden vestido de uniforme y con mochila en una estación solo casi hizo que se me saltasen las lágrimas.

Hunter le dio un sorbo al agua, evitando mirarme a los ojos.

—Tampoco fue para tanto. Cuando comencé el instituto, mi madre y yo nos mudamos a West Village y pedimos el traslado a otro colegio de la zona.

—¿Y no veías a tu padre?

—No mucho, la verdad.

—Tu madre parece una mujer increíble.

De repente, nuestras palabras empezaron a desaparecer del documento. Me enderecé, presa del pánico, al pensar que podría tratarse de algún fallo informático, hasta que me di cuenta de que era Aiden el que estaba eliminando la última parte del diálogo. Abrí enseguida el chat:

ROSIE: se puede saber q estás haciendo!?
era perfecto. Pq lo borras???

AIDEN: No lo era. Y es tu capítulo. Tienes que escribirlo tú sola, Rosalinda.

Justo cuando estaba a punto de rogarle que se quedara, su icono desapareció del documento.

–Mierda –me lamenté mientras me frotaba los ojos con las palmas de las manos.

Una parte de mí sabía que estaba presionando demasiado a Aiden. Había levantado un muro a su alrededor y era casi imposible derribarlo. Había sido muy dura con él y había acabado arruinando lo poco que habíamos conseguido hasta ahora.

–En fin –murmuré.

Cerré con rabia el documento compartido.

Si Aiden no quería esforzarse lo más mínimo por ser amable, yo tampoco iba a insistir. Tenía cosas más importantes que hacer.

Ida y yo habíamos estado intercambiándonos correos electrónicos sobre el extracto que iba a presentar para la beca. Había superado el número de palabras; tenía cuatrocientas más de lo permitido. No le había dado demasiada importancia, hasta que Ida me comentó lo estrictos que eran con las normas. Al parecer, podrían descalificarme si me pasaba por una mísera palabra.

Me había mudado a Nueva York para cumplir mis sueños. No iba a dejar que Aiden me los arrebatase por culpa de uno de sus berrinches.

Así que en vez de pensar en él y en la conversación que habíamos mantenido, me pasé la noche acortando mi historia y reformulando frases para conseguir esa beca.

Extracto de *Sin título*,
de Rosie Maxwell y Aiden Huntington

–¿Por qué siempre me llamas «Maxine»? –me preguntó ella mientras compartíamos el postre. Nuestras cucharas se tocaron cuando nos peleamos por el último trozo de *brownie*. Lo cogí antes que ella y me lo llevé a la boca.

–Sé que todo el mundo te llama Max, pero cuando Ivy te presentó el primer día, te llamó Maxine antes de que la corrigieses.

Me apuntó con la cuchara y entornó los ojos.

–Eso sigue sin explicar por qué me llamas Maxine.

Me encogí de hombros para restarle importancia, pero mi mirada acabó cruzándose con la suya. Y en ese instante deseé que pudiese leer en mis ojos lo que sentía por ella.

–No quiero que me veas como uno más.

Capítulo 10

—Bueno, diría que lo de la cita ha dado sus frutos. —Ida me dedicó una mirada de suficiencia—. Pero antes de daros mi opinión, quiero escuchar al resto de la clase.

Logan fue el primero en levantar la mano. Le lancé una mirada de advertencia, pero él me evitó a propósito.

—Creo que habéis hecho un gran trabajo creando un ambiente romántico. Me gusta que hayáis puesto el capítulo de Hunter, donde muestra su vulnerabilidad, antes de la cita. Transmite a la perfección lo que se siente cuando te estás enamorando de alguien.

Ida murmuró algo en voz baja desde el fondo de la clase.

—Cuando sucumbes al amor sin siquiera darte cuenta —dijo Tyler en voz baja.

—Exacto —coincidió Jess—. Y la cita… —Se disculpó con la mirada antes de añadir—: Pasara lo que pasase en vuestra cita de mentira, os funcionó. Max y Hunter se han abierto por fin el uno al otro. Ahora sí que quiero que acaben juntos.

Recibimos muchos otros comentarios similares, e hice todo lo posible apuntarlos todos. Tal y como el idiota de Aiden me había pedido, había terminado el capítulo sin él. Y ahora evitaba a toda costa establecer contacto visual conmigo, lo que me irritaba un poco.

Él tomaba notas, pero movía el lápiz con una lentitud desesperante. Me incline hacia delante, tratando de descubrir qué escribía. Una parte de mí sospechaba que en realidad no estaba apuntando nada y quería comprobar si mi teoría era cierta.

Cuando sentí que se me agotaba la paciencia, comencé a mover la pierna. Al principio, lo hice con sutileza, golpeando la mesa de vez en cuando. No dejé de observarlo mientras lo hacía, pero él se mantuvo inexpresivo.

Así que la moví más rápido.

De pronto, tensó la mandíbula y por fin me miró. Con el ceño fruncido, para variar. Empezó a mover el lápiz con brusquedad, pero sin apartar la mirada de mí.

Le sonreí con dulzura y zarandeé la pierna aún más.

—Igualitos que Max y Hunter —murmuró Logan en voz baja.

Aiden se volvió en su dirección, claramente molesto, y le lanzó una mirada que fácilmente podría haberlo matado. Logan se tensó de pies a cabeza y se giró hacia Jess con los ojos abiertos de par en par. Puede que Logan escribiese historias de terror, pero nada se comparaba al pavor que le provocaba Aiden.

Aiden volvió a clavar la vista en mí, pero yo no me dejé intimidar.

—Para —me susurró.

—Nunca —le respondí.

—Esto era justo lo que os estábamos pidiendo —nos interrumpió Ida, obligándonos a dejar de retarnos con la mirada—. Pero necesito más. Más caricias fortuitas, más contacto físico. Es lo mejor de un romance. Ya casi lo tenéis, pero hay que seguir trabajando.

De pronto, me rondó una idea por la cabeza y miré de reojo a Aiden. ¿Y si teníamos otra cita falsa? Siempre habíamos sido distantes, pero aquella noche habíamos conseguido confiar un poco más el uno en el otro.

Debió de adivinar lo que estaba pensando, porque negó con la cabeza enseguida.

—Tienes razón —dije con rapidez, antes de que Aiden pudiera interrumpirme—. Y por eso tendremos otra cita.

—Pero esta vez que sea más romántica —sugirió Ida, un poco vacilante—. Si no os supone un problema, claro.

—No te preocupes —respondí antes de que Aiden abriese la boca—. Esta vez la planearé yo, así que no me costará mucho superar la suya...

—Elegí un restaurante que literalmente estaba lleno de velas —protestó Aiden.

—Y fue una decisión acertada, pero necesitamos algo más...

—¿Acaso hay algo más romántico que una cena en un italiano y a la luz de las velas?

—A ver, si saliésemos en *La dama y el vagabundo* —repliqué—, sí que podría considerarse romántico...

Aiden puso los ojos en blanco.

—*La dama y el vagabundo*, ¿en serio? ¿Me perdí la parte en la que debíamos compartir el mismo espagueti?

—Ya te gustaría haber...

Ida se aclaró la garganta.

—¿Va todo bien? —nos preguntó.

—¡Genial! —me apresuré a decir.

—No me importa lo que hagáis en vuestro tiempo libre, pero necesito ver algún progreso en los próximos capítulos.

Una vez que estuvimos fuera del edificio, Aiden se interpuso en mi camino de la misma forma en la que lo había hecho yo el otro día. Aunque, en su caso, la altura jugaba a su favor. Me arrinconó contra la pared y apoyó la mano cerca de mi oreja.

—Uy, qué miedito —bromeé yo, aunque el corazón me latía con fuerza y el pecho se me agitaba con cada respiración.

Se cernía sobre mí, con los ojos clavados en los míos. Apreté los muslos cuando mi mente empezó a pensar en cosas que no debía. Si no hubiese estado de tan mal humor me habría parecido de lo más sexi.

—¿Se puede saber qué narices te pasa? —me espetó.

—¿Que qué narices me pasa a mí? ¡¿Qué te pasa a ti?! —contraataqué.

—¿Por qué quieres tener otra puñetera cita? ¿No fue lo suficientemente insufrible la primera?

—¡Pues claro! Precisamente por eso necesitamos tener otra. —Le di un empujón, sin dejar de mirarlo—. Fuiste tú quien se echó atrás en el último momento cuando estábamos escribiendo mi capítulo. Si te hubieses quedado, quizá habríamos escrito algo lo bastante romántico para contentar a Ida.

--No me eché atrás –dijo con sequedad–. Me tenía que ir, eso es todo.

–Por favor… ¡Borraste la mitad de lo que habíamos escrito!

–Eras tú la que no dejaba de mover la pierna por debajo de la mesa. ¡Y la que ha dicho que nuestra cita no había sido romántica!

–¡Es que no lo fue!

Pasé junto a él y comencé a caminar hacia Union Square. Estábamos en hora punta, así que esperaba que me perdiese de vista rápido. Avancé a paso ligero y, por una vez en la vida, agradecí ser bajita para así poder mezclarme sin problema entre la multitud.

De repente, unos dedos me rodearon la muñeca. Aiden me apartó del gentío.

–No te vayas, joder –gruñó él.

–Paso –solté–. Se acabó. Si ni siquiera podemos tener una conversación como dos personas civilizadas…

–¿Una conversación como dos personas civilizadas? ¡Pero si me estabas haciendo un interrogatorio!

–¿Todavía no te has enterado? ¡Eso era algo entre Max y Hunter, no entre Aiden y Rosie!

–¡Genial! –Levantó las manos en el aire–. ¡Pues enséñame a ser romántico, Rosalinda! La experta eres tú. Y viendo que se me da como el culo, planea tú la segunda cita perfecta para Maxine y Hunter.

Y entonces me dejó allí plantada.

–¡Se llama Max! –le grité, con los puños apretados.

Cuando llegó el fin de semana, el plan que tenía para nuestra cita iba viento en popa. El invierno estaba empezando a llegar a Nueva York, y las ráfagas de viento y los escasos rayos de sol hacían que prácticamente fuese imposible estar a gusto en la calle. Y en un día nublado como hoy, el frío era aún más insoportable.

Así que un paseo al aire libre con Aiden era perfecto.

Estaba dispuesta a sufrir por una buena causa. Me había puesto unas medias gruesas debajo de los vaqueros y llevaba dos jerséis debajo del abrigo, unos guantes y un gorro en mi bolsa de tela. Estaba bastante segura de que ese abrigo de botones no sería suficiente para hacer que Aiden entrase en calor.

Le envié un mensaje para decirle que nos veríamos en uno de mis parques favoritos: el Jefferson Market Garden. Lo había descubierto de casualidad nada más pisar Nueva York. Era pequeño, pero siempre había dos *food trucks* por allí a la hora de la comida. Los caminos estaban llenos de setos y árboles; incluso había una fuente. En verano crecían flores por todas partes, pero cuando se acercaba el invierno, colocaban bombillas de colorines en los árboles y en las vallas.

Habíamos quedado a las dos. El parque estaba a unos quince minutos en metro de mi casa, así que salí a las dos y cinco minutos para que sufriera un poco más bajo el frío.

Veinte minutos después —evidentemente los horarios del transporte público en Nueva York no eran de fiar—, encontré a Aiden en la entrada del parque. Tenía los hombros pegados a las orejas y la barbilla apoyada en el pecho. Esbocé una sonrisa triunfal al ver que llevaba su característico abrigo. Estaba intentando calentarse las manos, sin guantes, con soplidos.

—Que sepas que estoy aquí desde antes de la hora que acordamos —me dijo nada más verme, con el vaho escapándosele de la boca—. No deberías llegar tarde a una cita.

—La puntualidad está sobrevalorada, ¿no crees?

—¿Podemos irnos ya al restaurante? Me estoy muriendo de frío.

—Como quieras. —Me encogí de hombros y me quedé en medio de los dos *food trucks* que estaban fuera del parque—. ¿Cuál prefieres?

Me metí las manos en los bolsillos y le sonreí. Se había vuelto a peinar el pelo hacia atrás, y me repateaba lo bien que le quedaba.

Se quedó mirando los dos camiones hasta que al final posó los ojos en mí.

—Tienes que estar de broma.

—¿Por qué lo dices? —le pregunté con inocencia.

—Hace un frío de mil demonios, Rosalinda —escupió—. No voy a comer aquí.

–Pues yo me muero de hambre, así que..., puedes irte si quieres, pero tendrás que explicárselo a Ida.

Me acerqué a uno de los *food trucks* y me puse de puntillas para ver lo que había en el mostrador improvisado.

–Hola, Rosie. –Mateo me sonrió desde el interior–. ¿Te importaría pedir en el de ella? –Hizo un gesto con la cabeza hacia el segundo camión–. La cosa está floja hoy...

–Ay, no, ¡quiero un taco, no un burrito! –me quejé.

–Te prometo que la próxima vez que vengas te compensaré. Invitará la casa.

–Está bien... –cedí, antes de acercarme al puesto de comida de Juanita.

–¡Rosie! –exclamó ella, encantada, levantándose de la pequeña silla que tenía dentro–. ¿Te apetece un burrito?

–Siempre. –Le sonreí–. ¿Algún progreso con Mateo?

–Para nada. –Hizo un puchero mientras me preparaba el burrito.

Justo en ese momento, Aiden se puso a mi lado y se quedó mirando el menú.

–Te lo decía en serio –le dije a Juanita–. Le gustas. ¡Ve y habla con él!

–No, no. –Negó ella con la cabeza–. Si tanto le gusto, que venga él aquí.

–¿Y si el pobre es tímido? –Levanté una ceja, pero ella solo resopló.

–Bueno, yo tampoco es que sea muy abierta. –Se fijó en Aiden–. ¿Qué te pongo?

Él se encogió de hombros.

–Lo mismo que a ella.

Juanita empezó a mover las manos con rapidez, cogiendo todos los ingredientes.

–Llevamos un año trabajando en el mismo sitio. Si le interesase ya habría movido ficha. Además, esta mañana, cuando estábamos colocándolo todo, me comentó que estaba pensando en trasladar el *food truck* a Washington Square.

–¡Pero solo para los exámenes finales de la NYU!

–Todos sabemos que cuando mueva el camión y se haga de

oro gracias a los universitarios, no volverá aquí –dijo ella con pesar antes de entregarle a Aiden el burrito envuelto en papel de aluminio.

Saqué el monedero del bolso, pero Aiden extendió la mano para detenerme.

–Yo invito.

Negué con la cabeza.

–No, la cita la planeé yo, así que hoy me toca pagar a mí.

–Rosie, no me importa.

–Juanita, no le cojas el dinero.

–Como quieras, hija.

Me sonrió con cariño cuando le di un billete de veinte y metí el cambio en el frasco de las propinas.

–¡Habla con él esta noche! –le grité mientras nos dábamos la vuelta.

–Shhh. –Abrió mucho los ojos en dirección al camión de Mateo.

Me giré hacia Aiden.

–¿Nos vamos?

Lo guie hasta uno de los caminos que estaban más apartados y me detuve delante de los bancos.

–Es la única decisión que te voy a dejar tomar en esta cita cien por cien romántica: ¿prefieres que nos sentemos o que demos un paseo?

Aiden alternó la mirada entre el pequeño camino y los bancos. Después, posó los ojos en mí, observándome con atención.

–¿Qué pasa? –le pregunté, sintiéndome incómoda. Sabía intimidar con una simple mirada.

–Intento adivinar cuál te apetece menos.

–Vale. Entonces daremos un paseo. Vamos.

Abrimos el envoltorio de los burritos, mientras las hojas secas que había en el suelo crujían bajo nuestros pies.

–¿A qué ha venido todo eso? –indagó Aiden entre bocado y bocado.

–¿A qué te refieres?

–A tu conversación con los de los *food trucks*.

Me sonrojé un poco y me mordí sutilmente el labio.

–Durante mis primeras dos semanas en Nueva York, me dedicaba a pasear todo el rato. En uno de mis paseos, descubrí este parque y me di cuenta de que siempre estaban aquí los dos *food trucks*. Y es evidente que los dos están enamorados, pero nunca se lo han dicho. Mateo suele vender más que Juanita, y cuando eso pasa me pide que vaya a su puesto a cambio de un taco gratis la próxima vez que pase por aquí.

–¿Y por qué no se confiesan lo que sienten? –preguntó él en voz baja.

Sentía el calor de su mirada en mi rostro mientras caminábamos. Suspiré.

–Es... complicado. Los dos son demasiado tímidos y tienen miedo al rechazo, así que ninguno se atreve a pedirle una cita al otro. Pero Juanita me ha dicho que Mateo siempre la ayuda a recoger al cerrar si él termina antes que ella. Y él siempre se asegura de que vuelve a casa sana y salva.

–Mmm...

–Sé que no son los mejores burritos del mundo, pero estoy demasiado metida en su historia y no quiero ir a otro sitio. Espero que el día que se casen me pidan ser dama de honor o algo así.

–Te encanta el amor, ¿eh?

Me miró de reojo. Parecía que lo decía de verdad y que no pretendía burlarse de mí, así que asentí con la cabeza y le di otro bocado al burrito.

–En las pelis, en los libros, en los *food trucks*...

Nos quedamos en silencio. Dimos un par de vueltas al parque mientras comíamos. Había varias mesas y bancos por la zona, pero estaban cubiertos de escarcha y de la nieve que se había acumulado durante días. Las flores que solían crecer en verano estaban escondidas bajo tierra, pero los arbustos de color verde, aunque estuviesen medio ocultos bajo un manto blanco, me reconfortaban. Estar rodeada de naturaleza, por muy pequeño que fuese el parque, me hacía sentir como en casa.

Quería entablar una conversación con Aiden como la que habíamos escrito en nuestros capítulos. Era muy sencillo sobre el papel, pero ¿por qué nos costaba tanto en persona?

Cuando dimos la cuarta vuelta, perdí la paciencia.

–No puedo más.

Aiden aminoró la marcha.

–¿Está demasiado picante el burrito?

Lo miré con los ojos entornados, tratando de averiguar si me lo preguntaba en serio.

–¿Qué? No. Me refiero a que no puedo con esto. –Hice un gesto con la mano para señalarnos a los dos–. Estoy cansada de que actuemos como si nos supusiera un esfuerzo enorme mantener una conversación, sobre todo cuando sé que lo vomitaremos todo en el documento al llegar a casa.

Aiden se dio la vuelta de manera brusca. Tenía las puntas de las orejas rosadas, pero no sabía si era por el frío o por la conversación. Apretó los labios hasta formar una línea y, por un segundo, pensé que estaba a punto de marcharse.

Sin embargo, tiró el papel de aluminio en la papelera y dijo:

–Cuéntame más cosas de Tennessee.

–No te saldrás con la tuya. En algún momento tendremos que hablar de ti, pero por ahora vale –comenté con una sonrisa.

Le conté cómo fueron los veranos durante mi infancia. Cuando mi padre encendía el aspersor del patio delantero y mi madre sacaba una bandeja con limonada casera. O lo empeñado que estaba mi padre en aprender español y en hacer que el Día de la Independencia de Perú fuese especial para mi madre. Se pasaba horas y horas colocando luces en el patio trasero y creando la lista de reproducción perfecta para la fiesta.

–¿Y por qué decidiste mudarte a Nueva York?

Aiden caminaba con las manos metidas en los bolsillos del abrigo y con la cabeza inclinada ligeramente hacia mí para escucharme mejor.

Negué con la cabeza; tampoco teníamos tanta confianza como para hablarle de Simon y de que mi sueño siempre había sido vivir aquí. Simon quería que me quedara en el pueblo y yo creía estar enamorada de él, así que le hice caso y me quedé.

–Ya basta de hablar de mí –le corté–. Cuéntame cómo fue crecer en Nueva York.

–Un aburrimiento –dijo con desdén–. Me lo has preguntado un millón de veces; la respuesta siempre va a ser la misma. Cuéntame más sobre ese restaurante en el que trabajas.

–¡No! Me niego. No cambies de tema.

Tiré de su brazo.

Me observó atentamente durante un instante antes de dedicarme una pequeña sonrisa. Y entonces me contó con cierta vacilación algunas historias de su niñez que me hicieron pensar que tal vez Aiden era, en realidad, un chico tímido. Seguía siendo un idiota que se enfadaba a la primera de cambio, pero daba la sensación de que no se sentía muy cómodo hablando de sí mismo. De hecho, hasta que yo no asentía o aportaba algo a lo que él decía, no seguía la conversación.

Cuando me dijo que no había visitado prácticamente ninguna atracción turística de Nueva York, me detuve en seco y lo miré a los ojos.

–¿Me estás diciendo que tú, Aiden Huntington, neoyorquino de nacimiento, nunca se ha subido a lo alto del Empire State Building?

Él se encogió de hombros.

–Muchos neoyorquinos no lo han hecho.

–No me lo puedo creer. ¡No es solo uno de los lugares de referencia de Nueva York, sino también del amor!

Él se giró para mirarme.

–¿Te refieres a un lugar sagrado para el romance?

–Tom Hanks y Meg Ryan en *Algo para recordar*… Cary Grant en *Tú y yo*. ¡En lo alto del Empire State! ¡Son tan románticas!

–No he visto ninguna de las dos.

–Aiden, ¿quieres que me dé un infarto? ¡¿Cómo es posible que no las hayas visto?!

No estaba sonriendo, pero era lo más cerca que había visto a Aiden de hacerlo. Y me di cuenta, de repente, de que estaba dispuesta a hacer cualquier cosa con tal de mantener esa sonrisa tímida en su rostro. Tenía las mejillas un poco coloradas por el frío, pero no se estaba quejando por el clima como en un principio había pensado que haría.

–¿Puedo preguntarte algo? –titubeé.

Me miró de reojo.

–Como si pudiese negarme...

Suspiré y me salió vaho de la boca.

–¿Por qué odias tanto las novelas románticas? –solté sin más.

–Rosalinda... –me advirtió, poniéndose rígido.

–Cada vez que alguien presenta en clase algo que gire en torno al amor, montas en cólera. ¿Cómo es posible que algo tan bonito te ponga de tan mal humor?

Fue incapaz de mantener el contacto visual.

–Engendra expectativas que ni siquiera son realistas.

–Dime que no acabas de usar la palabra «engendrar» en una conversación sobre el romance.

–No es realista –repitió, ignorando lo que le acababa de decir.

–¿Y qué importa? ¿No se supone que la ficción es una vía de escape?

–A veces lo que necesitas es algo con lo que puedas sentirte identificado.

Hizo una pausa y por fin volvió a clavar los ojos en mí. Respiró hondo y tragó saliva con lentitud.

–Mi padre le fue infiel a mi madre. Estaba con su amante cuando mi madre me estaba dando a luz. –Antes de que pudiera interrumpirle, añadió–: Mi madre no ha tenido una vida fácil. Creció en una familia sin apenas recursos y decidió probar suerte en Nueva York con él. Incluso después de descubrir que tenía una aventura, se quedó con él. Estaba convencida de que, a pesar de todo, tendrían su final feliz.

Me miró por el rabillo del ojo y, cuando reanudó la marcha, lo seguí. No podía quitarle los ojos de encima.

Intentaba colarme por ese pequeño hueco que me había abierto, pero lo había soltado todo como si la cosa no fuese con él. Como si estuviese hablando de un personaje que había creado en su cabeza.

–Y cometió el error de quedarse a su lado durante demasiado tiempo. Cuando se conocieron, pensó que había dado con el hombre perfecto, pero... –se encogió de hombros– resulta que mi padre siempre ha sido un gilipollas. Esos primeros años en los que solo estábamos nosotros dos fueron duros. Y cuando mi madre aceptó por fin que no todos los finales podían ser felices, todo cambió. Porque empezó a quererse a sí misma.

—Aiden, yo...

—¿Por qué te gusta tanto a ti el amor? —me interrumpió; era evidente que quería cambiar de tema lo antes posible.

Después, volvió a mirarme con el ceño fruncido.

—No sé. —Me mordí el labio—. Me gusta y ya está.

Me dio un golpecito con el codo.

—Vamos, no finjas que no tienes una respuesta preparada.

Se suponía que ahora me tocaba a mí mostrarle mi lado más vulnerable, pero en el fondo no me importaba hacerlo. Quería, y mucho, compartir con él cosas de mi vida.

—Mi madre fue la que me enseñó a leer. Tuvo mucha paciencia conmigo. Me enseñaba las palabras que estaban escritas en las vallas publicitarias o en las cajas de cereales, cualquier cosa que pudiese ayudarme. Y entonces empezó a llevarme a la biblioteca todos los días; nos pasábamos horas y horas sentadas en el rincón de la sección infantil.

Sentí una sensación cálida en el pecho al recordar la suave voz de mi madre susurrándome al oído mientras leíamos en la pequeña biblioteca de nuestro pueblo.

—A ella también le gustan las novelas románticas. Se mudó aquí, a Estados Unidos, para ir a la universidad, así que pasaba mucho tiempo en los aeropuertos, yendo y viniendo durante las vacaciones. Le chiflaban los títulos que publicaba Harlequin y tenía una colección completa en casa. Un día me encontró leyendo uno de ellos cuando todavía era demasiado pequeña para ese tipo de historias.

Aiden asintió con la cabeza y una ligera sonrisa se formó en sus comisuras.

—Cogió un rotulador permanente y tachó las escenas subidas de tono, pero no tardé mucho en ir a la librería para crear mi propia colección —añadí.

Una ola de nostalgia me inundó. Me encantaba vivir en Nueva

York y tener lo que parecía el mundo entero a tan solo unas pocas manzanas, pero había días en los que daría cualquier cosa por estar con mi familia en el porche delantero de mi casa.

—Seguían siendo libros inapropiados para mi edad, pero mi madre me dejaba leerlos porque no quería arrebatarme lo que para ella era una de sus cosas favoritas.

—Y entonces te gustan las novelas románticas porque... —Su voz era dulce, como la miel, e hizo que entrara en calor a pesar del frío que hacía. Era suave y agradable en comparación con el tono mordaz que siempre usaba cuando estábamos en clase.

—Supongo que es porque no hay dos historias de amor iguales. Todas tienen un final feliz, pero la forma en la que se conocen los protagonistas es siempre diferente, al igual que la forma en la que se enamoran. Algunos se dan cuenta de que tienen delante al amor de su vida nada más conocerse. Y otros... tardan décadas. Lo único que tienen en común todas es que, pase lo que pase, siempre hay algo que hace que valgan la pena. No hay nada por lo que merezca más la pena luchar que por el amor. Por eso hay tantas canciones, poemas y películas que hablan de él. Si todo el mundo lo anhela, es por algo.

—¿Y por eso te gustan tanto? —No había malicia en su voz, solo pura curiosidad.

Asentí con la cabeza.

—No creo que los finales felices dependan de un «quizá», sino de un «cuando».

Extracto de *Sin título*,
de Rosie Maxwell y Aiden Huntington

–Si fuera tan cruel como dices, estaría matando cachorros detrás de los contenedores de basura. –Hice una pausa–. Tú tampoco eres tan insufrible como pensaba.

Capítulo 11

Ida me sonrió cuando entré en su despacho.

—Estoy deseando que me cuentes cómo ha ido la cita —me dijo.

Fuera estaba nevando; tenía copos de nieve por todo el pelo y la chaqueta. Me quité los guantes y me encogí de hombros.

—No hay mucho que contar.

Me lanzó una mirada de incredulidad, pero no insistió.

—¿Al menos os ha servido de algo para el próximo capítulo?

—¿Podemos hablar de cualquier otra cosa? —me lamenté—. Parece que lo único que hago últimamente es hablar de Aiden. Como siga así, la próxima vez iré a clase con un abrigo de botones, un café solo y una novela de Murakami bajo el brazo.

Ella se echó a reír.

—Pensaba que ya os llevabais mejor...

—Así es. Pero... No sé.

Todo esto me confundía un poco. Me sentía más atraída por Aiden ahora que cuando me pillé por él después de la sesión de lectura. Porque ahora lo estaba empezando a conocer de verdad y eso había hecho que me entrasen ganas de pasar más tiempo con él. Seguía enfadada por cómo me había tratado durante todo el semestre, pero no hasta el punto de querer destrozarlo como antes.

—Es complicado —concluí.

—Vale... —respondió ella, alargando la palabra—. ¿Crees que podréis entregar sin problema a final de mes?

—Diría que sí. Tenemos que seguir trabajando ahora que la trama romántica va teniendo más protagonismo. Quiero que Max

153

y Hunter se den su primer beso antes de llegar a la mitad de la novela.

Ida asintió.

–Me parece una buena idea. Añadiría cierto anhelo y tensión a la historia. ¿Quieres que revisemos algún capítulo juntas?

–He terminado de escribir la última cita de Max y Hunter. Y también he podido acortar la historia que voy a presentar para la beca, pero ahora me preocupa haber quitado demasiada información.

Hizo un movimiento con la mano para restarle importancia.

–No hay nada que no se pueda arreglar. Empecemos primero por el capítulo y después le echaremos un vistazo a lo otro.

Le entregué los documentos y nos pasamos la siguiente hora revisándolos.

Me encantaba tener a Ida para mí sola, poder hacerle preguntas sobre prácticamente cualquier tema. Le encantaba el género romántico tanto como a mí. Había mantenido mi amor por él en secreto durante mucho tiempo y ahora por fin tenía a alguien con el que poder comentar todos los libros que leía. Alguien que entendía ese sentimiento aún más que yo y que encima me ayudaba a mejorar mi escritura. En momentos como estos, parecía que la vida era realmente de color de Rosie.

El sábado me quedé sola en el apartamento, ya que Alexa estaba en el Hideout. Su turno no terminaba hasta las diez, pero antes de cerrar siempre había que recogerlo todo, así que no esperaba verla en casa antes de medianoche.

Había hecho planes para una noche de sábado perfecta en Nueva York: coger mi manta favorita, blanca y suave, y empezar una nueva novela romántica. Estaba acostada en la cama, con las canciones de Taylor Swift sonando de fondo.

Mi teléfono comenzó a vibrar, pero lo ignoré a propósito mientras pasaba las páginas. Intenté centrarme en la lectura para no perder el hilo, pero volvió a sonar. Y otra vez.

Alargué el brazo para cogerlo de la mesita de noche; en la pantalla aparecía la cara de Alexa. Fruncí el ceño.

–¿Va todo bien? –El sonido del gentío y la música me abrumó incluso desde el otro lado de la línea–. ¿Alexa?

–¿Puedes venir un rato al Hideout? –me preguntó ella con inseguridad–. Marianne acaba de llamar para decir que está enferma. Hoy solo trabajaba cuatro horas, pero hace falta personal...

–Marianne ni siquiera trabaja en la barra, ¿para qué me necesitáis a mí?

–¿Podrías venir a... atender mesas? –me suplicó–. Luke me ordenó que te lo pidiese a ti. Estamos a tope; parece que todo el mundo le ha regalado a su madre un viaje a Nueva York.

Me quedé mirando la novela con nostalgia, reacia a tener que dejarla a un lado.

–Porfi... Además, ya tienes garantizado como mínimo el doble de propina. Los clientes son más generosos en esta época del año.

–Está bien... –solté. Estaba a punto de conseguir el dinero que necesitaba para comprar los billetes, pero seguía haciéndome falta más y debía conseguirla lo antes posible–. Llegaré en media hora.

–¡Te quiero! –me gritó–. Eres la mejor.

–Nos vemos enseguida.

Tiré el móvil en la cama y abrí el armario. Me puse el uniforme con rapidez y salí a la calle bajo el frío de la noche.

Había una fila de personas en la puerta, desesperadas por que les diesen una mesa. También había mucha gente amontonada en la acera, con dispositivos de aviso en las manos. Había un árbol de Navidad a cada lado de la entrada y guirnaldas en lo alto.

Tuve que abrirme paso entre la multitud para llegar hasta Janie, nuestra *maître*. Cuando esta me vio, suspiró, aliviada.

–Menos mal que estás aquí. No sé qué más hacer –soltó, agotada y con la frente arrugada.

Le dediqué una sonrisa comprensiva.

–Sigue sentando a la gente, pero avisa a todo el que llegue de lo larga que va a ser la espera. Que vayan pasando de uno en uno, ¿vale? –le dije con suavidad. Ella asintió con la cabeza y le tembló un poco el labio–. ¿Sabes dónde está Alexa?

–La última vez que la vi estaba entregando comandas en cocina.

Era la primera vez que venía al restaurante durante el fin de semana. Y era como estar en un manicomio. Todas las mesas estaban ocupadas y no había ningún asiento libre en la barra. Entre semana, se oía de vez en cuando un ligero murmullo de las conversaciones de los clientes, pero lo de hoy era una melodía incesante. El ruido de la cocina se mezclaba con las carcajadas al otro lado de la sala; era insoportable.

Después de meterme en la parte de atrás para fichar, encontré a Alexa colocando algunos platos en la bandeja. Tenía el pelo negro despeinado y la corbata torcida. Abrió los ojos de par en par nada más verme.

—Te quiero. ¡Te quiero!

—¿Para qué mesa es esto? —le pregunté—. Ya lo llevo yo, descansa un poco.

—¿Te he dicho ya lo mucho que te quiero? Mesa seis.

Me pasó la bandeja y entró corriendo en el almacén. Cuando empecé a trabajar, le dejé claro a Luke que solo quería estar detrás de la barra pese a que intentó convencerme para que atendiese mesas. En Tennessee había trabajado en un bar y no había aprendido a encontrar la paz en medio del caos. Se me daba de maravilla tratar con los clientes más pesados y coordinarme con los cocineros.

La primera vez —y la última— que trabajé atendiendo mesas en el Hideout para sustituir a una compañera, Luke me pidió que me pensara mejor lo de estar siempre detrás de la barra. Me dijo, casi como si le hubiese sorprendido: «Rosie, creo que has nacido para trabajar en la hostelería». No me desagradó la experiencia, pero ninguna propina sería suficiente para convencerme de pasar los fines de semana aguantando a idiotas.

Solo llevaba en el restaurante cinco minutos y ya me apestaba la ropa a ajo y queso. Miré con pesar la barra, deseando poder estar tras ella. Pero seguí atendiendo las mesas de Alexa hasta que volvió y me explicó mejor qué necesitaban que hiciera.

—Marianne se encarga de las mesas de ese rincón. Ya he tomado nota de casi todas, pero todavía no les hemos servido los platos.

—¿Y las bebidas?

–Mierda. –Se quedó pálida–. Sabía que me olvidaba de algo.

–No te preocupes. Yo me encargo.

Me pasé las siguientes tres horas y media corriendo de un lado a otro por el restaurante, entregando comida y derramándome muchas bebidas por encima. Cada vez que pedía una copa en la barra, se me pasaba por la cabeza rogarle a uno de mis compañeros que me cambiase el puesto, pero tampoco quería cargarles a ellos el muerto.

A pesar de que la temporada navideña ya había comenzado de manera oficial, los clientes no actuaban como tal. Más de uno nos pidió que nos llevásemos su plato, alegando que no estaba a su gusto. Por no hablar de las propinas, que brillaban por su ausencia.

Después de lo que me pareció una eternidad, llegó el personal del turno de cierre para hacernos el relevo. Empecé a quitarme la corbata hasta que de repente me llamó algo la atención. Un abrigo de botones.

Aiden estaba aquí. Estaba sentado con un hombre mayor en la zona que hasta hacía un momento atendía yo. Debía de ser su padre. Tenían la misma mandíbula cuadrada y la nariz algo torcida, y eran más o menos de la misma altura. Pero mientras que Aiden tenía un pelo oscuro precioso, el hombre mayor tenía canas. Sobre todo en la nuca y en la barba. Ambos iban vestidos con trajes perfectamente planchados y Aiden había dejado el abrigo en el respaldo de la silla.

–¿Ya te vas? –me preguntó Lisa a la vez que se recolocaba la corbata y buscaba el bloc de notas en el bolsillo del delantal.

Asentí, sin dejar de mirar a Aiden.

Estaba de espaldas a mí, pero veía la cara de su padre a la perfección. Al igual que su hijo, no sonreía. Parecía que tenía unas arrugas permanentes alrededor de la boca, como si estuviese escupiendo palabras desagradables todo el tiempo. Aiden seguía manteniendo su característica postura perfecta, pero me dio la sensación de que tenía todos los músculos del cuerpo en tensión, a la defensiva.

–Pero puedo atender esa mesa de allí antes de irme –le dije a

Lisa, con los ojos todavía clavados en Aiden. Sabía que no debía meterme, pero cuando Aiden agarró el vaso con fuerza y se le quedaron los nudillos blancos, no pude evitarlo–. ¿Por qué no comes algo antes de empezar el turno? –le sugerí.

Sin darle tiempo a responder, me dirigí a la mesa de Aiden.

–Ya has tenido tu momento de rebeldía y te has divertido –lo reprendió el señor Huntington–. Creo que va siendo hora de que te centres...

–Buenas noches –los interrumpí con una sonrisa y con la coleta balanceándose de un lado al otro.

Aiden levantó la cabeza del menú con brusquedad.

–¿Rosie? –Parpadeó, desconcertado, como si verme allí tan solo hubiese sido fruto de su imaginación.

Sabía que ese no era el momento adecuado para alegrarme de que, por una vez, era él el que tenía que alzar la barbilla para mirarme. Pero, joder, era justo lo que más me apetecía hacer.

–Hola –le susurré, antes de girarme hacia su padre–. Hola, señor Huntington. Soy Rosie. Voy a clase con Aiden, pero hoy seré su camarera.

Él murmuró algo en voz baja y volvió a centrarse en el menú. Desvié la vista hacia Aiden, y él me dedicó una mirada que no fui capaz de interpretar.

–¿Qué van a tomar?

Aiden me respondió con rapidez; con frases cortas, como de costumbre. Pero percibí la angustia y la tensión en cada una de las sílabas y no pude evitar pensar en ese niño que iba solo en metro.

–Para mí un bistec, pastelito –dijo el señor Huntington, sin apartar los ojos de mis pechos–. Al punto.

–¿Con guarnición? –le pregunté, anotando el pedido.

–¿Te hace falta escribirlo todo? ¿No hacéis ejercicios de memoria en esa universidad grande para ricos?

El señor Huntington miró a su hijo y soltó una carcajada.

Aiden apretó aún más la mandíbula antes de dirigirme una mirada de disculpa.

–Con guarnición –solté con brusquedad.

Pensaba que Aiden era cruel, pero su padre lo era muchísimo más. En Tennessee siempre había algún idiota que me llamaba «cariño» o «corazón»... –algo que detestaba–, pero lo prefería al apelativo humillante que había utilizado el señor Huntington.

–Volveré en un rato con la comida. –Cerré el cuaderno negro y me lo metí en el bolsillo–. Llámenme si necesitan algo más.

Por primera vez en mi vida, le dediqué una sonrisa amable a Aiden y llevé el pedido a cocina.

Mientras esperaba a que los cocineros preparasen los platos, observé la interacción entre Aiden y su padre. Aiden no dejaba de darle sorbos rápidos al vaso de agua, tal y como lo había hecho en nuestra primera cita cuando se hizo el silencio entre nosotros. Era evidente que estaba nervioso; ¿lo había estado en el restaurante italiano?

Les llevé la comida cuando estuvo lista. Ninguno de los dos abrió la boca mientras les colocaba los platos, los cubiertos y las bebidas delante. Y justo cuando estaba a punto de marcharme, el padre de Aiden me detuvo.

–Eh, pastelito, ¿a qué clase vas con mi hijo?

Miré a Aiden, pero él tenía la vista clavada en su padre y la mandíbula apretada. Yo sonreí, con la esperanza de hacer que hubiese menos tensión en el ambiente.

–¿Es una pregunta trampa?

La mirada que me lanzó el señor Huntington hizo que me recorriera un escalofrío por toda la espalda.

–No.

Dejé de sonreír, con el corazón latiéndome con fuerza en los oídos.

–A una optativa de escritura intensiva en la que nos preparan para la tesis.

–¿Y os lo pasáis bien? –preguntó él, para mi sorpresa.

Parpadeé un par de veces antes de mirar a Aiden en busca de ayuda, pero él seguía impasible.

–Bueno, sí... Sigue siendo una clase, pero creo que cuando haces algo que te gusta, siempre le ves el lado divertido.

–Ya veo. –Su padre apoyó la espalda en el respaldo de la silla–.

Así que os lo pasáis bien, pero no os sirve de nada para vuestro futuro profesional...

Aunque fuese inquietante, actuaba igual que su hijo. Estaba claro que esa frialdad que transmitía Aiden la había heredado de él. Parecía que cada palabra que pronunciaba estaba calculada para llevárselo todo a su terreno.

—Ser escritor es una profesión como otra cualquiera —espeté con sequedad.

—Oh, por favor...—La risa de su padre carecía de humor; era más bien una especie de tos—. Aunque consiguieras que te publicasen algo, que ya es de por sí una posibilidad de lo más remota, ¿realmente crees que ganarías el dinero suficiente y que sería tal éxito como para poder vivir de ello?

Ese era un temor que siempre tenía en la cabeza. Lo que más deseaba era trabajar como escritora a tiempo completo, si bien hoy en día era muy raro encontrar a un autor que no tuviese que compaginarlo con otra profesión. Pero evidentemente no iba a darle la razón.

—Sí, lo creo —contesté en su lugar.

—Escribes novelas, ¿no? ¿De qué?

—Papá...

—Escribo novelas de amor.

Levanté la barbilla.

Meses atrás lo habría dicho con inseguridad o me hubiese limitado a decir que escribía ficción, pero ya había tenido suficiente. Estaba cansada de los clientes exigentes y de la opinión de los Huntington.

—Oh. —Su padre se recostó en la silla, agitando la mano con desdén—. Bueno, entonces no tendrás problemas. Es diferente.

—Papá —volvió a advertirle Aiden.

—No quiero que Aiden sea escritor, pero él al menos tendrá que esforzarse un poco para destacar. Tú no tendrás problema para que te publiquen. Me compraré uno de tus libros cuando los vea en el supermercado —resopló.

—No le hables así —le espetó Aiden.

Fulminó a su padre con la mirada, pero este ni siquiera se inmutó. Había visto a Aiden enfadado muchas veces a lo largo del año, pero nunca tanto.

Abrí la boca, perpleja y echando humo por las orejas.

—Mire, solo porque...

—Escribe un par de escenas eróticas y te harás de oro enseguida —me interrumpió el señor Huntington—. Y, cuando lo hagas, no te olvides de echarle un par de moneditas a mi hijo cuando lo veas viviendo en la calle.

Aiden había sido cruel conmigo, pero nunca había llegado a cruzar la línea que estaba cruzando su padre. Si el señor Huntington era duro con una persona que no conocía de absolutamente nada, ¿qué diablos debía decirle a su hijo?

—Aiden tiene muchísimo talento —lo defendí, con las manos en las caderas.

—Rosie, no necesito que... —me suplicó Aiden, negando con la cabeza y con la vista clavada en la mesa.

—No, Aiden. No sabe que...

—Por favor. —Aiden me miró por fin y vi lo que escondían esos ojos: malestar, enfado, cansancio—. No hace falta.

Entendí la indirecta y asentí con la cabeza antes de marcharme. Cerré los puños. Sabía perfectamente de qué pie cojeaban los hombres como el señor Huntington y aun así había caído en su trampa. Y encima había caldeado todavía más el ambiente, perjudicando a Aiden.

—Joder, menudo cabreo llevas... —Alexa se acercó a mí y siguió la dirección de mi mirada—. ¿Quién es ese chico?

—Aiden.

—¿Tu Aiden? ¿Aiden el del abrigo de botones? —indagó ella, estirando el cuello para verlo mejor.

—El mismo.

—Virgen santísima, Rosie. Está cañón. ¿Me puedes volver a explicar por qué todavía no te lo has tirado?

—Para ya con eso —le pedí, negando con la cabeza—. Su padre se está comportando como un auténtico imbécil.

Alexa arqueó una ceja.

—¿Contigo o con Aiden?

–Conmigo. Con Aiden. Con los dos.

Estiré los dedos, sin dejar de mirar a Aiden y a su padre. El señor Huntington estaba cortando el bistec con movimientos bruscos y pinchándolo con el tenedor como si fuera el causante de todos sus males. Pero su hijo seguía sin tocar el pollo y la pasta. Me daba igual que Aiden fuese mi archienemigo; no iba a permitir que nadie le hablase así.

Salvo yo, claro.

Y ahora estaban discutiendo; Aiden hablaba con rapidez, pero sin llegar a perder la calma. Su padre, en cambio, escupía cada palabra como si fuesen flechas. Era muy triste ver a una persona a la que tenías en un pedestal encogiéndose sobre sí mismo por culpa del poder que ejercía sobre él otra persona.

–En fin. No es asunto mío.

–Ya… –canturreó Alexa–. Sabes que tu turno acabó hace un rato, ¿no?

La miré de reojo, un poco inquieta.

–Sí, sí. Pero voy a terminar con esta última mesa...

–¿Con la mesa de Aiden? –me interrumpió ella.

–Solo estoy preocupada –dije a la defensiva–. Me ha mencionado alguna que otra vez de pasada cómo es la relación con su padre y no es precisamente buena. –Hice un gesto con la cabeza hacia su mesa–. Como habrás podido comprobar.

Alexa asintió, pensativa.

–Y lo entiendo, Rosie, pero no puedes hacer nada. Luke se ha pasado toda la noche colmándote de elogios, pero como el padre de Aiden nos ponga una valoración negativa por tu culpa, no le va a hacer ni puñetera gracia.

Me mordí el labio.

–Solo quiero quedarme para asegurarme de que no montan una escena.

Me pasé la siguiente media hora paseándome por delante de su mesa, rellenando cestas de pan y vasos de agua. Lisa se hizo cargo del resto de los clientes porque necesitaba las horas extra, pero la convencí para que me dejase la mesa de Aiden.

Me quedé de pie cerca de la cocina mientras Alexa me contaba lo guapa que era la chica que había atendido hacía un rato. Y justo cuando me estaba mordiendo la uña del pulgar, vi que Aiden tensaba los hombros. Volvió a relajarlos enseguida y apoyó las manos en la mesa.

—¿Tienes la cuenta de la mesa de Aiden? —la interrumpí.

—¿Ya han terminado de cenar?

—¿Puedes dármela? —insistí, volviendo a fijarme en su mesa.

Su padre estaba inclinado hacia delante, con el rostro rojo como un tomate. No pude evitar acordarme de lo que me había dicho Aiden sobre su madre; la vida le había ido mejor desde que se había alejado de su padre. Tal vez también podría ser su caso.

—Rápido.

Arranqué el recibo de la impresora con tanto ímpetu que estuve a punto de romper el papel por la mitad. Caminé a paso ligero hacia su mesa y esbocé una sonrisa. Nada más llegar, el padre de Aiden dejó de hablar.

—Hola de nuevo. Por aquí les dejo la cuenta.

El señor Huntington frunció el ceño.

—No te la hemos pedido.

—Oh —dije, agarrando con fuerza el portacuentas negro que llevaba en la mano—. Es que tenemos una reserva para esta mesa en unos treinta minutos y necesitamos prepararla.

El señor Huntington se quedó mirando las mesas que tenía alrededor, que se habían ido vaciando a medida que avanzaba la noche.

—Déjala ahí.

Le dediqué una sonrisa de disculpa.

—Tenemos un límite de tiempo para cada mesa, así que, si no les importa, les agradecería que hiciesen el pago ahora para que podamos empezar a prepararlo todo para la siguiente reserva.

El hombre apretó la mandíbula, como si quisiera intimidarme. Le sostuve la mirada, sin ceder. Por un segundo, pensé que me diría que no o, peor aún, que me pediría hablar con Luke. Sin embargo, negó con la cabeza y dejó la tarjeta de crédito encima de la mesa.

—Yo invito —añadió él, mirando a Aiden.

Me llevé el portacuentas y cogí el datáfono lo más rápido que pude. El señor Huntington no tardó en retomar la conversación que tenía con su hijo antes de que yo los interrumpiese.

—Vamos... —le supliqué a la máquina.

—¿Sabes qué? —Alexa miró por encima del hombro—. Diría que te esfuerzas demasiado por una persona a la que odias.

Puse los ojos en blanco.

—Es complicado.

—Ya veo. —Sonrió y se alejó con la bandeja en la mano.

Arranqué el recibo y me volví a acercar a la mesa. Una vez allí, se lo entregué al señor Huntington.

—Muchas gracias por venir.

Mientras tanto, el padre firmaba con prisa el recibo, ignorando de manera deliberada la línea en la que podía añadir la cantidad que quería dejar de propina.

—Bueno, hijo, ¿qué te parece si continuamos esta conversación con una taza de café?

Mis ojos se volvieron hasta Aiden. Él apenas reaccionó; se limitó a asentir con la cabeza ligeramente. Me entraron ganas de ayudarlo. Odiaba ver cómo se esforzaba por ocultar la mirada cargada de dolor, aunque su malestar se hacía evidente por la manera en la que fruncía el ceño y apretaba los puños. La imagen me rompió el corazón en mil pedazos. Hizo que mi terror de todos los miércoles pareciese insignificante.

—En realidad... —Solté una risa suave y ladeé la cadera, intentando reflejar una despreocupación de la que carecía—. Siento muchísimo tener que interrumpir esta pequeña reunión padre-hijo, pero tengo que robarle a Aiden una hora o dos. Necesito ayuda con algo de clase. Ya sabe, se acercan los parciales...

—¿No se supone que lo único que hacéis es escribir? —El señor Huntington me miró con los ojos entornados—. ¿Por qué ibas a necesitar la ayuda de Aiden?

—Somos compañeros de crítica. —Aiden se aclaró la garganta—. Debo revisar su trabajo antes de que lo entregue.

—Está bien —cedió él; se puso de pie y cogió su chaqueta—. Pero está conversación no ha terminado, hijo.

–¡Muchas gracias por venir al Hideout! –repetí en voz alta mientras se alejaba.

Después, desvié la vista hacia Aiden, que se sostenía la frente con las manos. Tenía los ojos cerrados; desprendía tensión por cada poro de la piel. Con cuidado, le puse una mano en el hombro, sintiendo la rigidez de sus músculos bajo el traje, con la esperanza de darle algo de consuelo.

–¿Te encuentras bien?

Al oír mi voz, se enderezó enseguida, como si acabara de recordar que yo seguía allí. Luego, sacudió la cabeza, disimulando cualquier signo de angustia, y me miró.

–Gracias. Por todo… No hacía falta.

–No sé de qué estás hablando –le respondí, encogiéndome de hombros.

Aiden soltó un suspiro breve.

–Te dejo terminar tu turno tranquila –añadió.

–Ah, bueno. –Jugueteé con los bordes del delantal–. En realidad, mi turno ha terminado hace un rato, pero estaba…

Me quedé en silencio, sintiendo cómo el calor se me acumulaba en las mejillas.

Aiden parpadeó varias veces.

–¿Te has quedado por mí?

–Tampoco te emociones –balbuceé–. Pero tu padre es un poco imbécil. Sin ánimo de ofender.

Aiden Huntington tuvo la osadía de sonreír al escuchar mi comentario. Una sonrisa de verdad, la sonrisa que me había pasado meses anhelando en secreto. Estaba ahí, en todo su esplendor. Nariz torcida, labios torcidos. Aiden Huntington era el sueño de cualquier lectora.

–Tranquila, no me ofende.

Se levantó de la mesa, y yo seguí el movimiento con la mirada. Se cernió sobre mí, lo que provocó que se me revolviese el estómago al notar la intensidad de sus ojos. Se me secó la boca, pero me resultó imposible romper el contacto visual. Él vaciló un instante antes de añadir:

–Déjame invitarte a cenar.

165

Abrí los ojos de par en par y empecé a negar con la cabeza, pero él levantó la mano.

–Te lo debo. Y te prometo que no te llevaré a un restaurante italiano lleno de velas.

Esbocé una sonrisa tímida y volví a sacudir la cabeza.

–No me debes nada. No es necesario. Además, acabas de cenar; sería raro que te pasaras toda la noche viéndome comer.

Me miró con los ojos entornados, de una manera un tanto... provocadora.

–Tienes cara de ser una de esas chicas que nunca le dicen que no a un helado.

–¿Soy tan fácil de leer? –le respondí, después de emitir un gruñido.

–Venga, yo invito –insistió–. Te lo debo.

Dudé un instante hasta que miré por encima de su hombro y vi a Alexa a lo lejos. Asentía una y otra vez con la cabeza, prácticamente obligándome con la mirada a que saliese por la puerta.

–Está bien –dije al final–. ¿Me esperas fuera?

**Extracto de *Sin título*,
de Rosie Maxwell y Aiden Huntington**

El invierno en Nueva York era insoportable. El viento cortante se colaba entre los rascacielos, y a la gente, igual de fría y calculadora, parecía no importarle. No me había quedado más remedio que acostumbrarme a ello porque sabía que, a la hora de la verdad, estaba completamente solo. Pero mientras caminaba al lado de Maxine, empecé a ver la ciudad con otros ojos. Las aceras y los edificios de hormigón desprendían calidez con cada paso que dábamos, como si alguien hubiese encendido una chimenea en mi corazón y ella fuese la encargada de cuidar el fuego. Mientras andaba a su lado, ignorando el ruido de los coches y las luces, supe que estaba perdido.

Capítulo 12

Van Leeuwen, una de las heladerías más famosas de la ciudad, se encontraba a la vuelta de la esquina del Hideout. Le dije a Aiden que no hacía falta que me acompañase a casa después de los helados porque el camino desde Flatiron a East Village se hacía largo, pero aún más en invierno.

Sin embargo, Aiden se limitó a contestar:

—Encontrarías la manera de hacerte daño en mi ausencia y luego me pasaría el resto de mi vida sintiéndome culpable por no haberte acompañado.

No eran precisamente las palabras que esperarías del protagonista de una novela romántica, pero aun así consiguió hacerme sonreír.

Diciembre acababa de comenzar, y aunque los neoyorquinos solían pasarse el invierno encerrados en sus casas, la ciudad cobraba vida durante la Navidad. No había bloque que no tuviese un escaparate decorado con flores de Pascua y cintas de color rojo.

No nos dimos cuenta del despliegue hasta que nos pusimos a deambular bajo las luces de la calle, con los helados en la mano. Aiden había sido lo bastante sensato para pedir una tarrina, pero a mí me lo habían servido en un cono. El helado se me empezó a deslizar por los dedos, adormeciéndomelos aún más, ya que me había dejado los guantes en casa.

—Creo que nuestro sabor de helado favorito dice mucho del tipo de persona que somos —comenté entre lametones.

—Ah, ¿sí? ¿Y qué dice el mío de mí? —Se metió la cuchara en la boca.

Arrugué la nariz, fijándome en la bola de vainilla que se estaba comiendo.

–Que eres predecible. Y que te gusta ir a lo seguro.

Se pegó aún más a mí, aunque no había casi nadie en la acera. Cada vez que dábamos un paso, le rozaba ligeramente el brazo con el hombro.

–Eres como todos... Te sientes superior por no pedir sabores raros.

–¡Eso no es cierto! –Me quedé callada, considerando sus palabras–. Bueno, puede que un poco, pero sigo pensando que tengo razón.

–Pregúntale a mi padre... Él te diría que hago de todo menos ir a lo seguro –murmuró. Después, bajó la vista hacia mi cono y añadió–: ¿Qué dice el tuyo de ti?

–Dímelo tú.

–Mmm... –Volvió a coger un poco de helado y con la cuchara en la boca, dijo–: Me parece un tanto atrevido pedir un helado con sabor a tarta de cumpleaños.

–Supongo que lo es para alguien que siempre pide vainilla –resoplé.

Aiden me estudió con atención antes de añadir:

–Diría que significa que de pequeña tenías fiestas de cumpleaños chulísimas.

–¿Qué hay en un cono? Lo que llamamos tarta de cumpleaños, con cualquier otro nombre olería igual de dulce.

–Silencio, Shakespeare –gimió él.

–¿Qué tienes en contra de Shakespeare? –jadeé–. Es el *sad boy* por excelencia. ¿No deberías considerarlo tu Dios o algo así?

Me miró con los ojos entornados.

–¿Y tú? También escribía romance. Yo prefiero a otros autores.

–Ah, ¿sí? ¿A quiénes?

–Me encanta Hemingway.

–Uf...

–También me gusta Jane Austen –añadió, dándome un codazo en el hombro.

–¿Me estás diciendo que te has leído una historia de amor por voluntad propia? Madre mía, ¿de dónde sacaste la valentía para hacerlo?

—Cállate; *Orgullo y prejuicio* es un clásico. —Pese a sus palabras, me dedicó una de esas sonrisas a las que me estaba volviendo adicta—. Además, ¿quién podría resistirse al encanto del señor Darcy?

Reí.

Mientras caminábamos por delante de los edificios residenciales hacia mi apartamento, las calles se fueron vaciando hasta que nos quedamos prácticamente solos. Las sirenas sonaban a nuestro alrededor. Nos topamos una o dos veces con un grupo, pero durante la mayor parte del resto del camino no nos cruzamos con nadie y a ninguno de los dos pareció importarle. A veces nos deteníamos en los pasos de peatones, incluso cuando ni siquiera había coches, para que el camino a casa se hiciese innecesariamente más largo. Pero cada vez que cruzábamos la calle, Aiden se movía en silencio para que no fuese yo la que pasara por el lado por el que venían los coches. Y cuando llegábamos a la acera, siempre se las ingeniaba para que caminara por el lado que daba a los edificios.

Era la primera vez que disfrutábamos de la compañía del otro como Rosie y Aiden, sin refugiarnos en la seguridad de nuestros personajes.

—Oye —dijo él, golpeando mi hombro con el suyo—, gracias por lo de esta noche. En serio.

Le devolví el golpe.

—Para eso están los coautores, ¿no?

—No veo mucho a mi padre, y eso que vivimos en la misma ciudad. Pero, cuando lo hago, la cosa suele ir mucho peor que en el restaurante.

Se frotó la mandíbula, apartando la mirada.

—¿Por qué es tan duro contigo? —Hice una pausa—. No hace falta que me contestes si no quieres.

Aiden vaciló un instante antes de elegir sus palabras con sumo cuidado:

—Montó una empresa de tecnología que triunfó en el sector

financiero y siempre tuvo claro que yo debía seguir sus pasos. Ahora le molesta que me niegue a hacerlo.

Tiró el vaso en una papelera cercana mientras yo mordisqueaba la punta del cono.

–¿Y cómo se lo tomó cuando le dijiste que querías ser escritor?

–Fatal. –Me dirigió una mirada inexpresiva, como si fuese evidente–. Y tus padres, ¿cómo reaccionaron?

–Creo que ya se olían algo. –Le di otro mordisco a la punta del cono–. Siempre me gustó leer. Llevaba un libro en el bolso incluso en las fiestas del instituto. Y estudié Literatura en la universidad, así que supongo que fue inevitable.

–¿Los echas de menos?

Tenía las manos metidas en los bolsillos de su abrigo de botones y la cabeza inclinada hacia mí.

Por el rabillo del ojo admiré su perfil. ¿Cómo había sido capaz de resistirme a él durante todos estos meses? ¿Cómo era posible, tras tanto tiempo sentados en clase uno frente al otro, que solo me hubiese fijado en su abrigo?

Era injusto que alguien tan molesto pudiera ser tan atractivo. Intentaba con todas mis fuerzas no pillarme por él, pero en el fondo sabía que cuanto más tiempo pasásemos juntos, más difícil me resultaría. Aunque tampoco podíamos dejar de vernos.

–Todos los días –le respondí–. Marcharme fue una de las decisiones más difíciles que he tomado en mi vida, pero tenía que hacerlo. No los he visto desde que me fui. –Me encogí de hombros, sintiendo otra oleada de nostalgia–. A veces los echo tanto de menos que duele.

–Pero irás a casa por Navidad, ¿no?

Me sonrojé.

–No es que ande muy bien de dinero… De hecho, esa es la razón por la que cogí el turno de esta noche. Tengo que ahorrar para pagar el alquiler y para comer, claro. Y no solo eso, sino que también tengo que pagar la universidad. Así que los ahorros que me quedan no me dan para comprarme un billete. Aunque encontrase un vuelo barato, no podría permitirme el lujo de librar una semana entera. –Aiden asintió, comprensivo–. Estoy haciendo todo lo

172

que está en mi mano para pasar las fiestas en casa, pero hay una parte de mí que sabe que es una causa perdida.

De repente se me formó un nudo en la garganta. Era la primera vez que lo admitía en voz alta y eso hizo que todo se volviese aún más real. Me encantaba pasar tiempo con mi familia, sobre todo en Navidad. Mi madre dedicaba muchas horas a decorar la casa, colocando en el árbol todos los adornos que habíamos ido confeccionando a mano. El año anterior había pasado las fiestas sola y no había sido tan divertido como los años que había compartido en familia. Tennessee y Nueva York eran polos opuestos, pero de alguna manera anhelaba lo que se respiraba en ambos sitios.

Se me cayó una lágrima y me la limpié enseguida.

—Oye —dijo Aiden en voz baja a la vez que me agarraba el codo y me quitaba lo que me quedaba del cono—, no pasa nada. Estoy seguro de que los verás pronto.

—Lo siento —sollocé, y me limpié otra lágrima traicionera—. No debería llorar delante de ti.

Hizo una mueca.

—¿Qué se supone que significa eso?

Sorbí por la nariz y las lágrimas empezaron a caer.

—No lo sé. Tenemos que intentar llevarnos bien, pero no tanto como para dejar que nos afecten los problemas del otro, ¿no?

Apartó la mirada, sin duda seguía sumido en sus pensamientos. Una parte de mí que ni siquiera sabía que existía se moría de ganas de seguir allí con él, aunque fuera por solo un momento.

—Creo que si Max y Hunter pueden firmar una tregua, nosotros también podemos —añadió él con suavidad, volviendo a fijar los ojos en mí—. Siempre y cuando dejes de mover la piernecita por debajo de la mesa en clase, claro.

A pesar de las lágrimas, me hizo sonreír.

—No sé yo; eso es pedir demasiado… Además, me gusta mucho meterme contigo. —Aiden no respondió, pero tuve la corazonada de que él pensaba lo mismo. Molestarlo siempre me alegraba el día—. Pero creo que nosotros también podríamos firmar esa tregua.

–Siento mucho que no puedas ver a tus padres en Navidad, Rosie. Sé que es una mierda…

Deslizó la mano hasta encontrar la mía y me frotó la muñeca ligeramente con el pulgar.

–Estaré bien –le aseguré–. Lo siento, ni siquiera sé por qué me he puesto así. Estaba orgullosa de mí por no haberme derrumbado…

–Oye… –me interrumpió él, otra vez con suavidad.

Levanté la vista; no tenía delante al hombre que se sentaba enfrente de mí en clase, sino a uno que me consolaba bajo las luces de una calle vacía y me protegía del mundo con sus hombros anchos, como si de verdad fuese capaz de hacerlo. Como si de verdad quisiera hacerlo.

–No hay nada malo en estar triste. Puedes echar de menos a las personas con las que has pasado toda tu vida. Puedes echar de menos a las personas que se han portado bien contigo, Rosie.

–Gracias –dije, sosteniéndole la mirada.

Ninguno de los dos añadió nada más.

Me quedé atrapada en sus ojos verdes hasta que no pude soportarlo más y tuve que mirar hacia otro lado. Después, me dio la servilleta que venía con el cono para que me sonara la nariz.

Hizo un gesto con la cabeza hacia la calle.

–Ya casi estamos llegando a tu casa.

Extracto de *Sin título*,
de Rosie Maxwell y Aiden Huntington

Se sujetó la cabeza con las manos y colocó los dedos en las mejillas. Intenté no quedarme demasiado tiempo mirándole la cara. O el lunar que tenía debajo del ojo o la forma en la que las pestañas se le movían cada vez que parpadeaba.

Aparté la mirada a regañadientes cuando se dio cuenta de que la estaba observando.

–¿Sabes qué? –dijo ella–. Creo que deberíamos haber firmado una tregua hace mucho tiempo. Ser amigos no es tan malo como pensaba.

–Hasta cuando me estás halagando, me insultas.

–Por favor, ¡si te encanta que lo haga!

La verdad era que ya me gustaba, independientemente de lo que hiciera o dijese.

–La verdad es que sí.

Le sonreí.

Capítulo 13

—Espera, ¿ahora sois amigos? —Logan frunció el ceño—. Pues no hubiese dado un duro por vosotros, la verdad. Pensé que acabaríais a tortazo limpio.

—Casi sucede el semestre pasado —admití, y luego miré a Tyler—. ¿Recuerdas aquel debate que tuvimos sobre el uso de la raya?

Estábamos sentados en el reservado de la esquina del Peculiar Pub. Cuando les conté lo que había pasado el fin de semana por el grupo, Jess organizó una reunión de emergencia el lunes después de clase.

—Fue horrible —gimió Tyler—. A veces parece que os peleáis solo para poder oír la voz del otro.

—¡¿Qué?! —exclamé a la defensiva—. No es mi culpa que Aiden prefiera poner los incisos entre comas.

—Paso de volver a tener esta conversación —murmuró Tyler—. ¿Otra ronda?

Se levantó cuando todos asentimos con la cabeza y se dirigió a la barra.

—¿Algún avance con Tyler? —pregunté, volviéndome un poco hacia Jess.

Me sentí mal al recordar lo pésima amiga que había sido con ella últimamente. Había estado tan metida en mi propio drama con Aiden que me había olvidado de que le había prometido que la ayudaría con el tema de Tyler. Aunque ella no parecía estar muy por la labor. La había animado un par de veces a que le enviase un mensaje por privado, pero ni siquiera se atrevía a hablar a solas con él cuando quedábamos.

–Ninguno. –Apoyó la frente en la mesa–. Es tan difícil descifrar lo que piensa...

–Le gustas –insistió Logan–. Siempre lo pillo mirándote en clase.

–Eso es porque me siento justo enfrente de él.

–Mejor eso que nada, ¿no? –añadió él, encogiéndose de hombros.

Jess soltó un quejido, y fingió golpear la frente con la mesa.

–Rosie, ¿tú qué harías? Eres la experta en novelas románticas.

Hice una mueca.

–Ojalá pudiese ayudarte, pero tienes razón: es muy difícil saber lo que piensa Tyler. La mitad del tiempo me pregunto si realmente le gusta quedar con nosotros.

–Deberíamos prepararle una encerrona –me interrumpió Logan, dando un golpe la mesa con la mano.

–Has bebido demasiado. –Jess se incorporó–. Aunque, en realidad, quizá si me cogiese un pedo me sería más fácil confesarle lo que siento.

Negué con la cabeza.

–Tyler es un tío inteligente y nada bueno podría salir de eso. Si pasara algo así, sería él el que te pediría perdón y haría todo lo posible para no volver a mencionarlo. ¿Por qué no lo invitas a un café? O la próxima vez que te haga algún comentario en clase, pídele que te dé una respuesta más... elaborada –respondí, alargando las palabras y abriendo mucho los ojos.

A Jess se le iluminó la cara y se colocó un mechón oscuro detrás de la oreja.

–Y por eso eres mi consejera del amor.

Tyler regresó y dejó las cervezas en el centro de la mesa.

–¿Podemos seguir hablando de tu nueva amistad con Aiden? –sugirió él, y le dio un sorbo a una de las bebidas–. Siento que no le hemos dado la importancia que merece.

Vacilé un instante.

Ser amiga de Aiden no estaba siendo como me imaginaba. Había pensado que tal vez nos limitaríamos a ser más amables el uno con el otro, pero estaba casi todo el día pendiente del móvil y enviándole mensajes. Todo comenzó cuando le pedí consejo para uno de nuestros capítulos; después de eso, empecé a sentir la necesidad de saber su opinión acerca de todo. No dejaba de recordarme a mí misma que lo que sentía por él no era real, sino más bien el resultado del tiempo que pasábamos juntos. Pero no podía hacer nada para que el corazón dejara de latirme tan fuerte cada vez que me hacía un gesto con la cabeza de camino a clase o me decía que le había gustado el capítulo que le había enviado.

Nunca era suficiente; quería más y no estaba segura de cuándo lograría saciar este nuevo deseo de llamar su atención.

–Tampoco es para tanto –concluí–. Y la verdad es que no es tan malo como parece.

–Creo que os ha venido bien –comentó Logan–. Cada vez escribís mejor.

Nuestros personajes ya no eran enemigos y estaban convirtiéndose poco a poco en amantes. En realidad, la tregua nos había permitido acercarnos más a nuestros personajes y ahora éramos incapaces de dejar de escribir. Había escrito más palabras en las últimas semanas que en todo el año pasado. De un momento a otro, mi vida había dado un giro de ciento ochenta grados.

–Y ya no os lanzáis tantas pullitas en clase –añadió Logan, alzando las cejas.

Puse los ojos en blanco y le di un sorbo a la cerveza con la esperanza de que no se notase que me acababa de ruborizar.

Hoy en clase, en medio del debate sobre uno de nuestros capítulos, Aiden había dicho:

–En realidad, no he podido darle mi opinión a Rosie sobre el capítulo.

Había contenido la respiración, un poco nerviosa por si nuestra nueva amistad no significaba lo mismo para él que para mí e iba a volver a meterse conmigo.

–Adelante –le había dicho Ida después de asentir a regañadientes.

–Creo que uno de los puntos fuertes de este capítulo, y de la obra en general, es la capacidad que tienes para hacer que los diálogos suenen naturales. Nunca resultan forzados o incómodos. –Estaba leyendo los apuntes que había escrito en el capítulo, hojeando las páginas–. Y evidentemente eso es algo que yo aún tengo que mejorar, pero eres capaz de compensar mis partes con momentos que, debo reconocer, me resultan bastante tiernos.

–Puede que no se te dé tan bien la parte del romance –le había soltado a modo de respuesta–, pero creo que haces un muy buen trabajo manteniendo a nuestros personajes con los pies en la tierra. Yo tiendo a idealizarlo todo, pero tú haces que sea realista.

–Bueno, para ser justos, la razón por la que los personajes se han vuelto más dinámicos es porque tú los...

–Sí –había hecho un gesto con la mano para quitarme el mérito–, pero cuando me frenas, añades más tensión y...

–Me alegro de que haya un intercambio de opiniones amistoso entre vosotros –nos interrumpió Ida–, pero creo que ya va siendo hora de que pasemos a comentar el trabajo de otro compañero.

–Por supuesto.

Después me había recostado en la silla, con las mejillas sonrojadas. Volví a dirigirme al grupo para quitarle hierro al asunto:

–Tampoco exageres... Todo el mundo es amable con los demás en clase.

–Te aseguro que Aiden nunca ha sido tan amable con nadie en su vida –puntualizó Logan–. Creo que le molas un poquito.

–Extendió el brazo por encima de la mesa para pellizcarme la mejilla, pero se lo aparté de un manotazo.

–No digas tonterías.

–Pues a mí no me sorprendería –coincidió Tyler, esbozando una pequeña sonrisa–. Está claro que siente debilidad por ti.

Se me volvió a acelerar el corazón. Puede que yo sí me hubiese pillado un poco –un poquitín muy insignificante– por él. Pero era una mera fantasía; era imposible que él sintiese algo parecido por mí.

–Ahora que lo dices –intervino Jess–, últimamente cada vez que alguien en clase dice que no está de acuerdo con algo que has escrito, él los fulmina con la mirada.

–Seguro que solo lo hace porque se cree que el único que me puede insultar es él –respondí, un poco desanimada.

–Si es así, debo decir que lo hace de una manera muy sexi –señalizó Logan–. Tiene pinta de ser de esos a los que les gusta dominar en la cama... Los calladitos siempre sorprenden.

–Cállate ya. –Jess le dio una patada a Logan, lo que hizo que temblara la mesa. Debió de darse cuenta de que me sentía incómoda porque añadió–: Hablemos de otra cosa.

–Eso, basta ya de hablar de Aiden. –Le di un sorbo a la cerveza, dejando que el sabor amargo me bajara por la garganta–. ¿Os conté que voy a solicitar la beca de la revista *The Frost?*

–¡¿En serio?! –exclamó Jess, sorprendida, con una sonrisa en la cara–. ¡Qué alegría, Rosie! Tyler, ¿no es esa la que solicitaste tú el año pasado?

Él asintió.

–Haces bien en intentarlo, Rosie. Ahora mismo estoy entre los finalistas de uno de los premios literarios de la revista *The Paris Review* gracias a un relato corto, y te diría que en parte ha sido gracias a la beca.

–Estoy revisando con Ida la novela que escribí el semestre pasado. Espero que no tengan prejuicios con las novelas románticas...

–¿Por qué no le pides a Aiden que te ayude? –sugirió Logan.

–Ni hablar –solté enseguida.

–A ver, no me parece una idea tan descabellada. Ahora conoce mejor que nadie tu voz.

Me puse a juguetear con la etiqueta de la cerveza y la terminé despegando. Tenía hasta finales de enero para presentar mi propuesta, pero quería quitármelo de encima lo antes posible. Me tenía hecha un manojo de nervios; necesitaba tenerlo todo ya atado para poder hacer la entrega.

–Me lo pensaré –concedí.

–Y, como Aiden está coladito por ti, seguro que estará más que dispuesto a ayudarte.

–No sigas –lo cortó Jess–. La próxima ronda la paga Logan.

Durante la siguiente clase, me di cuenta enseguida de que estaba mirando a Aiden más de lo normal. Una vez me descubrió haciéndolo y a mí me ardieron tanto las mejillas que me planteé la opción de fingir que tenía un virus estomacal para poder irme antes.

Al terminar, Aiden me esperó para hablar sobre los próximos capítulos. Caminamos a paso ligero por la Quinta Avenida en dirección al Arco de Washington Square Park, con la barbilla pegada al pecho por el frío y con cierta rigidez en el cuerpo. Como un auténtico neoyorquino, Aiden andaba como si tuviese prisa. Sin embargo, me dio la sensación de que hacía el esfuerzo de bajar el ritmo para que yo no me viera obligada a trotar a su lado.

—Tenemos que hacer que rompan.

—Ni hablar —me quejé—. ¡Ni siquiera están juntos todavía! Al menos deberíamos esperar a que se den el primer beso.

Me miró, desconcertado.

—Pensé que solo se enamorarían, no que estarían enamorados.

—¿Acaso no es lo mismo?

Caminamos por el parque, entre los árboles y la hierba que tanto me recordaban a mi hogar. A pesar de que hacía mucho frío, había bastante gente paseando: artistas callejeros y personas que sacaban a sus perros. Esto era justo lo que más me gustaba de Nueva York.

Cuando nos acercamos a la fuente, Aiden se detuvo y se giró para mirarme.

—No creo que sea necesario que se besen —dijo él.

—¿Perdona? —me burlé—. Por supuesto que sí. Y también será necesario que se acuesten juntos.

Apretó los labios.

—No pienso escribir una escena de sexo, Rosalinda —concluyó.

—Vaya, ya me has vuelto a llamar Rosalinda…Sí que vas en serio…

—Me dijiste que había libros de romance sin escenas sexuales —me echó en cara.

Lo miré con el ceño fruncido.

—No hace falta que escribas algo erótico, pero ya sabes… —Desvíe la mirada, avergonzada—. Deberían hacer…cosas.

—¿Es así como lo llamáis los que leéis este tipo de historias? ¿«Hacer cosas»?

Se echó a reír y, a pesar del bullicio, el sonido me llegó directamente de una manera tan agradable que por un momento deseé que fuese un objeto físico para poder conservarlo siempre.

–Cállate, ya sabes a lo que me refiero. Con una escena así nuestros personajes podrán demostrarse que se quieren de una manera más intensa y toda esa tensión que hemos ido creando entre ellos podrá dar por fin sus frutos. –Aiden frunció el ceño y me observó con desconfianza–. Tranquilo, tendremos que escribir más capítulos antes de que se acuesten. Pero aunque estemos escribiendo un *slow burn*, sigo pensando que deberían besarse antes de que entreguemos lo que tenemos.

–¿Un *slow burn*? –repitió, enarcando una ceja.

Se me escapó una sonrisa.

–Sí, cuando los protagonistas tardan mucho en dar el paso… Ya sabes, cuando hay tanta tensión y deseo entre ellos que al lector le resulta imposible dejar de leer porque se muere de ganas de que se besen.

Se quedó un instante considerando mis palabras hasta que asintió.

–Bueno, entonces, ¿cómo continuamos la historia?

–Ni idea. –Me mordí el labio–. ¿Te apetece un café? Quiero entregarlo a tiempo y estoy un poco estresada. ¿Y si… planeamos el siguiente capítulo juntos?

–Vale –respondió con cierta tensión.

–Podemos dejarlo para otro día si tienes cosas que hacer –dije, frunciendo el ceño.

–¡No! No tengo nada que hacer. Absolutamente nada. –Cambió el peso del cuerpo de un pie a otro y se le sonrojó. Cerró los ojos y respiró de manera profunda, como si estuviera ordenando sus pensamientos–. Sí, me apetece tomarme un café contigo.

Parpadeé varias veces.

–Vale, rarito… ¿Al Think Coffee?

–Te sigo.

Después de pedirnos el café, nos sentamos en una mesa pequeña que había al fondo de la cafetería. Mientras sacaba el portátil y mi libreta, Aiden se subió las mangas de la camiseta, revelando sus antebrazos. Era de color negro, lo que hacía que sus ojos verdes resaltasen y que su pelo se viese aún más oscuro. En las novelas románticas, siempre se hacía hincapié en partes del cuerpo que en muy pocas ocasiones me parecían atractivas en la vida real. Nunca me había fijado demasiado en las mandíbulas, las clavículas o los antebrazos de un hombre. Sin embargo, cuando estaba cerca de Aiden, me resultaba imposible no observar cómo se le ajustaba la camisa alrededor de los bíceps, haciendo que los antebrazos se le vieran aún más fuertes. Me encantaba sacarlo de quicio por múltiples razones, pero sobre todo por la manera en la que apretaba la mandíbula cuando le hacía perder la paciencia.

—Hagamos una lluvia de ideas —solté antes de casi sufrir un paro cardíaco al ver a cómo se pasaba la mano por el pelo.

Durante las siguientes horas, nos planteamos varios escenarios diferentes. Los míos eran románticos y los de él morbosos.

—Si nos cargamos a uno ahora, tendremos el final realista que nos pidió Ida —razonó él, cuadrando los hombros mientras ponía las manos sobre la mesa para hablar.

—¡No podemos decir que es una novela romántica si ni siquiera se besan antes de que uno de los dos la palme! Ahora mismo todavía son solo amigos.

—Pero un giro así sorprendería al lector.

—¡O le haría querer tirar el libro a la basura!

Me recogí el pelo que me caía por los hombros en una coleta baja. Ya estaba más que acostumbrada a ponerme encima varias capas de ropa durante el invierno. Llevaba una chaqueta acolchada, un jersey y una camiseta blanca de escote en pico con unos vaqueros.

Aiden se quedó mirando el techo con la mandíbula apretada mientras yo me arreglaba el pelo.

—Ya hay suficiente tensión entre ellos —comentó él—. Creo que ya podemos...

—¡Hacer que se besen! Sí, ¡perfecto! —Aplaudí con alegría.

Él reprimió una sonrisa: se le levantaron un poco los pómulos, pero mantuvo los labios apretados. Sentí una sensación de calidez en el pecho porque sabía que había sido yo la que se la había provocado.

Por fin estaba conociendo al verdadero Aiden. No esa versión que se refugiaba detrás de un rostro inexpresivo, sino la que te alegraba en los momentos tristes y premiaba a los demás con sonrisas, aunque en el fondo no le apeteciese demasiado. Lo de que los polos opuestos se atraían no era solo una idea romántica que revoloteaba por mi mente, sino un hecho comprobado científicamente, ¿no?

Aiden se aclaró la garganta y se tiró del cuello de la camisa.

—Oye, ¿alguna vez te gustaría...?

Comenzó a sonar en mi teléfono *Piel canela*, de Los Panchos; una canción que mi madre y yo siempre bailábamos juntas en la cocina. La cara de mi madre apareció en la pantalla.

—Lo siento, tengo que contestar. —Me alejé un poco de Aiden y dije en un susurro—: ¿Mami? ¿Va todo bien?

Por lo general, siempre hablábamos los domingos por la noche. Solo me llamaba entre semana cuando había alguna emergencia y, por lo general, esas «emergencias» normalmente no lo eran: «¿Me puedes decir otra vez dónde compraste esa mermelada de moras?» o «¿Por casualidad no sabrás dónde guarda tu padre el cortacésped?».

—Mi vida —dijo en español—, estoy planeando la cena de Navidad y necesito saber si vendrás o no.

—Todavía no lo sé —le respondí con los dientes apretados.

Le eché un vistazo rápido a Aiden, que tenía la vista clavada en su cuaderno. Era evidente que me estaba escuchando, pero fingía que no.

—Hijita, tu tía y yo queremos empezar a comprar las cosas antes de que se vacíen los supermercados. Necesitamos saber cuántas papas, huevos...

—Que vaya o no no debería influir tanto en la cantidad de comida que compréis.

—Claro que sí; eres la que más disfruta comiendo.

—Te llamaré más tarde. Estoy con un amigo —le respondí en español.

—¿Un amigo? —jadeó—. ¿Es guapo? Es tu...

—Te llamaré más tarde, mami. Te quiero mucho. —Colgué antes

de que pudiese seguir hablando y le dediqué a Aiden una sonrisa de disculpa–. Lo siento, mi madre...

–Tranquila –me interrumpió–. Cada familia es un mundo. Ya has visto a mi padre... –Se aclaró la garganta y se miró el reloj con correa de cuero que llevaba en la muñeca–. En realidad, me gustaría volver a darte las gracias por salvarme aquel día. ¿Te apetece cenar algo?

–Pues... –tartamudeé, emocionada ante la idea. Me incliné sobre la mesa y derramé lo que me quedaba del café en el proceso–. ¡Joder!

–Espera, voy a por unas servilletas.

Aiden se levantó de la mesa y yo me quedé allí sentada, sintiéndome inútil.

Y esa era una de las razones por las que no tenía novio y por las que no me gustaba tener citas. Me dejaba llevar por el pánico en cuanto me invitaban a salir y lo arruinaba todo. Todo era más fácil en los libros y en mi cabeza.

Ayudé a Aiden a limpiar la mesa en silencio, intentando encontrar la valentía para decirle: «Sí, quiero ir a cenar contigo».

–Si tienes cosas que hacer –empezó a hablar él, frotándose la nuca con la mano–, no hace falta que...

–¡No! –exclamé con demasiado ímpetu. Cerré los ojos con fuerza y respiré hondo–: Lo siento, me he puesto un poco nerviosa. –Él levantó las cejas y las mejillas se me calentaron tanto que me sorprendió que no se me acabara derritiendo la piel–. Me encantaría ir a cenar contigo. Vámonos antes de que vuelva a tirar algo.

Me puse la chaqueta mientras él guardaba su cuaderno negro.

–Conozco una hamburguesería buenísima no muy lejos de aquí. ¿Te apetece?

–Sí, claro –contesté, tratando de calmarme–. Tengo tanta hambre que comería cualquier cosa.

Me siguió de cerca mientras salíamos de la cafetería, colocando con cuidado una mano en la parte baja de mi espalda.

De camino al local, intenté buscar cualquier excusa para hacer que volviese a tocarme.

**Extracto de *Sin título*,
de Rosie Maxwell y Aiden Huntington**

Era evidente que le entristecía la idea de quedarse sola,
ya no le brillaban los ojos, y tenía tanto miedo de que se le
llenasen de lágrimas que decidí hacer lo que fuera necesario para que desapareciera la arruga que se le había forma-
do en el entrecejo. Le solté, con cierta esperanza y algo de
remordimiento, que podíamos pasar las Navidades juntos.

–No hace falta. –Pero incluso mientras lo decía, su voz vaciló–. No quiero que lo hagas por pena. Estaré bien.

–No lo hago porque me des pena. Lo hago porque de verdad me apetece pasar más tiempo contigo, Max.

Capítulo 14

—Sin cebolla, sin mostaza, sin demasiada mayonesa y sin mucho kétchup —le dije a la camarera que nos atendía—. Pero... ¿podríais mezclar el kétchup y la mayonesa? ¡Ah! ¿Y tenéis salsa barbacoa? —Nos había mirado con desinterés al llegar, pero no tardó en hacerlo de manera hostil cuando empecé a pedirle cosas—. Y unas patatas fritas, a menos que sean rizadas. En ese caso, preferiría comerme la hamburguesa sola. Ah, pero si tenéis patatas rejilla, pediré dos raciones.

La mujer fue apuntando con rabia mi pedido en la *tablet* mientras me fulminaba con la mirada.

—Para mí la hamburguesa número tres —intervino Aiden, tras aclararse la garganta e inclinarse hacia delante.

Tardaron muy poco rato en servirnos la comida.

—¿Sabes? —añadió—. No entendía muy bien por qué el burrito que nos preparó Juanita tenía un mix tan extraño de ingredientes, pero ahora lo entiendo.

—Bueno —dije entre bocados—, no hay nada de malo en ser quisquilloso.

Aiden hizo un gesto con la cabeza hacia mi plato.

—¿Te vas a comer el pepinillo?

—Puaj, no. Todo tuyo.

Lo pinché con el palillo de la hamburguesa y se lo dejé en el plato.

—¿No te gustan los pepinillos? —Frunció el ceño.

—Es el sabor... —Me estremecí—. En el instituto se pusieron de moda los zumos de pepinillo y acabé cogiéndoles asco.

Se echó a reír y mordió la mitad del pepinillo.

–¿Y tú? –indagué–. ¿Alguna comida que te repugne?

Inclinó la cabeza, con aire pensativo y los ojos fijos en el techo.

–No me gustan las alubias. De ningún tipo.

–¡A mí tampoco!

Le sonreí y extendí el brazo sobre la mesa de linóleo en blanco y negro, y levanté la mano para que me chocara los cinco. Aiden puso los ojos en blanco antes de devolverme el gesto. Las comisuras de la boca se le curvaron en una pequeña sonrisa–. Odio la textura.

–Cuando era pequeño vi esa peli… –empezó a decir–. ¿*Daniel el travieso*? Lo secuestraron y cenó con los tipos que lo hicieron, pero lo único que tenían eran alubias. Se quedaron con la cara llena de judías. Siempre me entraban ganas de vomitar cada vez que veía la escena.

Asentí en señal de comprensión.

–Mi padre sabía que no me gustaban, así que cuando se enfadaba conmigo, las preparaba para cenar. –La hamburguesería estaba casi vacía y nuestras voces resonaban por el pequeño local–. Siempre las escondía debajo del arroz para que pensara que me las había comido, y él fingía que no se daba cuenta.

Aiden se terminó lo que le quedaba del pepinillo y sonrió. Me sentía orgullosa de haber provocado esa luz en su cara.

–Sabía que tenías un lado oscuro.

–Y ahora, por decir eso, te robo una patata.

Así fue como empezamos a comer del plato del otro. Y en ocasiones, cuando lo hacíamos, nos rozábamos las manos sin querer y yo me obligaba a ignorar el cosquilleo que me provocaba el roce. Un rato después seguía sin tocar mis propias patatas, pero me había comido casi todas las de Aiden y él se había comido las mías.

–¿Te has enamorado alguna vez? –indagué.

Aiden se quedó con el brazo a mitad de camino sobre la mesa.

–¿Por qué lo preguntas?

Me encogí de hombros.

–Porque odias cualquier cosa que tenga que ver con el amor.

Se metió mi patata frita en la boca.

–No odio el amor. Odio las novelas de amor –me aclaró.

Puse los ojos en blanco.

–No puedes decir eso cuando ni siquiera has leído una.

–Te dije que había leído *Orgullo y prejuicio* –dijo a la defensiva.

–No me refería a eso, y lo sabes.

–Sí, he estado enamorado –confesó con cierta cautela–. Más o menos. No lo sé.

–¿No lo sabes?

–Seguro que tú sí –añadió, ignorando mi pregunta–. Háblame de tu primer amor. Me apuesto lo que quieras a que fue una de esas historias arrolladoras en la que saltan chispas y todas esas cosas que sueles leer.

–En realidad, creo que nunca me he enamorado. –Jugueteé con la pajita que había en el vaso, evitando su mirada–. Pensaba que lo estaba, pero ahora sé que no. Porque leo novelas románticas y te aseguro que el amor que se vive en esas historias no se parece para nada a lo que yo viví. La relación con mi exnovio era… monótona y aburrida, un bucle del que no podíamos salir. Cuando esté con alguien, no quiero verme en la necesidad de plantearme si realmente lo que siento es amor, ¿sabes? Quiero pensar que no cambiaría lo que siento por nada en el mundo. –Aiden abrió la boca, pero lo interrumpí antes de que pudiese decir algo–. Y sé que las novelas románticas no son siempre realistas, pero los finales felices sí que existen en la vida real. Y no sé…El amor puede ser caótico y puede doler, pero soy de las que piensan que también puede sanar.

–Sé a lo que te refieres –susurró él–. Todas las veces que me he enamorado, o al menos que he pensado que lo estaba, he acabado renunciando a una parte de mí. Nunca he podido mostrarme tal y como soy.

Le arrebaté una de las patatas fritas y le hice un gesto para que él cogiese una de las mías.

–Por el amor fácil y verdadero –añadí, levantando la patata.

–Por el amor fácil y verdadero –repitió él, y las chocamos.

Aiden y yo teníamos muchas más cosas en común de las que

pensaba. A los dos nos gustaba ver *Gran Hermano*, mojar las patatas fritas en el batido y, al parecer, también crear listas de reproducción.

—Me pasaba horas en mi habitación, buscando canciones hasta que encontraba la perfecta para poder grabarla en un CD —admitió.

—¿Alguna vez le regalaste uno a una chica? —le pregunté con descaro.

Él puso los ojos en blanco.

—No. Los grababa basándome en el libro que acababa de leer. Intentaba buscar las canciones que pegaban con la trama o con la sensación que despertaba en mí. Intentaba...

Me empezó a sonar el móvil. Maldije en voz baja e ignoré la llamada, pero volvió a vibrar.

—Joder —murmuré, metiéndomelo debajo del muslo.

—Parece urgente.

—No. —Negué con la cabeza—. Mi familia es...

El teléfono volvió a sonar y la silla amplificó el sonido.

—Cógelo —me instó—. No me importa, de verdad.

Le di al botón verde.

—¿Qué? —dije con brusquedad.

—¿Crees que esas son formas de saludar a tu hermana pequeña?

—Hola, Maria. ¿Cómo estás? —añadí, poniendo los ojos en blanco.

—Estoy bien —respondió ella con alegría.

Me quedé en silencio, esperando a que continuase hablando.

—¿Eso es todo? ¿No me llamas por alguna emergencia?

—¿Qué pasa? ¿No puedo llamar a mi hermana para decirle hola?

—Puedes llamarme y, si ves que no contesto, enviarme un mensaje.

—Mírate, te vas a Nueva York un año y ya estás demasiado ocupada para preocuparte por los tuyos... —bromeó—. Bueno, entonces, ¿vendrás a casa por Navidad?

—Ya le dije a mamá que todavía no lo sé —susurré, alejándome un poco de Aiden para que no pudiera oírme.

Ni Maria ni yo hablábamos un español fluido; de hecho, ni siquiera podíamos mantener una simple conversación entre nosotras. Necesitábamos a alguien, como mi madre o nuestras tías, para que nos guiasen. Y en momentos como este me arrepentía de no haberle puesto más empeño para así no verme obligada a tener esta charla delante de Aiden.

—Todavía estoy mirando vuelos y tengo que hablar con mi jefe… —mentí.

Sabía perfectamente que no iba a poder ir. En Halloween había configurado una alerta para enterarme si salían vuelos asequibles y no me había llegado ni una mísera notificación. Aunque hiciese más turnos en el Hideout, seguiría sin tener dinero suficiente para comprar un vuelo de ida y vuelta, y encima pagar el alquiler del próximo mes. Era consciente de que tendría que decírselo a mi familia tarde o temprano, pero aún no había reunido el coraje necesario para hacerlo.

—Necesito que vengas, Rosie.

Percibí el pánico en su voz y fruncí el ceño. Maria era la más tranquila de las dos. La que hacía yoga por la mañana y seguía una rutina para cuidarse la piel que, según ella, era «meditativa».

—¿Va todo bien? —le pregunté en voz baja.

—Te echo de menos. Muchísimo.

—Yo también te echo de menos. Siento mucho no poder darte una respuesta. Voy a intentar coger algunos turnos más en…

—Peter y yo podemos comprarte los vuelos.

Peter era el marido de Maria. Se enamoraron cuando estaban en el instituto y se casaron justo antes de que yo me mudase a Nueva York.

—No, me niego. Sé que estáis ahorrando para compraros la casa en Lott Street. No te preocupes. Te diré algo pronto, ¿vale?

—Está bien. Te quiero —se despidió ella antes de colgar.

—Lo siento mucho —me disculpé con Aiden.

—No pasa nada. ¿Va todo bien? —me preguntó, y yo vacilé un instante antes de quitarle otra patata del plato—. No tienes por qué contármelo —añadió con suavidad—. Pero sabes que ya no usamos la información personal del otro para hacernos daño, así que…

Se me escapó un mechón de la coleta y me lo coloqué detrás de la oreja.

–Todavía no le he dicho a mi familia que no iré a casa en Navidad –susurré–. Me he esforzado mucho durante las últimas semanas. He intentado mantener el equilibrio entre las clases y mi vida social, y me he dejado la piel trabajando. De verdad pensaba que iba a conseguirlo. Pero todos los billetes de avión son carísimos, sobre todo ahora que solo faltan dos semanas para Navidad. Y ni siquiera tengo a alguien que pueda cubrirme los turnos. –Me temblaba la voz y, tras encogerme de hombros, añadí–: Todo es una mierda.

–Lo siento mucho, Rosie –dijo él con un tono de voz cariñoso. Después, extendió el brazo para agarrarme la mano y me la apretó.

–Tampoco es el fin del mundo. –Me sequé la lágrima que se me había escapado con la mano que Aiden no sostenía–. Sobreviviré. El año pasado pasé las Navidades sola y esperaba que este año fuese diferente… Me encanta el ambiente que se respira en Nueva York durante esta época, pero solo si tienes a alguien con quien compartir las fiestas, ¿sabes?

–Sí –respondió él, comprensivo, mientras me acariciaba el dorso de la mano con el pulgar. Un roce simple que me provocó un escalofrío.

–Pero no pasa nada. Voy a solicitar la beca Sam Frost… ¿Has oído hablar de ella?

Aiden se quedó un instante en silencio.

–Sí –dijo al final con sumo cuidado–. Algo he oído.

–Si me la diesen, podría estar más tranquila, ya que el pago de la matrícula dejaría de ser un problema y podría ir a casa más a menudo. Una cantidad de dinero así te cambia la vida.

–Ya –asintió.

–Bueno, ya está; sé que estoy siendo un poco dramática.

–Podríamos pasar las Navidades juntos –sugirió él, inclinando la cabeza.

Se me cortó la respiración. Aiden no dejó de mirarme en ningún momento.

—Aiden —pronuncié con tacto—, no tienes por qué hacer eso.

—Pero quiero hacerlo —insistió.

—No, lo digo en serio. No es necesario.

—¿No quieres pasar las Navidades conmigo? —preguntó con vacilación, y a mí se me rompió el corazón en mil pedazos.

No sabía mucho sobre él. Había podido deducir con bastante facilidad qué tipo de relación mantenía con su padre, así que no me había hecho falta atar muchos cabos para saber que había abandonado y despreciado a su hijo durante toda la vida. No iba a dejar que pensara que yo también lo trataría así.

—¡No! —le aclaré enseguida—. Me encantaría, de veras, pero no quiero que te sientas obligado a...

—Me apetece —dijo con seguridad—. Lo digo en serio. Una cena no es suficiente para agradecerte lo que hiciste por mí. Mi padre... —Negó con la cabeza—. Me libraste de una buena. —Suspiró—. De todas formas, iba a pasar las Navidades solo, así que en realidad serías tú la que me harías un favor a mí.

—Me gusta hacer las típicas cosas de turistas —le advertí.

Una parte de mí intentaba hacer que cambiase de opinión, poniéndolo en lo peor para comprobar si realmente le interesaba quedarse a mi lado.

Aiden asintió con la cabeza y la sonrisa le llegó a los ojos.

—Lo suponía.

—Quiero ir a Central Park y a los grandes almacenes Macy's...

—Rosie —me interrumpió, apretándome la mano con los dedos—. No voy a cambiar de opinión. Quiero hacerlo.

Me mordí el labio, sonriendo.

—Está bien... Te invitaré a un chocolate caliente como muestra de agradecimiento.

—De verdad, no hace falta. Me apetece mucho.

La sonrisa se me fue ensanchando cada vez más.

—¡Y a mí! Te estaré eternamente agradecida. Al menos ahora cuando le diga a mis padres que no estaré sola, no se quedarán tan preocupados. Y no pensarán que sigo enfadada con Simon...

—¿Simon? —preguntó—. ¿Así se llama tu novio?

Había algo en la forma en la que Aiden me miraba, con tanta cercanía, que hacía que me entrasen ganas de desahogarme. Rompí el contacto visual.

—Mi exnovio. Estuvimos saliendo unos cuantos años. Rompimos el año pasado. —Aiden levantó una ceja, animándome a continuar. Suspiré y me pasé la mano por la cara—. Tendía a idealizarlo todo cuando era más pequeña.

—¿Tú? ¿En serio? —Su voz estaba llena de sarcasmo.

Le tiré la servilleta a la cara.

—Cállate. Ya estaba muy pillada por él antes de que empezáramos a salir en el instituto, pero creo que me gustaba la persona que había creado en mi mente, no el propio Simon. Y luego, cuando empezamos a salir, me convencí a mí misma de que lo que tenía en la cabeza era real.

—¿Y qué pasó después?

Negué con la cabeza.

—Que por culpa de eso tardé demasiado tiempo en darme cuenta de que era un capullo. Necesitaba tanto sentirme querida que pensé que el dolor era parte del proceso. Me convenció para que estudiase en la universidad de nuestra ciudad, me dijo que las novelas románticas habían hecho que tuviese las expectativas demasiado altas en el amor… Y hasta que me mudé aquí, no desperté de una pesadilla que terminó durando una década.

Me quedé callada un instante. Hacía mucho tiempo que no hablaba de este tema. Tuve que parpadear varias veces para contener las lágrimas porque, aunque ya había superado a Simon, no había superado lo que me había hecho y aún menos lo que me había hecho sentir.

—Me dijo que iba a acabar sola y rodeada de libros.

—¿Qué? —pronunció Aiden con brusquedad, echando los hombros hacia atrás. Su voz adoptó un tono demasiado serio.

Me encogí de hombros, como si no fuese para tanto. Como si no hubiese desperdiciado diez años de mi vida esperando que Simon se convirtiese en la persona que quería que fuese.

—Todo pareció volver a su sitio cuando cortamos. Entendí por qué era incapaz de escribir algo que fuese romántico, por qué era tan infeliz, por qué sentía que mi vida estaba tan vacía.

–Joder –soltó él, con los ojos entornados y la mandíbula apretada. Respiraba con lentitud y apenas movía la barbilla.

–Creo que en el fondo tenía razón –dije en voz baja–. Tal vez debería dejar de tener las expectativas tan altas.

Aiden negó con la cabeza.

–No, Rosie. No deberías. Te mereces que te traten mejor que bien. Cualquier hombre con el que estés debería esforzarse por hacerte feliz.

Intenté no darle demasiadas vueltas a sus palabras, pero aun así algo cambió en mi mente. Puede que en su día pensase que Aiden era todo lo contrario al héroe romántico, pero quizá era yo la que encajaba más en ese perfil. Yo seguía siendo la testaruda y la que daba pie a las discusiones, pero él ya había dejado de malgastar su energía en eso.

–Los hombres cobardes como Simon se sienten intimidados cuando tienen delante a una mujer fuerte –continuó él, pronunciando cada palabra con más dureza que la anterior–. No deberías tener que rogarle a alguien que haga lo mínimo por ti. Se sentía demasiado cómodo con una persona tan maravillosa como tú y dejó de valorarte. –De repente, bajó la cabeza–. Rosie, lo siento muchísimo. Nunca habría dicho todas esas cosas que te dije sobre las novelas románticas si...

–No pasa nada; no lo sabías –lo interrumpí en un susurro–. Me molestó que lo dijeras, pero no has vuelto a decir nada parecido desde que somos amigos. Y, además, yo me burlo de la ficción literaria todo el rato.

Torció el gesto.

–No es lo mismo.

–Sí lo es.

–No sabía que otra persona se había metido contigo por leer novelas románticas. Dios, todo este tiempo debes de haber pensado que soy igual de gilipollas que tu ex.

–Sé que empezamos con mal pie –dije, frunciendo el ceño–, pero ya es agua pasada. Ahora me encanta pasar tiempo contigo.

Aiden sonrió, y a mí se me cortó la respiración.

–A mí también me gusta pasar tiempo contigo.

Me convertía en la peor versión de mí misma cuando me pillaba por alguien. Era incapaz de controlar lo que me salía por la boca y todo lo que hacía acababa dejándome en ridículo. Era como si mi cabeza se convirtiera en una persona independiente con un objetivo claro en mente.

Así que, en realidad, ni siquiera podía castigarme al ver que no podía dejar de hablar de él.

–A Aiden también le gustó bastante esa frase –le dije a Ida mientras me sentaba en su despacho.

Había terminado de reescribir un capítulo y quería que Ida me diese su opinión.

–Vale, pues si a los dos os gusta, la dejaremos –murmuró ella, sin dejar de leer el documento que tenía en la pantalla del ordenador–. ¿Y si hacéis que al mejor amigo de Hunter le guste también Maxine? Creo que podría serviros para generar más tensión.

Fruncí el ceño de inmediato.

–A Aiden no le va a hacer ninguna gracia que juguemos con un triángulo amoroso. Ni siquiera le convence el romance principal que tenemos.

Ida cerró la pantalla del portátil y me miró fijamente.

–Basta ya de hablar de Aiden. Este también es tu libro.

–Lo sé –le respondí a la defensiva, cruzando los brazos por encima del pecho.

–Desde que has entrado por la puerta no has dejado de mencionarlo.

–Eso no es verdad –repliqué, e Ida adoptó una expresión impasible, hasta que cedí y añadí–: ¡Y es culpa tuya! ¡Eras tú la que quería que nos hiciésemos amigos!

–Porque pensé que así mi día a día sería más llevadero, pero ahora sé que me volvéis loca incluso cuando os lleváis bien. –Hizo una pausa para estudiarme–. ¿Hay algo entre vosotros?

–¡No! –solté enseguida, prácticamente gritando. Me aclaré la garganta y me recompuse–. No. Nada. Solo somos…amigos. Nos hemos estado conociendo y pasando un poco más de tiempo juntos.

—Ya veo.

Ida reprimió una sonrisa y volvió a levantar la pantalla.

—Es verdad —insistí.

—Seguro que sí.

Puse los ojos en blanco y me recoloqué en la silla.

—¿Vas a seguir chinchándome o podemos continuar con el capítulo?

—Creo que vais por buen camino. ¿Ya lo tenéis todo preparado para la primera entrega?

—Casi. El último capítulo que escribió Aiden me desbarató los planes, así que tengo que arreglarlo, pero ya casi estamos terminando la primera mitad.

—Genial. ¿Y la propuesta para la beca? Estaría bien que la tuvieses lista para principios de enero.

—Creo que voy bien —dije, emocionada—. Sigo revisándola, pero ya casi está todo listo. Aunque en el fondo siento que hay algo que no me termina de convencer…

—Bueno, ya sabes que a mí me encanta tal y como está, pero tres pares de ojos siempre verán más que dos.

Sabía a quién se refería con ese otro par de ojos.

Aiden ya conocía mejor que nadie mi voz, y estaba segura de que sus sugerencias me ayudarían a mejorar mi propuesta. Solo me faltaba reunir el coraje que necesitaba para pedírselo.

Extracto de *Sin título*, de Rosie Maxwell y Aiden Huntington

–Te echaba de menos –dijo Maxine, entrando en la sala.

El corazón se me aceleró y me latió con fuerza, pero me aferré a cada una de sus palabras como si de ella dependiese que saliese el sol todos los días.

–¿Me echabas de menos?

–No te hagas el sorprendido. Ahora somos amigos, ¿no? De hecho, diría que eres mi mejor amigo.

Se me había colado en el alma un universo entero con forma de Maxine. Cuando estaba cerca de ella, era incapaz de disimular las sonrisas que se me dibujaban en el rostro y, dada la forma en la que le brillaban los ojos cada vez que se me torcían los labios, tampoco quería hacerlo.

En realidad, nunca había pensado que Maxine podría llegar a ser mi mejor amiga, pero por primera vez en mucho tiempo sentía que podía ser yo mismo con otra persona. No podría haberme imaginado una amiga mejor que ella.

–Puede que tú también seas mi mejor amiga, Max. –La miré con los ojos entornados–. Pero que no se te suba a la cabeza.

Capítulo 15

–¡No me puedo creer que no hayas hecho que se besen! –me quejé tan pronto como Aiden cogió mi llamada.

–No creo que sea el momento adecuado –se defendió él–. No están preparados.

–Sí, sí que lo están. Es como si me estuviesen pidiendo a gritos que los deje besarse.

–Entonces haz que se besen en tu puñetero capítulo –susurró con dureza.

Me detuve en medio de la acera, corriendo el riesgo de que se me llevaran por delante. Las calles que rodeaban Union Square estaban a rebosar de gente ahora que había empezado la campaña de Navidad. Se me dibujó una sonrisa en el rostro.

–Te da miedo escribir la escena del beso.

–Por favor... –se burló él.

–¡Te da miedo! –grité, dejando escapar una carcajada–. Dios mío. ¡A Aiden Huntington le da miedo que sus protas se den un besito!

–Cállate –siseó.

–¿Por qué sigues susurrando? ¿Debería estar susurrando yo también? –le pregunté en voz baja.

–Es lo que haría cualquier persona educada en un espacio público.

–Es lo que haría cualquier persona educada en un espacio público –repetí, imitándole.

–Muy madura.

–Haz que se besen para así yo poder ponerme con el siguiente capítulo –concluí–. No podemos seguir perdiendo el tiempo con tonterías.

–¿Y por qué no escribes tú la escena del beso en tu capítulo? –insistió.

Negué con la cabeza.

–Necesito que se besen en tu capítulo para que el mío tenga sentido.

–Eres tú la que nos está haciendo perder el tiempo.

–¿Qué? No te oigo... Creo... que... no... tengo... cobertura...

Le colgué y me guardé el teléfono en el bolsillo.

La verdad era que a mí tampoco me apetecía escribir la escena del beso. Ya había escrito varias; de hecho, algunas eran para quitarse el sombrero. Sin embargo, me daba vergüenza que Aiden leyese cómo me imaginaba un beso entre dos personas y acabase descubriendo, sin yo quererlo, cómo me gustaba que me besaran a mí. Así que la única opción que me quedaba era forzarlo a que la escribiese él.

Ahora que no tenía que gastarme todo el dinero que había ahorrado en un billete de avión, llegué a la conclusión de que era de persona responsable usarlo para comprarme algunos libros. Abrí de par en par la pesada puerta de Strand y me relajé nada más cruzarla. Había entrado en la librería un millón de veces, pero siempre me quedaba embobada al ver todos los libros que tenían. Los fines de semana, cuando no tenía nada que hacer, me pasaba el día deambulando por los pasillos y hojeando páginas. Subía a la planta en la que estaba la sección de libros raros y me quedaba leyendo a gusto en una de las sillas hasta que me echaban. Para mí era como una segunda casa.

No cabía ni un alfiler. Los clientes se arremolinaban alrededor de las mesas, deteniéndose mientras leían la contraportada de los libros. Habían decorado la tienda con cosas de Navidad: había guirnaldas colgadas entre las luces y gorros de Papá Noel en los cartelitos que había en cada mesa. De fondo sonaban villancicos, aunque apenas se escuchaban con el murmullo de los clientes. Me abrí paso entre la multitud para echarle un vistazo a mi sección favorita.

No tenían muchas novelas románticas; de hecho, las tenían todas colocadas en la parte trasera de la librería. Pensé que no habría nadie y podría mirar los títulos tranquila, pero me equivocaba. Ya había alguien allí cuando llegué.

Abrí los ojos de par en par. Reconocería ese abrigo en cualquier sitio.

—¿Aiden?

Aiden, que llevaba un gorro y una sudadera con capucha debajo de su característico abrigo de botones, se dio la vuelta al oír mi voz. Se quedó con la boca abierta cuando nuestras miradas se encontraron. Parecía mucho más joven. Nunca me hubiese imaginado a Aiden con una sudadera con capucha, pero desprendía un aire cálido que hizo que me fuera imposible no acercarme un poco más a él.

—Hola —me saludó, levantando una de las manos.

Tenía la otra escondida detrás de la espalda. Al darme cuenta, lo miré con desconfianza.

—¿Qué tienes ahí? —Le dediqué una sonrisa pícara.

Cuando di un paso hacia delante, él dio uno hacia atrás. Cuando intenté mirar lo que escondía, inclinó el cuerpo para alejarse de mí. La sección de terror estaba justo al lado de la de romance. Lo primero que pensé fue que no quería que nadie supiese que también le gustaban ese tipo de novelas, lo que explicaría por qué le había dado tanto placer torturarme durante meses.

—Nada.

—Demuéstramelo.

Él frunció el ceño.

—No tengo que demostrarte nada.

Y entonces me abalancé sobre él, y él abrió los ojos de par en par por la sorpresa. Intentó esquivarme, pero terminó chocándose con una de las estanterías que había en la esquina. Al ver que no tenía escapatoria, le tiré del brazo y…

Aiden Huntington tenía en la mano una novela romántica.

—Dios mío.

—Cállate.

—Dios mío —repetí.

‒Para ya. –Se libró de mi agarre y se acercó el libro al pecho–. Es para mi prima.

–¿Para tu prima a la que acompañaste al baile del instituto?

–Exacto –respondió él a la defensiva.

Le aparté los brazos del pecho.

–Vaya, pues tu prima debe de ser muy madura para su edad si quiere leerse lo que *The New York Times* describe como «una novela extremadamente sexi».

–Me voy.

Pasó rozándome y salió del pasillo.

–¡No! –Corrí tras él y me moví para bloquearle el paso–. Estaba bromeando. Creo que los chicos deberían leer más novelas románticas y que no debería ser un motivo de burla, porque en realidad no es un género de segunda como la gente piensa y...

–¿Cómo has sabido que estaba aquí? –me interrumpió.

–No lo sabía –respondí, parpadeando varias veces–. Pero ahora que estoy aquí, puedo ayudarte a elegir un libro que sé que al menos podría llegar a gustarte.

–¿Qué le pasa a este?

–Nada. A mí me encanta, pero estoy bastante segura de que a ti no.

Me miró con los ojos entornados.

–¿Qué haces aquí? ¿No se supone que deberías estar escribiendo? –añadió él.

Lo observé por encima del hombro mientras revisaba la sección de novelas románticas. Esta zona de la librería era enana, las novelas apenas ocupaban una cuarta parte de la pared. Había intentado convencer a uno de los libreros para que la ampliasen, ya que, al parecer, no eran conscientes del dinero que movía el género, pero el señor se había limitado a asentir con la cabeza con aire distraído antes de marcharse.

–Es que no puedo continuar con la historia hasta que tú escribas la escena del beso.

‒Tenemos que entregar tu capítulo para la clase de mañana, Rosalinda.

–Excusas y más excusas –dije para molestarlo–. Las opciones

son escasas, pero creo que podremos apañarnos con estos –añadí, agarrando una de las escaleras que había cerca para poder cogerlos.

Empecé a sacar libros como si no hubiese un mañana y se los fui dando a Aiden mientras le explicaba de qué iba cada uno.

–¿Sabes? –Aiden me miró desde el suelo–. La idea era llevarme uno solo.

Arrugué la nariz.

–Imposible. Necesitas todos estos y… ¡ay, casi me olvido de Christina Lauren!

–¿Quién narices es Christina Lauren?

Me bajé de la escalera y le entregué un ejemplar de uno de sus libros.

–Se parecen mucho a nosotros. Son dos mejores amigas que escriben juntas. Una se llama Christina y la otra, Lauren.

Su mirada se suavizó y me sonrió.

–Está bien. Me llevaré uno de ellas, pero sigo pensando que no necesito todo esto. –Hizo un gesto con la cabeza hacia la pila de libros que le había ido pasando y que le llegaba desde la cintura hasta el pecho.

Me quedé embobada estudiándole los bíceps. Le recorrí los brazos con la mirada y, por alguna razón, acabé clavándola en su cuello. Podría haberme fijado en sus hombros o en su espalda, pero ahora era incapaz de apartar los ojos de la curvatura de su cuello.

Me aclaré la garganta.

–Tienes razón. Quedémonos solo con los mejores.

Permanecimos parados en el pasillo durante una hora. Seguí enseñándole libros y explicándole un poco la trama de cada uno. Él los hojeaba y sacudía la cabeza hasta que decidía si dejarlo en la estantería o añadirlo a la pila.

Al final, yo también me puse a elegir qué libros quería llevarme y se los fui entregando desde la escalera.

–¡No los mezcles! –le gritaba, desesperada, cada vez que ponía uno de los míos en su pila.

–¿Por qué?

Se apoyó en la estantería que tenía detrás. A los hombres tan atractivos como Aiden se les debería prohibir esa pose. No sabía si había alguna teoría científica que lo corroborase, pero lo hacía un millón de veces más irresistible.

—Sabes perfectamente cuáles son los tuyos, y a mí no me apetece trabajar el doble.

—Cállate y hazme caso.

Él puso los ojos en blanco y separó los libros en dos pilas.

Cuando terminamos de revisar todas las novelas en el pasillo, Aiden cogió una cesta y colocó en ella todos los libros que nos íbamos a llevar.

—Me toca —dijo antes de cogerme la mano y arrastrarme a la sección de ficción, en concreto, al pasillo que iba de la E a la G.

A diferencia del resto, esta zona no tenía los pasillos rectos y estrechos, sino que estaba formada por un pequeño hueco en la pared en el que apenas cabíamos los dos. Había encontrado mi mano con tanta facilidad, que nuestros dedos se habían entrelazado nada más sentir el roce. Intenté no sacar conclusiones precipitadas y me convencí de que tan solo lo había hecho porque quería ser amable conmigo. Que lo nuestro tan solo era platónico.

Pero Aiden no parecía ser el tipo de chico que paseaba por las librerías de la mano de una chica si realmente no estaba interesado en ella.

Aun así, si eso era todo lo que me iba a ofrecer, estaba más que dispuesta a aceptarlo. Un par de palmas sudorosas de dos personas que ocupaban la mayor parte de los pasillos de una librería. El paso que había entre la realidad y la ficción era casi tan grande como el que existía entre el odio y el amor, pero estaba empeñada en creer que el espacio entre una cosa y otra no era tan abismal. Que lo que estaba viviendo no era solo fruto de mi imaginación.

Seguía agarrándome la mano mientras miraba los títulos. El hueco era tan diminuto que tuvimos que quedarnos pecho con pecho y con la cara girada hacia las estanterías. Lo estudié mientras examinaba los libros de la sección F con el ceño fruncido.

—No pienso leer a Faulkner, por mucho que te mole a ti –le aseguré mientras recorría con los dedos los lomos.

Él me ignoró, perdido en sus pensamientos.

—¡Ajá! –Sacó un libro grueso de la estantería y se volvió hacia mí. *Lo mejor que puedo*, de Maggie Frantel–. Es triste, pero también un poco romántico.

Me tendió el libro y me arrepentí enseguida de haberle soltado la mano para poder cogerlo.

—¿Estás de broma? ¡Me encanta Maggie Frantel! –admití, hojeando el libro.

No había nadie que no hubiese oído hablar de ella.

Había empezado escribiendo ficción literaria con algunos toques románticos, pero con el tiempo se había convertido en una especie de Nora Roberts. Bajo un seudónimo, había publicado una novela de misterio tras otra, hasta que por desgracia murió hace unos años. La adaptación televisiva de los libros en los que salía uno de sus personajes más famosos, el detective Pierre St. Clair, se convirtió en la serie más longeva de la ABC.

—*Al final de la calle* es una de mis pelis favoritas. –Alcé la barbilla para mirarlo–. No imaginaba que podría gustarte algo que tuviese tanto romance.

Él se encogió de hombros.

—Ella es la excepción. Siempre.

—¿Sabes? Nunca he leído este. Fue el primero que publicó, ¿no? ¿No ganó el Premio Nacional del Libro con él?

Él asintió.

—Hace más de quince años. Es uno de mis favoritos. Hace que te metas en la cabeza de la protagonista –me explicó.

Continuó hablando de lo bonita y natural que era la prosa y que, al terminarlo, no podría pensar en otra cosa. Era evidente que Aiden admiraba mucho a esta escritora. Ni siquiera cuando hablaba en clase de los libros que más le gustaban le brillaban tanto los ojos como en ese instante.

—¿Lloraste? –le pregunté.

—Sí –confesó él, sin ningún atisbo de vergüenza.

—Si lo leo y no puedo parar de llorar...

–Puedes llamarme. A cualquier hora. Y comentaremos cada detalle –me prometió.

–Lo mismo digo con las novelas que te vas a llevar tú. –Hice un gesto con la cabeza hacia la cesta–. Puede que se te escapen las lágrimas cuando les llegue su final feliz.

–Seguro que sí…–dijo, sonriendo.

Nos quedamos en el pasillo, pecho con pecho, sin apenas espacio para que alguno de los dos pudiese moverse. Me hacía feliz estar en una de mis librerías favoritas con alguien que estaba ganándose poco a poco todas las papeletas para convertirse en mi persona favorita. Me quedé mirándole los labios por un instante. Y cuando volví a alzar la vista, él me los estaba mirando a mí. Movió la cabeza y se quedó a un centímetro más cerca de mí. Si nos besábamos, nadie podría vernos; tenía la espalda pegada a la estantería y estábamos en un rincón que nos escondía del resto de la librería.

Pero con la misma rapidez con la que se había acercado a mí, se alejó y dijo:

–Vamos, sigamos mirando.

–Vale –respondí, tratando de ocultar la decepción.

Se me había acelerado el corazón solo de pensar en cómo sería besarlo. Quería quedarme en ese pequeño pasillo y descubrir qué era exactamente lo que se sentía cuando Aiden se hacía con lo que quería.

Nos pasamos prácticamente todo el día recorriendo la librería. Subimos a todos los pisos y señalamos todos los libros que nos habían gustado o que nos apetecía leer. No podía concentrarme cuando Aiden buscaba cualquier excusa para tocarme. Apoyaba la mano en la parte baja de mi espalda cuando alguien quería pasar a nuestro lado o la dejaba en mi hombro cuando quería enseñarme algo.

Cuando lo único que nos faltaba era pasar por caja, el sol ya había empezado a esconderse.

–Nada de distracciones, ¿eh? –bromeé mientras nos acercábamos a la cola–. Si no, estamos muertos. De hecho, debería ir pasándome más dinero a la tarjeta…

–¿A qué te refieres?

–Tener que hacer cola en esta librería es lo peor que te puede pasar en Manhattan. Los libreros te gritan si les haces perder el tiempo. Son muy pero que muy antipáticos, así que nada de distracciones.

–No –negó él–. Me refería a lo de la tarjeta.

–Ah, tengo que calcular lo que me voy a gastar antes de pagar para ver si tengo dinero suficiente en la tarjeta.

Saqué el móvil y empecé a hacer números con la calculadora. Tampoco tenía mucho dinero ahorrado. Siempre andaba justa, pero me permitía darme algún que otro capricho cuando entraba en la librería.

–No te preocupes –dijo Aiden, apartándome el móvil–. Yo pago –añadió, poniéndose en la fila.

–Ni hablar. Ya me invitaste a un café...

–Eso solo fue para fastidiarte.

–Y a un helado. Y a una cena. No voy a dejar que encima me pagues todos estos libros.

La fila avanzó rápido y cuando el librero llamó al siguiente, Aiden se acercó al mostrador.

–Bueno, pues es lo que va a pasar.

–Cállate –murmuré, y volví a abrir la calculadora mientras el cajero escaneaba nuestros libros. Aiden ya había introducido la tarjeta en el datáfono y justo cuando me moví para sacarla, me arrebató la mía de la mano–. ¡Oye!

Levantó el brazo por encima de la cabeza y ni siquiera de puntillas fui capaz de cogerla.

–Esto es absurdo. No estamos en el instituto; somos adultos. ¡Devuélveme la tarjeta!

–Vale –dijo él con calma–, pero dentro de unos minutos.

Lo fulminé con la mirada, aunque era imposible enfadarse con él, sobre todo cuando había tenido conmigo uno de los gestos que más bonitos me parecían en el mundo: regalar libros. Aiden debió de darse cuenta de lo mucho que significaba esto para mí, más aún tras saber que tenía problemas económicos.

Cuando terminó de pagar, me devolvió la tarjeta.

–No me ha hecho ni pizca de gracia.

–Qué manera más curiosa de darme las gracias –se burló de mí a la vez que cogía las bolsas y salía de la tienda conmigo pisándole los talones.

Empezamos a caminar, uno al lado del otro, por Broadway.

–Esta librería fue el primer lugar en el que entré cuando llegué a Nueva York, justo después de dejar todas mis cosas en el apartamento –le conté, dándole una patada a la piedra que tenía delante y metiéndome las manos en los bolsillos para protegerlas del frío–. Si pudiese, me pasaría los días ahí dentro...

–Yo solía venir aquí cuando era pequeño. Mi madre me traía casi todos los días después del colegio. –Se aclaró la garganta y negó con la cabeza–. Deambulábamos por todos los pasillos y siempre me dejaba elegir tres libros. Siempre tres.

–¿Cuál era tu libro favorito cuando eras pequeño? Seguro que había alguno que siempre cogías cuando necesitabas consuelo.

–Le choqué el hombro.

–*Querido señor Henshaw*, de Beverly Cleary.

Le sonreí.

–El mío era *Stargirl*, de Jerry Spinelli.

–Cómo no... –Puso los ojos en blanco, pero aun así me dedicó una sonrisa–. Una chica diferente que vive en una ciudad pequeña y encuentra el amor.

–Un chico que se enamora de la lectura y acaba obsesionándose con ella.

–Un chico sin padre que le escribe cartas a su autor favorito –añadió él en voz baja–. Por eso me gustaba tanto. Me sentía identificado con el protagonista.

–Muy pronto serás el señor Henshaw de otro niño –lo animé.

Sonrió con mi comentario.

–Ojalá.

–Pero ahora –dije, mirando la hora en el móvil– debería irme a casa a escribir la escena del beso de la que alguien decidió desentenderse... Me da miedo no poder entregar a tiempo.

–Pues... –empezó a decir Aiden con timidez. Era la primera vez que lo veía vulnerable–. Vivo cerca... Podríamos... podríamos escribirla juntos. –Abrí los ojos como platos, emocionada y sorprendida a partes iguales. Cuando vio que no respondía, añadió–: Evidentemente no tienes por qué venir si te sientes incómoda o si no quieres...

–No, sí que quiero –lo interrumpí–. Te sigo.

Aiden vivía en West Village, en la intersección de Perry Street y Bleecker, no muy lejos de la librería. A medida que nos acercábamos a su calle, me entraban cada vez más ganas de pedirle que siguiera caminando. Los atardeceres de Tennessee eran especiales, pero los de Nueva York no tenían nada que envidiarles. La luz rebotaba en uno de los rascacielos y se colaba entre los edificios de una manera preciosa. Y tras ver cómo los colores se mezclaban con el pelo de Aiden, me pareció aún más bonito. Sus ojos. Su sonrisa.

Esperaba que me llevase a algún edificio de apartamentos de lujo, pero cuando se detuvo frente a uno de piedra caliza de color rojizo y subió los escalones de la entrada, me quedé boquiabierta. Me fijé en el timbre que había en la puerta: a diferencia de la mayoría de los edificios de la ciudad, solo había uno.

–¿Qué? ¿Esta es tu casa?

Estaba demasiado aturdida para moverme. Sospechaba que Aiden tenía dinero. A ver, me había invitado a comer un par de veces, así que supuse que venía de una familia acomodada. Pero ¿esto? Esto era otra cosa. Era el edificio de apartamentos –casa– en el que todo neoyorquino querría vivir.

Aiden volvió a bajar los escalones y me cogió la mano, entrelazando nuestros dedos.

–Venga, vamos –me instó.

Después soltó las bolsas en vez de mi mano para poder buscar las llaves que guardaba en el bolsillo y empujó la puerta para dejarme pasar a mí primero.

–Joder, Aiden.

Me había criado en el sur, donde nos recordaban por activa y por pasiva que había que seguir ciertas reglas de hospitalidad, como esperar a que tu anfitrión te guiase hasta la sala de estar y preguntarle de manera educada si debías quitarte o no los zapatos. Sin embargo, se me olvidaron todas cuando entré en el apartamento de Aiden.

Tras el vestíbulo, la habitación se dividía en una cocina, que estaba justo enfrente, y un salón que daba a mi izquierda. Entré y, por imposible que pareciera, me quedé aún más boquiabierta. Las ventanas, que llegaban hasta el techo, daban a la calle y estaban cubiertas por una fina cortina de color blanco. Aiden había colocado una pequeña mesa y un sillón reclinable cerca de ellas. Encima de la mesa había una pila de libros y en el centro de la sala, justo enfrente de la pared en la que había colgada una televisión, había un sofá enorme.

—Voy a por mi portátil y empezamos, ¿vale? Ponte cómoda; como si estuvieras en tu casa —dijo él mientras se alejaba por el pasillo.

Parpadeé varias veces antes de quitarme las zapatillas y colocarlas cerca de la puerta. Me asomé a la cocina y descubrí que era igual de espaciosa. La isla dividía la placa y la mesa del comedor de mármol blanco. Sin embargo, no era uno de esos lugares en los que te daba pánico acabar tirando algo. Había algún que otro toque colorido y plantas y paños de cocina que hacían que la estancia fuese aún más acogedora.

Regresé al salón y esperé a Aiden; la alfombra que tenía bajo los pies era increíblemente suave. En una de las esquinas de la habitación, cerca de su rincón de lectura, había estanterías altísimas repletas de libros en posición vertical y perfectamente alineados. Pasé los dedos por los lomos, leyendo cada uno de los títulos. Después, desvié la vista hacia la mesa: *Orgullo y prejuicio* encabezaba la pila de libros y había un bolígrafo entre sus páginas, como si lo hubiese utilizado como marcador.

La luz que se colaba por las ventanas empezó a atenuarse. Proyectaba un resplandor dorado sobre la estancia, creando sombras en casi todos los rincones.

Aiden regresó con el portátil en la mano y encendió la lámpara.

—¿Nos ponemos en el sofá o prefieres trabajar en la mesa?

Negué con la cabeza.

—En el sofá está bien.

Me hundí en el sofá, y él se sentó con cuidado a mi lado y se puso el ordenador encima de los muslos. Casi nos rozábamos con la rodilla. Nunca me había fijado tanto en las manos, las rodillas y la clavícula de alguien.

—¿Vamos a hablar de ello? —le pregunté, expectante.

—¿De qué?

—De que está claro que eres multimillonario, pero lo mantienes en secreto.

Él sonrió, abriendo el portátil. Nunca llegaría a acostumbrarme a los hoyuelos que se le formaban cuando sonreía.

—Podría escribir una novela con un protagonista así... —murmuré para mis adentros.

—¿Qué? —Me miró de reojo.

—Nada. —Hice un gesto con la mano para restarle importancia—. Entonces, ¿vamos a hablar de ello o no?

—No.

—*Porfi*. —Le di un empujoncito en el hombro—. Dame el gusto...

Él vaciló un instante antes de añadir:

—Vale. Pero solo hoy, después no pienso volver a tocar el tema.

—Promesa de *scout* —dije, haciendo el saludo con la mano en la frente.

Aiden hizo un gesto con la cabeza hacia la bolsa de Strand que habíamos dejado en el vestíbulo.

—¿El libro que te regalé, el de Maggie Frantel? Es mi madre.

Incliné la cabeza hacia atrás y abrí la boca, sorprendida.

—Pero te apellidas Huntington.

—Escribía con su apellido de soltera. No quería que el nombre de mi padre se asociara con su trabajo.

—Espera, espera. —Agité las manos para indicarle que necesitaba algo más de tiempo para procesarlo todo—. ¿Maggie Frantel es tu madre? ¿La Maggie Frantel que todos conocemos?

—Sí.

—¿La Maggie Frantel que literalmente tiene una estantería para ella sola en Strand?

—No sabía que eras tan fan. —Alzó las cejas y se le dibujó una sonrisa en el rostro.

215

Lo miré con el ceño fruncido.

—No conozco a nadie que no haya leído al menos uno de sus libros. —Hice una pausa—. ¿Es por eso por lo que tienes tanto dinero?

Suspiró y se pasó una mano por la cara.

—Es… complicado. Me dejó absolutamente todo lo que tenía cuando falleció, en vez de dárselo a sus hermanas. Porque la única forma de heredar el fondo fiduciario de mi padre era siguiendo sus pasos como «heredero» de su empresa. Gracias al dinero de mi madre he podido sobrevivir durante años sin la ayuda de mi padre.

Me quedé en silencio un instante.

—No sabía que tu madre había fallecido.

—Hace casi siete años. En mi primer año de universidad.

—Lo siento mucho.

—Tuve que aprender a vivir con su ausencia. Por eso me inscribí en el programa de posgrado. Después de dejar a mi padre, sufrió una depresión, pero escribir la salvó. Llenó mi infancia de libros y palabras que volaban por cada rincón de la casa. Lo único que quería era seguir sus pasos, así que me apunté a un par de asignaturas, pero luego mi padre empezó a presionarme: quería que ocupara un puesto en su empresa. Y este programa me parecía la única forma de decirle: «Estoy haciendo esto, te guste o no».

—Eres un gran escritor, Aiden. Estoy segura de que estaría muy orgullosa de ti —le susurré.

Él esbozó una pequeña sonrisa y dijo:

—Gracias, Rosie.

Nos quedamos mirándonos durante un segundo. Quería meterme en su cabeza y averiguar todo lo que escondía. Quería hacerle ver que podía confiar en mí, que podía decirme lo que quisiera, que no lo iba a juzgar, porque ahora éramos amigos, no como antes.

—Deberíamos…—volvió a hablar él, sin romper el contacto visual.

—Ah, sí. El capítulo. —Le quité el portátil de las manos y moví el cursor hasta el final del documento—. Ibas por buen camino. Ya estaban en el retiro corporativo, ¿no?

–Sí, pero en habitaciones de hotel diferentes –me recordó.

–Si hay algo que puedo enseñarte como amiga –empecé a decir, mirándolo con seriedad–, es que cualquier situación puede dar pie a un momento romántico.

–Sí, claro...

–Venga, ponme a prueba –lo animé, levantando la barbilla.

Se frotó las manos.

–Está bien... Cuando sales a pasear a tu perro.

–Venga ya –me burlé–. Pónmelo más difícil. Imagínate la escena: estás paseando a tu perro en el parque, se escapa y... ¿qué pasa? Te lo encuentras olfateándole el trasero a otro perro y al final descubres que el dueño de ese es el amor de tu vida.

–Cuando sales a cenar con tu madre. –Levantó las cejas y mantuvo los ojos fijos en mí, como si me estuviese desafiando.

–Tu madre te anima a pedirle una cita al camarero –respondí, encogiéndome de hombros.

–Te toca ser jurado popular en un juicio.

–Puede que lo estén juzgando por asesinato, pero tiene la sonrisa más bonita del mundo...

Cuando dije eso, Aiden se echó a reír de inmediato, inclinando la cabeza hacia atrás.

–Vale, retiro lo dicho –cedió él.

–Voy a hacer que se encuentren y ya te dejo el portátil a ti. Usaré mi magia.

Intenté crujirme los nudillos, pero fue lamentable.

–Guau, qué aterradora... –murmuró Aiden–. ¿Te apetece beber algo?

–¿Tienes chocolate caliente?

Él negó con la cabeza mientras se ponía de pie.

–Pero tengo té.

–No está tan rico, pero me sirve.

Durante los siguientes minutos, mientras Aiden revoloteaba por la cocina y yo escribía, todo fluyó con naturalidad. Me enderecé.

¿Podría esto pasar a convertirse en algo normal entre nosotros? Una vida donde él prepararía té y yo me sentaría en el sillón a escribir. «No te hagas ilusiones», me recordé a mí misma.

Necesitaba terminar la escena del beso antes de que perdiese la cabeza. No podía seguir así: dejándome llevar por mi ingenuidad hasta idealizarlo todo y acabar decepcionada.

–¿Cómo vas? –me preguntó, colocando una taza blanca encima de un posavasos justo en la mesa que estaba al lado del sofá. Salía vapor de mi taza, pero no de la suya, que se había servido un poco de agua fría.

–Se me ha ocurrido una excusa buenísima para que Max vaya a la habitación de Hunter –le informé.

–Ah, ¿sí? ¿Cuál?

–Lo echa de menos.

–¿Qué?

–Últimamente pasan mucho tiempo juntos… Es normal. Iba a cenar sola, pero entonces se dio cuenta de que lo echaba de menos, así que fue a buscarlo a su habitación.

–Entonces…, ¿se van a dar su primer beso en la cena?

–No –respondí, alargando la palabra–. Ni siquiera les dará tiempo a cenar. Van a empezar a hablar y terminarán besándose.

–Pero...

–Shhh, déjame a mí.

Moví un poco la pantalla hacia él para que pudiese ir leyendo mientras yo escribía.

–¿Me echabas de menos? –preguntó Hunter, incrédula.

–No actúes como si tú no me echases de menos a mí. –Asomé la cabeza por la puerta de su habitación–. Ibas a cenar solo, ¿verdad?

Él suspiró.

–Sí.

–Bueno, en ese caso, ¿bajamos a cenar juntos?

–¿Y si pedimos que nos traigan la comida a la habitación? –sugirió él. Dudé un instante, pero Hunter me convenció al añadir–: Todos estarán pendientes de nosotros para ver quién de los dos pierde los papeles primero...

Me encogí de hombros y entré en su habitación. Después, me dejé caer en la cama.

—Tu cama es mucho más cómoda que la mía —comenté.

Se le oscureció la mirada, pero no tardó mucho en apartarla.

—Pediré algo en UberEats —se limitó a decir él.

Le dejé el ordenador a Aiden y a partir de ahí nos empezamos a pasar el portátil. Entramos en una dinámica que me resultó tan natural como si lo llevásemos haciendo toda la vida. A veces Aiden miraba por encima de mi hombro y me sugería algo, o yo le daba alguna que otra idea mientras él escribía. Sabía exactamente cuándo se quedaba sin palabras, y él sabía cuándo tenía que pararme los pies para que no llevase a los personajes demasiado lejos tan pronto.

—Me toca —murmuré—. Qué monada. ¡Estás a punto de perder la virginidad con una escena con beso!

Me volví hacia él e hice un puchero. Luego, estiré el brazo para pellizcarle la mejilla, y él me lo apartó de un manotazo.

—Escribe —me ordenó, acercándome el portátil.

Nos quedamos sentados uno frente al otro en la cama, robándonos patatas fritas. Rodilla con rodilla, cara a cara.

—¿Puedo preguntarte algo? —le dije, y me metí una patata en la boca.

Se inclinó hacia delante y su mano rozó la mía.

—Adelante.

—¿Por qué me odias?

—Ya no te odio. —Frunció el ceño.

—Bueno, pues… ¿por qué me odiabas?

Aiden me quitó el portátil de las manos.

Vaciló, buscando las palabras adecuadas.

—¿Recuerdas tu primer día de trabajo?

—A duras penas…Me enseñaron la oficina y hubo mucho papeleo.

—Ivy te presentó al equipo. Y cuando saliste de la sala, dijo: «Esa mujer es demasiado optimista». Yo no soy así. Soy arrogante e impertinente. Y… aunque pensé que eras preciosa, sabía que yo no era lo que necesitabas. Ni lo que te merecías. Pensé que era mejor que mantuviésemos las distancias, pero me resultó imposible. Pierdo el norte cada vez que estás cerca.

Aiden seguía con las manos en el teclado cuando se lo quité.

—Pregúntame por qué te odié desde el minuto uno que te conocí? —le pedí.

—¿Por qué me odiaste desde el minuto uno?

—Porque pensé que eras el hombre más guapo que había visto en mi vida, y parecías no querer tener nada que ver conmigo. Y yo quería que todo tuviera que ver contigo.

¿En qué momento nos habíamos acercado tanto? ¿En qué momento habían pasado nuestras rodillas de rozarse a tocarse?

—Menuda manera de perder el tiempo entonces —susurró él.

Su aliento me acarició el rostro.

Estudié a Aiden por encima del hombro: ni siquiera estaba mirando la pantalla, me estaba mirando a mí.

Mi pierna presionaba la suya, ya que prácticamente me había abalanzado sobre él para poder agarrar el portátil. ¿En qué momento habíamos pasado a estar tan cerca el uno del otro como para que nuestras respiraciones se entremezclasen? ¿En qué momento habíamos pasado a ser Max y Hunter, sin dejar de ser Rosie y Aiden?

Me aclaré la garganta y aparté los ojos de su boca.

—Tenemos que decidir cómo queremos que sea el beso —dije, rompiendo el silencio.

—¿Qué opciones tenemos? —susurró con voz ronca.

Intenté hacer todo lo posible por ignorar el escalofrío que me recorrió la columna, pero es que la voz de Aiden era tan baja y sus ojos desprendían tanta intensidad… Me quedé atrapada en ese instante, desesperada por hacer que durase para siempre.

—Bueno… —Hice una pausa—. Están los besos cargados de deseo, ya sabes, esos que no se pueden controlar. Cuando los personajes no son capaces de parar y nunca les parece suficiente.

–Mmm.

Podría haberme perdido en ese sonido. Mis ojos revolotearon sin control, y, por instinto, me incliné un poco más hacia él.

–O los lentos. Con los que sigue habiendo deseo y descontrol. Pero hay más... vacilación.

–Ya veo.

–Nos sirven las dos opciones, pero tenemos que describir la escena muy bien. Los besos siempre son mejores en los libros, así que tenemos que tomar la decisión correcta si...

–¿Qué acabas de decir? –me interrumpió.

Teníamos el rostro inclinado hacia el otro; cerca, pero no lo suficiente. Hizo una mueca con la boca mientras fruncía aún más el ceño.

–Que tenemos que tomar la decisión...

–No, me refiero a lo de que los besos siempre son mejores en los libros.

–Ah. –Parpadeé varias veces–. Pues eso; que los besos siempre son mejores en los libros que en la vida real.

–¿Lo dices en serio? –Me dirigió una mirada de desconcierto.

–Los besos en las novelas románticas son capaces de cambiar el mundo. Los personajes empiezan a verlo todo de manera diferente y sienten ese cosquilleo. En la vida real, los besos solo son... besos.

Aiden torció los labios antes de tragar saliva y añadir:

–No. Son más que eso.

–Qué va.

–Si de verdad piensas eso, Rosie, entonces nunca te han dado un beso como es debido. Nunca te ha besado alguien que realmente te desee.

Desvié la mirada de sus ojos a sus labios, con el pecho agitado. Cuando su nariz rozó la mía, se me cortó la respiración.

–Demuéstramelo –susurré.

Y su boca no tardó en encontrar la mía. Él decidió por los dos qué beso tendríamos, pero no fue ninguna de las dos opciones que yo le había dado antes. Estaba cargado de dudas y parsimonia, pero también de deseo y curiosidad. Deslizó la mano hasta mi mandíbula, inclinándome la cabeza aún más. Me arqueé, pegándome más a él. Después, movió los dedos y los hundió en mi pelo rizado.

Me invitó a abrir aún más los labios y cuando coló la lengua en mi boca, reaccioné por fin. Me aferré a su camiseta, queriendo más. Él me agarró la cintura; sentía el peso de su mano en la cadera.

Aiden tenía razón. Muchísima, de hecho. Nunca me habían dado un beso como el que me estaba dando él. Se me aceleraba el corazón cada vez que su lengua jugaba con la mía y ni siquiera tuve que fingir el gemido que me salió cuando me mordió el labio inferior.

Así eran los besos cuando te los daba alguien que te deseaba. Mucho mejor que cualquier escena con beso que hubiese leído.

Un suspiro, un lametón. Una sonrisa, un gemido. Me revolví incómoda en el sofá, pero no me habría importado morirme así: con las manos y los labios de Aiden sobre mí.

Como si se hubiera dado cuenta de mi ligera molestia, deslizó la mano por la curvatura de mi cuerpo y me agarró la cintura con firmeza. Después, me sentó en su regazo, con una pierna a cada lado, y noté la prueba de que él me tenía las mismas ganas que yo le tenía a él.

Mi pelo nos cubrió a los dos y por fin lo toqué. Me recorrió las caderas con las manos, acomodándome sobre su regazo. Me había pasado tanto tiempo pensando en los hombros y los bíceps de Aiden que me resultó imposible hacer otra cosa que no fuese trazar con los dedos las líneas rígidas que le marcaban los músculos.

Como siempre, hasta algo tan íntimo lo veíamos como una competición. Exploraba cada rincón, intentando averiguar qué me haría gemir o jadear. Yo estaba haciendo lo mismo: de vez en cuando lograba que se le cortase la respiración o que suspirara. Y ahora que estaba a horcajadas sobre él, era yo la que llevaba las de ganar. Le rocé el cuello con los dedos y los enredé en varios mechones oscuros. Cuando le tiré del pelo con suavidad, me gané un gemido bajito.

Tomé el control y le rodeé las caderas con las piernas. Me agarró con más fuerza la cintura e inclinó la cabeza hacia atrás con un gruñido. Le recorrí la mandíbula a besos sin dejar de moverme.

–Dios, Rosie, me haces sentir tan bien… –murmuró–. Tan bien.

Abrió los ojos y se encontró con mi mirada. Después, me sonrió y yo volví de inmediato a la realidad.

¿Qué estaba haciendo? ¿Merecía la pena arriesgarse? ¿Qué pasaría mañana por la mañana cuando nos despertásemos? Seguiríamos escribiendo una novela romántica en la que nuestros personajes principales no acabarían juntos. ¿Estábamos nosotros destinados a tener un final similar? Sí. Aiden había dejado muy claro que no le hacía ni pizca de gracia nada que tuviese que ver con el amor.

No quería que me volviesen a romper el corazón. Sabía perfectamente lo que sucedería si al final nos dejábamos llevar en el sofá; ya había pasado por ahí antes. No me traería nada bueno: a mí me resultaría difícil ignorar lo que sentía por él y eso acabaría consumiéndome, mientras que a él no le supondría un problema olvidarse de mí al día siguiente. Aiden no tenía madera de novio; no valoraba el amor como lo hacía yo. Si sucedía algo esta noche, para él no significaría nada, pero a mí me dejaría una herida abierta en el pecho.

–Lo siento –tartamudeé, alejándome de él y tropezándome al levantarme.

Aiden también se puso de pie.

–Rosie…

–Tengo que irme a casa. Lo siento.

Fui a trompicones hasta el vestíbulo y me puse los zapatos. Abrí la puerta con brusquedad, y Aiden me siguió hasta las escaleras.

No me giré hasta pisar la calle. Aiden se había quedado de pie en la puerta, con los labios hinchados y el pelo alborotado. Me miraba con confusión. Quería explicarle todo lo que me rondaba por la cabeza, pero lo único que me salió de la boca fue:

–Lo siento.

Extracto de *Sin título*,
de Rosie Maxwell y Aiden Huntington

Puede que solo durase un par de minutos, pero se me quedó grabado cada suspiro y jadeo que me regaló.

Porque la tuve encima el tiempo suficiente para imaginármelo todo. Me imaginé a mí mismo despertándome por la mañana a su lado, sonriéndole. Me imaginé el momento en el que me atrevía a decirle que la quería y que, aunque no fuera lo bastante bueno para merecer su amor, haría todo lo que estuviese en mis manos para ganármelo. Le demostraría todos los días que de verdad la valoraba.

Pero tal vez había llegado demasiado tarde.

Capítulo 16

Me desperté y me quedé mirando el techo durante lo que me parecieron horas, aunque seguramente tan solo fueron veinte minutos. Me subí la manta hasta la barbilla y cerré los ojos con fuerza, reproduciendo en mi cabeza una y otra vez lo que había pasado la noche anterior. Le pedí que me besara, me dio el mejor beso de mi vida y salí corriendo despavorida. Pero hice bien en detenerlo a tiempo. ¿Quién sabe qué habría pasado si no lo hubiera hecho? Tal vez le habría quitado la camiseta, él me habría llevado a su habitación y...

Me incorporé, obligándome a no seguir. Aiden y yo éramos amigos. Por fin. Teníamos mucho que perder como para arriesgarnos por algo que no sabíamos si nos iba a llevar a buen puerto.

Le mandé un mensaje rápido a Jess.

ROSIE: necesito ayuda

Ella respondió casi al instante.

JESS: q pasa???
ROSIE: no puedes contárselo a nadie
JESS: no lo haré. va todo bien???
ROSIE: aiden me besó anoche
JESS: TIENES QUE ESTAR DE BROMA!!!
JESS: Ay, madre. ME ESTÁS VACILANDO, NO???
ROSIE: no, no lo estoy

ROSIE: nos enrollamos

JESS: LLÁMAME AHORA MISMO

Cuando la llamé, le conté lo que había pasado con todo lujo de detalles. Cómo empezamos a escribir la escena del beso y cómo que nos besamos. Qué sentí cuando nuestros labios se encontraron, cuando me agarró con fuerza las caderas. Cómo salí corriendo por la puerta de su casa...

–Espera, espera. Entonces, ¿fue un buen beso?

Apoyé la espalda en el cabecero y solté un gruñido.

–Esa es la peor parte; fue sin duda el mejor beso de toda mi vida.

–¡¿En serio?! ¿Y entonces por qué saliste corriendo? No lo entiendo.

–Porque el beso me lo estaba dando Aiden.

–Ya...

–Tú habrías hecho lo mismo.

Jess soltó una risa suave.

–Eres tú la que lleva todo el año hablando de Aiden. Ese mismo Aiden al que permitiste que se convirtiera en tu amigo sin siquiera pedirte disculpas primero por cómo te trató.

–Yo también me pasé con él –dije a la defensiva.

–Ese mismo Aiden al que ahora defiendes sin pensártelo dos veces.

–Lo nuestro sería una locura, ¿verdad?

Jess suspiró con pesar.

–Sinceramente, no tengo ni la más remota idea. Si solo os vieseis en clase, te animaría a que lo intentases, tal y como tú haces cuando te hablo de Tyler.

–¿Pero? –le pregunté.

–Pero es que estáis escribiendo un libro juntos, Rosie. Si lo vuestro no funciona, las cosas podrían complicarse y podrías acabar decepcionando a Ida. Ya estáis en la cuerda floja. ¿Qué pasa si os acostáis, rompéis y luego volvéis a llevaros como el perro y el gato? Si cruzáis esa línea, no os volverá a dar otra oportunidad y os echará de clase.

Emití otro gruñido de frustración, golpeándome la cabeza contra el cabecero en el proceso.

—Tienes razón. Es que es tan guapo… No pude evitarlo.

—Tú intenta pasar el menor tiempo posible con él y ya está.

—No puedo —me quejé—. Estamos escribiendo las partes más románticas de la novela. Y tenemos que hacerlo juntos porque…

—Me quedé en silencio cuando me di cuenta de que no se oía nada al otro lado de la línea—. ¿Jess?

—Me está costando la vida no reírme. —Su voz sonaba temblorosa—. Estás jodida, Rosie. Buena suerte.

Más tarde, cuando estaba a punto de llegar a clase, vi a Aiden apoyado en la entrada del edificio con dos cafés en la mano. Uno con hielo; el otro, caliente. Tenía la cabeza inclinada, con la barbilla pegada al pecho y el ceño fruncido, como de costumbre.

—Hola —lo saludé una vez que llegué hasta él.

Levantó la cabeza y su expresión pasó de la reflexión a la preocupación.

—Hola. —Se enderezó, mirándome a los ojos. Parecía que le daba miedo seguir la conversación. De hecho, se limitó a ofrecerme el café con hielo—. Un *latte* de vainilla con leche de almendras.

Muy a mi pesar, se me encogió un poco el corazón al darme cuenta de que me había comprado el café que más me gustaba. Lo acepté y le dediqué una pequeña sonrisa de agradecimiento.

—Gracias.

Volvimos a quedarnos en silencio, incapaces de mantener el contacto visual.

Antes de que fuéramos amigos, el odio que se respiraba entre nosotros era como una nube oscura que hacía que cada palabra que nos dijésemos doliese más que la anterior. Pero las cosas habían cambiado. Ahora la nube no era oscura, pero tampoco clara. Flotaba en el aire, desafiándonos a soltarlo todo.

—Rosie… Siento mucho lo de anoche. Sé que era tarde y que estabas cansada, pero quiero que sepas que en ningún momento quise aprovecharme de ti.

—No pensé que te estuvieses aprovechando de mí.

Me puse pálida de repente.

—Bueno, pues, en ese caso, te pido perdón por haber ido demasiado lejos y demasiado rápido, sobre todo si...

—Olvidémoslo y ya está. —Las palabras me salieron de la boca antes siquiera de que pudiese razonarlas.

Aiden juntó las cejas, claramente confundido.

—¿Que nos olvidemos y ya está?

—Fue todo por culpa del libro, ¿no? Nos dejamos llevar por la historia de Max y Hunter, y...

Los ojos verdes de Aiden me estudiaron, y yo hice todo lo posible por mantenerme impasible. No quería que notase que me moría de ganas de volver a su casa; esa que no había tardado en convertirse en un lugar seguro para que nos quisiéramos.

—¿Hablas en serio? —preguntó en voz baja.

—Olvidémoslo y ya está —repetí.

Lo habíamos parado a tiempo, pero ¿qué habría pasado si no lo hubiésemos hecho? Le habría acabado confesando que había empezado a sentir algo por él, y él me habría dicho algo así como: «No estoy buscando nada serio». Era mejor salvar lo poco que podía quedar de nuestra amistad que terminar tirándolo todo por la borda.

El rostro se le tiñó de decepción, pero no tardó en adoptar una expresión neutral. Se enderezó y asintió con la cabeza con brusquedad.

—Perfecto. Olvidémoslo —coincidió al final.

Después, giró sobre sus talones y entró en el edificio sin mí.

—Genial, ahora sí que la he cagado —murmuré, siguiéndolo.

Mientras el resto se preparaba para la clase, intenté llamar su atención, pero me evitaba todo el rato. Colocó su cuaderno con mucho cuidado sobre la mesa y puso las manos encima. Parecía ausente, con la vista clavada en la pared.

Pillé a Jess mirándome. Inclinó la cabeza y abrió mucho los ojos hacia Aiden antes de mover los labios sin llegar a emitir sonido: «¿Qué pasa?». Me aseguré de que Aiden no estuviese pendiente de nosotras antes de responderle: «Soy una idiota».

No quería que se acabase nuestra tregua. Quería seguir siendo su amiga. Pero también lo quería a él. Me asustaba lo mucho que me había costado calmarme anoche; el corazón no se me ralentizó hasta que me quedé dormida. No me había sentido así con nadie antes y pensé que, si no me permitía disfrutarlo, me resultaría más fácil olvidarme de él.

Y Jess tenía razón. Nos lo jugábamos todo al ser coautores. Me daba pavor fastidiarlo ahora que por fin habíamos conseguido entendernos.

Era nuestra última clase antes de que se cumpliese el plazo de entrega de la primera mitad de la novela. Después de eso, tendríamos un mes de vacaciones. Con suerte, cuando volviésemos en enero, podría sentarme enfrente de Aiden sin que se me pasase todo el rato por la cabeza ese «Rosie, me haces sentir tan bien».

—Empecemos con mi pareja de escritores favorita —sugirió Ida—. Aiden y Rosie, ¿quién leerá primero hoy?

—Yo —respondió él enseguida.

Aiden leyó su capítulo en voz alta. En el momento previo al beso, la tensión entre Max y Hunter era casi asfixiante. Se deseaban, pero no sabían cómo hacer que su relación fuese más allá.

Al terminar, Ida se giró hacia mí. Y fui yo la que leyó la escena del beso. La había terminado de escribir al llegar a casa. Aiden besaba muy bien y eso había hecho que me pareciera la mar de sencillo terminar el capítulo. Ni siquiera tuve que pensar en la colocación de las manos ni en las palabras correctas para describir lo mucho que estaban disfrutando el beso. Porque el beso había sido perfecto, mucho más que cualquiera que hubiese leído...

Cuando estaba a punto de llegar a la parte en la que todo estallaba, se me subió el rubor a las mejillas. Tuve que recordarme a mí misma que Jess era la única que sabía la verdad, aunque me sintiera como si toda la clase hubiese leído mi diario.

Ojalá hubiera escrito en mi capítulo que Max se conformaría hasta con el pedacito más pequeño que le ofreciese Hunter, pero que en el fondo le daba miedo que estuviese demasiado afilado y acabara dejándole una herida imposible de sanar en el pecho.

Cuando terminé, Ida me sonrió.

—Genial, empecemos hablando de lo que nos convence.

Logan levantó la mano enseguida. Miré a Jess, nerviosa, porque sabía que a nuestro amigo le encantaba provocarme con todo lo que tuviese que ver con Aiden y estaba bastante segura de que no desperdiciaría una oportunidad así.

–Joder, menudo beso –comentó él, y Jess le dio un codazo–. ¡Oye! Lo digo en serio. Rosie, creo que has conseguido transmitir a la perfección la urgencia de ese momento. Y diría que en parte es gracias al capítulo de Aiden. Hace que todo sea mucho más realista, como si hubiese sucedido en la vida real y... Jess, ¡para!

–Uy, perdón –murmuró ella.

Todos dieron su opinión y llegaron a la conclusión de que eran los mejores capítulos que habíamos escrito hasta la fecha.

–Me duele tanto saber que no van a poder tener su final feliz... Pero también tengo ganas de descubrir cómo termináis la historia –admitió Ida–. Bueno, pasemos a hablar ahora de lo que no nos convence.

Nos hicieron alguna que otra sugerencia acerca de las descripciones sensoriales y del entorno. Sin embargo, no añadieron mucho más. Aiden no reaccionaba: no sonrió ni una sola vez cuando alabaron nuestro trabajo y, al parecer, le importaban un comino las críticas, actuaba de nuevo como si estuviese muy por encima del resto.

La ira se apoderó de mí tal y como lo había hecho durante el resto del año.

–Rosie, Aiden, buen trabajo. Tyler, ¿pasamos a tu capítulo?

Aiden levantó la mano.

–No he podido decirle a Rosie lo que opino sobre su trabajo.

–Ah. –Se notaba que Ida estaba más que satisfecha; era evidente que pensaba que iba a decirme cosas buenas, tal y como había hecho últimamente. Pero, a diferencia de ella, yo ya conocía esa mirada y lo que inevitablemente anticipaba–. Claro, adelante.

Aiden cogió mi capítulo y empezó a hojearlo por encima.

–Creo que la escena del beso está bien. Pensaba que a Max y a Hunter les seguía faltando química, a pesar de los cambios que habíamos hecho...

–¿Tanto rollo para esto? –murmuré.

—Disculpa, ¿quieres decir algo?

Levanté la vista y me encontré a Aiden mirándome fijamente por primera vez desde que nos habíamos sentado en clase.

—No, no. Continúa, por favor —le espeté.

—No me parece para nada realista que los dos hagan como si nada tras el beso, sobre todo, después de haber pasado tantos años odiándose. ¿De verdad están dispuestos a dejar todas esas diferencias a un lado? —Ida asintió con la cabeza, alternando la mirada entre los dos, antes de que Aiden añadiera—: Creo que en la vida real uno de ellos se apartaría. O puede que incluso saliese corriendo.

—Estoy de acuerdo —coincidí, sin apartar la vista de él—. Pero creo que a Max no le gustaría arruinar lo que tiene con Hunter. Me refiero a esa nueva relación de amistad.

—Ya, Max sería la típica que estaría dispuesta a «olvidarlo», ¿verdad? No me sorprendería que estuviese jugando con los sentimientos de él —añadió Aiden, inclinando la cabeza.

Resoplé.

—Es algo poco probable teniendo en cuenta que Hunter ni siquiera parece tenerlos.

—¿En serio?

—De hecho, creo que Hunter se habrá quedado con el ego un poco herido después del beso, así que tal vez le pegue más a él ser el que huya. No estaría mal que le ahorrásemos el mal trago de la humillación.

—Perfecto. —Aiden dejó los papeles en la mesa—. Entonces, estamos de acuerdo. En los próximos capítulos, Hunter y Maxine dejarán de ser amigos.

—O amantes. Así te resultará más fácil escribir tu final triste.

—No estoy seguro de ser el único que busca ese final triste.

Todos nos miraban, de nuevo, como si estuviesen en un partido de tenis. Muchos se susurraban entre sí, con el ceño fruncido por la confusión. Pero Aiden y yo no apartamos la vista del otro en ningún momento.

Siempre hacía lo mismo. Tenía que ser él el que ganase y tenía que hacerlo avergonzándome en el proceso.

—Bueno… —dijo Ida con cautela—, ¿por qué no seguimos con la clase? Aiden y Rosie, tendréis que esperar a que termine la sesión para aclarar vuestras diferencias.

Me giré hacia Aiden, pero él apartó la mirada. Por mucho que lo deseara, no podía negar que me sacaba de quicio. Era evidente que no quería abrirse a nadie; no entendía que había personas dispuestas a atravesar esos muros tras los que se escondía. Por primera vez en su vida, no había conseguido lo que quería y ahora estaba enfadado con el mundo.

Intenté prestar atención durante el resto de la clase y participar en la ronda de comentarios, pero de vez en cuando mis ojos volvían a él. Conseguí establecer contacto visual una vez, pero él desvió la mirada enseguida. Sentí un peso en el pecho al pensar que lo había fastidiado todo.

Cuando la sesión llegó a su fin, comenzaron oficialmente nuestras vacaciones de Navidad. Aiden salió prácticamente corriendo de clase, pero yo lo seguí hasta la calle. El frío me resultó más insoportable de lo normal, ya que no me había dado tiempo a ponerme la bufanda y los guantes.

—¡Aiden! —le grité una vez que salimos del edificio, pero él siguió andando.

Repetí su nombre más alto, pero fingió no oírme.

—¡Eres un capullo! —exclamé.

La gente se giró para mirarme, entre ellos, nuestros compañeros de clase, que justo estaban saliendo por la puerta. Todavía de espaldas a mí, Aiden se detuvo en seco. Luego, se dio la vuelta con una lentitud inquietante.

—Sé que no lo dices en serio. —Sus palabras denotaban impaciencia, como si no quisiera perder ni un mísero segundo hablando conmigo.

—¿De qué coño vas? —le pregunté—. ¿Has soltado ese comentario en clase porque querías hacerme quedar en ridículo?

—Evidentemente no.

Estaba serio y en sus ojos se reflejaban un sinfín de emociones. Apretó la mandíbula, moviéndola de un lado a otro.

—¡Evidentemente sí!

—Rosalinda, no pienso discutir contigo, así que déjalo ya.

—¿O qué? ¿Vas a escribir sobre ello en el próximo capítulo? ¿Y después vas a criticar el mío en clase? —me burlé.

Entornó los ojos un instante.

—La historia es de Max y Hunter; no tiene nada que ver con nosotros...

—¿Crees que soy idiota? Sé que estás enfadado por lo que pasó anoche.

Ladeó la cabeza.

—¿Y qué pasó anoche? No me acuerdo.

El pecho me subía y me bajaba con rapidez; la ira amenazaba con hacerme explotar. Aiden quería que perdiese los papeles, como siempre. Yo quería gritarle que era un niñato hasta que no pudiese soportarlo más. Pero ni siquiera se inmutó; se quedó allí quieto como si nada.

La mirada fría que me dedicó me heló más que cualquier ráfaga de viento que pudiese azotar la ciudad. La persona que tenía delante no se parecía en nada al Aiden de la noche anterior. Y yo no sabía qué tenía que hacer para que volviese.

—Aiden, no quería que dejásemos de ser amigos —le espeté, enfadada. No quería acabar haciéndome daño a mí misma, pero parecía que era mi única opción si quería recuperar lo que tenía con él—. No quería que volviésemos a odiarnos. No quiero.

Dejó de mirarme y desvió la vista hacia el tráfico. Era hora punta y nos encontrábamos en medio de la acera. Los neoyorquinos nos empujaban al pasar, ajenos a nuestro drama.

—Pues yo no quiero ser el amigo de alguien que prefiere vivir en el mundo que ha creado en su cabeza —escupió en voz baja, con los ojos entornados—. No puedes convertirme en uno de tus protagonistas perfectos, tal y como lo intentaste con Simon. Madura de una puñetera vez y deja de pensar que la vida real es como en las novelas románticas. ¡Porque no lo es!

No sabía si era el sonido del tráfico o el corazón latiéndome con fuerza en los oídos lo que hizo que me doliese la cabeza y se me nublase la vista. Pero no iba a darle a Aiden la satisfacción de ver cómo lloraba.

–Te has pasado de la puta raya –dije, con la voz temblorosa–. Supongo que tampoco estaba tan equivocada contigo.

Cuando se me empezaron a poner los ojos acuosos, algo cambió en el rostro de Aiden. Se acercó a mí, pero yo ya me había dado la vuelta para dirigirme a la estación, agradecida al saber que no tendría que volver a verlo hasta dentro de un mes.

INVIERNO

Extracto de *Sin título,*
de Rosie Maxwell y Aiden Huntington

—Lo siento —dije en serio.

Si hubiese sido lo suficientemente valiente, habría mirado a Maxine a los ojos y le habría dicho lo maravillosa que me parecía. También le habría dicho que deseaba poder colarme en su cabeza para saber en todo momento lo que estaba pensando.

Pero no era valiente. Era un cobarde; no sabía cómo pedirle perdón a alguien que había pasado a importarme más de lo que nunca me habría imaginado. Si hubiese sido capaz, le habría dicho que me destrozó por dentro saber que había sido yo la razón por la que lloraba. Me arrepentía a más no poder, sobre todo porque sabía que recordaría todos los días de mi vida lo que había sentido cuando sus labios rozaron los míos.

Al igual que sabía que la sensación que había despertado en mí al rozarnos por primera vez no se repetiría con ninguna otra mujer.

Las palabras eran las armas más letales que Max y yo teníamos. Aprendimos enseguida a afilarlas y a usarlas con una eficiencia alarmante. Y cuando llegaba el momento de atacar, lo hacíamos dispuestos a matar. Pero creo que ninguno de los dos fuimos conscientes de lo profundas que podían llegar a ser las heridas hasta que nos clavamos aquel cuchillo.

—Perdóname –le rogué.

Porque sabía que había sido yo el que más daño le había hecho. Porque no soportaba saber que estaba sufriendo por mi culpa. Porque la echaba de menos, más que a nada en el mundo.

Capítulo 17

Aiden y yo llevábamos casi dos semanas sin hablarnos. Bueno, en teoría sí que lo habíamos hecho, pero a través de nuestros personajes. Hunter le pidió perdón a Max, y yo acepté por el bien de la historia.

—Me resulta imposible seguir odiándote —le confesé en voz baja—. Ya habíamos pasado página... No quiero volver al punto en el que estábamos antes.

—No lo haremos —respondió Hunter de inmediato—. Te prometo que no te decepcionaré de nuevo.

Pero mentiría si dijese que sus palabras no se me habían quedado grabadas o que la percepción que tenía no había cambiado tras aquella discusión en la que me había dado donde más me dolía. Aun así, sabía que lo echaría demasiado de menos como para que el cabreo me durase tanto tiempo.

Sin embargo, las cosas seguían igual de tensas en la vida real. No lo había visto desde la última clase con Ida. Al principio, había pensado que así sería más fácil, pero el silencio que se había acabado extendiendo entre nosotros resultó ser mucho peor que nuestro aparente enfado. Incluso echaba de menos que se metiese conmigo.

En mi apartamento reinaba el silencio; solo se oía de fondo el villancico que sonaba desde mi móvil. En unos días sería Nochebuena. Alexa había vuelto a su casa por Navidad, así que tenía el apartamento para mí sola.

No tenía nada mejor que hacer que pasarme las vacaciones trabajando en nuestro libro. Aiden debía de pensar lo mismo que yo porque de vez en cuando me enviaba un mensaje para decirme que había terminado de escribir un capítulo.

Estaba siendo una auténtica pesadilla, sobre todo desde que Max y Hunter se habían pedido perdón. Ida nos había enviado un correo electrónico con las correcciones de la primera mitad de la novela; nos había señalado todas las cosas que le habían gustado, pero también las que se podían mejorar. Además de eso, nos había dejado algunas ideas para el resto del manuscrito.

Tengo la sensación de que hay algo detrás de esta historia, lo cual está bien, siempre y cuando no interfiera en la dinámica de la clase. Sin embargo, quiero recordaros que estáis escribiendo una historia de amor y, aunque es normal que se den conflictos en este tipo de novelas, Max y Hunter tienen que estar juntos durante al menos un periodo breve de tiempo antes de arrebatarle esa ilusión al lector. Eso hará que les duela aún más que no tengan su final feliz.

Así que tuvimos que hacer que volviesen a estar juntos en contra de nuestra voluntad.

A pesar de que en el fondo había perdonado a Aiden a través de las palabras de Maxine, seguía enfadada por lo que había dicho. No sabía si mi corazón estaba preparado para vivir otra ruptura, pero había una parte de mí que quería apostarlo todo por él.

Y dada nuestra reciente pelea, todavía no le había pedido que leyese la novela que iba a presentar para la beca. Una vez que lo hiciera –si es que al final me atrevía–, y él la revisara, la entregaría. De todas formas, todavía tenía tiempo hasta finales de enero. Sabía que Aiden sería sincero y no tendría reparos en decirme que era una mierda o que ni siquiera debía molestarme en intentarlo. O me diría qué cosas podría cambiar para así tener más posibilidades de conseguirla.

Mientras releía el relato por millonésima vez, me llegó un mensaje de Aiden en el que me decía que ya había terminado su capítulo. Cambié de pestaña en el portátil y le eché un vistazo a lo que había escrito por encima hasta que leí algo que hizo que me enderezara.

Cuando posé mis labios sobre los suyos, noté cómo se estremecía encima de mí. La agarré por la cintura y la atraje hacia mí, aunque en el fondo sabía que nunca me parecería que estaba lo suficientemente cerca. La saboreé; una mezcla dulce y perfecta. Quería más.
Deslicé la mano y le agarré la mandíbula, invitándola a abrir aún más los labios. Cuando coló la lengua en mi boca, se me escapó un gruñido.

Era la primera vez que Aiden escribía una escena con beso. Y había conseguido que me sonrojara. Seguramente ya habría empezado a leer alguna de las novelas que le había recomendado cuando coincidimos en la librería. Max estaba encima de Hunter, pasándole los dedos por el pelo. Tuve que dejar de leer cuando Hunter comenzó a susurrarle guarradas al oído, ya que era incapaz de pensar en otra cosa que no fuese en ese «Rosie, me haces sentir tan bien».
Esperaba que el beso diera paso a una escena más erótica, pero Aiden había terminado el capítulo así, dejándome el marrón a mí.
—Me niego —murmuré, cerrando de golpe el portátil—. No puede hacerme esto.
Lo había cuadrado todo de tal manera que, si queríamos incluir una escena de sexo, tendría que ser yo quien la escribiese. No había nada de malo en los libros que no incluían escenas explícitas, pero yo era de las que preferían que las tuviesen. Y él lo sabía. Pero no iba a dejar que se saliera con la suya, dejándome a mí el muerto mientras él se limitaba a describir un mísero beso.
Cogí el móvil de la mesita de noche y apoyé la espalda en el cabecero de la cama. Antes de que pudiese siquiera plantearme si era buena idea, llamé a Aiden.
—¿Rosie? —respondió.
—No puedes terminar el capítulo así.

–¿Por qué no?

–Porque pensaba que habíamos acordado que habría una escena erótica...

–Eras tú la única que estaba de acuerdo –me interrumpió.

–No pienso escribirla yo –le aseguré.

No podría volver a mirarlo a los ojos si lo hacía. Me sonrojaría cada vez que hablase con él, sabiendo que había escrito palabras como «mojada» y «dura». La razón por la que las escenas subidas de tono funcionaban tan bien en las novelas románticas era porque los personajes se sentían lo suficientemente seguros con la otra persona como para mostrarse vulnerables. Y ni de broma iba a mostrarme así delante de él.

–¿Y por qué tengo que ser yo el que la escriba? –me espetó–. Eres tú la que lee ese tipo de escenas de manera casi religiosa.

–Sé que tu intención es insultarme, pero que sepas que no me avergüenzo de ello –me defendí.

–Escríbela tú, Rosalinda –dijo con brusquedad.

–No. –Me ruboricé solo de pensar en la idea de escribir una escena así, sabiendo que Aiden la leería después–. Los dejaste en el momento perfecto. Escríbela tú.

–¿No preferiría el lector leer esa parte desde la perspectiva de Max?

–Uy, no. Te aseguro que escribirla desde el punto de vista de Hunter les gustará muchísimo más.

Él suspiró de manera dramática. Me imaginé su cara. Seguramente estaba sentado en una silla de escritorio con ruedas en su despacho enorme en su apartamento aún más enorme y caro. Se estaría frotando las sienes y haciendo muecas. Era algo que había hecho mucho durante nuestro primer semestre juntos.

–No puedes obligarme a escribirla sola –añadí.

Se hizo el silencio al otro lado durante un instante.

–¿Y entonces qué? –dijo él y su voz se suavizó, con un deje de curiosidad, al añadir–: ¿Quieres que la escribamos juntos?

–Por favor, como si pudiese convencerte para que hicieras eso –resoplé.

Se quedó callado.

—Hagámoslo —soltó de repente.

Me quedé mirando el móvil, sorprendida. No era la primera vez que escribíamos un capítulo juntos, pero ¿uno con una escena de sexo? Solo quería provocarlo; nunca pensé que fuese a aceptar. Esperaba que cediese y acabara escribiéndola por su cuenta, pero ahora no podía echarme atrás.

—Muy bien. —Puse el altavoz y luego volví a abrir el portátil. El icono de Aiden aparecía en una de las esquinas—. Tú empiezas.

—No, no. Escribí yo el último capítulo. Te toca a ti, Rosalinda.

Curvé los dedos, sin llegar a tocar el teclado, hasta que reuní todo el coraje del que Aiden carecía. Después, cerré los ojos y comencé a escribir.

Llevaba demasiado tiempo deseándolo. Puede que incluso desde el día que lo había conocido. Y ahí estaba él, sujetándome las caderas mientras me besaba. Me costaba creer que fuese real.

—Ahora tú —lo animé.

Tardó un minuto en empezar a escribir. Mientras esperaba, me llegó el sonido de las teclas y el crujido de una silla.

—Quiero que te acuestes en la cama —pronunció él, con la respiración agitada. Deslizó la mano hasta la cremallera de mi vestido y tiró de ella hacia abajo; el sonido llenó la habitación—. Ahora.

Le temblaban un poco las manos, como si no pudiese controlarse, aunque sabía que lo estaba intentando. Me quitó el vestido por la cabeza y me empujó con suavidad hasta que me quedé con la espalda pegada al colchón. Se le fue oscureciendo la mirada a medida que me recorría el cuerpo con los ojos. Sin dejar de observarme, se quitó la camisa y los pantalones de vestir. Después, se acomodó entre mis muslos.

Aiden se aclaró la garganta.

—Te toca.

Ya me había imaginado varias veces lo que escondería Hunter bajo la camisa. Pero lo que había soñado no tenía nada que envidiarle a la realidad. Le acaricié la espalda, desesperada por notar cómo se le tensaban los músculos con el roce. Me recorrió el cuello a besos, hasta que llegó a la oreja. Me besó el mismo punto una y otra vez hasta que no pude soportarlo más. Jadeé e intenté quitarle la ropa interior, pero él me apartó las manos enseguida y se echó a reír.

–¿Tanto me deseas?

–Cállate –respondí antes de volver a encontrar su boca.

No había nada mejor que besar a Hunter. Nadie me había besado nunca con tanta urgencia y ternura a la vez, como si se debatiese todo el rato entre perder el control o no hacerlo. Su lengua jugueteó con la mía mientras se perdía en mi cuerpo. Me acarició la espalda con los dedos hasta que logró desabrocharme el sujetador.

Para mi sorpresa, Aiden me interrumpió.

–Sigo yo.

Ya me veía arrastrándome tras él y obligándolo a escribir al menos un par de palabras más. No me esperaba que fuese él el que se ofreciera a continuar. Recoloqué las piernas por debajo del portátil, sintiendo un cosquilleo por la anticipación.

–Sabía que serías así de perfecta en la vida real –confesó, observándome sin pudor hasta que nuestras miradas se encontraron.

Me estudiaba como si quisiese memorizar cada detalle del momento que estábamos compartiendo. No tardó en volver a besarme, pero esta vez me acarició el pezón con el pulgar. Suspiré y arqueé un poco la espalda por la sensación.

–¿En la vida real? –le pregunté.

–No te hagas la tonta; sabes perfectamente que has sido la protagonista de cada una de mis fantasías… –contestó él con una sonrisa que podía dar a entender que era ironía.

–¿Lo dices en serio? –le pregunté con cierta ilusión.
–Muy en serio. Llevo mucho tiempo esperando este momen-
to. Mucho más del que te imaginas –murmuró contra mi boca.

–Ahora yo –solté antes de que continuase escribiendo.
Se me cruzó por la cabeza por un instante que tal vez se había
dado cuenta de que se me había agitado la respiración. El pecho
me subía y me bajaba cada vez más rápido mientras seguía con
los ojos pegados a la pantalla del ordenador, atenta a todas las
palabras que tecleaba Aiden y con la esperanza de que él estuviese sintiendo al menos una pequeña parte de lo que yo sentía
en ese momento.

–¿Alguna vez piensas en mí? –quiso saber, mirándome con
intensidad.
–Todo el rato –le susurré–. Cuando estoy en la ducha. Cuando me acuesto en la cama por la noche...
–Joder –murmuró, apretando su boca contra la mía.
Después, me agarró la mandíbula para acercarme aún más a
él. Se echó hacia atrás un segundo, lamiéndose el pulgar y el
índice antes de volver a pegarse a mí.
Me rozó el pezón con los dedos mojados y cuando me lo pe-
llizcó, el calor se me acumuló en la entrepierna.
–Hunter, si sigues haciendo eso...

–Me toca –dijo él con voz áspera.
Apreté los muslos, intentando aliviar la presión. No estaba segura de si me ponían más sus palabras o la imagen de él sentado
mientras escribía e iba perdiendo poco a poco el control, tal y
como me estaba pasando a mí.

–¿Qué? ¿Conseguiré que te corras, que es justo lo que quie-
ro? –me preguntó con la mirada clavada en mis pechos mien-
tras yo me retorcía con cada roce.
Después, deslizó los labios por mi piel hasta que me mor-
dió uno de los pezones en la boca y lo mordió con suavidad.

–Sigo yo –pronuncié, intentando controlar la respiración.

Una parte de mí pensaba que tal vez debía estar avergonzada, pero tenía la mente demasiado ocupada imaginándome a Aiden como para darle demasiadas vueltas. Volví a apretar los muslos, deseando colgar el teléfono y apagar el portátil para poder acabar con esta agonía a solas.

Asentí con la cabeza; estaba tan cerca del orgasmo que prácticamente podía saborearlo. Cerré los ojos y justo cuando estaba dispuesta a dejarme llevar **él dejó de torturarme con los dedos y la boca. Me cogió la mano con la que estaba agarrando la sábana y me la deslizó por el estómago hasta dejármela encima de las bragas.**

–Enséñame lo que haces cuando piensas en mí.

Pasé la punta de los dedos por debajo del elástico de las bragas, provocándome a mí misma, sin dejar de mirar a Hunter.

–¿También quieres saber en qué pienso cuando me toco?

Hunter se había sentado sobre sus talones, acariciándosela por encima de los calzoncillos. Tensó la mandíbula y luego asintió.

–En mi fantasía favorita –susurré, deslizando la mano por completo por debajo de mi ropa interior y notando lo mojada que estaba–, nos imagino en la oficina. Yo te digo algo para sacarte de quicio, y tú me respondes de la misma manera. Por fin logro que pierdas los papeles y me coges del brazo...

Gemí cuando rocé con los dedos mi punto más sensible. Me acaricié la zona de alrededor; aún no estaba preparada para darme ese placer.

–Quítatelas –me ordenó con los dientes apretados a la vez que tiraba de la tela que me cubría.

Levanté las caderas a tiempo y con un movimiento rápido, me quedé completamente desnuda delante de él. Tensó aún más la mandíbula cuando sus ojos se quedaron fijos en mi mano.

–Abre las piernas.

Separé los muslos mientras me seguía dando placer.

–Me levantas de la silla y me miras con los ojos cargados de deseo y la mandíbula apretada, tal y como lo estás haciendo ahora.

No pude aguantar más y me tracé un único círculo sobre el clítoris.

—Joder —jadeé.

Hunter deslizó la mano por debajo de los calzoncillos y se estremeció con la primera caricia.

—Me dices que estás cansado de todas las tonterías que suelto por la boca. Yo te respondo con un mohín, y tú eres incapaz de dejar de mirarme los labios. Entonces me los lamo, y a ti se te corta la respiración. Me acerco a ti y te susurro al oído: «Esta boca sabe hacer más cosas aparte de hablar». No abres los ojos de par en par; ni siquiera te pilla por sorpresa el comentario. De hecho, se te oscurecen aún más y sigues con la vista clavada en mis labios. Y entonces dices: «Bueno, a trabajar».

Introduje un dedo en mi interior y se me cerraron los ojos con un gemido. La sensación era completamente diferente cuando te tocabas sabiendo que alguien te observaba, que te deseaba. Moví las caderas, manteniendo un ritmo lento, frotándome el clítoris con la palma de la mano. Toda esa agresividad y tensión sexual reprimida solo me sirvieron para desear a Hunter aún más. Me debatí entre abrir los ojos para confirmar que seguía allí conmigo o dejar que se me siguiesen cerrando por placer.

—**Me pones tanto, Maxine. Joder, hay días que ni siquiera puedo soportarlo.**

—Hasta en momentos como este me sigues llamando Maxine...

Al final opté por la primera opción y me quedé mirando cómo se masturbaba. Curvé el dedo y volví a cerrar los ojos con otro gemido.

—**Sé que hay más, que tu fantasía no acaba ahí...** —insistió.

—Me pongo de rodillas. Me sigues con la mirada mientras te voy desabrochando el cinturón y te bajo la cremallera de los pantalones. Te la saco y deslizo la lengua por el tronco. —Me quedé sin aliento, pronunciando a duras penas las últimas palabras. Deslicé otro dedo en mi interior, moviéndolos cada vez más rápido—. Estoy a punto.

Me agarró la muñeca.

–Cuando te corras, lo vas a hacer con mi polla dentro, no con tus dedos.

Hunter me cogió los dedos que hasta hace un instante me habían dado placer y los levantó para verlos mejor bajo la tenue luz de la lámpara. Observó cómo brillaban, girándome la muñeca. Se los metió en la boca con parsimonia y los chupó, saboreándome. En ningún momento dejó de mirarme a los ojos.

–Tal y como me lo imaginaba.

–Fóllame –le pedí sin aliento.

Había estado a punto de correrme dos veces; necesitaba hacerlo ya. Me acerqué más a él y le bajé los calzoncillos. Tenía la polla dura contra el abdomen y no pude evitarlo. Me incliné hacia delante y le pasé la lengua por la punta. Soltó un gruñido y, cuando me la metí en la boca, enredó los dedos en mi pelo.

–Max, me haces sentir tan bien. Tan bien.

Me quedé congelada, con los dedos aún en el teclado. No había dejado de pensar en esa frase desde que salí corriendo de casa de Aiden. Lo había escrito a propósito, ¿verdad?

Mentiría si dijese que no me estaba imaginando a Aiden como Hunter. Pero ¿le estaría pasando a él lo mismo conmigo y con Max? Al otro lado de la línea, se respiraba el mismo silencio que en mi habitación. Ni siquiera oía el sonido de las teclas; era evidente que se había dado cuenta de mi vacilación.

Volví a escribir como si no hubiera pasado nada.

Lo miré, metiéndomela hasta el fondo.

–Mmm, justo así –susurró él.

Con cuidado, empezó a moverme la cabeza hacia arriba y hacia abajo. Cuando asentí y él no notó resistencia, se movió más rápido, más fuerte, con más impaciencia.

Gruñó y siseó algo en voz baja, como si le estuviese haciendo daño, pero sabía por su mirada que estaba en la gloria. Los ojos de Aiden estaban cargados...

Mierda. ¡Mierda! Borré su nombre lo más rápido que pude y lo reemplacé por el de Hunter. Joder, joder, joder. Las mejillas se me calentaron mientras pensaba en las posibilidades que tenía de mudarme a otro país sin haberlo planificado antes.

–Lo siento –me disculpé de manera atropellada. Me golpeé la cabeza con la palma de la mano, muerta de la vergüenza, y cerré los ojos–. No quería...

–No pasa nada –me aseguró él con voz grave–. Sigue.

Respiré hondo, deseando poder desaparecer de la faz del planeta. Pero todavía no habíamos terminado el capítulo y, aunque me costara admitirlo, necesitaba seguir leyendo sus palabras.

...de deseo. Me fue imposible quitarle los ojos de encima mientras se la seguía acariciando con la lengua. Cuando solté un pequeño gemido, empujó las caderas hacia delante. Hasta que de repente me agarró por los hombros y me levantó.

–No quiero acabar en tu boca –murmuró–. Quiero hacerlo en tu coño apretado y perfecto.

Me empujó para que quedase de nuevo con la espalda pegada al colchón. Su boca buscó la mía, impaciente. Se acomodó entre mis piernas y me agarró las caderas para poder frotarse contra mí.

Unos segundos más tarde, se apartó para poder admirar lo mojada que tenía la entrepierna.

–Llevo un DIU. Me hice las pruebas hace unos meses y no he estado con nadie desde entonces –dije con un hilo de voz.

–Estoy limpio. Haremos lo que quieras, Max. Puedo coger un condón si...

–No –solté de inmediato–. Quiero sentirte.

Me rozó una, dos, tres veces el clítoris con la polla.

–¿Estás segura? –me preguntó.

Lo atraje hacia mí, respondiéndole con un beso. Me saboreó los labios con lentitud, cambiando el ritmo.

–Llevo mucho tiempo esperando este momento.

–Yo llevo esperándolo desde que te conocí –confesó contra mis labios.

Me eché hacia atrás para mirarlo a los ojos.

–¿En serio?

–Desde que entraste en la oficina esbozando tu sonrisa del sur. Me volvías loco cada vez que me dedicabas una a mí.

–¿Es ironía?

Lo estaba preguntando como Rosie. Seguramente él tan solo lo había escrito porque quedaba bien en la escena, y yo era la única que estaba leyendo entre líneas. Pero Maxine no era del sur. Los dos habían nacido y crecido en California; lo habíamos dejado claro desde el principio.

–Lo digo en serio –me prometió, inclinándose para darme otro beso.

Jadeé cuando por fin entró en mí. Lo fui recibiendo poco a poco, sintiendo un ligero dolor por el tamaño. Se me escapaban gemidos desesperados cada vez que se movía.

–Hunter –susurré, dejando caer la cabeza sobre la almohada.

Él se detuvo un instante para que pudiese adaptarme.

–¿Puedes con más?

Yo asentí con la cabeza; necesitaba que se siguiese moviendo. Con delicadeza, se hundió aún más en mí y cuando sus caderas se clavaron en las mías, me mordí el labio y gemí de alivio. Le recorrí cada rincón del cuerpo con los dedos hasta que acabé rodeándole el cuello con las manos.

Él me sonrió y me acarició la mejilla, sosteniéndome la cara con suavidad.

Giré la cabeza y le dejé un beso en la palma de la mano.

–Hola.

–Hola.

Le devolví la sonrisa.

Y cuando volvió a mecer las caderas, jadeé, aferrándome a sus hombros. Fue aumentando el ritmo poco a poco y la respiración se nos fue acelerando cada vez más.

–Más –le supliqué.

–Lo estás haciendo muy bien, preciosa –me animó, con una

mano en mi mejilla y la otra, trazándome círculos sobre el clítoris.

—Por favor...

Tanto a Aiden como a mí nos empezó a costar respirar. Los dedos se nos deslizaban solos por el teclado. Las mejillas me ardían. Estábamos compartiendo un momento íntimo que me ponía, pero que a su vez hacía que me muriese de la vergüenza.

—Te daré lo que me pidas —me prometió con un gruñido—. Cualquier cosa. ¿Quieres que sonría? Lo haré todos los putos días. ¿Quieres que te folle más fuerte, más rápido? Lo haré hasta que no pueda más. Solo porque eres tú.

Me embistió con desesperación, y yo me retorcí con cada movimiento. Levanté las caderas, buscando más y más de él.

Tiré de él para que se pegara más a mí. Lo necesitaba; necesitaba que cada parte de su cuerpo se fundiese con cada parte del mío. Enterró el rostro en mi cuello y me besó detrás de la oreja.

Sentí su aliento caliente en la piel.

—¿Estás a punto?

—Sí —murmuré, con los ojos cerrados.

—Joder, mírate, retorciéndote alrededor de mi polla —me susurró, moviéndose más rápido—. Estás tan apretada...

Volví a apoyar la cabeza sobre la almohada, sin dejar de temblar.

—Dios, Hunter. No puedo.

—Sí puedes. Con todo, hasta el último centímetro de mi polla —repitió. Apreté los muslos y él empujó las caderas hacia delante, gimiendo—. Me pones tanto, Max. Estoy a punto de perder la cabeza intentando no correrme.

—Joder —gimoteé—. Hunter, estoy...

—Córrete para mí. —Levantó la cabeza para mirarme a los ojos mientras seguíamos moviéndonos juntos—. Hazlo, preciosa. Córrete para mí.

De repente, sentí una oleada de placer que hizo que me temblase todo el cuerpo. Hunter aumentó aún más el ritmo y prácticamente acabé con la cabeza pegada al cabecero de la cama. Tras una última embestida, soltó un gruñido y se corrió en mi interior.

Se desplomó encima de mí, apartándome un mechón de pelo lleno de sudor de la frente. Supe en ese instante que Hunter tenía esas dos palabras en la punta de la lengua. Estaba a punto de verbalizar todo lo que significábamos el uno para el otro.

Pero todavía no estaba preparado para decirlo en voz alta, y yo no estaba preparada para escucharlo. Pero sabía que quería esto, absolutamente todo lo que tuviese que ver con él.

Quería salir a comer con él todos los domingos.

Pasar los sábados tranquilos en casa.

Escribir juntos en el sofá.

Ir a comprar libros y robarnos besos entre las estanterías.

Pero no sabía cómo decírselo. Así que alcé la mano y le di un pequeño beso en la boca con la esperanza de que supiera todo lo que sentía.

Capítulo 18

—¿Sigues ahí? –le pregunté en voz baja.
—Sí –respondió sin aliento y con la voz áspera.
—Ha estado… –Me detuve, buscando la palabra adecuada–.
Bien. Muy bien. Diría que hemos hecho un buen trabajo.
Soltó una risita.
—Sí, diría que sí.
El silencio nos envolvió. Quería acabar con esa incomodidad
que se respiraba entre nosotros, pero estaba demasiado asus-
tada. Acabábamos de escribir un capítulo entero en menos de
una hora. El corazón me seguía latiendo con fuerza e intenté
calmarme, pero la escena que habíamos escrito no dejaba de re-
petirse en mi cabeza. Me estremecí y deseé que Aiden estuviese
aquí, a mi lado.
Me recosté en la cama y me coloqué el móvil encima del pecho.
—¿Aiden?
—¿Sí?
—No quiero que sigamos enfadados. –Cerré los ojos, preparándome para lo peor por si acaso al final las cosas no salían como
había planeado–. No tenemos que volver a ser amigos si no quie-
res, pero estoy cansada de las discusiones.
—Yo también –confesó–. Discutir contigo ya no me parece tan
divertido como antes. –Vaciló un instante–. Te echo de menos.
—¿Me echas de menos?
El corazón me dio un vuelco y sentí un atisbo de esperanza.
—Que no se te suba a la cabeza...
Se me escapó una sonrisa.

—¿Borrón y cuenta nueva? —sugerí, abriendo los ojos.

Necesitaba que me respondiese rápido, pero estaba tardando tanto en hacerlo que al final pensé que me iba a decir que no. Hasta hubo un momento en el que me pregunté si seguía al otro lado de la línea.

—Borrón y cuenta nueva —dijo en voz baja—. Pero dudo mucho que podamos tener la relación que teníamos antes, Rosie.

Eché la cabeza hacia atrás; no me lo esperaba.

—¿Por qué?

—Es complicado. Creo que es mejor que mantengamos las distancias.

—Ah. Vale. —Hice todo lo posible para que no notase la decepción en mi voz. Yo sí que quería que volviésemos al punto en el que estábamos antes. Quería vivir todo lo que habíamos escrito juntos. Quería que Max y Hunter fuésemos nosotros—. Empezaré el siguiente capítulo y te lo mandaré cuando esté terminado.

Tiré el teléfono sobre la cama y apoyé la cabeza en la almohada. Cogí a tientas la otra almohada y me tapé la cara con ella. Grité, frustrada; todo esto se podría haber evitado si hubiese mantenido las manos quietecitas. Si no me hubiera dejado llevar por mis fantasías románticas.

Aiden tenía razón: había construido todo un mundo dentro de mi cabeza. Pero lo había hecho porque me gustaba más que el real. Había creado mi mundo ideal; allí era todo lo que mi alma gemela necesitaba, allí mi alma gemela existía. Me estaba esperando y me amaba, con mis virtudes y con mis defectos.

Me incorporé para coger el portátil y me torturé una vez más: volví a leer el capítulo entero.

Extracto de *Sin título*, de Rosie Maxwell y Aiden Huntington

—¿Qué pasaría si mañana dejásemos de sentirnos así? —le susurré.

Hunter y yo estábamos acostados en la cama, cara a cara, con las sábanas arremolinadas en la cintura.

—Yo no lo haré.

Me colocó un mechón de pelo detrás de la oreja. Me recorrió la mandíbula con los dedos, luego la barbilla, hasta que volvió a subirlos hasta mi boca. Me acarició el labio inferior con el pulgar, separándolo del superior.

—¿Cómo puedes estar tan seguro?

—Porque —se incorporó y se apoyó sobre el codo— siempre me he sentido así, Max. No ha habido día en el que no me haya preguntado qué estarías pensando, si sería en mí. Me seguiré sintiendo así mañana y todos los días que vengan después.

Capítulo 19

Era Nochebuena y estaba sola. Intenté convencerme de que no me afectaba. Me puse una peli navideña mientras me cepillaba los dientes y me hacía el desayuno, con la esperanza de que se me contagiase el espíritu, pero lo único que conseguí fue sentirme aún más triste.

Si hubiera estado en casa, mi madre me habría despertado temprano con la canción *Ay, Ay, Ay, It's Christmas*, de Ricky Martin, y me hubiese obligado a pelar patatas y huevos duros. Mi hermana y yo apestaríamos a comida antes de que llegase siquiera el mediodía y mi madre señalaría el árbol de Navidad con todos nuestros regalos envueltos cada vez que oyese una queja. Luego, mis tíos y mis tías vendrían a cenar a casa y se quedarían allí horas y horas, llenando el salón de conversaciones y risas. Mi tío Alejandro se cogería un buen pedo y mi padre haría todo lo posible por no poner los ojos en blanco, aunque siempre acababa haciéndolo de manera involuntaria, ganándose así un codazo de mi madre. Después, a medianoche, abriríamos los regalos y bailaríamos sin parar hasta las tres de la madrugada.

Sin embargo, seguía en Nueva York. Me movía con sigilo, como si hasta con el más mínimo ruido fuese a molestar a las cucarachas que se escondían por el apartamento.

Era casi mediodía. Me había pasado la mañana escribiendo y revisando una vez más la solicitud que iba a presentar para la beca. Era Navidad. Y estaba en Nueva York. No podía quedarme encerrada en casa durante la época más bonita del año.

Sabía que Jess iría a visitar a su familia, pero no recordaba cuándo. ¿Quizá Tyler y Logan seguían en la ciudad? Cogí el móvil y escribí un mensaje por el grupo, que ahora se llamaba «Las putitas de Santa».

> **ROSIE:** alguno sigue en la ciudad??? estaba pensando en ir al rockefeller a ver el árbol de navidad. después podríamos tomarnos un chocolate caliente en central park
>
> **JESS:** vuelvo a casa hoy, ya estoy de camino al aeropuerto :(
>
> **TYLER:** Yo volví a casa hace una semana. Lo siento.
>
> **LOGAN:** en el tren de camino a westchester, pero no voy a decirte k no a ese chocolate cuando vuelva!!!

Solté un gruñido, tiré el móvil en el sofá que tenía al lado y volví a coger el portátil. Ya había escrito más de lo que me correspondía. Se suponía que íbamos a ir alternándonos los capítulos, pero había terminado tres seguidos. Tampoco era que tuviese nada mejor que hacer y pensé que me vendría bien aprovechar los momentos en los que estaba más inspirada. Cuando le puse punto final al último capítulo, le mandé un mensaje escueto a Aiden, como siempre hacía.

Estaba escuchando *Frosty the Snowman* cuando el móvil me empezó a sonar. El nombre de Aiden apareció en la pantalla. Me alejé el teléfono, sin saber muy bien qué hacer, pero no paraba de sonar una y otra vez. Al final, dejó de hacerlo.

Cuando volvió a llamarme, respiré hondo antes de darle al botón verde.

–¿Aiden?

–¿Por qué estás haciendo cosas de clase en Nochebuena? –indagó, con la voz teñida de preocupación.

–Eh, hola. ¿Cómo estás? –dije, ignorando la pregunta–. Feliz Navidad.

–Respóndeme.

–Ya te lo dije en su día. Voy a pasar las Navidades sola. Así que ahora estos son… mis planes.

Se quedó en silencio durante tanto tiempo que tuve que apartarme el móvil de la oreja para comprobar si me había colgado, pero no lo había hecho. Aproveché que tenía a Aiden al teléfono para armarme de valor y preguntarle:

—Aiden, llevo tiempo queriendo pedirte algo. —Respiré hondo—. ¿Recuerdas que te dije que iba a solicitar la beca de la revista *The Frost*?

Tardó un momento en contestarme.

—Sí, lo recuerdo.

—¿Podrías revisar mi solicitud?

—¿Qué?

—¿Podrías echarle un vistazo al relato que quiero presentar? —Abrí el documento en mi portátil—. Tengo que entregarlo en un par de semanas y necesito que me den esa beca. Me he dejado la piel. Y sé que tú no tendrás reparo en decirme si te parece una mierda o no. Me importa mucho tu opinión y ya que ahora volvemos a ser casi amigos...

—Rosie, es Nochebuena —me interrumpió.

—No tienes por qué leerlo esta noche.

Suspiró con fuerza.

—No, no lo decía por eso. Por supuesto que no me importa echarle un vistazo, pero deberías estar descansando. Es Navidad. —Hizo una pequeña pausa antes de añadir—: Ven a Union Square.

Eché la cabeza hacia atrás.

—¿Qué? ¿Ahora?

—Sí.

El corazón me latía con tanta esperanza que ni siquiera me permití creérmelo.

—Aiden, no quiero que te sientas obligado a...

—No me siento obligado. Y soy yo el que te lo está pidiendo.

—Pero fuiste tú el que dijo que era mejor que mantuviésemos las distancias...

Lo estaba poniendo entre la espalda y la pared. Lo sabía. Aiden daba, pero con la misma fuerza te lo quitaba todo. Y eso me confundía. Prefería pasar la Nochebuena sola que con alguien que en realidad no quería estar conmigo.

–Lo sé. Y me equivoqué, Rosie. No debería haberte dicho eso. –Suspiró, y sonó como si estuviese soltando algo que llevaba tiempo martirizándolo–. Rosie, ¿quieres que quedemos en Union Square?

Se me escapó una sonrisa mientras me pegaba el móvil aún más a la oreja, como si eso de alguna manera me acercara más a Aiden.

–¿Nos vemos dentro de una hora?

–Allí estaré.

Empecé a correr por todo el apartamento. Me duché, me sequé el pelo y me puse un jersey navideño. Después, me maquillé un poco. Estaba tan nerviosa que tuve que delinearme tres veces el ojo.

Siempre había gente en el mercadillo navideño de Union Square. Sin embargo, en Nochebuena casi no cabía ni un alfiler. Esperé a Aiden en la entrada que daba al sudeste, donde estaban los puestecitos de artesanía, y no tardé mucho en agobiarme. Aiden me había mandado un mensaje para decirme que lo esperase en el puesto de Wafels & Dinges –seguramente porque sabía que lo iba a acabar arrastrando hasta allí de todas formas–, pero había demasiada gente alrededor de la caseta.

Era tan bajita que me resultaba imposible ver por encima de la multitud, pero aun así me puse de puntillas y lo intenté.

–¡Rosie! –gritó una voz.

Me di la vuelta y vi a Aiden Huntington abriéndose paso entre la gente con un jersey navideño de punto negro. Llevaba el abrigo de botones abierto y un gorro en la cabeza.

Sentí una sensación cálida en el cuerpo, a pesar del frío que hacía, mientras intentaba alcanzarlo.

Me quedé parada a unos pasos de él, pero había tanta gente alrededor, que acabé chocándome con su pecho. Él me agarró la cintura con firmeza para que no perdiese el equilibrio y después fulminó con la mirada a quienquiera que me hubiese empujado. Bajó la cabeza y nuestros ojos se encontraron. El olor de la colonia que utilizaba y el tacto de sus manos sobre mi piel me habían acompañado en sueños desde que nos besamos, desde que escribimos esa escena juntos. Me alegraba de poder estar por fin a su lado después de haberme pasado días pensando que lo nuestro no tenía solución. Porque la imagen de Aiden Huntington era mucho mejor en la vida real que en mi cabeza.

—Hola —lo saludé en un susurro, alejándome, muy a mi pesar, de él.

—Hola. —Se le curvaron los labios hacia arriba—. Feliz Navidad. Bonito jersey.

Me eché hacia atrás, abriéndome aún más el abrigo.

—¿El qué? ¿Este trapo?

Hacía un par de años, mi padre le compró a toda la familia un jersey navideño con el dibujo de una llama. Quería que siempre tuviésemos muy presente la cultura peruana, así que cada vez que veía algo con una llama, nos lo compraba. En este caso, la llama del jersey llevaba una bufanda alrededor del cuello y un gorro de Papá Noel en la cabeza. Le habían pegado un par de campanas diminutas encima, así que había decidido combinarlo con unos pendientes de cascabeles.

—¡Pero si tú también llevas uno! Me sorprende que tengas uno de estos, la verdad.

Bajó la vista hasta el jersey y se abrió el abrigo para que pudiese verlo mejor. Era más invernal que navideño, pero seguramente era lo más festivo que tenía Aiden en el armario. La tela era gruesa y de color negro, con un motivo rojo en el pecho. También llevaba una bufanda fina alrededor del cuello.

—Es el único que tengo. Me lo regaló mi madre cuando estaba en el instituto. Sigo sin entender cómo me sigue sirviendo...

—Pues me gusta. —Le sonreí.

Sus ojos verdes se enredaron con los míos durante un instante hasta que desvió la mirada hacia uno de los puestecitos. Me froté las manos cuando sentí que estaba empezando a ponerme nerviosa. Me había emocionado tanto al saber que por fin tenía planes y que encima eran con Aiden, que se me había olvidado por completo que la última vez que nos vimos estuve a punto de echarme a llorar y de montar un espectáculo.

—Aiden —empecé a decir con cautela—, ¿estamos...?

–Te pido disculpas –me interrumpió él, y luego hizo una mueca–. No sabes lo mucho que lo siento. Sé que lo que dije no estuvo bien y me arrepentiré toda la vida. Pero no lo decía en serio. Lo siento, de veras.

Respiré hondo.

–Creo que si Max ha podido perdonar a Hunter, entonces yo también puedo perdonarte a ti –respondí–. Y creo que yo también te debo una disculpa.

–No me debes nada, Rosie. –Esbozó una sonrisa tímida–. ¿Y si durante las vacaciones solo somos Rosie y Aiden? –Me miró a los ojos con decisión–. Nada de indirectas a través de Max y Hunter. Solo nosotros.

Asentí con la cabeza y le sonreí.

–Me parece bien.

–Genial. Porque, como Aiden, me gustaría decirte, Rosie, que estás loca si crees que voy a hacer toda esa cola por un mísero gofre. No pensaba que fuese a haber tanta gente.

Fruncí el ceño cuando vi lo larga que era la fila. Rodeaba todo el puesto, invadiendo el espacio del que había al lado. Los vendedores se movían a una velocidad alarmante, añadiendo Nutella y azúcar glas como si no hubiese un mañana.

–No es un gofre cualquiera. Es uno de Wafels & Dinges, ¡el plato más emblemático de Nueva York!

Aiden puso los ojos en blanco.

–Como neoyorquino de nacimiento, te confirmo que no lo es. Venga, sigamos caminando. Antes he visto un puesto que estoy seguro de que te va a encantar.

Aiden me guio hacia el otro lado del parque. Hice todo lo posible por seguirle el ritmo, pero había demasiada gente y no paraba de chocarme, consiguiendo así que nos separásemos cada vez más. De repente, Aiden miró por encima del hombro y frunció el ceño al ver que no estaba detrás. Levanté la mano para que me viese y cuando lo hizo, se quedó parado en medio del ajetreo. La mayoría lo fulminó con la mirada, pero él ni se inmutó. Cuando por fin lo alcancé, me ofreció la mano. Una pregunta implícita que yo dudé un momento en responder. Me convencí a mí misma de que el beso ya formaba parte del pasado y que solo me quería dar la mano para que no me perdiese.

Cuando le rocé la palma de la mano con el guante, sentí el calor que desprendía su piel. Me dio un pequeño apretón antes de seguir caminando, y yo me aferré a él.

Unos minutos más tarde, me señaló con la cabeza una de las casetas y yo me quedé boquiabierta de inmediato.

—Dios mío.

Él sonrió.

—Sabía que te gustaría.

—Aiden, tengo que llevarme una. Me da igual lo que cueste. Estoy dispuesta a quedarme en números rojos.

Me acerqué al puesto y comencé a examinar cada una de las láminas. En todas ellas salían perros protagonizando las escenas más míticas de la gran pantalla. En vez de Jack y Rose en el Titanic, había un *corgi* y un *carlino*. Un caniche se sujetaba la falda del vestido a lo Marilyn Monroe. Y un *beagle* bailaba al ritmo de *Greased Lightning*, como si fuese John Travolta.

Y, entonces, la encontré.

—¡Aiden! —chillé, haciéndole señas para que se acercara—. Mira esta. ¡Es perfecta!

Dio un paso hacia delante, con la cabeza inclinada.

—¿De qué peli es?

Abrí los ojos de par en par.

—¡De *Cuando Harry encontró a Sally*! ¡La mejor película del mundo!

Un pastor alemán y un golden retriever se miraban a los ojos en medio de Central Park, con el fondo otoñal justo detrás. Era igual que el cartel oficial de la película. El elegante *golden retriever*, Meg Ryan, estaba de pie, con las manos entrelazadas por delante. El artista había conseguido capturar a la perfección el pelo rebelde de la protagonista.

—¿Cuánto cuesta? —le pregunté al vendedor.

—Veinte dólares.

—¿Tan poco por una obra maestra como está? Por favor, ¡no me hubiese importado pagar cincuenta!

—Rosie, la próxima vez intenta no decirlo en voz alta —murmuró Aiden.

Le di el billete al hombre con una sonrisa y este cubrió la lámina con un papel antes de colocarla con cuidado en una bolsa. Me la tendió, pero Aiden la cogió antes de que pudiese hacerlo yo.

—Ya la llevo yo —se ofreció él—. Vamos, sigamos mirando qué más hay.

Nos recorrimos el mercadillo dos veces y me quedé embelesada con cada comida y puesto que veía. Tenían casi todo lo que nunca necesitaría, pero que aun así quería.

Al fin nos detuvimos en una caseta que vendía joyas antiguas y, al ver un medallón delicado de plata, me quedé sin aliento. Levanté con cuidado el collar y le di la vuelta a la pieza.

—Es muy bonito —dijo Aiden.

—Mi lita me regaló uno muy parecido cuando era pequeña. Siempre lo llevaba puesto. Hasta que un día se me rompió la cadena y cuando me di cuenta ya era demasiado tarde.

Mi abuela —o mi lita, como solía llamarla— lo llevaba puesto la primera vez que fui a Perú cuando tenía siete años. Un día, mientras cenábamos todos juntos, me senté en su regazo y me pasé toda la noche jugueteando con él. No paraba de repetir que era precioso y, cuando mi madre se lo tradujo al español, mi lita se lo quitó del cuello y me lo puso a mí. Recuerdo cómo se me enfrió la piel bajo el peso del metal. Agarré el medallón durante toda la noche; me daba miedo perderlo. Y a partir de ahí, empecé a ponérmelo todos los días.

En el instituto, mis amigos y yo teníamos la costumbre de ir a Waffle House cada vez que el equipo de fútbol ganaba un partido. Una de esas veces, cuando ya estaba sentada en nuestra mesa de siempre, me percaté de que ya no lo llevaba encima y que la cadena debía de haberse roto. Simon me acompañó de nuevo al estadio y pasé horas buscándolo por el campo y las gradas. Volví a casa con las manos vacías.

—¿Cuánto cuesta? —le preguntó Aiden al vendedor.

—Trescientos —respondió el hombre—. Es una reliquia; está hecho íntegramente de plata.

–Oh –lamenté en voz baja, dejándolo de nuevo en su sitio. No podía gastarme tanto dinero en un collar–. Gracias de todas formas.

Seguimos caminando por el parque, pasé por el supermercado Whole Foods para ir al baño y después nos quedamos a un lado de la calle, lejos de la multitud.

Miré a Aiden.

–¿Adónde vamos ahora?

–Donde quieras. Antes dijiste que querías pasar por Macy's...

Abrí la boca, sorprendida.

–¿Estás dispuesto a ir al centro de la ciudad en plena Nochebuena por mí?

Aiden sonrió y asintió.

–Sí, Rosie. Estoy dispuesto.

Esperaba que no se me notase en la cara lo mucho que me gustaba esa versión de Aiden. Antes de ser amigos nunca sonreía y se pasaba el día con el ceño fruncido. De hecho, solía alegrarme al pensar que le saldrían arrugas en el entrecejo por mi culpa. Pero esta vez, bajo la luz del sol, las arrugas se le formaron alrededor de los ojos. Y todo gracias a una sonrisa que era por y para mí.

–¿Cogemos el metro o vamos caminando? –preguntó él.

–Caminando –respondí enseguida–. Me gusta ver los escaparates de las tiendas.

Me agarró la mano, como si fuese el gesto más normal del mundo, y me dijo:

–A sus órdenes.

–No puedo.

–*Porfi*, te lo suplico.

–Me niego.

–Aiden, tampoco es para tanto. Te lo prometo.

Me miró con los ojos entornados.

–Sabes que sí lo es, si no, no me estarías suplicando.

–Ya casi nadie va al Rockefeller Center. Todos los turistas estarán en Times Square o en Broadway. ¿Por qué querrían ver un estúpido árbol?

–Exacto. Solo es un estúpido árbol, así que no hay necesidad de ir hasta allí.

Jadeé y le di un manotazo en el brazo.

–¡¿Cómo te atreves a decir eso?! Es el árbol de Navidad de Nueva York por excelencia. Deberías sentirte orgulloso de tu ciudad.

Habíamos estado demasiado tiempo en Macy's, pero nos había sido casi imposible caminar por la tienda con tanta gente. Tuve que conformarme con mirar los escaparates desde fuera, pero me moría de ganas de ir al Rockefeller Center para ver el árbol. Pensaba que una vez que estuviésemos allí, podría convencer a Aiden para que me acompañase a patinar sobre hielo, pero él no cedió, alegando que esa parte de la ciudad estaría demasiado llena.

Me miró fijamente y dijo:

–Estoy orgulloso de mi ciudad, pero no creo que el Rockefeller Center sea la representación perfecta de lo que es la Navidad en Nueva York. Y habrá por lo menos diez veces más gente de la que hay aquí.

Hice un puchero.

–Te dije que me gustaba hacer todo lo que hacen los turistas...

Nos habíamos quedado parados en medio de Herald Square. La gente que había dejado las compras para última hora corría a nuestro alrededor mientras el sol empezaba a ponerse. Cuando tuve un pequeño escalofrío, Aiden se quitó la bufanda y me la puso a mí por encima.

–Estás temblando tanto que te suenan los cascabeles que llevas en las orejas.

Me sonrió.

–No necesito tu bufanda.

–Yo tampoco. –Tenía la nariz y las mejillas rojas por el frío; era adorable–. Bueno, ¿qué hacemos entonces?

–Primero vamos al Rockefeller Center, luego a Times Square y a Central Park...

Me tapó la boca con la mano, riéndose.

–No pienso ir a ninguno de esos sitios. Además, está a punto de hacerse de noche y, con la suerte que tienes, seguro que te atracan. Tengo una idea… Podemos ir a algún sitio de Upper East Side. Si te apetece, claro.

Fruncí el ceño.

–¿Por qué allí?

–No puedo decírtelo todavía; es una sorpresa.

Quería ir al Rockefeller Center, pero Aiden tenía razón. Además, no podía decirle que no, sobre todo ahora que sabía que me tenía una sorpresa preparada.

–Vale… Vamos –acepté.

Cogimos el metro hacia la parte alta de la ciudad.

–Creo que el sitio te va a encantar, pero si no te gusta no pasa nada. Podemos irnos si no te apetece entrar –insistió él mientras caminábamos calle abajo.

–Me gustará; no te preocupes –lo tranquilicé.

Nos detuvimos delante de una especie de cafetería en la que nunca había estado antes: el Serendipity Three. Había gente esperando su turno fuera bajo el frío.

–Vamos, tenemos reserva –me informó Aiden.

Antes de que pudiera abrir la puerta, le puse una mano en el brazo para que se detuviese.

–Aiden, no voy a entrar si para conseguirla tuviste que llamar a tu padre. Y menos aún si le prometiste una cena a cambio. No vale la pena.

–No tuve que llamarlo –dijo con firmeza, sin apartar los ojos de los míos–. Pero habría valido la pena, Rosie. Hice la reserva la noche de la hamburguesería por si al final querías pasar las Navidades conmigo, tal y como dijimos.

¿Cómo no iba a enamorarme? Se había pasado todo el día nervioso porque había hecho esta reserva con bastante antelación y le preocupaba que no me gustase el sitio. Cada vez tenía más claro que lo seguiría allá donde fuese.

Cuando entré, abrí los ojos como platos y se me escapó un gritito. El local era mucho más grande por dentro de lo que me había imaginado. La decoración era extravagante: predominaba el color rosa y había cuadros preciosos colocados por toda la pared. En el techo había un candelabro de cristal y no había ni un rincón de la sala que no tuviese una campana gigante o alguna guirnalda. Giré sobre mí misma despacio, intentando quedarme con cada detalle para poder recordarlo siempre. Era increíble. La camarera nos guio hasta una pequeña mesa en el piso de arriba y nos puso delante dos menús gigantescos. Era imposible asimilar tanta información a la vez. Me quedaba embobada cada segundo con algo nuevo. Aiden rozaba mis rodillas con las suyas, pero no me importaba.

—¿Cómo descubriste este sitio? –indagué.

—A mi madre le encantaba –respondió, abriendo el menú–. Cada vez que sucedía algo importante, veníamos aquí a celebrarlo. Cuando publicaba algún libro o cuando yo sacaba buenas notas… Recorríamos todo el camino hasta aquí para compartir un helado enorme.

Se me encogió el corazón. Aparté su menú para que me mirase a los ojos.

—Aiden, la sorpresa me ha parecido preciosa.

—Me alegro de que te guste. –Se ruborizó–. ¿Te fías de mí lo suficiente como para que pida por los dos? –Abrí la boca para responderle, pero él levantó la mano para que le dejase seguir hablando–. Y como regalo de Navidad, yo invito. No te preocupes por los precios, ¿vale?

Suspiré.

—En circunstancias normales, habría protestado, pero ahora que sé que eres multimillonario...

—Ni siquiera soy millonario –me cortó con una carcajada.

—…dejaré que pagues lo mío.

Poco después de pedir, la camarera regresó con un plato enorme de patatas fritas y dos tazones con una especie de postre con pajita.

—Esto –dijo Aiden, acercándome uno de los tazones– es el Frrrozen Hot Chocolate; uno de sus batidos más famosos.

Se me iluminaron los ojos.

—¿Es chocolate caliente? Ahora entiendo lo de la pajita...

—Como vives por y para cualquier cosa que lleve azúcar, pensé que podría gustarte.

Le di un sorbo y gemí de placer. La textura era diferente, pero el chocolate estaba tan dulce que fui incapaz de parar.

–¿Cómo es posible que no supiese de la existencia de este sitio?

Aiden le dio un sorbo a su bebida y dijo:

–La primera vez que invité a una chica a una cita, la traje aquí. Pero no le gustó; no entendía cómo a alguien podía gustarle tomar algo helado y caliente al mismo tiempo.

–¿Hubo segunda cita? –le pregunté, levantando una ceja.

–Por supuesto que no. Nunca podría estar con alguien a quien no le gustase el batido helado de chocolate caliente.

Sonreí.

–Entonces, ¿traías aquí a todas tus citas para ponerlas a prueba?

–A algunas –admitió–. Una vez vine con una chica que era intolerante a la lactosa. No lo sabía, evidentemente, y a ella le dio vergüenza decírmelo. Se pidió el Frrrozen Hot Chocolate y se pasó el resto de la cita en el baño.

Hice una mueca.

–Pobrecilla...

Se encogió de hombros.

–Podría haber sido peor.

–Pues mi peor cita la tuve cuando empecé el instituto –le confesé, inclinándome hacia delante.

Le brillaron los ojos por la anticipación mientras le daba otro sorbo al chocolate.

–Estaba muy pillada de ese chico. Tenía el pelo como Justin Bieber y desprendía seguridad por cada poro de la piel. No sé cómo consiguió mi número de teléfono, pero comenzamos a escribirnos todos los días. Nunca nos decíamos nada en clase, así que pensaba que estábamos viviendo una de esas historias en las que los enamorados se comunican a través de cartas, lo que hizo que todo me pareciese aún más romántico.

–Cómo no… –soltó Aiden.

–Y un día me pidió una cita y yo obviamente acepté porque nunca había tenido una. Hasta le envié mi dirección para que su madre pudiese ir a recogerme. Íbamos a ver *Los juegos del hambre* juntos porque yo había leído los libros y le había dicho que me encantaban, un detalle que también me pareció muy romántico –le expliqué–. Cuando abrí la puerta de mi casa, se le borró la sonrisa de inmediato y empezó a mirar a su alrededor. Y me dijo: «Ah, hola, Rosie. ¿Está Lizzie aquí?». Y fue entonces cuando descubrí que pensaba que había estado hablando todo ese tiempo con Lizzie, mi mejor amiga, y que era con ella con quien quería tener la cita.

–Joder –intervino Aiden, abriendo los ojos como platos.

–Nunca me había llamado por mi nombre y me parecía romántico que siempre se refiriese a mí como «enana». Su madre fue testigo del malentendido desde el coche y lo obligó a salir conmigo de todas formas.

Aiden se tapó la boca con la mano.

–Lo siento, lo siento. Sé que no es gracioso –se disculpó.

Yo puse los ojos en blanco y le di otro sorbo al chocolate caliente.

–Bueno, un poco sí –admití.

Sacudió la cabeza, pero los ojos le seguían brillando con diversión.

–Es un poco… traumático.

–¡Gracias! –exclamé, levantando las manos–. ¡Eso fue justo lo que yo dije! Y mis padres me respondieron algo así como: «Lo superarás. De esta aprendes, ya verás».

–¿Y qué pasó en la cita?

–Digamos que fueron las dos peores horas de mi vida.

Aiden se echó a reír, con los ojos cerrados. Era ese tipo de carcajada contagiosa que te salía del fondo de la garganta. Poco después, empecé a reírme yo.

–Uf, qué risa –susurró Aiden, secándose las lágrimas que se le habían escapado.

Mientras nos terminábamos la bebida, compartimos más historias vergonzosas de nuestra infancia. Me hizo prometerle que nunca le contaría a nadie que una vez se rio tan fuerte que le salió leche por la nariz y acabó manchando a la chica de la que estaba colgado en primaria.

Más tarde, cuando ya le estábamos dando el último sorbo al chocolate, Aiden dijo vacilante:

–No sabía que te estabas tomando tan en serio lo de la beca.

–Me avergüenza un poco admitir que ni siquiera sabía que existía, y eso que es de las más importantes. Cuando me enteré, se lo comenté a Ida y ella me animó a que probase suerte. –Me encogí de hombros y aparté el tazón. Me estaba costando terminarme el chocolate tan rápido como Aiden–. Si me la diesen, tendría más oportunidades en el futuro… Pero también quiero intentarlo porque ese dinero me solucionaría la vida. He perdido la cuenta de todos los préstamos estudiantiles que he pedido; no tendría que preocuparme nunca más. Y quizá podría ir a ver a mi familia más a menudo.

Aiden se puso rígido y desvió la mirada. Era consciente de que había gente a la que no le gustaba hablar de dinero, sobre todo a las personas a las que les sobraba, como a él.

–Y supongo que también lo hago porque quiero demostrarme que puedo conseguirla –admití–. Que las historias de amor que escribo son lo bastante buenas para que la gente deje de infravalorar el género.

Aiden asintió.

–Te entiendo. Me muero de ganas de leer tu propuesta, pero quiero dejarte claro que, aunque seamos amigos, voy a ser duro contigo.

–Por eso mismo quiero que seas tú el que la revise –le dije con sinceridad antes de esbozar una sonrisa tímida–. Con esto no quiero decir que me parezca bien lo que haces en clase. Eres cruel. Muy cruel, de hecho.

–Lo pillo –respondió él con rotundidad.

–Pero sí que me parece bien que seas honesto. No sueles dar cumplidos a nadie, así que cuando lo haces uno se siente muy orgulloso. –Me sonrojé–. Cuando me des tu opinión, sabré si de verdad merece la pena intentarlo o no.

–Estoy seguro de que sí lo hará –dijo Aiden con confianza–. Eres una escritora increíble, Rosie.

Se me aceleró el corazón. No quería marcharme, pero la cafetería estaba a punto de cerrar. Aiden pagó amablemente la cuenta y salimos a la calle.

—Uf, estoy llena. Me cuesta hasta caminar...

—Y eso que no probaste el Blackout Sundae. Te ponen una bola de helado enorme y un trozo de pastel encima.

Me di la vuelta para echarle un último vistazo al local.

—¿Crees que podrían ponernos uno para llevar?

Aiden se rio y me agarró la mano, tirando de mí.

—Venga, ya es hora de volver a casa.

Nos dirigimos juntos hacia la estación, pero me invadió una oleada de tristeza cuando atravesamos las barreras de acceso del metro. No quería que la mejor Nochebuena de mi vida llegase a su fin, sobre todo sabiendo que en casa volvería a estar sola. Nos rozábamos el hombro cada vez que bajábamos uno de los escalones. La estación no estaba tan abarrotada como de costumbre. Lo más probable era que todos estuviesen en casa con su familia, preparando la comida y los regalos.

El andén al que debía dirigirse Aiden era el que teníamos más cerca, pero yo todavía tenía que bajar otro tramo de escaleras para llegar a mi línea.

Me detuve en seco y me giré hacia él.

—Gracias por lo de hoy. Nunca me había divertido tanto con alguien.

Él esbozó una pequeña sonrisa.

—Ni yo, Rosie.

El metro de la línea N entró en la estación y se me hizo un nudo en el estómago.

—Bueno, no te entretengo más...

Él ladeó la cabeza, confundido.

—Pensaba que íbamos a coger la línea 6. ¿No bajas en Astor Place?

—Sí —respondí despacio—, pero no quiero que me acompañes hasta East Village. Vives en la otra punta de la ciudad.

—Menuda estupidez. —Puso los ojos en blanco—. ¿Cómo no voy a acompañarte a casa? Vamos, creo que está a punto de llegar uno —añadió.

Me agarró con suavidad el codo y me guio hasta el andén.

No estaba acostumbrada al Aiden con el que había pasado el día.

Al que le importaban más mis sentimientos y mi seguridad que su propia comodidad. Una parte de mí se alegraba de que pudiésemos pasar tiempo juntos, pero en el fondo sabía que me estaba dejando llevar por mi mundo de fantasía y que estaba convirtiendo a Aiden en alguien que en realidad no era.

Cuando llegó el metro, nos subimos en un vagón que estaba algo lleno. Aiden y yo nos quedamos de pie, uno frente al otro, y nos agarramos a una de las barras que estaban en el centro. Cuando volvió a ponerse en marcha, él dio un paso hacia delante en un intento de no perder el equilibrio. Su pecho casi rozó el mío y yo me quedé atrapada en sus ojos verdes. Deseé con todas mis fuerzas que fuese real. Que Aiden me rodease la cintura con el brazo y que quitase la mano de la barra para poder agarrar la mía.

Cualquiera de los dos podría haberse apartado, pero ninguno lo hizo. Fue como si hubiésemos llegado a un acuerdo silencioso, como si en el fondo anheláramos estar así de cerca el uno del otro. Una vez que nos acostumbramos al movimiento, adoptamos una especie de balanceo cómodo. Era como si Aiden y yo estuviésemos bailando en el vagón.

–Rosie… –susurró Aiden de repente con la voz rasgada–. Yo...

–¡Hola, Nueva York!

Aiden se quedó callad. Un grupo de artistas callejeros había subido al vagón y uno de ellos llevaba un altavoz en el hombro.

–Sentimos mucho molestaros en Nochebuena, pero os tenemos una pequeña sorpresa preparada.

–Tiene que ser una broma –le susurré a Aiden–. Qué pesadilla.

Cuando una medio sonrisa tiró de su comisura, añadí con sarcasmo:

–Y tú todavía no has tenido la suerte de coincidir con un grupo de mariachis...

Los artistas rapeaban y bailaban en una esquina mientras otro chico pasaba un sombrero que apenas recibía propinas.

–No los mires –murmuró Aiden–. Regla número uno en Nueva York: nunca establezcas contacto visual con nadie.

Asentí con la cabeza; quería hacerle caso, pero me fue imposible no mirarlos de reojo.

—Rosie, por Dios —me advirtió.

—¡Lo siento! —dije en voz baja—. Es que son bastante buenos...

El tren se detuvo y Aiden me sacó de allí antes de que pudiese darles un par de monedas.

—Es Navidad —le recordé mientras subíamos las escaleras—. Deberíamos haberles dado algo...

—Si lo hubieses hecho —dijo Aiden con dulzura— no habrían tenido reparo en pedirte que les hicieras una transferencia. Te lo aseguro.

—Si tú lo dices... —resoplé.

La estación de Astor Place estaba a tan solo unos bloques de mi casa. Quería encontrar alguna excusa que nos obligara a dar otra vuelta a la manzana. Al fin, nos detuvimos frente a mi edificio y nos miramos a los ojos.

Aiden desvió la vista hacia la puerta y puso los ojos en blanco.

—¿Qué? —quise saber.

—Es Navidad, así que voy a hacer la vista gorda con lo del ladrillo...

—Ronny Júnior —lo corregí con una sonrisa.

Él asintió.

—Me alegro de que estemos bien. Estaba preocupado y no sabía qué hacer para arreglarlo.

—Yo tampoco —admití—. Quizá estamos destinados a pasarnos el día discutiendo. Tenemos que aprender a no tomárnoslo todo tan a pecho..., para que no vuelva a ocurrir.

—Estoy de acuerdo —coincidió él y enseguida añadió—: Pero que no se te suba a la cabeza. No sueles tener la razón.

—Te equivocas, pero te lo dejaré pasar. Es Navidad. —Le golpeé con suavidad el hombro.

Nos quedamos en silencio un instante y, de repente, me invadió la valentía.

Me había pasado mucho tiempo sentada en el asiento del copiloto, esperando a que fuese otro el que hiciese todo los movimientos. Era hora de ponerme al volante. Me gustaba Aiden. Me había convencido a mí misma de que lo que sentía no era real, pero ya no podía aguantarlo más. No cuando me resultaba difícil sonreír al pensar que ya no lo volvería a ver hasta que empezasen las clases.

Cambió el peso del cuerpo de un pie a otro.

–Bueno, debería...

–¿Quieres subir? –Las palabras se me escaparon de los labios y me ruboricé al instante. El rostro de Aiden permaneció impasible, lo que hizo que me ardiesen aún más las mejillas–. En mi familia siempre nos acostamos tarde en Navidad. Después de la cena, abrimos los regalos y luego nos pasamos el resto de la noche bailando. Y cuando ya todo el mundo se ha ido a su casa, mi padre nos obliga a ver *Qué bello es vivir*. La vemos medio dormidos, pero lloro todos los años cuando George Bailey...

Aiden me puso las manos sobre los hombros y dijo:

–Cállate antes de que te quedes sin aire. Subamos.

Extracto de *Sin título*,
de Rosie Maxwell y Aiden Huntington

Tenía los pulmones tan cargados de esperanza que mi mente y mi corazón no tenían espacio para otra cosa que no fuese Hunter. Las grietas de cada desamor pasado iban desapareciendo con cada sonrisa que me dedicaba desde el otro lado de la sala.

Quería acercarme a él y agarrarle la mano. Quería sentir el roce de su piel contra la mía y, con suerte, algún día, su corazón latiendo a la par que el mío. Quería pasarle los dedos por el pelo y decirle que era suya... Ojalá pudiese decir que él era mío.

Capítulo 20

Era la primera vez que Aiden hacía galletas caseras. Las había hecho en una ocasión, pero había comprado la masa ya preparada, así que me vi obligada a tomar cartas en el asunto. Había pensado que sería bonito compartir juntos ese momento antes de sentarnos a ver una película, pero había olvidado lo competitivos que éramos.

–Rosie, aquí pone que tienes que dejar la masa en la nevera un par de horas –insistió, negando con la cabeza. Estaba leyendo una receta que habíamos encontrado en Internet.

Hice un gesto con la mano para restarle importancia.

–Es una sugerencia. El sabor va a seguir siendo el mismo.

–Lo dudo mucho. De hecho, van a saber a mierda como no sigamos los pasos al pie de la letra.

–Claro que no –le espeté.

–Claro que sí –me respondió con brusquedad.

–Bueno, al menos no tendrás que saltarte la dieta. Sueles soltar mierda por la boca, así que estarás más que acostumbrado al sabor. Bueno, dime qué tengo que añadir después del extracto de vainilla.

Ya me había parecido todo un milagro que tuviese todos los ingredientes en casa, aunque el mérito en realidad había sido de Alexa. Sin embargo, no teníamos una de esas batidoras eléctricas, así que tenía que hacerlo todo con las manos. Me dolían las muñecas a más no poder. La masa ya debería haberse vuelto espesa y de un color marrón claro, pero todavía había grumos de harina en los bordes.

–Aiden, creo que se me va a caer el brazo.

–Qué exagerada eres.

Ni siquiera levantó la vista del teléfono.

–Te lo digo en serio –insistí.

Puso los ojos en blanco y me dio un empujoncito con la cadera para que me apartase.

–Te dije que no las íbamos a poder hacer sin la batidora. Sabía que me iba a tocar a mí mezclar todos los ingredientes.

–Cualquier sacrificio es poco por unas galletas.

–No sé por qué pensé que saldrías llena de Serendipity...

Aiden empezó a mover las manos con tanta rapidez que acabó con un pegote de harina en la cara. Me reí, pero dejé de hacerlo cuando me amenazó con tirarme el cuenco a la cabeza.

Al final, conseguimos que aquel mejunje pareciera masa de galletas. Nos dimos por vencidos con la mezcla, convencidos de que tampoco estaba tan mal, y fuimos haciendo bolitas y colocándolas en la bandeja para poder meterla en nuestro pequeño horno.

–Tienes harina en la mejilla –dije, riendo.

Di un paso hacia él y le deslicé la yema del pulgar por el pómulo para limpiarle la mancha. Me miró a los ojos y a mí se me antojó complicado respirar.

–Gracias –susurró.

–No... no hay de qué. –Di un paso hacia atrás, con las mariposas revoloteándome en el estómago. Había estado a horcajadas sobre él, pero lo que estaba sintiendo en ese momento era completamente diferente; era más intenso–. Voy a poner la peli en el portátil mientras se hacen las galletas.

Él asintió antes de que me diese la vuelta.

De camino a mi habitación, desvié la vista hacia la ventana un instante y me quedé sin aliento. Estaba nevando y la ciudad empezaba a teñirse de blanco. La nieve en Nueva York siempre parecía mágica en las películas. Sin embargo, en la vida real, solo era bonita durante un rato, ya que luego el suelo se llenaba de nieve medio derretida de color gris y marrón. Aun así, desde mi apartamento, me dio la sensación de que las calles vacías adoptaban un encanto especial.

Me encontré a Aiden sentado en el sofá cuando regresé con el portátil en la mano. Miraba con curiosidad mi pequeña sala de estar, fijando la vista en un punto nuevo cada dos segundos. Se detuvo en la triste decoración navideña que Alexa y yo habíamos comprado en oferta en una tienda de segunda mano. Había una corona de flores en la puerta, luces por toda la estancia y un muérdago colgado del arco que había entre nuestra cocina y la sala de estar. En la mesa de centro que estaba enfrente del sillón, también habíamos puesto una guirnalda con frutos rojos.

–Está nevando –anuncié mientras dejaba el portátil en la mesa y buscaba la película.

Aiden me siguió con la mirada.

–¿En serio? Es la primera nevada de estas Navidades.

–Sí, dicen que es un símbolo de buena suerte.

–Puede ser... –murmuró–. Me gusta tu apartamento. No me fijé mucho en él la primera vez que vine.

–Bueno, tampoco es una casa de piedra rojiza –bromeé.

Él asintió.

–Pero es acogedora, es uno de esos sitios en los que podrías caminar sin preocuparte por romper algo. La mayoría de las cosas que tengo en casa eran de mi madre... Todavía me comporto como si fuese un crío y me fuese a regañar por tocar sus jarrones.

–Podrías hacerla más tuya. –Me senté en el sofá a su lado, cruzando las piernas–. Ya sabes, puedes colgar una lámina con perros como la que hemos comprado hoy.

–Claro, como es algo que me representa tanto... –dijo él con ironía.

–No tienes decoración de Navidad. –Apoyé el codo en el respaldo del sofá y me sujeté la cabeza con la mano, girada hacia él. Me quedé callada un instante hasta que le pregunté con un tono de voz vacilante–: ¿Cómo eran las Navidades en tu casa cuando eras pequeño?

Él respiró hondo y movió el brazo hasta que su postura fue un calco de la mía.

–Cuando mis padres estaban juntos, mi padre siempre arrastraba a mi madre hasta alguna fiesta de empresa y yo me quedaba solo en casa. Me acostaba temprano, aunque a veces me quedaba leyendo algún libro.

Se me encogió el corazón.

—Y cuando se divorciaron, ¿hacías algo especial con tu madre?

—Se iban turnando las vacaciones. Cuando celebraba las Navidades en casa de mi padre, seguía haciendo lo mismo. Pero, cuando me tocaba en casa de mi madre —sonrió al recordarlo—, las Navidades eran... tranquilas. Preparábamos chocolate caliente casero y comprábamos galletas en Levain Bakery. No nos quedábamos despiertos hasta las tantas, pero nos pasábamos la noche viendo clásicos: *Rudolph, el reno de la nariz roja*; *Frosty, el muñeco de nieve*... Y lo seguimos haciendo cuando empecé el instituto. Estaba enferma y no podía decirle que no.

—Parece que fue una buena madre.

—La mejor. Le habrías caído genial.

—¿Tú crees?

Él esbozó una sonrisa amplia.

—Sí. Y me habría pedido que fuese más amable contigo.

—Bueno, al menos reconoces que no has sido muy simpático...

—Debería haberlo sido —dijo en voz baja a la vez que extendía el brazo para enredar los dedos en uno de mis rizos.

Se quedó con la vista clavada en el mechón, pero yo le estudié el rostro con el corazón acelerado. Sentí una oleada de adrenalina al imaginar que tiraba de mí para que me acercase, tal y como había hecho en su casa.

El temporizador que habíamos puesto para las galletas nos devolvió a la realidad y me puse de pie a regañadientes.

—Voy... voy a ir a ver cómo están —tartamudeé.

Estar tan cerca de Aiden siempre hacía que perdiese la noción del tiempo.

Las galletas quedaron fatal. Nos habíamos olvidado de poner papel de horno, así que se pegaron a la bandeja, y estaban tan quemadas que parecían rocas. Puede que pusiese la temperatura demasiado alta pensando que así se harían antes.

Aun así, las coloqué en un plato y serví dos vasos de leche: uno para Aiden y otro para mí. Las puse en la mesa, justo al lado del portátil.

–*Voilà*.

Aiden se inclinó hacia delante para coger una. La miró con los ojos entornados antes de darle un golpecito a la mesa con ella.

–Me pregunto qué habría pasado si hubiésemos dejado la masa en la nevera durante una hora.

–Tampoco tienen tan mala pinta. –Cogí una del plato y la mojé en la leche. Vacilé un instante antes de darle un mordisco–. Mmm… buenísima –logré decir mientras seguía masticándola.

Le di un par de bocados más antes de que Aiden señalara con el dedo la cocina y me dijese:

–Ya puedes escupirla.

–¡Traeré el paquete de galletas Oreo! –grité mientras salía corriendo hacia la cocina.

Antes de volver al salón, cogí un par de mantas. Aiden y yo nos acurrucamos en el sofá, hombro con hombro, y pusimos la película. Hice todo lo posible por centrar mi atención en George Bailey, pero no dejaba de pensar en el calor que desprendía la piel de su muslo en contacto con el mío. El mísero roce hizo que me recorriese un escalofrío por todo el cuerpo. Quería tocarlo, pero a la película le quedaban todavía cuarenta minutos y faltaba una hora para que fuese Navidad.

–¿Qué has pedido este año por Navidad? –le susurré, volviéndome hacia él.

La habitación estaba iluminada únicamente por la pantalla del portátil y las luces que formaban parte de la decoración navideña. Apenas distinguía los ángulos marcados de su rostro o la forma de sus labios carnosos.

–No he pensado en nada.

–¿No le has escrito la carta a Papá Noel?

–No. –Torció los labios y desvió la vista hacia mi boca un segundo antes de volver a mirarme a los ojos–. Ahora mismo siento que tengo todo lo que necesito.

Noté que se pegaba un poco más a mí; me rozó la nariz con la suya. Respiré de manera brusca cuando su aliento me hizo cosquillas en la piel. Se quedó con los labios a escasos centímetros de los míos. Sin siquiera tocarme, sentí calor y suavidad. Vi cómo cerraba los ojos y me quedé un segundo contemplando lo guapo que era.

Me arrepentía tanto de haber salido corriendo tras aquel primer beso… Me daba miedo que me volviesen a romper el corazón, pero después del día que habíamos compartido, había llegado a la conclusión de que Aiden no me haría daño. Había hecho una reserva con antelación y había aceptado rodearse de turistas para complacerme. Si de verdad quisiera, podríamos tener una relación como la de las novelas.

Estábamos a punto de besarnos cuando alguien empezó a aporrear la puerta del apartamento.

Me aparté, sobresaltada. Miré a mi alrededor, confundida, con el corazón todavía martilleándome en el pecho.

—Deben de haberse equivocado de puerta —dije—. No han llamado al telefonillo.

—Pero tenéis un maldito ladrillo en la entrada. —Se levantó del sofá y añadió—: Quédate aquí. Voy a mirar quién es.

Asentí con la cabeza, llevándome los dedos a los labios. Cuando volviese, se lo diría. Le diría que quería besarlo y que quería estar con él. No podía dejarlo pasar ni un segundo más.

Me volví a asustar cuando oí un chillido que definitivamente no era de Aiden.

—¡¿Quién eres?! ¡¿Dónde está mi hija?! —preguntó alguien en español.

¿Era…?

Salí corriendo hacia la entrada. Aiden me miró, presa del pánico, y yo abrí los ojos como platos. Mis padres y mi hermana estaban en el umbral de la puerta de mi casa. Llevaban maletas y jerséis navideños de llamas a juego.

Extracto de *Sin título*, de Rosie Maxwell y Aiden Huntington

Estaba cagado de miedo; meditaba cada movimiento antes de hacerlo. Las chicas como Maxine no se la jugaban por cualquiera. Esta era mi oportunidad de explicarle lo mucho que la necesitaba. Que quería pasarme toda la vida a su lado, en las buenas y en las malas. ¿Cómo no iba a hacer todo lo que estuviese en mis manos para demostrarle que lo que teníamos, esos momentos cargados de carcajadas sinceras y roces fortuitos, era justo lo que me había pasado meses anhelando?

Capítulo 21

—¿Qué hacéis aquí? —pregunté, y se me escapó una risa nerviosa.

—¿Es esa forma de saludar a una madre? ¿Qué tal un «Feliz Navidad, mami» o un «Te quiero mucho»?

Mi madre era pequeñita, pero matona. Tenía el pelo oscuro recogido en un moño; poco a poco se le estaba empezando a encanecer. Era igual de bajita que yo y cualquiera podría confundirla con mi hermana mayor. Nunca se saltaba su rutina de piel e, incluso después de un vuelo, se le veía el rostro hidratado y joven.

Di un paso hacia ella y la estreché entre mis brazos, plantándole un beso en la mejilla.

—Sí, porque de verdad quiero saber qué hacéis aquí.

Miré a mi padre, quién sonrió y dijo:

—Tu madre compró los billetes a última hora.

—¿Te ha gustado la sorpresa? —Mi hermana, Maria, se acercó a mí y me abrazó.

Intenté que no se notase que estaba un poco decepcionada. Por supuesto que me alegraba de que estuviesen allí. De hecho, me habría puesto a saltar como una loca si Aiden no me hubiera dejado con las ganas de un beso que no había llegado.

—¡Pues claro! ¡No me creo que estéis aquí! Pasad, pasad.

—¿Dónde está Alexa? —quiso saber mi madre, buscándola por el apartamento—. Huele a quemado. ¿Tienes algo en el fuego?

Como cualquier madre peruana, empezó a inspeccionar cada rincón de la casa.

Miré a Aiden, que se había quedado al margen: su expresión

era divertida y nerviosa. Le dediqué una mirada de disculpa mientras llevaba el equipaje de mi familia al salón.

–Cariño, deja primero que lo asimile todo –la reprendió mi padre con suavidad.

Era un hombre corpulento; todo lo contrario a mi madre. Siempre tenía las mejillas sonrojadas y una barba blanca tupida. Cuando era pequeña, le había hecho varios interrogatorios porque estaba convencida de que era Papá Noel y no quería contármelo. Me apartó de mi madre y me dio un abrazo:

–Hola, Rosie Posie –me susurró al oído. Después, se fijó en la pantalla de mi portátil y se le iluminó la cara–. ¡Has respetado nuestra tradición! ¿Por qué parte vas?

Se sentó en el sofá antes de que me diese tiempo siquiera a responder y subió el volumen de la película.

–Lo siento, sé que no se cortan ni un pelo… –me dijo Maria, agarrándome con cuidado del codo–. Fue idea mía. Me dolía pensar que tal vez pasarías la Nochebuena sola, así que los convencí para venir a verte. –Bajó la voz, mirando a Aiden–. No sabía que ibas a tener compañía…

Desvié la vista hacia Aiden, que tenía las manos entrelazadas a la espalda. Yo estaba aturdida con los tres revoloteando por mi apartamento, el sonido de las pisadas fuertes de mi madre yendo de una habitación a otra y la película sonando a todo volumen a través de los altavoces del portátil. No podía ni imaginarme lo que estaría sintiendo él.

–Yo tampoco –admití–. ¡Aiden! –lo llamé–. Esta es mi hermana Maria. Maria, este es Aiden.

A Maria le brillaron los ojos.

–Así que tú eres Aiden… Rosie se pasa el día hablando de ti. Me dijo que eras un cretino, pero a mí me pareció bastante gracioso que le dijeses que…

–Maria –la interrumpí–, es Navidad. Felicidad y bondad.

–Encantado de conocerte –dijo Aiden, mirando a Maria. Después, se giró hacia mí y añadió–: ¿Podemos hablar un momento? –Me hizo a un lado y con la cabeza inclinada, susurró–: Creo que debería irme a casa. No quiero molestaros...

–¿Quién es el muchacho? –La voz de mi madre resonó por todo el apartamento. Se quedó de pie en la puerta que separaba la cocina de la sala de estar, observándonos–. ¿Rosie?

–Se llama Aiden –contesté–. Aiden, esta es mi madre, Claudia.

–¿Vas a quedarte? –indagó mi madre, mirando a Aiden con esperanza–. No sabíamos que Rosie estaba saliendo con alguien; si lo hubiésemos sabido, te habríamos traído a ti también un jersey a juego.

Me quedé blanca y le lancé una mirada nerviosa a Aiden. Sabía por qué había llegado a esa conclusión. A pesar de todas las novelas románticas que había leído, mi madre era una persona chapada a la antigua y la escasez de luz en la habitación, las galletas y las horas que eran habían hecho que atase cabos y que pensara que Aiden y yo éramos pareja. Sería demasiado complicado explicarles a mis padres lo que en realidad éramos, porque yo era la primera que ni siquiera lo entendía.

–Eh..., sí –dije, presa del pánico–. Aiden y yo estábamos viendo una peli. Y estamos saliendo. Evidentemente. Por eso sigue en mi casa a estas horas. Pero no le gustan mucho los jerséis navideños. –Hice un gesto incómodo con la cabeza, señalando el jersey negro que llevaba puesto–. No se le puede pedir más al pobre –solté, y me arrepentí de inmediato.

Aiden me miró con el ceño fruncido, y traté de suplicarle con la mirada que me siguiese el juego.

–No es verdad; me habría puesto el jersey de llamas –aseguró con amabilidad, antes de estrecharle la mano a mi madre–. Encantado de conocerla. Estaba a punto de irme, no quiero estorbar. Sé lo mucho que Rosie les ha echado de menos.

–¡Quédate! –Lo agarré del brazo. Aiden empezó a negar con la cabeza–. Lo digo en serio. No te vayas. Nos quedaremos despiertos hasta tarde y no quiero que pases la Nochebuena solo.

–No la he pasado solo –respondió–. La he pasado contigo.

Le sostuve la mirada y le dije en susurros:

–Pero todavía no ha acabado el día.

–Llevas un año sin ver a tu familia, Rosie –murmuró–. No quiero arruinar el momento.

–No lo harás; de hecho, lo mejorarás. –Le cogí la mano y se la apreté tres veces–. Por favor...

Me miró a los ojos un instante antes de devolverme el apretón.

–Vale, me quedaré –cedió.

–¡Qué bien! –Mi madre aplaudió–. Rosie, tienes la nevera vacía. ¿Qué vamos a cenar?

Puse los ojos en blanco.

–Mami, no seas exagerada. Algo tiene que haber. Aiden y yo acabamos de hacer galletas, así que vacía del todo no estaba.

–¿Eso son galletas? –intervino Maria desde el otro lado de la sala–. Pensé que era carbón para meter en los calcetines...

Mi padre se echó a reír.

–¿Las habéis hecho vosotros? Creo que será mejor que tu madre y yo nos encarguemos de la cena esta noche.

–No hace falta que cocinéis nada –insistí–. Aiden y yo hemos comido antes, y tengo cosas para picar en...

–No las tiene –me interrumpió Aiden.

–¡Claro que sí! –respondí a la defensiva–. Nos quedan Oreos y diría con total seguridad que tengo una bolsa de patatas en el armario.

Mi madre resopló.

–Amor, ¿podrías ir al supermercado y comprar comida de verdad? ¡Es Nochebuena! Nada de cutreríos; nos merecemos un festín.

–No habrá nada abierto, cariño. Ya casi van a ser las doce.

–Creo que hay una pequeña tienda en la esquina; puedo ir a mirar si está abierta –se ofreció Aiden.

–No –protesté–. Mami, no hace falta que cocines. –Me giré hacia Aiden–. Y no hace falta que bajes. Tengo comida de sobra para esta noche.

–Quiero causar una buena impresión, Rosie –me susurró–. De verdad, no me importa ir –añadió en voz alta.

–¡Gracias! –dijo mi madre, mirando a Aiden con los ojos brillantes.

–No te preocupes, muchacho. –Mi padre se levantó del sofá–. Maria y yo iremos. Me he pasado las últimas horas sentado en un avión y en un coche. Necesito estirar las piernas. Además, sé que no esperabais compañía. Tu madre no saldrá de la cocina hasta que consiga un plato comestible, así que aprovechad ese tiempo a solas...

Estuve a punto de vomitar cuando mi padre nos guiñó el ojo. ¿Qué esperaba? ¿Que nos metiésemos mano en mi habitación mientras mi madre rebuscaba cosas en los cajones de la cocina? No me atreví a mirar a Aiden. Mi padre y Maria abrieron la puerta, y ella levantó las cejas antes de salir.

Quería morirme de la vergüenza.

Traté de convencer a mi madre para que nos dejara ayudarla mientras intentaba inventarse algo con lo que tenía en casa, pero se negó. Así que Aiden y yo nos acabamos sentando en el sofá, esperando a que llegase el momento de cenar. No hacía ni media hora que habíamos estado a punto de besarnos.

Miré al techo, rezando para que se produjera un milagro y todo dejase de ser tan incómodo.

–Oye… –musité por fin, inclinando el cuerpo hacia Aiden–. Siento mucho no haber corregido a mi madre cuando pensó que éramos pareja. Me habría bombardeado con un millón de preguntas y la situación habría empeorado aún más. Espero no haberte incomodado.

–Tranquila. –Su voz era baja y suave–. Lo entiendo, cada familia es un mundo. Y la tuya, Rosie Posie, es maravillosa.

Agaché la cabeza.

–Son un poco intensos, pero son geniales. Sigo sin creerme que hayan venido hasta aquí… –Me mordí el labio, sonriendo. Quería pasar las Navidades con mi familia, pero ya había asumido que no podría hacerlo–. Tampoco se cortan delante de desconocidos, así que te pido disculpas de antemano.

Aiden soltó una risita.

–Se nota que te quieren –susurró él–. Créeme, preferiría tener que lidiar con una familia así que con una como la mía.

Deseé encontrar las palabras adecuadas para decirle que pasar tiempo con él no era tan tedioso como su padre le hacía pensar. Que era una de las cosas más fáciles y bonitas de mi vida. Abrí la boca, pero él negó con la cabeza y me dio un apretón en la rodilla.

—Me hace muy feliz poder estar aquí contigo.

Un rato después, Maria y mi padre llamaron a la puerta, y fui corriendo a abrirles para escapar del silencio que nos envolvía. Iban cargados con bolsas y tenían copos de nieve hasta en las pestañas.

—¿Sabías que hay un ladrillo que mantiene la puerta del edificio abierta? —me preguntó mi padre, con el ceño fruncido.

—Se llama Ronny Júnior —le expliqué.

—No es seguro, Rosie Posie. Tienes que deshacerte de él o decirle a quienquiera que lo haya dejado ahí que lo quite.

—Eso es justo lo que dije yo —saltó Aiden.

Mi padre asintió con aprobación.

—Muy bien; un hombre prudente.

Puse los ojos en blanco y los ayudé a colocar las bolsas en la mesa del salón. Me emocioné nada más ver todos los paquetes de patatas y galletas que habían comprado.

—Mamá sigue en la cocina —informé a mi padre—. Creo que está haciendo pasta.

—Iré a ayudarla. ¿Podéis hacer que el salón se vea bonito y elegante? Eso hará feliz a tu madre. Veremos todos juntos la película hasta que den las doce y luego abriremos los regalos.

Me volví hacia Maria con los ojos muy abiertos.

—¡Yo no le he comprado nada a nadie! No sabía que ibais a venir.

Ella sonrió.

—Ya les has hecho el mejor regalo: pasar página y olvidarte de Simon. —Hizo una pausa—. Mi padre se pasó todo el camino hasta la tienda hablando de ti —informó a Aiden.

—¿Cosas buenas o malas? —Aiden me miró preocupado.

—Muy buenas.

Parecía satisfecho, pero también algo confundido.

—Pero si prácticamente no he dicho nada.

—¡Por eso mismo! Cree que a Rosie le vendrá bien estar con un hombre de pocas palabras. ¡Ella habla por los codos!

—¡Oye! —exclamé a la defensiva.

Maria se encogió de hombros y cambió de tema:

—¿Dónde tienes los platos y los boles?

—Yo me encargo —se ofreció Aiden, y nos dejó a Maria y a mí a solas.

—Es guapo —me susurró—. Tiene un aire a Clark Kent.

Reprimí una sonrisa.

—Sí..., supongo.

Ella resopló.

—Por favor, venga ya. ¡Sé que tú también lo piensas! —Desvió la vista hacia la cocina—. Y también sé que no estáis saliendo, pero tengo mucha curiosidad por saber qué hacíais viendo una película a solas tan tarde...

—Somos amigos. O puede que algo más, no lo sé. —Ignoré el cosquilleo que sentí en la tripa al pensar en esa posibilidad—. Y Peter, ¿no va a venir?

—No, va a pasar las vacaciones con su familia este año. Quería venir a verte, pero... —Se quedó callada—. Rosie, necesito... —Cerró la boca en el momento en el que Aiden regresó al salón con mis padres.

Mi madre llevaba en la mano una pequeña cacerola con espaguetis; les había echado por encima un bote de salsa de marca blanca que había encontrado en la cocina.

—He hecho todo lo que he podido con lo que tenía Rosie. —Dejó la comida en la mesa—. Aiden ha sido muy amable y nos ha ayudado a buscar los tazones y los tenedores —dijo mi madre con entusiasmo.

Aiden esbozó una sonrisa tímida y nos dio un bol a cada uno.

—Rosie me ha dicho que en el sur son todos muy hospitalarios.

Mi hermana soltó una carcajada mientras aceptaba el bol.

—No nos había dicho que eras tan gracioso...

—Rosie Posie no nos cuenta casi nada. —Mi madre hizo un puchero—. No me puedo creer que hayas conocido a alguien y no nos lo hayas dicho, hijita. ¿Por eso no querías volver a casa por Navidad?

—No —le aclaré enseguida—. Quería ir a veros, pero al final... no pude. Te lo dije cuando hablamos por teléfono.

Mi madre suspiró con dramatismo y se sentó en una de las esquinas del pequeño sofá.

—Ya no sé nada de la vida de mi hija... Te mudaste a Nueva York y te olvidaste de tu madre. ¿Cómo os conocisteis?

Aiden y yo compartimos una mirada.

—Vamos juntos a clase.

—Ah, entonces debes conocer a ese chico que no dejaba en paz a mi pequeña —comentó mi padre, sentándose junto a mi madre en el sofá.

Solté una carcajada exagerada.

—Yo tampoco diría que no me dejaba en paz...

—¿No nos dijiste que seguías compartiendo clase con el muchacho que se metía contigo el año pasado? —preguntó mi madre.

Maria ahogó una carcajada y nos miró a Aiden y a mí, expectante.

—Sí, está en nuestra clase —intervino Aiden—. Es un auténtico idiota.

—¡Ay, Aiden? ¿Y por qué no le dices algo? ¿Sabes qué? A Rosie y a mí nos suelen gustar las mismas novelas románticas y nos encantan que los protagonistas sean un poquito sobreprotectores con la chica.

—Vale, mamá —la interrumpí, con las mejillas sonrojadas.

—Rosie no necesita que la proteja —dijo Aiden con un tono de voz serio—. Ya le ha cantado las cuarenta un par de veces.

—¡Esa es mi chica! —gritó mi padre.

—¡Contadnos más cosas! —nos animó mi madre—. ¿Cuándo empezasteis a salir? Os conocisteis en clase y... ¿qué pasó después?

—Bueno, creo que es mejor que lo cuente Rosie. Ella es la experta en el amor —respondió Aiden, cargándome a mí con el muerto.

Solté una risa forzada.

—Sí, pero, Aiden, eres tú el que últimamente se está animando a escribir más romance. ¡Esta es una muy buena manera de practicar!

Mis padres nos observaban con entusiasmo. Odiaba tener que mentirles, pero prefería las preguntas incómodas a que Aiden pasase solo el día de Navidad.

–Bueno, contadnos –sugirió Maria.

La fulminé con la mirada un instante antes de tartamudear:

–Pues creo que todo empezó… un día que estábamos en clase.

Me giré hacia Aiden, pidiéndole ayuda con la mirada. Él curvó los labios en una sonrisa.

–Bueno, lo soltaré y ya está. Yo soy ese idiota que se lo hizo pasar fatal a Rosie. –Maria resopló, pero Aiden continuó hablando–: La verdad es que me gustó desde la primera vez que la vi y no supe cómo gestionarlo. Quería acercarme a hablar con ella y no sabía cómo, porque ella…, bueno, ella es Rosie. Amable, segura de sí misma y con el mundo a sus pies. Me daba vergüenza dar el primer paso. –Se encogió de hombros–. Y el único momento en el que en realidad podía hablar con ella era en clase, así que fui duro, quizá demasiado, pero estaba intentando ayudarla porque, como ya saben de sobra, es una escritora increíble. –Se volvió hacia mí y añadió–: Pero… yo no sabía mucho sobre historias de amor. Aprendí a leer entre líneas porque sus historias siempre me hacían querer darle ese tipo de amor que yo sabía que ella anhelaba y merecía.

Mi madre estaba cada vez más al borde del desmayo, y yo también. Nos habíamos pasado mucho tiempo dentro de una burbuja en la que se nos obligaba a fingir: primero como Maxine y Hunter, y ahora delante de mi familia. Quería descubrir si lo que decía era cierto.

Así que me arriesgué y dije la verdad.

–A mí me pasó algo parecido –confesé sin dejar de mirarlo–. Aunque a mí me gustó incluso antes de que coincidiéramos en clase cuando Aiden participó en una sesión de lectura. Nunca se me había encogido tanto el corazón con una historia… Leía con tanto sentimiento que me fue imposible centrar mi atención en otra persona que no fuese él. Desprendía seguridad, pero también vulnerabilidad, y fue un flechazo. –Aiden echó la cabeza un poco hacia atrás–. Luego, comenzó a meterse conmigo. Pero después empecé a conocerlo de verdad y quise seguir haciéndolo…

Siempre había pensado que, por mucho que me gustase, lo nuestro no tenía cabida. Lo deseaba, pero también me asustaba lo mucho que se me aceleraba el corazón al verlo o al oír el timbre bajo de su voz. Pero ahora, sentados en la sala de estar de mi casa, se me aclararon todas las dudas y decidí que quería arriesgarme, sin importar si acababa quemándome o rompiéndome por su culpa.

–Ay, qué romántico –intervino mi madre–. Me alegro mucho de que podamos estar todos juntos. ¿Por qué no ponemos la película?

Mi hermana y mis padres se acomodaron en el sofá, y Aiden y yo nos sentamos en el suelo, con los brazos cruzados sobre las rodillas. Los cinco vimos la película en la penumbra mientras comíamos pasta barata. Observé a Aiden por el rabillo del ojo y le dediqué una sonrisa cuando me pilló mirándolo. Cuando me la devolvió, supe que estaba siendo la mejor Navidad de mi vida.

Extracto de *Sin título*,
de Rosie Maxwell y Aiden Huntington

Nunca pensé que acabaría metiéndome en un lío como aquel por ella. Uno que haría que me resultase imposible dormir por las noches porque me imaginaba que estaba a mi lado y le decía lo mucho que me gustaba el lunar que tenía en la punta de la oreja y lo mucho que quería besarla. Pero habría dado cualquier cosa por que siguiese siendo así.

Capítulo 22

—¡Ya son más de las doce! –gritó mi madre angustiada cuando terminó la película. Cualquiera habría pensado que acababan de darle la peor noticia de su vida–. ¡No me lo puedo creer! ¡Se suponía que teníamos que abrir los regalos a medianoche!

—Solo son las doce y media –me susurró Aiden–. ¿Qué ocurre?

—A mi madre le encanta seguir al pie de la letra las tradiciones. Cuando era una niña, en Perú hacían una cuenta atrás hasta que daban las doce y luego abrían los regalos. Llevamos un par de años haciéndolo, así que ya es costumbre...

—Ah. –Aiden chasqueó la lengua.

—Podemos abrirlos ahora –sugirió Maria con cautela–. Rosie, ¿te importa que ponga las maletas en tu habitación? Así no nos estorban en el salón.

—No, tranquila.

Aiden y yo seguíamos sentados en el suelo, con las piernas cruzadas. Nos miramos el uno al otro y nuestras rodillas se rozaron. Se notaba que estaba cansado por la forma en la que parpadeaba. Siempre llevaba el pelo perfecto, pero ahora lo tenía despeinado. Debía de estar muy incómodo con el jersey y los vaqueros, pero no se había quejado y había aguantado despierto toda la película a pesar de lo larga que era.

—Tal vez debería irme ya –me dijo, inclinando la cabeza para que solo lo oyese yo–. No quiero abusar de vuestra hospitalidad.

—No estás abusando –le aseguré–. Sé que ha sido un día intenso, así que si quieres irte, lo entenderé...

—Aiden no puede irse –nos interrumpió mi madre.

Los dos la miramos, sorprendidos; no entendíamos cómo había oído nuestra conversación.

–Les agradezco que me hayan dejado pasar el día con ustedes, pero ya es tarde. Debería irme.

Mi madre cruzó las piernas y negó con la cabeza.

–No lo permitiré. Como madre, no lo haré –sentenció.

–Mamá, si quiere irse...

–¡Está nevando, Rosie! Puede dormir aquí. No me voy a quedar tranquila si sé que está ahí fuera a la intemperie.

Me dejó perpleja y la miré con los ojos abiertos como platos.

–Mamá, sabes que no iba a pasar la noche aquí, ¿verdad?

Compartió una mirada de impaciencia con mi padre.

–Rosie, aunque prefiramos no oírlo, sabemos perfectamente lo que hacen las parejas a los veinte años. No hace falta que disimules; es evidente que no es la primera vez que Aiden duerme aquí.

Quería que la tierra me tragase. Me imaginé a mí misma derritiéndome hasta convertirme en un charco con tal de no tener esta conversación con mis padres.

–Mamá. No. A ver..., no...

Aiden me puso la mano en la rodilla y me la acarició con el pulgar para que me tranquilizara.

–Creo que lo que Rosie intenta decirles es que no queremos ser irrespetuosos. Además, no creo que haya suficientes camas para todos.

–Bobadas –lo interrumpió mi madre–. Si te resbalas y te haces daño con el hielo, nunca podré perdonármelo. Maria dormirá en el sofá; nosotros, en la habitación de Rosie; y vosotros, en la de Alexa. –Me miró y añadió–: Rosie, ¿crees que a Alexa le importará?

–No. No sé. Podría mandarle un mensaje, pero...

–¡Perfecto! Todo solucionado, entonces.

Ni siquiera fui capaz de mirar a Aiden. Ya me sentía bastante mal por haberle obligado a mentir delante de mi familia, pero ahora tendríamos que fingir toda la noche y... ¿dormir en la misma cama? Eso ya era pedirle demasiado.

–Aiden –lo llamé–, ¿podrías ayudarme a llevar los platos a la cocina?

Él asintió, levantándose del suelo de un salto, y empezó a recoger los tazones y los platos vacíos.

Nada más pisar la cocina, estallé:

—Lo siento muchísimo.

Pasó a mi lado para poder poner los platos dentro del fregadero.

—Ni te preocupes.

—No, esto ya es demasiado. Saldré y les diré la verdad. Me has acompañado toda la tarde y encima ahora tienes que fingir que eres mi novio. No hace falta que...

—Rosie —su tono de voz era bajo, pero severo—, sé que no hace falta, pero siempre me apetece hacer cualquier cosa que tenga que ver contigo. —Me miró con dulzura y se pegó un poco más a mí. Nos observamos el uno al otro un instante hasta que sus ojos se clavaron en mi boca. Se aclaró la garganta y añadió—: Volvamos al salón antes de que tu madre nos grite. Da un poco de miedo, ¿sabes?

Solté una risita.

—Imagínate cómo se puso cuando una vez llegué cinco minutos más tarde del toque de queda. Casi me mata; estuvo a punto de llamar a la policía.

Cogí el teléfono y le mandé un mensaje rápido a Alexa.

> **ROSIE:** mis padres y mi hermana han venido a verme. una larga historia... van a dormir en mi habitación y mi hermana, en el sofá. puedo dormir con aiden en tu cuarto??? cambiaré las sábanas, te lo prometo
>
> **AIDEN:** Vas a dormir con AIDEN??? Y me vas a CAMBIAR LAS SÁBANAS???
>
> **ROSIE:** no vamos a hacer nada!!! las voy a cambiar, pero eso no significa q las vayamos a ensuciar, malpensada
>
> **AIDEN:** Q orgullosa estoy de ti. Haz lo q tengas q hacer

Maria salió de mi habitación con un montón de cajas y regalos, y algo más en una bolsa de papel. Aiden y yo nos volvimos a disculpar por no haber comprado nada, pero nos dijeron que no nos preocupásemos. Vimos cómo mis padres se intercambiaban regalos entre ellos y cómo Maria rasgaba el papel de regalo de los suyos. A mí me trajeron un par de novelas románticas que quería y dos jerséis. Aiden se volvió a sentar y nos observó con una pequeña sonrisa en el rostro. Me dolía saber que todos teníamos regalos menos él.

–Ahora vuelvo –murmuré antes de salir corriendo a mi habitación a por su regalo.

Lo había hecho antes de que discutiésemos y no lo había terminado porque no sabía si nos reconciliaríamos antes de Navidad. Me lo escondí detrás de la espalda y volví al salón.

–No he tenido tiempo de envolverlo, así que... cierra los ojos. Voy a ponértelo en las manos.

Me miró, un poco confundido, pero hizo lo que le pedí. Le coloqué con cuidado el regalo en las palmas y susurré:

–Vale, ya puedes abrirlos.

–¿Lo has hecho tú? –dijo, sorprendido.

No había sido capaz de quitarme de la cabeza la imagen de ese Aiden creando el CD perfecto para cada novela que leía. Me encantaba hacer regalos, y cuando me contó la historia en la hamburguesería, se me ocurrió la idea.

–Está basado en nuestro libro. Bueno, en lo que llevamos escrito hasta ahora. –Hice un gesto con la cabeza hacia el CD que tenía en las manos–. Hay una canción para cada capítulo. Sé que ya no se llevan, pero me pareció un detalle bonito. Y, bueno, puede que casi todas las canciones sean de Taylor Swift, pero...

–Me encanta. –Me dedicó una sonrisa amable antes de ponerse a leer con detenimiento todo los títulos de las canciones que había escrito en la portada–. Sigo sin creerme... –Hizo una pausa y negó con la cabeza–. Espera. Yo también tengo una cosa para ti.

Se me escapó una sonrisa. No esperaba que me fuese a hacer un regalo.

Rebuscó algo en los bolsillos de su abrigo y me pidió que cerrara los ojos. Extendí las manos y sentí un metal frío en las palmas. Abrí los ojos de par en par y jadeé: era el collar que habíamos visto en uno de los puestos del mercadillo.

Pasé el pulgar por el medallón liso y ovalado antes de abrirlo. Había dos ranuras vacías a cada lado en las que se podían meter fotos. Mi lita tenía un retrato de sus hijos y de su marido en el suyo. Nunca me atreví a quitarlo, así que ni siquiera me llegué a plantear qué fotos pondría yo si tuviese mi propio medallón.

–Aiden, ¿cómo...?

Él se encogió de hombros.

–Cuando fuiste al baño, volví al puesto a comprarlo.

–Rosie, se parece mucho al que te dio lita –comentó mi padre en voz baja.

Se me formó un nudo en la garganta. Valía una fortuna y, a pesar de que a Aiden le sobraba el dinero, no tenía por qué gastárselo en mí. De repente, me vinieron todos los recuerdos de mi lita y de aquel viaje a Perú. Ahora el medallón no solo me recordaría a ella, sino también a Aiden. Sabía que nunca me lo quitaría.

Lo miré mientras intentaba contener las lágrimas.

–¿Me ayudas a ponérmelo?

Él asintió y se colocó detrás de mí mientras yo me apartaba el pelo. Noté el roce de sus dedos en la base del cuello. Se me entrecortó la respiración cuando reprimí un escalofrío. Una vez que terminó, me acarició con la yema del dedo un punto en la nuca y bajó la mano hasta mis hombros. Me acerqué el medallón al pecho y me di la vuelta, sonriendo.

–Aiden, no sabes cuánto significa esto para mí. Gracias.

–¡Dale un beso! –me animó Maria. La fulminé con la mirada, y ella se encogió de hombros como si no entendiese la advertencia–. ¿Qué? Estáis saliendo, ¿no? Os hacéis regalos ñoños. Cuando Peter me regala algo, le doy un beso.

Aiden me miró fijamente. Y en ese momento deseé poder leerle la mente porque yo sí que quería besarlo, pero no podía seguir obligándolo a hacer cosas que ni siquiera le apetecían.

–Sí, tiene razón –dijo Aiden con decisión–. Debería darte un beso. –Dio un paso hacia delante y me cogió el rostro con las manos. Luego, se acercó más a mí y me susurró–: ¿Te parece bien?

Le respondí con un beso. Sus labios eran cálidos y suaves, y sabían a menta. Me aparté enseguida, muerta de la vergüenza, cuando me di cuenta de que lo había besado delante de mi familia. Solo había sido un pico, pero sentía un cosquilleo por todo el cuerpo. Nunca volvería a salir corriendo después de un beso.

—Aiden, nosotros también te queríamos dar algo —intervino mi padre.

La sonrisa de Aiden se transformó en sorpresa cuando se volvió hacia mi padre. Después, sacudió la cabeza y frunció el ceño.

—Ah, no hacía falta...

—No es gran cosa —comentó Maria—, pero no queríamos que te quedases con las manos vacías en Navidad.

La bolsa seguía allí, entre los restos de papel de regalo. Mi madre se la entregó a Aiden, quien la cogió con cierta desconfianza. Abrió la bolsa un poco y la cerró enseguida con una carcajada.

—¿Qué es? —quise saber.

Sacó una gorra naranja y blanca con una T de Tennessee en la parte delantera.

—En realidad era para Rosie. Se la hemos traído porque sabemos que echa mucho de menos su hogar, pero ahora estás con ella, así que debes saber lo importante que es Tennessee para nuestra familia. Pensamos que tal vez te gustaría...

Aiden sonrió, girando la gorra con las manos hasta que al final se la puso en la cabeza. Nunca lo había visto con otra cosa que no fuese un gorro. De repente se parecía a todos los chicos de mi ciudad natal.

—¿Me queda bien? —preguntó.

—Parece que naciste y te criaste en Johnson City —bromeé.

—¿Eso es un cumplido?

—Sí, de los mejores —intervino mi padre—. Yo nací en Memphis y crecí en Johnson City.

—¿Y dónde viven ahora? Creo recordar que Rosie me lo dijo una vez, pero...

—En Rogersville —habló mi madre—. Podrías venir con Rosie a visitarnos algún día.

La mirada de Aiden se encontró con la mía.

—Me encantaría. Sobre todo ahora que tengo esta gorra —respondió él.

Mis padres se echaron a reír, encantados. Se me relajó todo el cuerpo al ver lo bien que se llevaban, como si de verdad lo nuestro fuese real. Él no paraba de hacerles preguntas sobre Tennessee, y ellos le hacían algunas sobre Nueva York. Eran casi las tres de la mañana cuando decidimos que era hora de acostarse. No habíamos armado tanto escándalo como cuando celebrábamos las Navidades en casa, pero para mí la noche había sido igual de perfecta. A medida que iban pasando las horas, se nos antojaba cada vez más complicado reprimir los bostezos.

Me ponía nerviosa saber que iba a tener que compartir cama con Aiden. La habitación de Alexa era como la mía y tenía una cama de matrimonio. No era tan pequeña como los dormitorios de una residencia, pero tampoco era demasiado espaciosa.

Mi padre le prestó a Aiden un pantalón de chándal que había traído de repuesto y yo le dejé una camiseta ancha. Yo me puse unos pantalones de franela y una sudadera. Nos quedamos de pie en lados opuestos de la habitación, mirando la cama.

—No me importa dormir en el suelo. Cogeré una manta y una almohada. No tenemos por qué… —Hizo un gesto con la mano hacia el colchón.

—No. Tú eres el invitado. Dormiré yo en el suelo.

—No dejaré que duermas en el suelo, Rosie. —Suspiró y se llevó las manos a las caderas—. Podemos compartir cama, ¿no? Somos adultos.

—Estudiantes de posgrado.

—Personas que pagan impuestos —respondió—. Tampoco es para tanto —añadió, aunque parecía que lo decía más para convencerse a sí mismo que a mí.

—Tampoco es para tanto —repetí.

Aun así, ninguno de los dos se movió. Me froté el brazo, nerviosa. Era absurdo; parecía una chica de quince años a la que le daba vergüenza mirar a un chico a los ojos.

—Bueno… Buenas noches.

Fue Aiden quien dio el primer paso: tiró del edredón y las sábanas de Alexa, y se acostó en la cama.

—Sí, buenas noches.

Apagué la luz y me deslicé a su lado. La última vez que había dormido con alguien había sido con Simon, hacía más de un año. Sentía el calor que desprendía el cuerpo de Aiden a mi lado. Si me movía un poco, mi pierna rozaría la suya.

—Aiden —susurré al cabo de un rato.

No respondió; dormía con las manos cruzadas sobre el estómago. Le di un empujoncito en el hombro, con la esperanza de que sirviese para despertarlo, pero no se movió.

—Aiden —repetí.

Nada. A pesar de que había sido uno de los días más largos de mi vida, me estaba costando conciliar el sueño. Era demasiado consciente de que tenía a Aiden al lado. Me moví y las sábanas crujieron, pero aun así no se despertó.

Me puse de lado y me quedé con la vista clavada en su hombro.

—¿Estás dormido? —insistí.

Al ver que tampoco respondía, le di un toque en el hombro. Tal vez lo hice más fuerte de lo que pensaba, porque conseguí que abriese los ojos de golpe.

—Estaba, Rosalinda. Estaba.

—Uy. —Sonreí en la oscuridad—. Debo de haberme metido en un buen lío, porque me has llamado Rosalinda...

—¿Prefieres que te llame Rosie Posie?

Una de las comisuras de la boca se le curvó hacia arriba, y yo solté un quejido lastimero.

—Sabía que lo usarías para reírte de mí.

—No, me encanta —respondió con sinceridad—. Ojalá se me hubiese ocurrido a mí.

Se puso de lado para mirarme, con la cabeza apoyada en uno de sus brazos.

Apenas lo veía. Alexa tenía cortinas, pero no estaban del todo cerradas y la luz de uno de los edificios cercanos se filtraba a través de la ventana y le caía sobre el rostro. Sin embargo, la habitación seguía sumida en la oscuridad.

Chasqueó la lengua, sonriendo.

—¿Te has dado cuenta de que desde que está aquí tu familia hablas con acento sureño?

–¿Qué? Claro que no.

–Claro que no –repitió, imitando de manera exagerada el acento de Tennessee–. Acortas algunas palabras, algo que no hacías antes.

–¡Sí que lo hacía!

–Qué mona. –Vacilante, se acercó más a mí y me apartó un mechón de pelo de la cara y me lo puso detrás de la oreja. Deslizó los dedos con lentitud por mi brazo, consiguiendo que se me pusiese la piel de gallina–. Ahora entiendo por qué te gusta tanto el romance –susurró–. Si mis padres se hubiesen mirado alguna vez como lo hacen los tuyos, a mí también me habría gustado.

Sonreí.

–Siempre han sido la prueba de que el amor verdadero existe. No son perfectos, te lo aseguro, pero se nota lo mucho que se quieren. Supieron entenderse a pesar de haber crecido en una cultura y un país diferente...

–Me caen bien.

–A ellos también les caes bien. Te lo aseguro. –Me quedé en silencio un instante y después confesé : Han sido las mejores Navidades de mi vida.

–Y las mías, Rosie –dijo en la oscuridad–. Ha sido un día perfecto.

A la mañana siguiente, sentí la almohada más dura de lo normal. Fruncí el ceño y, con los ojos aún cerrados, comencé a darle palmaditas para intentar ahuecarla.

–¡Ay!

Me quedé paralizada. Fui abriendo los ojos poco a poco y no tardé en descubrir que mi almohada era, en realidad, el pecho de Aiden. Me rodeaba el cuerpo con el brazo y tenía la mano demasiado cerca de mi culo. Yo tenía el brazo encima de su abdomen, como si me hubiese pasado toda la noche acurrucada a su lado.

–Dios mío –exclamé cuando vi lo babeada que tenía Aiden la camiseta.

–¿Qué pasa? –murmuró él. Abrió los ojos y cuando se encontraron con los míos, se quedó pálido–. Ah.

Desenredé nuestras piernas y me levanté de un salto de la cama.

—Joder —solté—. Lo siento. Muchísimo. No sabía…

—No pasa nada, Rosie.

—¡Te he babeado toda la camiseta! —grité, haciendo una mueca—. Lo siento mucho. Te la lavaré.

Estaba avergonzada. Típico de mí: babear por un chico del que estaba enamorada. Y lo peor de todo: era yo la que se había pegado como una lapa a él, no al revés. Él seguía en su lado de la cama.

—Tampoco es para tanto, Rosie.

Pegó la espalda al colchón y se tapó los ojos con el antebrazo. Tenía los labios apretados, como si intentara reprimir una carcajada.

Se me enrojeció aún más el rostro. Empecé a sentir pánico, así que avancé hasta la puerta del dormitorio, tropezándome en el proceso.

—Voy a la ducha —dije con brusquedad, cogiendo mi ropa.

—Rosie, ¡no pasa nada! —me gritó, pero yo ya estaba atravesando el pasillo.

Después de darme la ducha más larga y fría del mundo, pegué la oreja en la puerta del baño para averiguar si alguien más se había despertado. Puse la mano en el pomo, pero la quité enseguida cuando oí la risa de Aiden.

Abrí la puerta un poco y oí a mi madre charlando con él. No los veía, pero oía a la perfección todo lo que se decían.

—Este fue el primer recital de *ballet* de Rosie —le explicó mi madre.

—No sabía que se le daba bien bailar.

—Oh, no se le da bien. —Mi madre se rio—. Cuando era pequeña parecía un pato mareado… Y ya conoces a Rosie, es más terca que una mula, así que ahora se niega a bailar.

Me imaginé a Aiden sonriendo.

—Lo tendré en cuenta —dijo él.

Debía de estar enseñándole las fotos antiguas que tenía en el móvil. Me incliné hacia un lado, con la cabeza apoyada en la pared. Me calmaba oír a Aiden hablar así, como si no estuviese en guardia.

–¿Puedo preguntarle algo?

–Por supuesto –le respondió mi madre.

–¿Por qué la llamaron «Rosalinda»? Siempre me ha gustado su nombre.

Sonreí; mi madre me había contado esa anécdota un millón de veces.

–Oh, le encanta esta historia. –Por el tono de voz de mi madre; supe enseguida que estaba sonriendo–. Me obligaba a contársela todas las noches antes de acostarse –le dijo ella con nostalgia–. Se lo puse por su padre. Cuando era universitaria, trabajaba en una floristería que había en el centro de la ciudad. Eric entró un día porque quería regalarle unas rosas a su madre. Compró un ramo y antes de marcharse, sacó una rosa y me la dio a mí. Después de eso, empezó a venir todos los días. Siempre compraba una rosa, me la daba después de pagar y luego salía por la puerta. Las rosas siguieron formando parte de nuestra vida cuando empezamos a salir. Cuando nos casamos, se puso una rosa en la solapa. Cuando me enteré de que estaba embarazada, lo llamé al trabajo y como no me lo cogía, le dejé un mensaje de voz. Estaba muerta de miedo. Pero cuando llegué a casa había rosas por toda la cocina y la sala de estar. –Soltó una risita al recordarlo–. Era inevitable; teníamos que llamarla Rose. Pero yo estaba empeñada en ponerle Rosalinda –susurró–. No sé si te has dado cuenta, pero nuestra Rosie es una romántica...

–¿En serio? Nunca lo hubiese dicho… –dijo Aiden con ironía.

Mi madre se echó a reír. Me la imaginaba inclinada hacia delante, con los ojos brillantes.

–Lleva el nombre de mi mamá, su lita. A mi papá le encantaba; siempre la llamaba Rosalindita. Adoraba las telenovelas. No había día que no se sentasen los dos juntos en el sofá para verlas. Cuando Rosie descubrió mis novelas románticas, pensé que era el destino, que el amor por el romance formaba parte de nuestro ADN. Había aprendido inglés gracias a las novelas que leía cuando iba y venía de Perú durante las vacaciones. Creo que me leí todas las que vendían en el aeropuerto. Buscaba el ejemplar en español y lo comparaba con lo que decía en el que estaba escrito en inglés hasta que dejó de hacerme falta. Mi mamá falleció cuando Rosie era una niña, pero tenían una especie de conexión cósmica. Como si fueran una extensión de la otra. Y me di cuenta de ello desde la primera vez que mi mamá la vio.

–¿Por qué Rosie y no Rose?

La voz de Aiden estaba cargada de curiosidad y eso hizo que a mí se me formase un nudo en la garganta. Me gustaba que se interesara por mí de esa manera, que estuviese siendo tan amable con mi madre.

–Rosie nació con las mejillas rosadas y una sonrisa de oreja a oreja. Me bastó con mirarla una vez para saber que la llamaría Rosie. –Se extendió un cómodo silencio entre ellos, pero no duró mucho–. He estado muy preocupada por ella desde que se mudó. Pero le haces bien… La veo mucho más feliz ahora que estás a su lado.

–Le iba todo bastante bien antes de conocerme. Siempre parece que lo tiene todo bajo control. Y la admiro por eso.

Se me encogió el corazón al oír sus palabras. Por mucho que Aiden me hubiese insultado durante todo el año, era agradable saber que en el fondo me apreciaba y que creía en mí mucho más de lo que lo hacía yo.

Abrí la puerta del baño.

–Buenos días –los saludé con timidez. Aiden y mi madre estaban sentados en el sofá, todavía en pijama–. Feliz Navidad. ¿Dónde están Maria y papá?

–Han ido a comprar *bagels* para desayunar –me respondió mi madre–. Si no os importa, voy a darme una ducha antes de que lleguen.

–Toda tuya.

Una vez que Aiden y yo nos quedamos solos, el silencio reinó. Tenía el pelo despeinado, lo que le daba un toque más juvenil e informal. Me acomodé donde hacía unos instantes había estado mi madre y me senté con las piernas dobladas.

–Aiden, yo… Te debo una disculpa...

–Rosie –negó con la cabeza–, no me debes nada. Llevaba años sin dormir tan bien.

–Solo lo dices para ahorrarme el mal trago.

Me cubrí la cara con las manos, muerta de la vergüenza, pero él me las retiró con cuidado.

–Eso no es verdad. Aunque tengo que admitir que me despertaste cuando empezaste a hablar en sueños...

–¡Yo no hablo en sueños! –Lo miré con los ojos entornados.

–Sí, de vez en cuando decías «Me parece tan romántico», y luego volvías a roncar.

Le empujé, sin poder parar de reírme. No quería que me volviesen a arrancar el corazón del pecho. No podía dárselo todo a alguien que no lo apreciara y que no le importase volver a hacerlo pedazos. No sobreviviría otra vez a eso, pero estaba dispuesta a arriesgarme por Aiden. Me daba igual que acabara pisoteándomelo si eso significaba que me regalaría un trozo del suyo a cambio.

–Creo que me voy a ir a casa ya.

–Puedes quedarte. No sé dónde iremos hoy, pero puedes acompañarnos.

Él sacudió la cabeza.

–Tienes que aprovechar el poco tiempo que te queda con tu familia. Te veré cuando empiecen las clases, ¿vale?

Suspiré. Sabía que tenía razón: me arrepentiría si al final no pasaba tiempo de calidad con mi hermana y mis padres antes de que se fuesen.

–Está bien –cedí–. Te acompaño hasta abajo.

Nos quedamos en silencio en el ascensor. Había nevado toda la noche y las calles estaban cubiertas por un manto blanco.

–Ni siquiera tienes botas de nieve –advertí–. Se te van a congelar los pies...

Se echó a reír.

–Tranquila. –Tenía puesta la nueva gorra de Tennessee en vez de su gorro–. Gracias por haberme dejado pasar las Navidades contigo y quedarme a dormir.

–No hay de qué –dije con sinceridad. Dudé un instante antes de acercarme para darle un beso en la mejilla–. Envíame un mensaje cuando llegues a tu casa, ¿vale?

Él asintió.

–Feliz Navidad, Rosie.
–Feliz Navidad, Aiden.

Mi familia y yo nos pasamos el día en casa, poniéndonos al día con todo. Vimos un par de películas en mi portátil y las comentamos. Era lo que solíamos hacer en Tennessee; nos despertábamos tarde y nos pasábamos el día en pijama estrenando nuestros regalos.

Se irían al día siguiente por la noche, así que pensé que podíamos aprovechar el último día para ir al Pio Pio, un restaurante peruano famoso que había en el centro de la ciudad.

Cada vez que salíamos a comer a un restaurante peruano, dejábamos que mi madre decidiese por nosotros qué platos íbamos a compartir. Nos dejaron las bebidas en el centro de la mesa –Inca Kola y chicha morada–, y disfrutamos de la mejor comida del año. No había terminado y ya quería repetir.

–Aiden es muy guapo –comentó mi madre de repente a la vez que se comía el lomo saltado–. ¿Por qué no nos contaste que estabais juntos?

Sentí la mirada de Maria sobre mí cuando me encogí de hombros.

–No sabía cómo sacar el tema… Es todo muy reciente.

–No parece reciente –intervino mi padre–. Le gustas.

–Qué menos; ¡es su novio! –respondió mi madre.

–¿Cuánto tiempo lleváis juntos? –insistió mi padre–. Te mira de una manera, Rosie… Como si...

–¡Rosie! –lo interrumpió Maria–. Cuéntales lo de esa beca de la que hablamos por teléfono.

Agradecí que Maria cambiase de tema, pero también me daba miedo decirles a mis padres lo importante que era para mí esa beca. No quería que se hicieran ilusiones por si acaso al final no me la daban.

–La beca está bastante bien –comenté.

La fecha límite para enviar el relato estaba a la vuelta de la esquina, y yo me sentía cada vez más nerviosa. Cuanto más trabajaba en mi obra, más quería ganar. El dinero era importante, por supuesto, pero lo que más quería era demostrar que los autores que escribían romántica podían ser igual de buenos que los que escribían cualquier otro tipo de género. Si ganaba, publicarían mi trabajo en la revista. Quería poder enviarles con orgullo un ejemplar a todas las personas que conocía y decirles: «¡Mira! Soy una escritora increíble. ¡No soy la única que lo piensa!».

—Voy a presentar un relato que escribí el año pasado —añadí—. A ver si hay suerte...

—Qué maravilla. —Mi madre me sonrió—. Mírate, haciéndote un nombre en Nueva York.

—Para eso habrá que esperar —dije con timidez—, pero ojalá sea así. Creo que me ayudaría bastante en mi carrera como escritora. Ida y Aiden me están echando un cable...

—¿Aiden te está ayudando? —A mi madre se le iluminó la cara.

—Me gusta Aiden —declaró mi padre.

Maria y yo compartimos una mirada cargada de pánico. A mi padre rara vez le gustaban los chicos que llevábamos a casa. De hecho, nunca le gustó Simon: decía que era egoísta y egocéntrico, pero yo tampoco le di demasiada importancia. El único chico que hasta ahora se había ganado el visto bueno de mi padre era Josh, el chico con el que había salido nada más empezar el instituto. Maria y Peter comenzaron en su último año de instituto y siguieron juntos en la universidad. A mi padre le cayó bien desde el principio, a diferencia del resto de los novios que había tenido Maria antes. Tenía una especie de sexto sentido para leer a la gente y ahora que le había cogido cariño a Aiden, sabía que no dejaría de preguntarme por él.

—Tampoco es perfecto —dije, quitándole hierro al asunto a la vez que me metía un trozo de comida en la boca.

—Te compró un collar. —Mi padre hizo un gesto con la cabeza hacia el medallón—. Y no te lo has quitado desde que te lo regaló.

Lo agarré por instinto.

—No llevamos mucho tiempo saliendo —les expliqué—. Ni siquiera lo conozco bien...

Mi madre bufó.

—¿No lo conoces bien? Ay, Ros...

–Tengo que ir al baño –la interrumpió Maria. Después, se giró hacia mí y añadió–: ¿Me acompañas?

–Claro –respondí, levantándome de un salto de la silla.

En el momento en el que la puerta se cerró a nuestras espaldas, le dije:

–Te quiero.

Ella se echó a reír.

–Son demasiado intensos, pero entiendo que estén felices de que hayas encontrado a alguien. Sobre todo después de lo de Simon...

–Cuando regresen a Tennessee, les diré que Aiden y yo hemos roto o algo así. No quiero que mamá me bombardee con preguntas cada vez que hablemos por teléfono.

Maria se sacó el pintalabios del bolso y se repasó los labios, mirándose al espejo.

–Tienen un poquitín de razón con Aiden –añadió al cabo de un rato.

Era consciente. Pero ellos no sabían que Aiden odiaba todo lo que tuviese que ver con el amor. Aunque sintiese algo por mí, eso no significaba que él estuviera buscando una relación.

–¿En qué?

–En que te mira como si en realidad sí quisiera que estuvieseis juntos. Estaba pendiente de ti todo el rato. Cuando abrimos los regalos, me sentí hasta mal al ver que solo teníamos una cosa para darle, y ni siquiera era un buen regalo. Pero parecía feliz al verte a ti feliz.

–Aiden y yo solo somos amigos –dije, más para recordármelo a mí misma que a ella. Era lo que habíamos decidido, aunque yo quisiera que fuésemos algo más.

–Peter y yo también éramos amigos –canturreó.

Dejó de pintarse los labios y se giró hacia mí. De pequeñas, la gente solía pensar que éramos gemelas. Las dos teníamos los ojos y el pelo oscuro, aunque el de ella era ondulado y el mío una maraña de rizos. Y Maria era un poco más alta que yo. Pero, aparte de eso, éramos idénticas.

–Tengo que contarte algo.

–¿Peter y tú estáis... bien? –Me enderecé, preocupada.

Apartó la mirada, nerviosa. Me sentí culpable al instante. No me había comportado como una buena hermana mayor; apenas la llamaba para saber cómo estaba. Me había enfocado tanto en mi vida, que me había olvidado de preguntarle por la suya.

—Sí, mejor que bien. —Hizo un gesto con la mano—. Pero lo que te voy a decir no se lo puedes contar a papá y a mamá.

Fruncí el ceño.

—No lo haré —le prometí.

Se quedó un instante en silencio antes de soltar la bomba:

—Estoy embarazada.

Mis gritos resonaron por todo el baño.

—¡Maria! —Le agarré las manos.

Abrió los ojos de par en par.

—Lo sé desde hace un mes —dijo con tensión—. ¡Estoy atacada! Por eso insistía tanto en que volvieras a casa. Cuando me dijiste que no ibas a poder pasar las Navidades con nosotros, prácticamente tuve que rogarles a papá y a mamá que me acompañasen a Nueva York para verte.

—¿Por qué estás atacada? —pregunté en voz baja—. ¡Son buenas noticias! ¡De las mejores, de hecho! ¿Qué te dijo Peter cuando se enteró?

Se le empezaron a llenar los ojos de lágrimas.

—Peter se pasó una hora llorando cuando se lo conté. Después, pidió por Internet un montón de libros para padres primerizos y me dijo, no sé muy bien por qué, que estaba seguro de que iban a ser gemelos.

Me reí.

—Típico de Peter.

—Pero soy demasiado joven. —Se le quebró la voz y parpadeó varias veces antes de añadir—: ¡Tengo veinticinco años! No estoy preparada para ser madre.

—Sí lo estás —le respondí con cautela—. Lo harás genial.

—No, Peter lo hará genial. Yo soy un desastre. Cuando no va él al supermercado, nos pasamos una semana comiendo fatal. Y no sé cómo, pero siempre me lío con la lavadora...

—Eso no significa que vayas a ser mala madre —la interrumpí—.

Este bebé va a crecer en un hogar lleno de amor y apoyo, Maria. Nos tendrá a nosotros, a todas las tías y a la familia de Peter.

Se limpió las mejillas.

—Estoy asustada.

—A todo el mundo le asustan los cambios.

Le di un trozo de papel y le froté los brazos con dulzura mientras se secaba las lágrimas.

—A ti no.

Resoplé.

—¿Cómo que no? ¡Me paso el día aterrorizada! Cada vez que salgo a la calle, me da miedo acabar cayéndome por una alcantarilla ¡o algo peor! Y luego está todo lo de Aiden...

Asintió con la cabeza y se quedó un segundo en silencio antes de decir:

—No deberías tenerle miedo a lo que sientes por Aiden.

—Maria...

—No, lo digo en serio. Sé que Simon te hizo mucho daño: te rompió el corazón, Rosie, pero no te lo arrebató.

—No sé si podré soportar ese dolor otra vez.

Después de lo de Simon, pensaba que nunca podría volver a enamorarme de alguien, que estaría atrapada toda mi vida en un pozo y sería incapaz de salir. Pero con Aiden no sentía tanto miedo. Me quedaba mucho para eso, pero quizá con él conseguiría volver a abrirme otra vez.

Mi hermana me abrazó con fuerza y susurró:

—El amor no merecería la pena si no supiésemos que corremos el riesgo de perderlo.

Extracto de *Sin título*,
de Rosie Maxwell y Aiden Huntington

Llevaba toda la vida viviendo en esta ciudad. Sus calles habían sido testigo de cada momento importante.

Pero ahora lo eran de todos los recuerdos que tenía de ella. Si doblaba una esquina, me llegaba el olor de su colonia. Si me sentaba en el vagón del metro y levantaba la cabeza, oía su risa. No podía dar ni un mísero paso sin pensar en ella. Me encantaba que todo lo que tenía a mi alrededor gritase su nombre.

Y si al final lo nuestro no llegaba a nada y tenía que conformarme con los recuerdos, me aferraría a ellos como si no hubiese un mañana. Los guardaría a buen recaudo en mi mente para poder examinarlos desde todos los ángulos, para poder volver a sentir su magia.

Capítulo 23

LOGAN: hoy se sale

Logan cambió el nombre del grupo a: «En Nochevieja se sale o se sale».

TYLER: Yo no.

LOGAN: tú sí. todos. es nochevieja

TYLER: Habrá mucha gente, prefiero quedarme en casa.

LOGAN: tyler richardson era un gran hombre, pero le daba miedo pasárselo de puta madre. eso es lo k pondrá en tu lápida

JESS: no te pases, logan

LOGAN: alguien tenía k decir la verdad

LOGAN: el peculiar va a retransmitir la bola de times square, pero no parece k vaya a haber fiesta después. k es lo k nos interesa a nosotros

ROSIE: vamos a salir???

JESS: eso parece

LOGAN: también está el club nuevo k abrieron en west village. the new romantics. yo voto x k vayamos allí

LOGAN: no hay k comprar entradas, dos bebidas como mínimo y encima también van a retransmitir la cuenta atrás. habrá más ambiente k en el peculiar pub. es la mejor opción k tenemos

TYLER: El que mucho insiste, algo esconde.

LOGAN: no escondo nada!!!

LOGAN: bueno, puede k vaya a estar emily, una chica con la k coincido en una asignatura...

JESS: menos mal que no escondías nada...

TYLER: Siempre esconde algo.

LOGAN: rosie, deberías defenderme!!! podría ser el inicio de una historia de amor

ROSIE: estoy de acuerdo con logan. deberíamos salir. la noche del 31 siempre es la más mágica del año!!!

JESS: voy si logan nos paga las bebidas

LOGAN: soy pobre

JESS: todos lo somos

ROSIE: Tyler, te vienes?

TYLER: Creo que hoy paso, pero divertíos sin mí.

Jess me envió un mensaje por privado.

JESS: tienes q convencer a tyler de q venga

ROSIE: pq yo??? tú te llevas mejor con él q yo

JESS: no puedo darle a entender q estoy desesperada

ROSIE: ya no estamos en el instituto...

JESS: porfiii

Solté un gruñido de frustración antes de volver a meterme en el grupo.

ROSIE: tyler, deberías venir!!! nos lo pasaremos geniaaal

TYLER: No me apetece demasiado.

Suspiré, sabiendo cuál era la única opción que me quedaba.

ROSIE: vale. en realidad quiero q salgamos todos esta noche pq aiden me besó y necesito hablar de ello

Jess me envió un mensaje privado.

JESS: eres la mejor amiga del mundo mundial

LOGAN: Estás de coña??? CUÁNDO??? DÓNDE???

JESS: en la boca, seguramente. a menos q aiden sea más suelto de lo q pensábamos

ROSIE: callaos, por dios... la cosa es q necesito a mis amigos para poder procesarlo todo

ROSIE: tyler, vienes?

TYLER: Está bien... Pero solo si las bebidas las paga Logan.

LOGAN: k os den. pero vale. si este es el precio del amor, entonces estoy dispuesto a pagarlo

The New Romantics era, sin lugar a duda, el peor local al que uno podía ir en Nueva York si quería tener una conversación con sus amigos en Nochevieja. La barra estaba en el centro de la sala: había una pista de baile a un lado y varias mesas al otro. Había gente sudorosa y llena de purpurina, apretujada y saltando al ritmo de una canción tecno. Desde todas las pantallas del *pub* se retransmitía en vivo la cuenta atrás para la caída de la bola de Times Square.

Los cuatro estábamos sentados en un pequeño reservado con los asientos recubiertos de terciopelo y la mesa llena de purpurina plateada. Las luces estroboscópicas iluminaban la zona de vez en cuando. Apenas oía mi voz mientras les contaba lo que había pasado aquel día en el apartamento de Aiden y en Navidad. Ya se lo había contado todo a Jess, pero el resto no tenía ni idea. Logan se quedó con la mandíbula desencajada y Tyler con los ojos abiertos de par en par.

–¡Lo sabía! –gritó Logan por encima de la música–. Os dije que el verse obligados a escribir juntos haría que acabasen follando.

–Solo nos besamos –le recordé.

–Todos sabemos que te lo vas a acabar tirando.

Tyler se inclinó hacia delante y me preguntó:

–¿Y cómo te sientes? Es bastante fuerte.

Jugueteé con la pajita de mi cóctel.

–Supongo que siento un atisbo de esperanza al saber que al menos una parte de él siente lo mismo que yo.

Al recordar todo lo que había sucedido entre Aiden y yo en los últimos meses lo vi más claro que el agua. Hasta que no lo dije en voz alta, no me di cuenta de lo absurdo que era dudar de los sentimientos de Aiden. La última vez que empecé a salir con alguien tenía quince años. Había perdido algo de práctica, pero todas las señales estaban ahí.

Una oleada de adrenalina me sacudió el cuerpo y me quedé sin aliento.

–Entonces, ¿te gusta? –indagó Tyler.

Asentí con la cabeza, sonriendo a la vez que me tocaba el medallón. No hacía falta que pensara la respuesta. Hiciera lo que hiciese, él siempre aparecía en mi mente y su imagen se quedaba ahí revoloteando durante todo el día. Y quería que siguiese siendo así.

–¿Por qué no le dices que venga? –sugirió Jess.

Negué con la cabeza.

–Ni de broma.

–¡Venga, díselo! –insistió Tyler–. Nos portaremos bien. Te gusta, Rosie. Y a nosotros nos gusta todo lo que te guste a ti. Si dices que ha cambiado y que ya no se mete contigo como al principio del semestre, seremos amables con él.

–En realidad, Aiden no ha cambiado –solté de repente–. Y tampoco quiero que lo haga. Me gusta que sea arisco porque ahora lo entiendo mejor que antes.

–¡Pues dile que venga! –exclamó Jess, emocionada.

Logan asintió.

–Dicen que hay que pasar la Nochevieja con las personas que quieres que estén en tu vida el próximo año. Quieres estar con Aiden, ¿no? Pues invítalo; no pierdes nada por intentarlo.

Los tres me lanzaron una mirada de apoyo. Tenían razón. La

persona con la que más me apetecía pasar la noche del 31 de diciembre era con Aiden. Aunque supiese que fruncíría el ceño con la música y arrugaría la nariz al ver la cantidad de borrachos que había en la pista.

Asentí con la cabeza, decidida.

—Ahora vuelvo.

Salí a la calle y me topé con la última brisa fría de diciembre. Me quedé de pie en la zona de fumadores mientras seguía entrando más gente en el club. Las chicas, con vestidos de lentejuelas y tacones, temblaban por el frío. Respiré hondo, me armé de valor y llamé a Aiden.

El teléfono sonó dos veces antes de oír su voz profunda y somnolienta.

—¿Rosie?

—Hola —lo saludé—. No te habré despertado, ¿no?

—No. —Oí el crujido de las sábanas de fondo—. Estaba leyendo en la cama.

Me desinflé.

—Ah...

—¿Estás bien? Es casi medianoche.

Me aparté el móvil de la oreja para mirar la hora.

—Quedan veinte minutos para las doce.

—¿Necesitas algo?

Le di una patada a una piedrecilla que tenía delante, sintiéndome estúpida. Aiden no era el tipo de persona que salía de fiesta en Nochevieja. Estaba en la cama a las once y media con un libro en la mano, sin importarle qué día era.

—No, no. Lo siento. No quería despertarte. Feliz año nuevo.

—Rosie —me dijo con cautela—, dime la verdad. ¿Estás bien?

—Sí, estoy bien —le aseguré—. Estoy tomando algo con Tyler, Jess y Logan. Y..., bueno, estábamos hablando de que todos deberíamos darle la bienvenida al año nuevo con las personas que queremos que estén con nosotros el próximo año. Y los adoro, pero no puedo dejar de pensar en ti. Quiero que estés aquí. Conmigo. Porque quiero seguir conociéndote el año que viene... —Me armé de valor y volví a tocarme el medallón para recordarme a mí misma por qué lo había llamado. Solo me faltaba un último empujón–. Porque me gustas mucho, Aiden. Y no en el sentido de que vea algo y me acuerde de ti, sino en el de que me dijiste esto y ahora no puedo dejar de pensar en ello porque sé que tú lo pensaste primero. Y en el de que quiero terminar el año contigo y empezar el nuevo contigo.

Se quedó en silencio un instante. Durante los cinco segundos que tardó en responder, me arrepentí de cada palabra que había dicho. Deseé poder hacer que desapareciesen y fingir que nunca las había pronunciado en voz alta.

–¿Dónde estás? –me preguntó, y a mí se me aceleró el corazón. Le dije el nombre del club en el que estábamos–. Enseguida nos vemos.

Colgué el teléfono, un poco aturdida. Cuando volví a entrar en el club, me encontré a Jess y a Tyler solos en el reservado, sentados muy cerca el uno del otro.

–¿Va a venir? –quiso saber Jess cuando llegué a su altura.

–¿Dónde está Logan?

Tyler hizo un gesto con la cabeza hacia la pista.

–Acaba de llegar Emily. ¿Qué te ha dicho Aiden?

–Me ha dicho que va a venir. –Intenté mantener un tono de voz firme–. Vive cerca, así que tal vez llegue antes de las doce.

–¡Lo sabía! –soltó Jess, sonriéndome.

–Todos en clase lo sabían –añadió Tyler–. Era solo cuestión de tiempo, Rosie.

Los tres seguimos charlando, pero enseguida me dio la sensación de que estorbaba. A Tyler se le escapaba una sonrisa cada vez que Jess decía algo y de vez en cuando le apartaba el pelo del hombro.

Le lancé una miradita a Jess y dije:

–Necesito agua. ¿Queréis algo?

–Estamos bien –respondió Jess con una sonrisa amplia.

La zona de la barra estaba abarrotada y era difícil abrirse paso entre la gente, sobre todo para alguien de mi estatura. Pero tampoco tenía prisa. Solo quedaban dos minutos para medianoche y todos estaban apurando el último trago del año. Mis ojos vagaron hasta la puerta, con la esperanza de que sucediese un milagro y Aiden apareciera antes de que fuese la hora en punto, pero el reloj corría en nuestra contra.

De repente, el DJ gritó:

–¡Queda un minuto!

Todos dejaron de hacer lo que estaban haciendo para buscar a sus seres queridos. Jess y Tyler se levantaron del reservado y se dirigieron hacia la pista de baile mientras se retransmitía la cuenta atrás en todos los televisores.

Cuando ya iban por el diez, perdí la esperanza. Había sido algo de última hora; era imposible que llegase a tiempo.

–¡Cinco!

–Hola.

Me di la vuelta y me encontré a Aiden de pie detrás de mí, con un jersey rojo y unos vaqueros oscuros. Le ordené a mi mente que se calmase, pero el resto del cuerpo hizo oídos sordos. Ni siquiera podía creerme que estuviese allí, mirándome con tanta devoción. Me latía con fuerza el corazón. Esbocé una sonrisa mientras me acercaba de manera inconsciente a él.

–¡Cuatro!

–¡Hola! ¡Estás aquí!

–¡Tres!

–Así es. –Sonrió.

–¡Dos!

–Vas de rojo –señalé.

–¡Uno!

–Alguien me dijo que tenía que ponerme algo de color rojo si quería atraer el amor.

Se me aceleró la respiración.

–¿Quieres atraer el amor?

Él asintió, pegándose más a mí. Todos a nuestro alrededor vitoreaban y se besaban mientras sonaba *Auld Lang Syne* de fondo.

–Sí. No tengo demasiada práctica y he tenido el peor ejemplo posible en casa, pero quiero intentarlo.

Moví la cabeza, con el pecho lleno.

–Yo también quiero intentarlo.

Frotó la tela de mi vestido con los dedos y deslizó la mano hasta mi cintura.

–¿Qué simboliza el color negro? –quiso saber.

–Que tienes el control de tu vida –le respondí. Sentí mariposas en el estómago cuando una de las comisuras de la boca se le curvó hacia arriba–. ¿Quieres bailar?

Extendió la mano en silencio, y nos quedamos de pie entre las parejas que se mecían de un lado a otro. Mi mirada se enredó con la suya. Apoyó la mano en la parte baja de mi espalda y me acercó más a él. Era demasiado bajita como para que bailásemos mejilla con mejilla, pero Aiden inclinó la cabeza con tal de que pudiéramos hacerlo.

–Me daba miedo llegar y darme cuenta de que habías bebido demasiado –susurró con los labios pegados en mi oreja–, y que esa fuese la única razón por la que me habías llamado.

–Voy un poco achispada –admití–. Ya sabes, necesitaba ese chute extra de confianza.

–No lo necesitabas. Ya estaba pillado por ti.

Me apretó un poco más fuerte las caderas, y yo le agarré los hombros.

–Sé que dijimos que no íbamos a hablar más del libro, pero, si esto fuera una novela romántica, y si yo fuese Maxine, que en realidad lo soy, y tú Hunter, que lo eres, entonces..., este sería el momento perfecto para besarnos –susurré–. Porque sería la parte de la historia en la que te confesaría que te deseo. Y que me paso el día pensando en ti.

Aiden se apartó para mirarme; sus ojos verdes se clavaron en los míos. Me sujetó la cara con las manos y me rozó la mejilla con el pulgar en un gesto lleno de cariño.

–Y sería la parte en la que yo te diría que llevo pensando en ti desde que te conocí. Y que no hay día que no te eche de menos –musitó–. Pero nuestra historia no forma parte de una novela romántica, Rosie.

–No –coincidí–. Pero quizá podría hacerte cambiar de opinión.

Su boca cubrió la mía. Tenía los labios suaves y sabía a menta. Suspiré en su boca y me acerqué más mientras él dejaba de acariciarme la mandíbula para enredar los dedos en mi pelo. Incliné la cabeza hacia arriba para que pudiese profundizar el beso. Nuestras lenguas se buscaron, se encontraron y se saborearon. Le mordí el labio inferior con los dientes. Gimió y echó la cabeza hacia atrás.

—Rosie, no puedo seguir con esto si vamos a olvidarnos de ello mañana —me dijo con voz áspera, alejándose un poco de mis labios—. Se me da bien simular que te odio, pero ya no puedo fingir que no sé cómo sabes...

—Pues no finjamos —susurré contra su boca—. Y hagamos todas esas cosas que escribimos.

—Lo sabía. —Se le dibujó una pequeña sonrisa en el rostro y los ojos se le oscurecieron con deseo—. Sabía que estabas pensando en mí cuando escribimos esa escena.

—Como si tú no estuvieses pensando en mí...

—Yo solo pienso en ti, Rosie —admitió en voz baja antes de deslizar la mano por mi pelo para poder tirar de él y besarme.

**Extracto de *Sin título*,
de Rosie Maxwell y Aiden Huntington**

No me daba vergüenza demostrarle lo mucho que la deseaba. Traté de memorizar hasta el más mínimo detalle: cómo
se le cerraban los ojos, cómo sabía... No había ninguna
metáfora que pudiera escribir, ningún cuadro que pudiera
pintar, que le hiciese justicia a la magia que irradiaba.

Capítulo 24

Salimos corriendo hacia el apartamento de Aiden, deteniéndonos de vez en cuando para besarnos en algún paso de peatones. Buscó a tientas la llave e intentó meterla en la cerradura sin mucho éxito. Cuando por fin logró abrir la puerta, tiró de mí y la cerró de golpe. Me empujó contra ella y me levantó para que le rodeara la cintura con las piernas.

—No puedo esperar más —murmuró él, recorriéndome la mandíbula a besos—. Deberíamos hacerlo aquí mismo, en la entrada.

—Me da igual dónde sea.

Le agarré la cara y le di un beso en la boca. Su lengua jugueteó con la mía y se me escapó un gemido.

—Te he imaginado así un millón de veces —me susurró al oído. Su voz era tan embriagadora que me acabé perdiendo en ella—. Envolviéndome, frotándote contra mí. Gimoteando como si no pudieses aguantarlo más...

—No puedo —jadeé.

Me mordió el lóbulo de la oreja. Ni siquiera reconocía los sonidos que se me iban escapando de los labios mientras movía las caderas contra su dureza, anhelando más fricción. Todavía con las piernas alrededor de su cintura, Aiden me llevó al piso de arriba. Abrió la puerta de su dormitorio con un empujón y me dejó con cuidado en el centro de la cama. Él se quedó de pie, con los ojos cargados de deseo. Podía intuir su tamaño bajo la tela de los vaqueros. Miré a Aiden, que se estaba convirtiendo poco a poco en mi Aiden. Se desabrochó el cinturón con una mano y lo tiró al suelo.

–Desde que te he visto con ese vestido, no he dejado de pensar en quitártelo. Pero creo que ahora quiero que seas tú la que se lo quite. –Apoyó una rodilla en la cama, justo entre mis piernas, y se inclinó sobre mí. Me acarició el escote, dejándome con las ganas de que me tocase el pecho. Me besó en el hombro y añadió–: ¿Lo harías por mí, preciosa?

Asentí con la cabeza. Aunque me temblaban las manos por los nervios, logré quitarme el vestido por la cabeza con un movimiento rápido. Me quedé solo con un tanga rojo y un sujetador negro.

–Yo también llevo algo rojo –susurré.

Sonrió. Deslizó las manos por mis costados y, aunque las tenía ásperas, me tocó con tanta suavidad y respeto, que se me pusieron los pelos de punta.

–Eres más perfecta de lo que jamás podría haberme imaginado, Rosie –murmuró contra mis labios–. Y te he imaginado muchas veces. Hay días que resulta hasta insoportable. El año pasado te pusiste aquel vestido rosa ajustado para ir a clase y me pasé toda la sesión empalmado.

Me aferré a su espalda mientras él apoyaba las caderas sobre las mías. Volvió a besarme con urgencia. Sentí un cosquilleo de placer y tuve que morderme el labio para contener los gemidos.

Cuando Aiden se dio cuenta, me miró con los ojos entornados y dejó de moverse. Me pasó el pulgar por el labio inferior para que dejase de mordérmelo y dijo:

–No hagas eso. Quiero escucharte, Rosie. Quiero escucharte.

Suspiré y cerré los ojos con fuerza al notar el calor que me producían sus palabras. Le acaricié la espalda, pero me sobraba la tela.

–Aiden –susurré–, yo también quiero tocarte.

Lo aparté un poco para que hubiese suficiente espacio entre nosotros. Empecé a quitarle el jersey, pero me temblaban tanto las manos que la tarea me parecía imposible.

–Lo siento, ya casi...

Se echó hacia atrás y me agarró las manos para que parase. Quería que lo mirara, pero yo era incapaz de apartar la vista de su jersey.

–Rosie, estás temblando.

Se incorporó por completo y como yo seguía sujetándole la prenda, me moví con él.

–No pasa nada. Solo necesito que me ayudes con...

–Rosie, sí pasa. –Me cogió la barbilla con el pulgar y el índice–. Oye, no tenemos que hacer nada que no te apetezca. Seguiremos solo si tú quieres. Decidas lo que decidas, me parecerá bien. –Desvié la mirada cuando sentí que calor en las mejillas–. Si quieres que paremos, lo haremos. Podemos bajar y ver una peli de Nora Ephron. Preparar palomitas, lo que sea. Haremos lo que tú quieras, Rosie.

–No, quiero quedarme aquí –dije con sinceridad.

–Déjame entrar. –Me dio un golpecito en la frente–. ¿Qué piensas?

–Solo estoy nerviosa. Hace… –Me quedé callada al ver que era incapaz de mirarle a los ojos–. No sé muy bien qué hacer. Siempre me he sentido tan cohibida en la cama que nunca he sabido cómo disfrutar del sexo. Y luego hago que el chico se sienta mal porque no logro acabar y ahora no sé...

–Espera –me interrumpió; su expresión era la viva imagen de la incredulidad–. ¿Nunca has tenido un orgasmo?

–No. –Hice una pausa–. ¡Pero no pasa nada! Tarde o temprano tendré que aceptar que soy una de esas mujeres que no consiguen...

–Rosie –me cortó–, si lo hacemos, que no tenemos por qué si no quieres, no pararemos hasta que te corras –me aseguró con voz grave y sin apartar la mirada de la mía–. El sexo no se disfruta a menos que lo disfrutemos los dos.

Sentía la emoción por todo el cuerpo.

–Pero ¿y si no consigo...?

Aiden me cogió la cara con delicadeza.

–Entonces lo seguiré intentando. No me iré a ningún sitio. Estoy aquí, Rosie. Y me aseguraré de que lo disfrutes. Pero, lo digo en serio, si no quieres...

Le respondí con un beso, intentando demostrarle que estaba justo donde quería estar.

–Quiero hacerlo, Aiden.

Con las manos menos temblorosas que antes, le agarré el jersey y tiré de él hasta que logré quitárselo por la cabeza. Nunca había visto a Aiden sin camiseta. Tenía el abdomen tonificado y pelo en el pecho. Le acaricié los hombros, sintiendo cómo se le tensaban los músculos bajo las yemas de mis dedos.

Hizo un gesto con la cabeza hacia el colchón.

–¿Te acuestas?

Lo hice. Me arrastró con suavidad hasta el borde de la cama y se arrodilló entre mis piernas. Me pasó las manos por los muslos, haciendo que sintiese un cosquilleo.

–Si me pides que pare en cualquier momento, pararé. Da igual en qué punto estemos o lo cerca que uno de los dos esté de acabar. Pararemos.

–Vale –susurré.

Los labios se le curvaron hacia arriba cuando pasó un dedo por la costura de mi tanga de encaje.

–Aunque tengo la sensación de que no querrás que pare.

Y entonces me rozó con los labios. Me estaba besando por encima de la tela, pero estaba tan excitada que se me levantaron las caderas de manera involuntaria. Continuó besándome en mi zona más sensible y a lo largo de las costuras hasta que jadeé.

–Estás tan mojada, preciosa –dijo con voz áspera y sin apartar los labios de mi ropa interior–. Necesito saborearte. No puedo esperar más.

«Preciosa». La palabra me retumbó en los oídos. Aiden me quitó el tanga y se lo metió como si nada en el bolsillo trasero de los vaqueros, pero yo no podía pensar en otra cosa que no fuese ese «preciosa». Me llegó una nueva oleada de placer cuando sentí el calor de su lengua. Se me escapó un gemido y me agarré a las sábanas. Cuando su boca jugueteó con mi piel desnuda, apreté los puños.

Con mucha lentitud y cuidado, me repasó los pliegues con un dedo y me rozó ligeramente el clítoris.

–Aiden –jadeé.

Mi mente se debatía entre mantener los ojos cerrados o fijos en la cabeza que se encontraba entre mis piernas. Pero cuando empezó a hacerme círculos en el clítoris con la lengua e introdujo por fin un dedo en mi interior, me resultó imposible mantener los ojos abiertos.

–Dime cómo te sientes.

Le respondí con un murmullo, pero él no se quedó satisfecho.

–Usa las palabras, preciosa. Eres escritora, ¿no?

Era incapaz de decir algo coherente; necesitaba más de él. Quería confesarle que nunca me había sentido así con nadie, pero me estaba llevando al límite con el dedo y me estaba besando los muslos. Justo cuando abrí la boca para responder, introdujo otro dedo y me succionó el clítoris con la boca. El ruido que hacía y verlo entre mis piernas, me hacía estar aún más mojada. Le enredé las manos en el pelo, pidiéndole que no se apartara.

–Más rápido, Aiden. Por favor… –gimoteé, encontrando por fin la voz.

Movió los dedos más rápido, más fuerte, y apreté los muslos, consiguiendo que deslizase los dedos hasta el fondo. Pero por muy cerca que estuviese, no lograba terminar.

Me sentía demasiado cohibida. No estaba tan delgada como la mayoría de las chicas que me había cruzado por las calles de Nueva York. Tenía estrías en la parte superior de los muslos; unas pequeñas líneas blancas imperfectas que hacían que detestase ponerme un biquini en verano.

Aiden llevaba un rato dándome placer, pero, por mucho que me gustase, había algo que me impedía llegar al orgasmo.

–Es inútil. Al menos déjame hacer algo por…

Me agarró la cintura con una mano para detenerme. Con la otra, me abrió más el muslo.

–No voy a parar hasta que te corras, Rosalinda.

–Aiden, no puedo.

Estaba a punto de echarme a llorar por la frustración. Ya no me sentía sexi, sino más bien un estorbo. Me había imaginado este momento un millón de veces y ahora que lo estaba viviendo, lo estaba arruinando todo. Aunque me aseguró que no se detendría, en el fondo sabía que tarde o temprano se aburriría.

–Rosie –me llamó con suavidad–, ¿quieres que pare?

Me tapé los ojos con el antebrazo, muerta de la vergüenza.

–No. Pero es que sé que no me voy a correr.

Subió la mano por mi estómago y me acarició los pechos por encima del sujetador.

–¿Por qué no dejas que sea yo el que decida eso? Déjate llevar; no pienses en nada más.

–Lo siento. Encima te estoy aburriendo.

–La tengo más dura que una puta roca, Rosalinda. Estoy de todo menos aburrido.

Y con eso, volvió a succionarme el clítoris y a deslizar dos dedos en mi interior. Hice lo que me pidió: cerré los ojos y me concentré en cómo alternaba entre mover los dedos con brusquedad y calmar la presión con los movimientos suaves de su lengua.

–Tócate los pechos –me ordenó con la voz entrecortada.

Abrí los ojos y nuestras miradas se encontraron.

Asentí con la cabeza, confiando en él, y me desabroché el sujetador. Me cubrí los pechos con las manos y me pellizqué los pezones. Mientras lo hacía, Aiden seguía jugando con el clítoris. Jadeé, arqueando la espalda.

Me estaba llevando al límite y sentía la necesidad de mover las caderas. Me retorcí, intentando aliviar la presión. Los dedos de Aiden iban cada vez más rápido.

–Aiden –jadeé–. Voy a...

Curvó los dedos y levanté las caderas de la cama. Seguía dándome placer, con la boca aún pegada a mi sexo. Se me escapó un gemido y los músculos se me tensaron.

Cuando por fin llegué al orgasmo, Aiden se quitó los pantalones y se agarró la polla por encima de los calzoncillos. Sin dejar de mirarme, se la acarició un par de veces con impaciencia.

–Joder, Rosie. Podría correrme solo con tu sabor en los labios. Ya casi estoy cerca –musitó.

Después, se acercó a la cama y se inclinó para besarme. Sentí una punzada de deseo cuando su lengua acarició la mía. Me saboreé en ese beso, pero no me importó.

Entre caricias y besos, empezó a quitarse los calzoncillos y yo me incorporé para ayudarlo. Nos buscamos a tientas, riéndonos en la boca del otro. Hasta que al final se quedó completamente desnudo.

–También tienes el cuerpo perfecto –me quejé, admirando lo fuerte que tenía el pecho y los brazos. Cuando bajé la mirada, solté–: Joder, y encima estás bien dotado.

Se le escapó una risita y volvió a besarme. Después, miró hacia mis partes íntimas y respondió:

–Es perfecto, Rosie. Eres preciosa.

Siempre esperaba que el protagonista de las novelas románticas le dijese algo así a la chica. Era algo completamente normal y predecible, pero con Simon no había sido así. Cuando lo hacíamos, me llegó a decir alguna vez que «estaba buena», pero ahí quedaba la cosa. Pero la forma en la que Aiden pronunciaba mi nombre y me miraba, me hacía pensar que lo decía en serio. Una cosa era leerlo en uno de tus libros favoritos y otra muy distinta, que te lo dijese tu nueva persona favorita. Porque esto último era mucho mejor.

La urgencia fue aumentando a medida que los besos se volvían más largos y desesperados. Nos agarramos el uno al otro; nuestras manos vagaban libremente por el cuerpo del otro.

–Llevo un DIU. Me hice las pruebas después de dejar a Simon y no he estado con nadie desde entonces...

–Yo tampoco he estado con nadie desde que me hice la última prueba. –Se quedó callado–. ¿Estás segura de que quieres hacerlo?

–Quiero sentirte –respondí, asintiendo y dándole un beso en la parte inferior de la mandíbula.

Me cansé de esperar y extendí el brazo. Cerré el puño alrededor de su miembro y empecé a acariciarlo. Él echó la cabeza hacia atrás, soltando un gemido ahogado. Justo cuando estaba a punto de inclinarme hacia delante para llevármelo a la boca, Aiden me detuvo.

Dejó escapar un suspiro tembloroso y dijo:

–Ten un poco de piedad, ¿no? –El pecho le subía y le bajaba con rapidez mientras me miraba–. Acuéstate, preciosa.

Daba igual todas las veces que lo repitiese, seguía sintiendo una sensación cálida en el pecho cada vez que me llamaba así. Casi de inmediato, se acomodó entre mis piernas. Me golpeó con suavidad el clítoris con la polla y me estremecí.

Deslizó la punta por mi entrada con cuidado. Jadeé y cerré los ojos al notarlo. Mi interior se fue abriendo cada vez más para recibirlo hasta que de repente se quedó quieto, dejándome tiempo para adaptarme.

–Mira lo bien que me recibes. –Con una embestida, sus caderas quedaron encima de las mías–. Joder. Estás tan apretada...

Me contraje a su alrededor, y él se estremeció.

–Rosie –me advirtió con el mismo tono autoritario que usaba en clase–, vas a hacer que me corra antes de que tenga la oportunidad de follarte como quiero.

Empezó a moverse; con lentitud al principio, casi con ternura. Hasta que poco a poco fue aumentando el ritmo, clavándose en mí. Levanté las caderas, intentando crear más fricción, pero estaba tan al borde del éxtasis que apenas podía hacer otra cosa que no fuese gemir.

–Lo sé, lo sé. Estás a punto –me susurró al oído–. Mírate, pidiéndome más, como si no tuvieras suficiente. Sigue así...

–Aiden... –jadeé, agarrándome a sus hombros.

Deslizó un dedo entre nosotros y me rozó el clítoris con el pulgar. Dibujó círculos con el dedo a la vez que me embestía. Arqueé la espalda, como si no pudiese soportar tanto placer.

–Mira lo bien que encajamos.

Mis gemidos llenaron toda la habitación. Aiden mantuvo el ritmo; le caían gotas de sudor por la frente.

–Buena chica, Rosie. Dejando que te folle... –murmuró–. Siempre harás lo que te pida, ¿a que sí?

–Sí –jadeé, golpeando las sábanas con el puño–. Sigue hablando.

Se apoyó sobre los codos y estos quedaron a ambos lados de mi rostro.

–Estás tan preciosa así –gruñó en mi oído–. Nunca me cansaré de ti.

Empezó a moverse más rápido cuando yo me volví a apretar a su alrededor. Me cogió la pierna y se colocó mi pie en el hombro, penetrándome hasta el fondo. Su pelvis tocaba la mía y me rozaba el clítoris cada vez que me embestía. No podía soportarlo más; cerré los ojos e intenté dejarme llevar por el placer.

–Abre los ojos –me ordenó–. ¿Te vas a correr? –Hice lo que me pidió y asentí con la cabeza. Un escalofrío me recorrió el cuerpo–. Quiero que me mires mientras te corres en mi polla. Enséñame hasta dónde puedo hacerte llegar. Demuéstrame que eres mía.

Me llevó al límite y exploté. Me atravesó una oleada de placer. Aiden me embistió una vez más.

–Joder –murmuró, y se derramó en mi interior.

Se separó de mí y los dos nos quedamos acostados en la cama, jadeando. Soltó una risa suave y me atrajo hacia su pecho. Le rodeé la cintura con los brazos.

–Estoy hecha un desastre –le advertí, arrastrando las palabras; seguía un poco aturdida.

Se levantó y me trajo una toalla del baño. Con delicadeza, me abrió los muslos y me limpió.

–Me gustas hasta hecha un desastre.

Tiré de él para que se volviese a acostar a mi lado.

–¿Todo bien? –murmuró, dándome un beso en la frente mientras me acariciaba la espalda.

Después, enredó los dedos en mi pelo, buscando cualquier excusa para seguir tocándome.

Asentí y solté una pequeña carcajada.

–Sí. Estoy hecha polvo. Y saciada. No tengo ninguna queja.

–¿Ninguna? Eso sí que es raro –bromeó.

Extracto de *Sin título*,
de Rosie Maxwell y Aiden Huntington

No estaba acostumbrado a poder tocar a Max cuando quisiera. Me había pasado mucho tiempo obligándome a meterme las manos en los bolsillos del abrigo para no dejarme llevar por un impulso y acabar cogiéndole la mano. Y ahora estaba en mi cama, con la cabeza sobre mi pecho, con su corazón latiendo al mismo ritmo que el mío.

Capítulo 25

Me desperté con el brazo de Aiden alrededor de la cintura. En medio de la noche, quizá entre la segunda y la tercera ronda, Aiden me prestó una camiseta vieja para dormir. Era una camiseta de la banda de *rock* The Velvet Underground que olía a él. Tenía la garganta seca e intenté levantarme, pero él me abrazó más fuerte.

–¿Adónde vas? –murmuró en mi pelo.

–A saquearte la cocina.

–¿Para qué?

–Primero iba a robarte una botella de agua y luego iba a ver si tenías algo dulce. No sé, unos Pop-Tarts.

Aiden abrió un ojo.

–¿Parezco el tipo de persona que compra Pop-Tarts?

–Sí, de los que son de azúcar moreno y canela.

Él suspiró y me acercó aún más a él.

–Evidentemente prefiero los de chocolate y nubes. –Me dio un beso en la mejilla y añadió–: Voy a traerte un vaso de agua. Quédate aquí.

El colchón se hundió a mi lado y de repente sentí frío al notar su ausencia. Mientras oía los pasos de Aiden por el pasillo y las escaleras, me fui incorporando poco a poco en la cama. Su habitación no era tan grande como me había imaginado. Tenía una cama de matrimonio justo enfrente de una ventana que estaba tapada por unas cortinas blancas. En la esquina había una cómoda de madera con unos cuantos libros encima. Había dejado la puerta del armario un poco abierta y se veían las perchas en las que había colgado algunos jerséis y camisas. Me incliné hacia delante, debatiéndome entre mirar o no lo que tenía en el cajón de la mesita de noche. Sabía que estaría invadiendo su privacidad, pero la curiosidad podía conmigo. Extendí la mano con vacilación, pero enseguida la aparté.

—Puedes abrirlo.

Me sobresalté al oír la voz de Aiden. Estaba apoyado en el marco de la puerta con nada más que los calzoncillos y dos vasos de agua. Me ofreció uno antes de acostarse de nuevo en la cama.

—No iba a hacerlo.

—Sé que sí, pero no pasa nada. —Sonrió—. No me importa.

Fruncí el ceño.

—No siempre llevas la razón… Solo iba a comprobar si la madera era de calidad —mentí.

—Claro que sí —asintió.

Bebí un buen sorbo de agua antes de volver a poner el vaso en la mesita de noche.

Cuando comenzó el semestre, nunca me hubiera imaginado que acabaría en la cama de Aiden; ni siquiera hubiese creído que querría hacerlo. Pero estaba claro que sentíamos lo mismo, lo que con total seguridad significaba que tenía el corazón igual de acelerado. Quería preguntarle tantas cosas para conocerlo mejor, pero lo único que me salió decir fue:

—Así que te gusta decir guarradas en la cama...

Aiden se atragantó con el agua.

—Joder, Rosie.

—¿Qué? ¡No me lo esperaba! —dije a la defensiva—. Pensé en ti cuando escribimos aquella escena, pero creía que tú solo estabas respondiéndome así porque era lo que pedía la novela. No sabía que en la vida real decías ese tipo de cosas en voz alta.

Aiden desvió la mirada hacia el techo.

—Ahora mismo preferiría que me tragase la tierra.

—¡No me estoy riendo de ti! —lo tranquilicé—. De hecho, me gusta. Créeme, cualquier lector de novela romántica se moriría por que le pasase algo así. Solo es que… no me lo esperaba.

—¿Podemos cambiar de tema?

–Vaya –susurré–, ¿a alguien le da vergüenza hablar de sexo?

–No. –Me miró fijamente–. Pero preferiría tener esta conversación cuando no esté medio empalmado porque llevas una camiseta con la que se te transparentan los pezones. Si quieres, podemos retomar el tema cuando vuelva a follarte.

Se me subió el color a las mejillas, pero aun así sonreí.

–¿Ves? Guarradas y más guarradas...

Él puso los ojos en blanco y me dio su vaso.

–¿Puedes ponerlo en la mesita de noche?

Incluso en silencio, me sentía bien. Cuando estaba con Simon, me daba pavor despertarme por las mañanas a su lado, que me dijese de manera cruel que no había disfrutado conmigo en la cama y que quería que me esforzase más la próxima vez.

–No quiero levantarme –le confesé–. Tu cama es supercómoda.

–No tenemos por qué hacerlo –dijo él con cierta cautela. Se miró las manos, nervioso–. Oye, Rosie, si lo de anoche solo fue por el calentón del momento...

–No lo fue –respondí de inmediato.

Después, aparté el edredón para poder sentarme más cerca de él y sujetarle las manos. Él entrelazó los dedos con los míos y tiró de mí hacia abajo para que me recostara en su pecho.

Nuestras miradas se encontraron; me observaba con intensidad.

–Quiero intentarlo, Rosie. –Su voz era baja, vacilante–. Me cuesta mucho abrirme porque siempre que lo he hecho, he acabado asustando a la gente. Y al final llegué a la conclusión de que era mejor guardármelo todo para mí. Luego, cuando mi madre murió, estaba tan cabreado con el mundo que terminé echando de mi vida a la poca gente que había en ella. Suelo sacar ese lado defensivo a menudo, pero no quiero que me pase contigo. Quiero intentarlo –dijo con seriedad.

Lo miré, con la barbilla apoyada en su pecho. Estiré la mano y le aparté con suavidad el mechón de pelo que le caía por la frente.

–Yo también quiero intentarlo, Aiden. Sé que piensas que tengo las expectativas muy altas en el amor, pero no es cierto.

–No quiero hacerte daño –admitió con honestidad–. Mi madre siempre creyó en los finales felices, incluso cuando estaba con mi padre. Una decepción tras otra… Y si una persona tan buena como ella no consiguió tener el suyo, ¿cómo va alguien a conseguirlo? No quiero decepcionarte.

—Y yo no quiero decepcionarte —susurré—. Quizá no nos hayan roto el corazón de la misma manera, pero los dos hemos sufrido. Yo también quiero cuidarte.

Me acarició la mejilla y me besó con ternura. Me aparté un poco y sonreí, contenta. Porque mi año no había empezado con resaca y dolor de cabeza, sino con Aiden en una cama la mar de cómoda.

Decidimos —o yo decidí más bien— que íbamos a pasarnos el día en la cama. Aiden se había mostrado reacio al principio, pero logré convencerlo diciéndole que también podíamos ponernos en el sofá. Pidió *bagels* para desayunar y cuando bajó a abrir al repartidor, le mandé un mensaje rápido a Jess:

> ROSIE: estoy en casa de aiden!!! cómo te fue con tyler???
>
> JESS: estoy en su casa...
>
> ROSIE: qué???
>
> JESS: me siento como si estuviese flotando en una nube. quedamos el finde y nos ponemos al día?
>
> ROSIE: claro!

Hablamos en su cama durante lo que me parecieron horas y hablamos de nuestra infancia. Yo le conté que Maria y yo solíamos correr detrás de las luciérnagas en nuestro patio trasero para poder atraparlas y meterlas en un frasco. Que todos los jueves por la noche jugábamos en familia al Monopoly y yo amenazaba con tirar el tablero al suelo cada vez que perdía. Al principio, fui yo la que llevó el peso de la conversación, pero una vez que Aiden empezó a coger confianza, las palabras le salieron a raudales.

Cada vez que me revelaba algo nuevo sobre sí mismo, me quedaba con ganas de saber más. Lo presioné para que me diese más detalles sobre aquel mejor amigo que tuvo en primaria o la época en la que aprendió a conducir en Queens. Negó con la cabeza como si le molestase, pero al final cedió con una sonrisa.

Todas las historias de amor que había leído eran intensas y épicas. Me había pasado prácticamente toda la vida anhelando grandes gestos y declaraciones de amor exageradas. Pero hasta ahora no me había dado cuenta de que los pequeños momentos, como el que estábamos compartiendo, eran igual de reconfortantes.

–¿De verdad no te importa revisar mi relato para la beca? –le pregunté, todavía en la cama.

Nos habíamos sentado con la espalda apoyada en el cabecero, y yo había puesto las piernas en su regazo. Me había dado una camiseta que no pensaba devolverle porque olía a él. Sabía que nunca me cansaría de ella. Me acarició las piernas con dulzura.

–En absoluto, Rosie –contestó de manera afectuosa–. Me encanta leer lo que escribes. Envíamelo ya si quieres.

–Gracias –le dije con sinceridad mientras le reenviaba uno de los correos que le había mandado a Ida con el archivo adjunto. Él cogió el móvil para leerlo, pero lo detuve a tiempo–: ¡Ahora no! Me pondré nerviosa si sé que lo estás leyendo.

Me miró con el ceño fruncido.

–Hemos escrito juntos, Rosie. Soy la última persona con la que deberías sentirte cohibida.

Me ruboricé.

–Por favor –le pedí de todos modos–. No podré dejar de mirarte y tus caras me acabarán poniendo cachonda y querré que volvamos a hacerlo y necesito descansar...

Él se echó a reír, negando con la cabeza.

–Está bien. ¿Sientes molestias, preciosa?

Me incliné para darle un beso rápido; algo que me emocionaba saber que ahora podía hacer cuando quisiera.

–No tantas como para que dentro de una hora no te pida otra ronda.

Me aparté antes de que pudiese profundizar el beso porque entonces sí que no podría negarme. Me estudió con cuidado antes de añadir:

–No sabía lo importante que era para ti la beca.

Resoplé.

–La necesito. Ojalá hubiese sabido de su existencia el año pasado. Si la hubiera solicitado, tal vez habría ganado y podría haber cogido más asignaturas. –Solté un suspiro–. Pero espero conseguirla este año.

–Estoy seguro de que les va a encantar tu relato –dijo, dándome un pequeño apretón en la pantorrilla.

–¿Has pensado en solicitarla? –le pregunté, vacilante.

Aiden estaba más al tanto del mundo literario que yo. Yo no salía de mis novelas románticas y de lo único que estaba pendiente era de averiguar los últimos lanzamientos. Pero Aiden sabía qué revistas eran importantes, qué editoriales tenían mejor reputación...

–Sí –respondió en voz baja.

–¡Todavía puedes hacerlo! Queda una semana para que se acabe el plazo. Deberías intentarlo.

Se me quedó un regusto amargo en la boca. Quería apoyarlo tanto como él lo hacía conmigo, pero era consciente de que si al final se animaba a presentar algo, tendría muchísimas más posibilidades de ganar que yo. Por mucho que adorase a Aiden, una parte de mí seguía viéndolo como un rival.

–Ya veremos –se limitó a decir.

Mentiría si dijese que no sentí cierto alivio al oír su respuesta. No tenía mucho sentido. A Aiden le sobraba el dinero, no necesitaba una beca. Y estaba segura de que ya habría enviado propuestas a otras revistas.

Después de sumirnos en un cómodo silencio, lo rompí:

–Sé que ya no debería importarme, pero me gustaría saber por qué me odiabas.

Frunció el ceño.

–No te odiaba.

–Siempre me hacías más comentarios en clase que al resto. Y mucho más crueles.

–Porque eres una escritora increíble.

–Ya... –lo interrumpí, levantando una de las piernas para darle un empujoncito en el muslo–. Eso es una excusa barata. Dime la verdad.

Se pasó la mano por el pelo y se rascó la barbilla.

—Es complicado.

—Como si a ti y a mí no nos gustasen las cosas complicadas –dije para que se tranquilizara–. Si no quieres responder, no pasa nada.

Aiden negó con la cabeza.

—No, sí que quiero. –Respiró hondo–. Lo que te dije delante de tus padres era verdad. Me gustaste desde el primer día. Sé que es absurdo, pero nunca me había sentido tan cohibido delante de alguien. Mi padre se pasó años haciéndome creer que no era lo suficientemente bueno y que era un puto incordio, así que al final. dejó de importarme lo que opinase de mí el resto. Perdí mucho tiempo intentando agradarle y me cansé de vivir buscando la aprobación de los demás. Pero, por alguna razón, empecé a llegar a clase hecho un manojo de nervios. Quería que solo me mirases a mí, pero a su vez me daba miedo que lo hicieras. –Suspiró y continuó hablando–: Cuando mi madre murió, me cerré en banda, me volví cínico. Me convertí en ese tipo de persona que odias –dijo en voz baja–. Pensaba que así se solucionarían todos mis problemas, pero luego entraste tú con la sonrisa más ancha y el pelo más rizado que había visto en mi vida…–Se le curvó la boca un poco al recordarlo e inclinó la cabeza hacia atrás–. Me asusté. No sabía cómo gestionar mis emociones y luego dijiste que te encantaba el romance y esa visión que tenía de nosotros se hizo añicos. Sabía que querías tener al lado a alguien que se enamorase locamente de ti, pero yo no podía ser esa persona. Y quizá fue un imbécil y un niñato, pero necesitaba alejarte de mí.

—Aiden… –dije en voz baja, con lágrimas en los ojos. Odiaba que pensara que no merecía que lo amasen, que se hubiera pasado tanto tiempo creyendo que nadie nunca podría quererlo como lo hacía yo en ese momento–. Dejé de creer en el amor. No quería ser esa persona para ti. No quiero.

Me apretó un poco los dedos, como si tuviera miedo de que me marchase después de todo lo que me había soltado. En lugar de eso, me puse a horcajadas sobre él. Me estrechó entre sus brazos y yo enterré la cara en su cuello, abrazándolo.

Nos quedamos así durante unos minutos mientras yo intentaba

transmitirle, sin palabras, lo mucho que me importaba. Lo difícil qué era imaginarme mi vida sin él en ella.

—¿No me vas a preguntar por qué me caías mal? —le pregunté, moviéndome para poder mirarlo a los ojos.

—Te iba a preguntar por qué me odiabas...

—Qué exagerado —respondí, apartándole el pelo de los ojos—. No te odiaba. Odiaba que me odiaras. De hecho, te alegrará saber que lo primero que pensé al verte fue que estabas como un tren.

—Ah, ¿sí? —Me sonrió.

—Y lo que les dije a mis padres también era cierto: me pillé por ti después de aquella sesión de lectura. Incluso busqué tu nombre en Google, pero no encontré nada. Solo tu perfil de LinkedIn. Así que les pregunté a los demás por ti y todos me dijeron que eras un capullo y que no merecía la pena que perdiese el tiempo contigo. Pero tenía el presentimiento de que no era así, incluso cuando te metías conmigo en clase... —Aiden hundió los dedos en mi pelo y tiró de mí un poco—. Siempre tardaba en recoger las cosas para poder mirarte unos segundos más con ese abrigo de botones. Odiaba que se te diese tan bien escribir. No presentabas nada que no fuese bueno.

Me estudió el rostro, sin dejar de sujetarme la cintura.

—Dime que no estoy malinterpretando la forma en la que me estás mirando en este momento. —Su voz era baja y ronca—. No puedo fingir más, Rosie. Se me da de pena.

Sonreí.

—Puedes estar tranquilo. No pienso dejarte marchar ahora que puedo verte con ese abrigo todos los días.

Extracto de *Sin título*,
de Rosie Maxwell y Aiden Huntington

Estábamos sentados en el sofá de mi casa, cada uno con un libro en la mano. Tenía la cabeza apoyada en mi regazo, y yo le pasaba los dedos por el pelo con cuidado, tal y como me había pedido, para no deshacerle los rizos.

Maxine llevaba más de cinco minutos en la misma página. Bajé la cabeza para mirarla y descubrí que ni siquiera estaba leyendo; estaba sumida en sus pensamientos.

—Oye —dije en voz baja—, ¿qué estás pensando?

Sus ojos se clavaron en los míos.

—¿A qué te refieres?

—Sé que te preocupa algo. Háblame.

Se incorporó y me miró, cruzando las piernas.

—Estaba pensando en qué habría pasado si nunca nos hubiésemos conocido. Si nunca nos hubieran hecho compartir el mismo cubículo. Si nunca nos hubieran obligado a trabajar juntos en esa presentación… ¿Crees que aun así la vida habría hecho que nos encontrásemos?

—De nada sirve pensar en eso ahora —respondí.

—¿Aunque eso significase que no estaríamos juntos aquí y ahora?

—Pero sí que lo estamos —le recordé—. Y no hay ningún otro lugar en el que preferiría estar. Me encantaba hacerte rabiar, pero quererte es mil veces mejor.

Capítulo 26

Llevaba desde Año Nuevo encerrada en el apartamento de Aiden. Habíamos caído en una rutina cómoda y seguíamos buscando cualquier excusa ridícula para hacer que me quedara.

—Rosie, he leído que esta noche hay luna llena. Siempre pasan cosas raras en el metro cuando hay luna llena. Creo que deberías quedarte —me dijo una noche, justo cuando iba a ponerme los zapatos.

—Han dicho que igual llueve —comenté yo a la mañana siguiente—. No traje paraguas... ¿Te importa que me quede?

Ayer cuando nos despertamos Aiden dijo:

—Anoche hice pasta para un regimiento. ¿Por qué no te quedas a comer y a cenar? No me gusta tirar la comida.

Y con gusto, me quedé.

Pero esa mañana, al abrir los ojos, vi a Aiden leyendo en la cama el relato de la beca. Me había quedado dormida con la cabeza en su pecho. Tenía uno de los brazos alrededor de mi cintura y jugueteaba con uno de mis rizos. Con la otra mano, iba deslizando el dedo por la pantalla.

Lo observé con detenimiento, intentando adivinar lo que pensaba. Unos segundos más tarde, giró la cabeza hacia mí y yo cerré los ojos enseguida.

—Sé que estás despierta —me aseguró con la voz divertida.

—Vale —solté de repente, nerviosa—. No pasa nada si crees que es una mierda.

—Shhh —me reprendió, volviendo a mirar el móvil—. No me saques de la historia.

Lo estudié con atención mientras leía, esperando a ver si hacía alguna mueca de desagrado.

–Si no te gusta algo, puedes decírmelo. Podré soportarlo. –Hice una pausa–. ¿Aunque quizá podrías intentar decírmelo con más tacto que en septiembre?

–Rosie, no puedo concentrarme si sé que me estás mirando.

Unos minutos más tarde, bloqueó el teléfono y se giró hacia mí, sonriendo.

–¿Y bien? –quise saber–. ¿Qué te parece?

–Me encanta.

Solté un quejido.

–Dime qué tengo que arreglar. Sé que estás maquinando algo en esa retorcida cabecita.

–Tengo algunas sugerencias, pero no muchas. En general, creo que está muy bien. ¿Quieres que lo miremos juntos?

–¡Por favor!

Se pasó la siguiente hora revisándolo todo. Como era de esperar, discrepamos en algunos puntos clave de la historia, pero fue más llevadero de lo que pensaba. La dedicación y la seriedad con la que se lo estaba tomando me llenaron de alegría.

Al ver que me había quedado satisfecha con el resultado, decidí que lo enviaría esa misma tarde. Lo acribillé a besos para agradecerle lo que había hecho por mí.

–Significa mucho para mí –le aseguré después.

Él me miró a los ojos y me dijo:

–Te comportas como si me hubiera supuesto un gran esfuerzo ayudarte. Quería hacerlo, Rosie. Quiero ser el primero al que le enseñes lo que escribes y al primero que le cuentes todo lo que se te pase por la cabeza. Debería darte yo las gracias a ti por haberme dejado.

Parpadeé varias veces, con la vista borrosa por las lágrimas.

–Esperarte ha merecido la pena, Aiden.

Al final, tuve que marcharme. Recogí mis cosas y me puse los zapatos por primera vez en días. Aiden me empujó contra la puerta principal y su boca buscó la mía.

–¿Estás segura de que no puedo convencerte para que te quedes? –murmuró, con los labios pegados a mi cuello. Después, me mordió con suavidad la piel sensible de la zona, justo donde no había tardado en descubrir que me gustaba.

–Lo estás haciendo...

A él se le escapó una carcajada.

–Podría terminar de convencerte si subiésemos al piso de arriba...

Suspiré y le di un empujón.

–No. Para. Tengo que irme. Nos vemos el lunes, ¿vale?

–Está bien... –cedió a regañadientes.

Estábamos a miércoles, así que quedaba tan lejos... Me agarró la mandíbula, inclinándome la cabeza, y, muy a mi pesar, me dio un último beso.

Hice todo el camino a casa un poco aturdida, obligándome a no dar la vuelta.

–¡Ya estoy en casa! –le grité a Alexa mientras abría la puerta de nuestro apartamento. Se suponía que volvía anoche; llevaba mucho tiempo sin verla y vivir aquí no era lo mismo sin ella. La puerta de la habitación de Alexa se abrió de golpe, y yo me abalancé sobre ella para darle un abrazo–. ¿Qué tal las vacaciones?

Ella me devolvió el abrazo, pero de repente se tensó. Se echó hacia atrás y me miró fijamente a los ojos.

–¡Habéis follado!

Me enderecé.

–Pues...

–¡Dios! –gritó, cogiéndome las manos–. ¡Habéis follado! Cuéntamelo todo.

Nos sentamos en el sofá y nos tapamos con una manta. Tenía los ojos muy abiertos mientras le daba todos los detalles de nuestro fin de semana. Relatarlo todo en voz alta hizo que me pareciera aún más surrealista. Era como si le estuviese contando lo que había sucedido en una novela y no en mi propia vida.

–Como siempre dices tú: ¡qué romántico!

Me eché a reír.

–Sí, lo fue.

–Me alegro mucho por ti –dijo, esbozando una sonrisa amplia.

–Y yo. –Sonreí por millonésima vez ese día.

Me pasé la tarde volcando todo el batiburrillo de emociones que había sentido el fin de semana en los capítulos. Las palabras me salieron solas, sobre todo, cuando recordé que Aiden me había llevado una taza de té a la cama y me había buscado unos calcetines cuando le había dicho que tenía mucho frío. Siempre había preferido la ficción, pero ahora me moría de ganas de seguir descubriendo qué me depararía mi nueva realidad.

El lunes empezaba el segundo semestre. Me había tomado unos días libres en el trabajo para disfrutar de las vacaciones, así que había tenido que recuperar los turnos antes de que comenzaran las clases. Aiden y yo nos habíamos ido intercambiando mensajes durante la semana. De hecho, vino una tarde al Hideout antes de que terminase mi turno y luego me llevó a su apartamento, donde me hizo el amor lentamente y hasta que estallé de placer. Sin embargo, estaba un poco nerviosa por el día de hoy; todavía seguíamos en esa burbuja del principio y no quería que el ambiente que se respirase en clase la hiciese estallar.

Aiden me estaba esperando delante de Writer's House, con la espalda apoyada en la puerta principal. Por lo general, solía parecer enfadado, pero en esta ocasión esbozaba una pequeña sonrisa, con las mejillas ligeramente levantadas.

–Hola –me saludó cuando llegué a su altura.

–Hola –le respondí.

Extendí los brazos para abrazarlo, pero enseguida los bajé. ¿Le parecería raro que nos abrazásemos en público? Habíamos tenido un par de citas, pero ¿significaba eso que estábamos saliendo? Me había quedado a dormir en su casa, pero aun así me costaba dejar a un lado mis inseguridades.

Debió de ver algo en mi expresión porque tiró de la bufanda que llevaba alrededor del cuello y me acercó más a él. Me dio un beso en la frente y murmuró:

–Te he echado de menos. Puede que sea absurdo… Te vi hace un par de días, pero ya te echaba de menos.

Alcé la cabeza para mirarlo a los ojos.

–No lo es. Yo también te he echado de menos.

Frunció el ceño cuando me estremecí y le dio otra vuelta a mi bufanda. Después, me agarró la mano y empezó a caminar, tirando de mí.

–¿Entramos? Estás temblando...

En clase, mientras leía en voz alta, Logan y Jess se dedicaron a lanzarse miraditas. Hasta Tyler tuvo que reprimir una sonrisa. Era evidente que nuestros compañeros habían notado un cambio entre nosotros.

–¿Comentarios? –dijo Ida–. Aiden, ¿te gustaría empezar?

Él negó con la cabeza.

–No tengo nada que decir. Creo que el capítulo está perfecto.

Ida enarcó las cejas, sorprendida.

–Muy bien. Tyler, empecemos contigo.

Más tarde, cuando Aiden y yo salíamos juntos del aula, Jess y Tyler se acercaron a nosotros.

–¿Os venís al Peculiar Pub? –preguntó Jess. Luego, miró a Aiden y añadió–: Solemos ir después de clase cuando no tenemos que trabajar. Si quieres acompañarnos...

Me giré hacia él y le sonreí.

–¡Sí! Deberías venir. Nos lo pasaremos genial. Convenceremos a Logan para jugar a los dardos; ¡siempre le da a todo menos al tablero!

Aiden negó con la cabeza.

–Id vosotros. Tengo que hablar con Ida sobre una cosa...

Fruncí el ceño.

–¿Estás seguro?

Desvió la mirada hacia Jess un segundo antes de susurrarme:

–Sí. Te veo esta noche. Ven a casa cuando termines.

Me dio un beso en la frente antes de volver a entrar en la clase para hablar con Ida.

Una vez que lo perdimos de vista, Logan me dio un golpe en el brazo.

–¡Eh! –Me froté la zona, haciendo un puchero–. ¿A qué ha venido eso?

—Os fuisteis juntos del bar en Nochevieja y ahora entráis juntos en clase —siseó Logan—. Y te acaba de decir: «Ven a casa cuando termines».

Me encogí de hombros con timidez.

Jess y yo nos miramos con complicidad. Habíamos quedado el fin de semana anterior para ponernos al día mientras comíamos *bagels*: las dos nos contamos con todo lujo de detalles lo que nos había pasado con nuestros respectivos chicos. Después de que Tyler la besara en el club, ella le había confesado que sentía algo por él, y él hizo lo mismo. Terminaron en su casa, pero no se acostaron juntos. Se quedaron despiertos hablando hasta que salió el sol. Tyler la invitó a cenar y desde entonces han tenido varias citas. Jess sabía todo lo que había pasado entre Aiden y yo, pero no había podido contárselo a Tyler y Logan hasta ahora.

Logan nos sacó del edificio y nos guio hasta el *pub*. Cuando nos sentamos en la mesa de siempre, todos me miraron, expectantes.

—¿No vamos a pedir las bebidas...?

—¡No! —exclamaron a la vez.

—Desembucha —me ordenó Logan.

Intenté reprimir una sonrisa, pero me fue imposible.

—Nos acostamos juntos y ¿ahora estamos saliendo? No sé, todavía no hemos hablado de ello, pero...

—Hostia —soltó Logan.

—Te lo dije —intervino Tyler—. Sabía que le gustabas. Era evidente. Invito yo a la primera ronda. Jess, ¿me ayudas con las bebidas?

—¿Necesitas que te ayuden a traer cuatro cervezas? —preguntó Logan. Le di una patada por debajo de la mesa y cuando me miró, abrí los ojos de par en par—. Ah, sí, claro. Que te ayude, que te ayude.

Una vez que se marcharon, volví a mirar a Logan.

—¿Tyler te ha dicho algo?

—¿Que si me ha dicho algo? Joder, no sé cómo no me ha explotado el teléfono todavía; cada vez que Jess le escribe, me manda una captura de pantalla. Está enamorado hasta las trancas.

—Qué mono... —suspiré.

Logan frunció el ceño.

—¿Es que nadie me va a preguntar cómo me fue a mí con Emily?

—Nos enviaste un mensaje a la mañana siguiente diciéndonos que tenía un anillo en el dedo del pie y que te negabas en rotundo a estar con alguien que lo tuviese —le respondí de manera inexpresiva.

Él levantó la barbilla.

—Cierto. En fin, sigo sin entender por qué Jess y Tyler actúan como si no supiésemos lo que hay entre ellos...

Me encogí de hombros.

—A veces cuando empiezas una relación te gusta que sea solo tuya. Ya sabes, sentir que no tienes la obligación de darle explicaciones a nadie.

—Sí tú lo dices... Pero si empiezan a darse pataditas por debajo de la mesa, será Tyler el que vuelva a pagar las bebidas.

Nos quedamos callados cuando volvieron con las botellas, riéndose a carcajadas.

—Cuéntanos más cosas sobre Aiden —insistió Logan—. Queremos todos los detalles, hasta los más guarros.

Jess le dio un coscorrón en la cabeza.

—Deja de ser tan rarito.

—¿Hoy es noche de meterse con Logan? ¿En serio? No he visto el cartel en la puerta —le respondió él con brusquedad.

—Logan no es el único que quiere saber todos los detalles —admitió Tyler.

Me escucharon con atención mientras yo les relataba la misma historia que le había contado a Alexa. Jess me agarró la mano y me dio un pequeño apretón; se notaba que se alegraba por mí.

—¿Quién nos iba a decir que Aiden sabía sonreír? ¡Y mostrar afecto por alguien! Eso sí que no me lo esperaba —bromeó Logan.

—A mí siempre me ha caído bien. —Tyler frunció el ceño—. Nunca pensé que fuese tan malo como decíais.

—No, no es tan malo.

Me encogí de hombros y le di un sorbo a la cerveza. Traté de mostrarme indiferente, pero por dentro contaba los minutos que me quedaban para irme a su casa.

Nos convertimos en ese tipo de pareja. Esa que siempre envidié. La que se sentaba en el mismo lado en la mesa en un restaurante. La que se besaba entre las estanterías de una librería y en las esquinas de las calles, sin importarle que la pillasen.

Pasaba la mayoría de las noches en su casa porque estaba obsesionada con lo bonita que era. Me encantaba sentarme junto a la ventana a leer mientras se ponía el sol. Esta vez, aparecí en la puerta con una bolsa de comida peruana de Inti: nuestro nuevo restaurante favorito. Había venido directamente del trabajo y todavía llevaba la corbata colgada del cuello. Casi no sentía los pies.

Aiden no tardó en abrirme la puerta; llevaba una camiseta blanca y mis pantalones de chándal grises favoritos. Al principio me había resultado raro, pero ya estaba más que acostumbrada a verlo con ropa informal. De hecho, me había sorprendido mucho descubrir que tenía camisas de franela.

Estaba hablando por teléfono, pero sonrió nada más verme. Después, me hizo señas para que entrara y me quitó la bolsa de comida de la mano.

—Sí, lo entiendo —dijo con sequedad al teléfono. Luego, cubrió el altavoz con la mano y murmuró—: Lo siento.

Hice un gesto con la mano para que no se preocupase y me quité los zapatos antes de sentarme en el sofá.

—No quiero volver a hablar de esto, papá. —Aiden se sostuvo el móvil con el hombro mientras sacaba lo que había en la bolsa y lo ponía en la mesa de centro que estaba justo al lado del sillón—. Ya te respondí hace meses. No tengo ningún interés en el puesto y no puedes hacer nada para que cambie de opinión. —Su tono de voz era autoritario, algo que sabía que cabrearía a su padre—. Que tengas una buena noche.

Tiró el teléfono sobre la mesa y se llevó la mano a la cara.

—Lo siento. —Se sentó en el sofá a mi lado y me ofreció la caja con camarones—. Mi padre tocándome los cojones un día más...

—¿Qué quería? —le pregunté, frunciendo el ceño.

—Lo mismo de siempre. Todavía tiene esperanzas de que acabe haciéndome cargo de su empresa o de que «vuelva a la realidad». Al parecer, necesitan un directivo en el departamento financiero y quiere que aproveche la oportunidad para conocer mejor la empresa.

—Y en realidad, ¿a qué se dedica tu padre?

—Creó una aplicación estúpida que te facilita realizar operaciones en el mercado de valores. Lo hizo cuando yo era un crío; le tiene más cariño que a mí. Y ahora quiere que siga el legado Huntington. —Se aclaró la garganta y añadió con voz profunda—: «Aiden, tienes que pensar en tu futuro. Aiden, no podrás vivir del dinero de tu madre para siempre».

—Aiden, creo que eres un escritor increíble y que esos pantalones te hacen un culo precioso —lo interrumpí con el mismo tono de voz que él y se echó a reír.

—Vale, ya está bien de hablar de mi padre. —Se inclinó sobre mí y me dio un pequeño beso en los labios—. ¿Qué tal el trabajo?

—Fatal. Había un partido de béisbol superimportante y al parecer todos pensaron que era buena idea acudir en masa al restaurante. Lo único que me dio fuerzas para seguir fue la comida y esos pantalones de chándal grises...

Me ignoró como siempre lo hacía cuando le suplicaba que se pusiese esos pantalones más a menudo.

—¿Has podido leer el capítulo que te envié? —me preguntó.

Lo miré con el ceño fruncido.

—Sigo esperando a que me mandes el capítulo real, porque me niego a presentar ese.

Aiden puso los ojos en blanco y cogió la caja en la que estaba el anticucho.

—Vamos a tener que hacer que se separen tarde o temprano, Rosie Posie.

—Shhh. —Le tapé la boca con la mano—. Disfrutemos un poco más de su historia de amor. Podemos hacer que rompan en el último capítulo.

Él frunció el ceño.

—No creo que...

Le quité la caja de la mano y la dejé en la mesa. Después, me senté a horcajadas sobre él y le incliné la cabeza hacia atrás para que me mirase.

–¿Sabes qué es lo que más odio de ti? –susurré mientras empezaba a recorrerle el cuello a besos.

–Creo que esta va a ser una de esas conversaciones que me van a dejar más confundido de lo que ya estoy...

Me agarró las caderas, siguiendo el ritmo de mis movimientos. Me acarició la cintura con los dedos; cada uno de ellos hundiéndose en mi piel con la presión justa.

–Odio que quieras convertir un amor perfecto en una historia triste. –Le acaricié el pelo con suavidad–. Odio que los mechones de la frente se te ricen al final del día... –Deslicé la mano por la parte inferior de su camiseta–. Odio que me hagas sentir que soy capaz de hacer cualquier cosa.

Sonrió y después de desabrocharme la blusa y deslizar la mano por mi espalda para quitarme el sujetador, me siguió el juego:

–Yo detesto tu sonrisa. Pero lo que más odio es que consigas que me entren ganas de sonreír a mí. –Me acarició el pezón con el pulgar. Se me endureció con el roce–. También odio ese vestido blanco que te pones en primavera... Lo odio muchísimo.

–Yo odio ese abrigo de botones –dije, lamiéndole la piel del cuello hasta la oreja.

–Te encanta mi abrigo.

Me levantó, con mis piernas todavía alrededor de su cintura, y subimos las escaleras a trompicones. Cada dos pasos, me arrinconaba contra la pared para besarme y pegarse aún más a mí.

Cerré los ojos, perdida en él, y le supliqué:

–Aiden, necesito sentirte...

Y no hizo falta que dijese nada más porque enseguida me llevó a su habitación y me dejó sobre la cama. Se inclinó sobre mí, incapaz de apartar su boca de la mía.

–Nunca sé cómo prefiero tenerte –musitó, con la frente pegada a la mía–. Te haría cualquier cosa, lo que me pidieses...

Tenía la mente nublada por el deseo. Le levanté la camiseta, desesperada, y él terminó de quitársela.

–Joder, me encantan tus tetas –dijo mientras me cogía y me colocaba más cerca del centro de la cama–. Quiero besártelas mientras te follo.

–Por favor… –gemí mientras se llevaba un pezón a la boca. Arqueé la espalda y le hundí los dedos en el pelo, manteniéndolo más cerca. Con la mano, me acarició el otro pezón, y a mí se me acumuló toda la sangre del cuerpo en la entrepierna. Unos minutos más tarde, la impaciencia me pudo. Necesitaba sentirlo dentro. Lo empujé para que se tumbara en la cama y me subí encima de él, tal y como lo había hecho en el sofá. Todavía llevaba la pinza que utilizaba para recogerme el pelo en el trabajo, pero cuando me agaché para besarlo, él extendió la mano, me la quitó y la tiró al suelo. El pelo me cayó por los hombros y nos cubrió el rostro. Aiden me mordió el labio y tiró de él.

Gemí, volviendo a sentarme en su regazo. Me cogió las caderas y me movió para que me frotase contra su dureza.

–No puedo esperar más –le susurré al oído.

Empecé a bajarle los calzoncillos y él me ayudó, quitándoselos con un movimiento rápido. Aiden no tuvo la paciencia suficiente para hacer lo mismo con mi ropa interior: metió el dedo por debajo del elástico y hizo a un lado las bragas antes de tantear mi centro con la punta de su erección.

Se fue deslizando en mi interior poco a poco, y yo me estremecí de alivio. Los dos nos quedamos observando cómo encajábamos. Los muslos me temblaron con la necesidad de moverme.

–Joder, Rosie –soltó con los dientes apretados–. Estás tan preciosa. ¿Crees que puedes con un poco más?

Asentí con la cabeza, desesperada. Tiró de mis caderas hacia abajo con brusquedad, y a mí se me escapó un jadeo. Caí hacia delante y apoyé una de las manos cerca de su cabeza. Una vez que me adapté a su tamaño, comencé a moverme, disfrutando de la sensación. Aiden soltó una de las manos con las que me agarraba las caderas para acariciarme el pecho. Después, me humedeció los pezones con la lengua.

–Preciosa a más no poder –susurró–. Buena chica, dejando que te folle así.

–En realidad soy yo la que te está follando a ti –dije sin aliento–. Diría que eres tú el que está siendo bueno...

Sonrió contra mi piel.

—Cierto. Eres tú la que me está follando a mí. Y lo estás haciendo de maravilla. —Con un movimiento rápido, nos giró y se quedó él encima—. Pero ahora voy a follarte yo a ti, ¿vale? Quédate ahí tumbada, estás preciosa así...

Apreté los muslos alrededor de su cintura, y él me embistió con fuerza. Enterró la cabeza en mi cuello y me lo besó con una dulzura que desentonaba con sus movimientos bruscos.

—Te odio —le dije más tarde cuando llegué al clímax—. Mucho, muchísimo.

—Yo también te odio, Rosie. Muchísimo —murmuró, moviendo las caderas más rápido.

Una hora más tarde, lo hicimos más despacio. Nos tomamos nuestro tiempo. Posó los labios en mi cuello y susurró contra mi piel:

—Me encantan tus rizos —admitió—. Me gusta cuando llevas el pelo recogido y se te escapa un mechón rebelde...

Me aferré a su espalda.

—Me encanta que siempre pueda saber lo que estás pensando cuando me miras —añadí yo.

Cuando los dos estábamos a punto de llegar al orgasmo, nos quedamos en silencio. Decir esas dos palabras era como saltar de un precipicio. Sabía que él no permitiría que me cayese, pero yo todavía no estaba preparada para dar el paso.

Me acarició las mejillas y me miró con los mismos ojos verdes intensos de siempre.

—Córrete para mí, preciosa.

Gimoteé cuando dejó de mecer las caderas con lentitud y adoptó un ritmo más frenético. Y finalmente arqueé la espalda, con el pecho presionando el suyo. Con dulzura, me acarició la nuca y el cuello con el pulgar. Y en ese momento, deseé saltar ese precipicio.

Nos quedamos acostados en la cama. Poco a poco, la respiración de Aiden se fue volviendo más ligera y a mí se me empezaron a cerrar los ojos.

—No sabía que podía ser así —dije en voz baja.

Apenas veía las sombras que se le proyectaban en el rostro bajo la oscuridad, pero sí que distinguí cómo se le levantaron las mejillas cuando comenzó a sonreír.

–¿Así cómo? –murmuró él con la voz somnolienta.

Le cogí con cuidado la mano que tenía apoyada en el pecho y me la puse sobre el corazón. Incluso horas después, me seguía latiendo con fuerza.

–Así.

PRIMAVERA

Extracto de *Sin título*,
de Rosie Maxwell y Aiden Huntington

Hunter detestaba salir a pasear. Prefería salir a correr o sentarse en una cafetería a hablar. Había algo en los paseos que le echaba para atrás.

Pero me quería demasiado para no complacerme. Aprovechamos el descanso del almuerzo para pasear. Llevábamos un burrito en la mano. Le di un buen mordisco al mío y se me cayó un trozo de pollo al suelo. Las palomas se lanzaron de inmediato sobre él.

–Podemos sentarnos –sugerí.

Él sacudió la cabeza.

–No, tranquila. Podemos seguir paseando.

–No te gustan los paseos.

–Y a ti no te gusta estar sentada.

–Eso es cierto. –Le di otro bocado al burrito–. Entonces supongo que tenemos que romper; somos demasiado diferentes.

Él sonrió, pero no dijo nada. Se quedó mirando su burrito mientras continuábamos caminando alrededor del parque, casi terminando de dar la vuelta completa.

–No decía en serio lo de la ruptura. –Rompí el silencio–. A menos que hayas accedido a dar un paseo conmigo porque en realidad sí que querías acabar la relación, pero ahora estás intentando buscar el momento adecuado...

–Te preocupas demasiado, Maxine.

–Y has vuelto a llamarme Maxine –me quejé, y después tiré el papel de aluminio con el que me habían envuelto el burrito en la papelera más cercana–. Es todo culpa mía. Descubriste que tengo una cuenta fan dedicada a Taylor Swift y decidiste que...

Me cogió la cara y me tapó la boca con un beso.

–No puedes adivinar siempre lo que estoy pensando, ¿sabes?

–Claro que sí. –Sonreí y le tiré del cuello de la camisa para darle otro beso–. Ahora mismo estás pensando: «Joder, esta chica está como una puta cabra. No iba a romper con ella, pero ¿cómo no voy a hacerlo después de esto?».

Me miró, molesto.

–Estaba pensando que nunca te he preguntado si quieres ser mi novia. Y entonces me asaltó la duda de si tenía que preguntártelo o si ya lo suponías. Me preocupa que sea demasiado tarde para hacerte la pregunta porque no sé si tú me ves como tu novio o... –Se quedó callado.

–Guau –solté–. Creo que te estás preocupando más que yo. Quién te ha visto y quién te ve...

–Eres peor que un grano en el culo, Maxine. ¿Lo sabías?

–Y dale con Maxine...

Capítulo 27

A los estudiantes de posgrado se les permitía impartir la clase de Introducción a la Escritura Creativa si querían conseguir dinero y créditos extra. Aiden daba una por las tardes y a menudo leía el trabajo de sus alumnos —murmurando para sí mismo y negando con la cabeza— cuando nos sentábamos juntos en el sofá.

Teníamos planes después, así que pensé que podría darle una sorpresa y esperarlo delante del aula. Las clases tenían lugar en la sede de la Facultad de Artes y Ciencias, en una clase diminuta con capacidad para máximo quince personas. Imaginaba a Aiden como el típico profesor estricto y justo, ese que no te dejaba pasar ni el más mínimo error gramatical o de formato y al que no le temblaba el pulso a la hora de decirte lo que pensaba de tu trabajo. Me sentía mal solo de pensar cómo se lo hacía pasar a los alumnos que escribían novelas románticas.

Lo esperé en la sala de descanso que estaba justo al lado del aula mientras leía una novela en uno de los sillones. Estaba un poco nerviosa por ver con qué cara saldrían los estudiantes. La clase estaba a punto de acabar y me esperaba alguna que otra lágrima.

Cuando la puerta se abrió con un chirrido, me preparé para los sollozos, pero en su lugar oí… ¿risas? Fruncí el ceño, desconcertada. Justo cuando iba a comprobar si me había equivocado de aula, escuché la inconfundible voz de Aiden.

—Jake, más te vale tener el siguiente capítulo para la próxima semana. ¿Qué vamos a hacer ahora con tanta intriga? —Lo había dicho con un tono que denotaba alegría. ¿Estaba siendo amable?–. Hasta la semana que viene, que tengas un buen fin de semana. Diviértete un poco, no merece la pena estresarse.

Todos los estudiantes salían con una sonrisa en el rostro y la mirada clavada en los papeles que llevaban en la mano. Debía de haber sucedido algún tipo de milagro: era imposible que Aiden fuese tan agradable con los de primero.

Me levanté de un salto; necesitaba averiguar qué estaba pasando. Cuando me asomé por la puerta, lo vi sentado en un pequeño escritorio. Estaba hablando con otro alumno.

–Los diálogos son geniales, Henry, pero me gustaría que arriesgases más. –El alumno escuchaba con atención cada palabra que salía de la boca de Aiden mientras lo apuntaba todo en un cuaderno–. Sabes que este es un espacio seguro; tienes toda la libertad del mundo para experimentar con tu escritura. Que no te dé miedo mostrar tu vulnerabilidad. Usa el papel para soltar todo lo que sientes y si no te gusta el resultado, tíralo a la papelera. En esta clase no quiero que nadie sienta presión, ¿entendido?

–Muchísimas gracias. –Henry me miró. Le dediqué una pequeña sonrisa y lo saludé con la mano–. Bueno, creo que quiere hablar con usted otra alumna, así que me voy ya...

Aiden se giró para mirarme y se le iluminó el rostro enseguida.

–Si tienes alguna pregunta más, mándame un correo, ¿vale?

Cuando Henry salió al pasillo, cerré la puerta y me volví hacia Aiden.

–Señorita Maxwell, ¿ha pedido usted una tutoría? –bromeó él, acercándose para darme un abrazo–. Te he echado mucho de menos hoy.

Alcé la barbilla para mirarlo.

–¿Desde cuándo eres un profe enrollado? –Mi expresión y mi voz denotaban confusión–. Todos han salido de clase sonriendo.

Soltó una carcajada.

–¿Y qué pasa?

Me aparté.

–Pues que el hombre que conozco es despiadado. Esperaba que tuviesen pesadillas por las noches por tu culpa, no que fueses su profe favorito.

Los ojos de Aiden estaban llenos de diversión. Me acarició los brazos hasta que entrelazó los dedos con los míos.

—Son estudiantes de primero, Rosie. Están aprendiendo a escribir ahora; todavía tienen que averiguar si les gusta o no. Se trata de que encuentren el valor que se necesita para ello. Lo que plasmen en el papel no tiene por qué ser bueno o perfecto, no son estudiantes de posgrado. Mi trabajo es animarlos a que cojan más asignaturas como esta.

Se me salía el corazón mientras le sonreía. Me estudió un instante antes de poner los ojos en blanco y girarse para coger su maletín.

—¿Nos vamos ya o...?

—Aiden —lo interrumpí—, creo que eso es lo más tierno que te he escuchado decir desde que te conozco.

—Vale, pero...

—Aiden —repetí, dando un paso hacia delante. Le cogí las manos y me puse de puntillas para darle un beso en la mejilla—. No sabía que tenías un lado tan dulce.

Frunció el ceño y los ojos dejaron de brillarle. Estos últimos meses me habían servido para conocerlo mejor, así que sabía que solo estaba avergonzado.

—Corramos un tupido velo —sugirió—. ¿Vamos a tu casa o qué hacemos?

—Sí, pero primero quiero ver la foto que tienes en la credencial. ¿Sales sonriendo?

Me fulminó con la mirada y salió del aula conmigo pisándole los talones.

Aiden llevaba desde Navidad sin venir a mi apartamento. Nunca lo invitaba porque él tenía la cama más cómoda del mundo, con las sábanas más suaves del mundo, en la casa más bonita del mundo. Y mi apartamento era un cuchitril en comparación.

Estaba orgullosa de poder pagármelo, pero aun así me sentía un poco cohibida al saber que mi novio vivía en una casa de piedra caliza. Pero cuando le mencioné a Aiden que quería aprender a hacer alfajores, él sugirió que buscásemos una receta para poder así compensar nuestras galletas navideñas incomestibles. Le dije que podía ir a buscar el bote de dulce de leche que tenía en casa y hacer la receta en la suya, pero frunció el ceño.

—Vamos a la tuya —concluyó, dándome un beso en el costado de la cabeza—. Si no te importa, claro.

Acepté a regañadientes, pero supe enseguida que había tomado la decisión correcta cuando le brillaron los ojos por la emoción.

Por fin se había acabado el invierno. Había guardado mi abrigo acolchado, al igual que había hecho Aiden, muy a mi pesar, con su abrigo de botones. Pero el paseo hasta casa se disfrutaba mucho más ahora que habían empezado a salir las primeras flores, dándole así un toque de color a las calles grises de Nueva York.

Cuando estábamos a punto de llegar, Aiden me apretó la mano con fuerza. Lo miré; tenía la mandíbula apretada.

—Ha vuelto el Aiden gruñón... ¿Qué te pasa?

Se quedó mirando la puerta del edificio antes de girarse hacia mí y pellizcarse el puente de la nariz.

—Rosalinda, ¿qué puedo hacer para que dejes de vivir en este maldito edificio? Cuando no te quedas en mi casa, me paso la mitad de la noche preocupado.

Me reí a carcajadas.

—¿Vas a seguir así? No seas tan dramático. Venga, vamos.

Suspiró, cediendo, y me hizo un gesto con la mano para que pasara primero.

Abrí la puerta de mi apartamento, enseñándole a Aiden todas las cerraduras que teníamos y que me mantenían segura. Nada más empujar la puerta, oí a Alexa haciendo ruido en su habitación.

—Cambio de planes —susurré de inmediato a la vez que lo empujaba para que volviese a salir al pasillo—. Volveremos más tarde.

—¿Qué? ¿Por qué?

Se le dibujó una sonrisa divertida en los labios. Yo seguí empujándolo, pero no tenía la fuerza suficiente para moverlo.

—Mi compañera de piso está en casa.

Decidí cambiar de táctica y le tiré del brazo. Logré que se desestabilizase un poco, pero ya era demasiado tarde. La puerta de la habitación de Alexa se abrió con un chirrido y apareció con el uniforme del Hideout.

—¡Ves! Acabas de hablar con acento sureño.

Aiden sonrió, complacido. Se había dado cuenta de que me salía el acento cada vez que estaba preocupada o demasiado feliz. Le encantaba tanto oírlo que a veces lo ponía adrede solo para ver cómo se le iluminaban los ojos.

Alexa se quedó parada en medio de nuestra pequeña sala de estar, alternando la mirada entre Aiden y yo. Me las había ingeniado para evitar que coincidiésemos los tres durante los últimos tres meses y medio, pero se me había olvidado mirar qué turno tenía hoy. Alexa no tenía pelos en la lengua y no me apetecía descubrir con qué le saldría a Aiden en esta ocasión. Me gustaba que no tuviese filtro, pero había cosas que le había contado que prefería que se quedasen entre nosotras. No me extrañaría que acabase dejándome en ridículo en cuanto se quedaran un mísero segundo a solas.

—¿Qué es esto? —me preguntó en español, cruzando los brazos sobre el pecho y esbozando una sonrisa.

Resoplé, molesta.

—Alexa, ya conoces a Aiden. Aiden, esta es Alexa.

Ella dio un paso hacia delante y extendió la mano. Cuando él hizo lo mismo, ella se la estrechó con entusiasmo.

—He oído un sinfín de cosas maravillosas y horribles sobre ti.

Aiden me miró de reojo.

—Ah, ¿sí?

—Uy, sí. Cuando no hablaba de ese maldito abrigo de botones, me decía que iba a hacer que te arrepintieses de las palabras que habías escrito...

—Vale, Alexa —la interrumpí—. No querrás llegar tarde al trabajo, ¿verdad? —Hice un gesto con la cabeza hacia la puerta.

Ella negó con inocencia.

—Ah, por supuesto que no —respondió. Después, se giró hacia Aiden y añadió—: Aiden, supongo que empezaremos a vernos más a menudo.

—Si Rosie Posie quiere seguir trayéndome... —Me sonrió.

Alexa caminó hasta la puerta y cuando llegó, se volvió hacia nosotros con una sonrisa traviesa en los labios.

–Por cierto, un pajarito me ha dicho que eres un hacha en la cama. ¡Diviértete, Rosie!

Me quité el zapato, con la intención de tirárselo a la cabeza, pero no fui lo bastante rápida.

–¡Vete ya!

Se oyeron sus carcajadas al otro lado de la puerta.

Tardamos casi una hora de sufrimiento y concentración en hacer los alfajores –sobre todo porque me distraía constantemente viendo cómo Aiden preparaba la masa con las mangas subidas hasta los codos–, pero al final conseguimos terminar la receta. Los colocamos en un plato y los rociamos con azúcar glas.

Expectante, miré cómo Aiden les daba el primer bocado.

–¿Qué tal? –le pregunté, emocionada–. ¿El sabor te ha cambiado la vida? ¿Ya no vas a querer comer otra cosa?

Aiden hizo una mueca. Era evidente que le estaba costando tragárselo. Asintió con la cabeza una vez.

–Están muy ricos.

La decepción me oprimió el corazón.

–No te gustan, ¿verdad?

–Creo que nos hemos olvidado de algún ingrediente –comentó, tosiendo un poco–. ¿Estás segura de que hemos seguido todos los pasos? Están un poco… –tosió de nuevo– secos.

Fruncí el ceño mientras cogía uno y me lo metía entero en la boca. De inmediato, me quedé pálida. Lo escupí.

–Joder, sí que están malos. Los de mi tía no saben así. Añadiste la yema de huevo, ¿no?

Él frunció el ceño.

–No, me dijiste que te ibas a encargar tú. De hecho, tus palabras fueron: «Déjame eso a mí; es una ciencia precisa, nunca la entenderías».

–¡Estaba de broma, Aiden! –me defendí–. Después de eso te dije: «Bueno, da igual. No quiero ensuciarme el vestido. ¿Lo haces tú por mí, *porfiplís*?».

–No has dicho *porfiplís* en la vida, Rosie. –Aiden se echó a reír–. Y menos delante de mí. Cuando me pides que haga algo, siempre viene acompañado de alguna amenaza de muerte.

–¿Perdona? –dije, fingiendo estar conmocionada–. Pero si soy una chica supersimpática.

–Sí, y con mucho carácter. –Se encogió de hombros–. Pero tranquila, me gusta.

Puse los ojos en blanco.

–No quería que tu primer contacto con los alfajores fuese un desastre. Coaccionaré a mi tía para que nos mande una caja. A ella le quedan espectaculares. –Estaba apoyado en la encimera de mi cocina y me miraba con tanto cariño, que se me aceleró el pulso de inmediato–. ¿Y ahora qué vamos a comer mientras vemos la peli?

–Puedo bajar a comprar algo –sugirió–. ¿Te apetecen unas Oreo?

–Tú sí que sabes.

–Enseguida vuelvo. –Me dio un beso rápido antes de salir.

Mientras Aiden iba a la tienda de la esquina, yo me dirigí a mi habitación para ir preparándolo todo para nuestra noche de peli y manta. Luego, revisé por millonésima vez en el día si tenía algún correo electrónico sin leer. No nos habían dicho exactamente cuándo nos enteraríamos de la resolución de la beca, solo que sería antes de que terminase el semestre. Aiden no dejaba de repetirme que no me preocupase, pero revisaba la bandeja de entrada cada vez que podía.

Unos minutos más tarde, llamó a la puerta.

–No me ha hecho falta llamar al telefonillo porque, por suerte para todos, el maldito ladrillo sigue en su sitio.

–¡Para ya con eso! –le pedí mientras lo guiaba hasta mi habitación.

Había dejado en la cama mi portátil, al igual que algunas almohadas y mantas. Mi habitación se veía muy pequeña en comparación con la cama de matrimonio y las ventanas enormes de Aiden. Él tenía estanterías y posavasos y yo torres de novelas románticas en el suelo, y la mesita de noche llena de libretas usadas.

–No me enseñaste tu habitación cuando estuve aquí en Navidad –me recordó, observándolo todo–. Me gusta. Es muy Rosie Posie.

Se agachó y cogió uno de mis libros, murmurando algo en voz baja mientras hojeaba las páginas. Caminó por mi pequeña habitación y sonrió cuando vio las fotos que había pegado en la pared en las que salían mis amigos en el Peculiar Pub y mi familia.

Todo me parecía surrealista. No solo porque hubiese un chico en mi habitación, sino porque ese chico era Aiden. Cuando escuchaba a la gente decir que los polos opuestos se atraían, nunca llegué a imaginarme que mi opuesto sería alguien tan similar a mí. Alguien que me entendía a la perfección.

Una vez terminó de cotillear mis cosas, se sentó conmigo en la cama y se inclinó sobre mí para coger una galleta de la mesita de noche.

–¿Qué película vamos a ver hoy? –quiso saber.

Había empezado a ver con Aiden mis comedias románticas favoritas, en concreto, los clásicos de Nora Ephron. Ya habíamos visto *Algo para recordar* y esa noche íbamos a ver *Cuando Harry encontró a Sally*.

Y a Aiden le encantó. Se pasó toda la película riéndose e incluso suspiró al final. Cuando terminó, me preguntó:

–¿Podemos ver otra?

Cuando íbamos por la mitad de *Tienes un e-mail*, le acaricié el pecho con los dedos.

–Me siento mal al saber que te estoy obligando a ver todas estas pelis cuando ni siquiera te gusta el romance.

–Créeme, estas sí que me gustan.

Tiré de él para que se pusiera encima de mí. Levantó las cejas, sorprendido, y bajó la cabeza para mirarme a los ojos.

–A no ser… que tengas otro plan mucho mejor en mente.

Me encogí de hombros.

–¿Tú tienes otro plan mucho mejor en mente? –le pregunté.

–Siempre que te tengo cerca, Rosie.

Con las manos apoyadas a ambos lados de mi cabeza, presionó los labios contra los míos y coló la lengua en mi boca. Se me escapó un gemido cuando fue deslizando poco a poco la mano por mi muslo hasta llegar a mi culo. Después, me levantó, pegándome más a él.

–Aiden –jadeé–. Quiero...

–¿Mmm? –murmuró contra mi cuello–. ¿Te sientes necesitada? Le acaricié la espalda de arriba abajo, arañándole un poco la piel con las uñas.

–Quiero saborearte.

Se le entrecortó la respiración cuando deslicé la mano entre nosotros para agarrársela. Se echó hacia atrás para que pudiese desabrocharle el pantalón y bajarle la cremallera.

Se giró para apoyar la espalda en el colchón y yo me incorporé para poder ponerme de rodillas. Le bajé los pantalones y los calzoncillos, liberando su erección. A pesar de lo cohibida que me había sentido durante nuestra primera vez, Aiden me hacía sentir sexi y segura cada vez que estábamos juntos. Cuando me desnudaba, siempre me miraba las estrías de los muslos y las curvas de las caderas con deseo, como si no pudiera controlarse.

Con cuidado, le acaricié el miembro desde la base hasta la punta. Respiró hondo y hundió los dedos en mi pelo, apartándome los mechones rebeldes de la cara con una de las manos. Me metí el glande en la boca y giré la lengua, chupándoselo. Él gruñó sin dejar de agarrarme la cabeza. Bajé la barbilla, tomando más de él. Le toqué la mano para que supiese que podía guiarme.

–Joder –soltó, y con mi pelo sujeto en un puño, me empezó a mover la cabeza con impaciencia–. Justo así, preciosa. –Lo miré desde abajo y él gruñó, marcando un ritmo más rápido–. Te encanta esto, ¿verdad? –me dijo con los dientes apretados y los ojos cargados de deseo–. Follarme con la boca, como si tuvieras el control. –Me tiró del pelo y se me escapó un gemido–. Pero los dos sabemos que te encanta que sea yo el que lleve las riendas. Los dos sabemos que estás empapada. Pero no vas a tocarte hasta que yo no te dé permiso, ¿verdad que no?

Asentí, desesperada por que siguiese hablando. Tenía razón; me encantaba que me dijera ese tipo de cosas en la cama. Apreté los muslos para aliviar el dolor punzante que me habían provocado sus palabras.

–Buena chica –susurró mientras me empujaba aún más la cabeza–. Lo estás haciendo genial, preciosa. Sigue así.

Lo provoqué con la lengua, sabiendo que eso lo haría estallar. Él siseó y me tiró del pelo con más fuerza.

—Estoy cerca.

Me moví más rápido y succioné hasta que la sentí en el fondo de la garganta. Gruñó cuando se corrió en mi boca. Se incorporó y me agarró la cara con las manos antes de acariciarme el labio inferior con el pulgar y pedirme que abriese la boca.

—Enséñamelo —dijo en voz baja, y yo obedecí. Se le oscureció la mirada al ver que seguía teniendo su semen en la lengua—. Trágatelo, preciosa.

Lo hice y volví a abrir la boca para demostrárselo. Se acercó a mí y me acostó en la cama.

—Dime qué quieres —susurró, agarrándome la barbilla para que lo mirase—. ¿Quieres que yo también me ponga de rodillas? —Asentí, sin aliento—. ¿O quieres que te folle?

Volví a asentir con la cabeza.

—Te quiero a ti, Aiden. —Le besé—. Eres lo único que quiero.

Extracto de *Sin título*,
de Rosie Maxwell y Aiden Huntington

Quería decirle esas dos palabras, pero no estaba listo para hacerlo. Dos palabras que se me quedaban en la punta de la lengua cada vez que la veía. Dos palabras que se repetían una y otra vez en mi mente, mientras intentaba reunir todo el coraje que necesitaba para decírselas en voz alta.

Capítulo 28

Estábamos a punto de terminar el semestre, y Aiden y yo ya casi teníamos listo el manuscrito. A nuestros personajes les quedaba poco para confesarse que se amaban, pero quería que el momento fuese perfecto. Habíamos estado escribiendo juntos sin parar y ahora que podíamos plasmar todo lo que sentíamos el uno por el otro en la novela, los dedos se me movían solos por el teclado, como si fuese magia.

Pero seguíamos sin llegar a un acuerdo con la gran confesión de amor. Nos estaba costando encontrar las palabras adecuadas y habíamos intentado escribir la escena un millón de veces. Aiden sugirió que siguiésemos adelante y que volviéramos a esa parte de la historia cuando estuviésemos más inspirados, pero yo no podía dejar de darle vueltas a la cabeza.

Estaba tan metida en la asignatura y en la novela que a veces soñaba con ella. Veía a Max y a Hunter en sueños y trataba de buscar algo que me resultase útil para la escena, pero rara vez conseguía recordar algo que de verdad nos sirviera.

Hasta que una noche se me abrieron los ojos de repente. Aiden se había quedado a dormir en mi casa: tenía el brazo alrededor de mi cintura y yo, la espalda contra su pecho. Las palabras se me amontonaron en la cabeza, desesperadas por salir. Fui tocando la mesita de noche a tientas hasta que encontré mi móvil y me liberé del agarre de Aiden. Apoyé uno de los codos en el colchón y me puse a escribir como una loca en la aplicación de notas.

—Duérmete, preciosa —susurró Aiden con la voz grave.

Intentó tirar de mí para que volviese a acostarme, pero yo no me moví.

—¡Creo que ya tengo la escena! —exclamé.

Las sábanas crujieron detrás de mí y Aiden apoyó la barbilla en mi hombro para leer lo que había escrito.

—¿Qué te parece? —le pregunté.

—Me gusta.

Puse los ojos en blanco.

—Dime la verdad...

Vaciló un instante antes de quitarme el teléfono de las manos.

—¿Puedo?

Yo asentí con la cabeza, y él volvió a leerlo, cambiando algunas palabras, reescribiendo algunas frases.

Fuimos revisando entre los dos los diversos párrafos que había escrito; nos íbamos pasando el móvil, con la espalda pegada en el cabecero.

—No podemos poner eso —insistí—. Max nunca diría algo así.

—¿Estás de broma? Maxine es la típica persona que diría: «Me enamoré de ti nada más conocerte».

—No, Max daría más detalles. Le diría qué la hizo enamorarse de él.

—Está bien... cámbialo tú.

Me pasó el móvil y, tal y como había hecho durante todo el semestre, escribí lo que sentía por Aiden. Lo que me habría gustado decirle a la cara si no tuviese tanto miedo de que volvieran a romperme el corazón.

—Te quise incluso antes de saber que lo hacía. Me enamoré de la forma en la que me mirabas cuando alguien decía algo gracioso porque sabías que me reiría. Y de la forma en la que fruncías el ceño cuando leías algo cursi que había escrito, aunque ahora sé que te encanta. Te quise desde el principio, pero ahora te quiero muchísimo más.

Le devolví el teléfono a Aiden con las manos temblorosas. Leyó cada una de mis palabras con detenimiento antes de escribir las suyas. Cuando me volvió a dar el móvil, sentí que se oían los latidos de mi corazón por toda la habitación.

–**Las historias de amor no se me dan tan bien como a ti. No sé cómo explicarte lo colado que estoy por ti. No creía en eso de las almas gemelas; en realidad, en nada que tuviese que ver con el amor… hasta que te conocí a ti. Pero te quiero. Hasta el puñetero infinito. Y lo gritaría a los cuatro vientos. Acepté mi destino hace mucho tiempo. Y creo que nunca podré amar a otra persona que no seas tú.**

Se me llenaron los ojos de lágrimas nada más terminar de leer el párrafo. Ninguno de los dos dijo nada, no hacía falta. Era muy difícil mostrarse vulnerable al escribir, pero lo era mucho más hacerlo en voz alta, así que habíamos acabado utilizando de excusa las páginas de un libro. Pero los dos sabíamos que en realidad aquellas palabras no pertenecían a Max y a Hunter.

Nos volvimos a acostar en la cama, y Aiden me estrechó una vez más entre sus brazos.

Estábamos sentados en el Peculiar Pub, con los ojos fijos en la pantalla de mi móvil, que había dejado en el centro de la mesa. Logan y yo estábamos a un lado, y Tyler y Jess al otro, muy juntos. Llevaban un tiempo saliendo y la mayoría de las veces se perdían en su propio mundo.

Nadie decía nada. Cada vez que Logan intentaba romper el silencio, alguien de la mesa lo mandaba a callar.

–¿Estás segura de que te van a decir algo hoy? –preguntó Jess, impaciente.

–En el correo ponía que hoy era el último día. Así que sí, tiene que ser hoy –respondí, mordiéndome la uña del pulgar para intentar calmarme.

–Joder, detesto la espera –comentó Logan. Después, echó la cabeza hacia atrás y soltó un gruñido–. Estoy nervioso que te cagas, y eso que no soy yo el que ha solicitado la beca.

Pronto tendría que marcharme; había quedado con Aiden para

cenar en el Raoul's, un restaurante en SoHo. Sin embargo, quería que me llegase el correo antes de irme para ver si ahogaba las penas con cerveza barata en el *pub* o convencía a Aiden para pedir un vino caro si me la concedían.

–Ojalá no enviasen el puñetero correo a todos los que participamos. Preferiría llevar la humillación en privado –admití, dándole un sorbo al vaso de agua.

–Creo que eres la única de la clase que la ha solicitado. Y nadie sabe que la pediste –me tranquilizó Jess–. Solo Aiden y nosotros.

No dije nada más; me limité a mordisquearme los pellejillos del pulgar.

Estaba más feliz que nunca con Aiden. Me despertaba cada día pensando que me esperaban un sinfín de cosas bonitas. Quería a Aiden y pensaba decírselo pronto, pero últimamente no podía pensar en otra cosa que no fuese en la beca. Había noches que no dormía por culpa de los nervios y quería estar centrada cuando se lo dijera. Quería estar centrada en él.

Cuando se iluminó la pantalla de mi móvil con una nueva notificación, todos nos inclinamos hacia delante.

–No quiero mirarlo –susurré–. Creo que me va a dar algo.

–¡Yo tampoco! –gimió Logan.

Tyler cogió con cuidado el teléfono de la mesa y dijo:

–Lo leeré yo.

Observé con atención cómo escudriñaba cada línea con la esperanza de que se le dibujara una sonrisa en el rostro. En cambio, parpadeó varias veces antes de mirarme.

–Lo siento mucho, Rosie –me dijo, sacudiendo la cabeza.

La mesa se quedó en silencio. Todos estaban esperando a que reaccionara, pero me quedé inmóvil, sin saber qué hacer. Estaba decepcionada y triste, y no sabía cómo fingir que no me afectaba.

Al cabo de unos minutos, hablé:

–No pasa nada. Ya me habían dicho que era difícil conseguirla… Quizá lo intente de nuevo el próximo semestre.

–Menuda panda de imbéciles –intervino Jess–. Estoy segura de que tu historia era la mejor. Probablemente no la eligieron porque era una novela romántica.

–Ya, probablemente –reconocí–. Pero así es como funcionan las cosas… Cuando un hombre escribe una novela romántica la consideran una obra maestra, pero si lo hace una mujer no es más que una basura llena de clichés. A veces pienso que es imposible ganarse el respeto en esta profesión como autora de romance.

–Rosie –pronunció Tyler en voz baja–, creo que deberías leer el correo… La beca se la han dado a Aiden.

Dejó el teléfono sobre la mesa y todos nos inclinamos para comprobarlo.

Nuestra más sincera enhorabuena a Aiden Huntington, estudiante de posgrado del Programa de Escritura Creativa de la Universidad de Nueva York. Su tutora, Ida Abarough, lo ha orientado de manera ejemplar, dado que su relato transmite a la perfección el dolor de manera cruda, intensa y emocional. Estamos deseando publicarlo en su nombre en la revista literaria *The Frost* y añadirlo a nuestra lista de becados.

Volví a leer el correo y empecé a sentirme un poco mareada. Lo primero que pensé fue: «¿Cuántos Aiden Huntington hay en la Universidad de Nueva York?». Porque Aiden, mi Aiden, nunca me traicionaría de esa manera. No tenía sentido.

–No nos habías dicho que Aiden la había solicitado. Ni que Ida lo estaba ayudando.

–Porque no lo sabía –confesé, con un regusto amargo en la boca.

Se quedaron en silencio mientras yo leía por tercera vez el correo. Entendía que se la hubieran dado a él. No pensaba que fuese mejor escritor que yo, pero sabía que a sus historias no les ponían tantos peros como a las mías.

Pero me había dicho que no la iba a solicitar, ¿no? Y no tenía mucho sentido que Ida lo hubiera ayudado y no me hubiese comentado nada. ¿Cuánto tiempo llevaba ocultándomelo? Aiden sabía que me había pasado horas y horas en el despacho de Ida. E Ida sabía que Aiden y yo estábamos saliendo. ¿Por qué ninguno de los dos me había dicho nada? Y lo peor de todo: Ida lo había ayudado; ¡una escritora de novela romántica lo había ayudado!

Por mucho que intentara no pensar en ello, me vinieron a la mente esas palabras cargadas de desprecio que Aiden utilizó en su día para referirse a nuestro género literario favorito.

—Qué cabrón —dijo Logan.

—Logan… —lo reprendió Jess.

—¿Qué? Todos los estamos pensando. Primero se gana la confianza de Rosie y, luego, ¿le miente y la apuñala por la espalda? Es justo como pensábamos que era.

—No puedes convertirlo ahora en el malo de la película por haber solicitado la misma beca que Rosie —lo defendió Tyler.

—No, pero debería habérselo contado.

—Rosie, ¿estás bien? —me preguntó Jess.

Me quedé en silencio unos segundos antes de respirar hondo.

—Debería irme. He quedado con Aiden —dije, aturdida.

En ese instante, recordé todo el rencor que le guardaba cuando empezó el semestre. Estaba muy pero que muy enfadada. ¿Cuántas veces habíamos hablado de lo importante que era para mí la beca? ¿Cuántas veces me había pillado mirando el correo para ver si habían publicado la resolucion? Me había escuchado hablar de ello una y otra vez sabiendo que él ya había enviado su propuesta. Estaba muy enfadada con él por haberme mentido.

Aun así, el corazón me dio un vuelco cuando pronuncié su nombre en voz alta.

—Ten cuidado, Rosie —me pidió Jess con cautela.

El sol de Nueva York empezaba a esconderse. Aiden me había dicho un millón de veces que estaba seguro de que los veranos en Tennessee eran agradables, pero que dudaba mucho que lo fuesen más que los de Nueva York. Me costaba demasiado admitir que tenía razón, pero la verdad es que la tenía. Hacía una temperatura ideal para salir a la calle: todos los bancos estaban ocupados y no cabía ni un alfiler en las terrazas de los restaurantes. La gente sonreía; era como si la ciudad cobrase vida en verano. Después de un invierno insoportable, parecía que todos los neoyorquinos habían salido de sus casas para disfrutar de hasta el más mínimo rayo de sol que se colase entre los rascacielos.

Raoul's no quedaba muy lejos del Peculiar Pub. Cuando llegué,

Aiden me estaba esperando fuera, con las manos metidas en los bolsillos. Se le dibujó una sonrisa en la cara nada más verme y me dio un abrazo.

—No sabes cuánto te he echado de menos hoy. —Cuando vio que no le devolvía el abrazo, se echó hacia atrás y me miró a los ojos—. ¿Va todo bien?

—Perfectamente.

Di un paso hacia atrás, abrazándome a mí misma para no sentir la tentación de tocarlo. Era evidente que todavía no había visto el correo.

Siguió cada movimiento que hice con los ojos y frunció un poco el ceño.

—Vale... —dijo con cautela—. ¿Te sigue apeteciendo cenar aquí? Si prefieres ir a La Pecora Bianca...

—Sí, me parece bien aquí.

Él volvió a fruncir el ceño.

—¿Seguro que estás bien? Te noto rara. Normalmente necesitas mirar la carta de postres antes de decidir...

—Estoy bien —le respondí con un tono brusco, y él arrugó la frente aún más. Volvió a bajar la cabeza para mirarme, como si así pudiese adivinar lo que me pasaba—. Aiden, estoy bien.

—Te pasa algo, Rosie. Sé cuándo estás enfadada. Te conozco.

—Quizá no me conozcas lo suficiente —espeté—. Y quizá yo no te conozca lo suficiente a ti.

Echó la cabeza hacia atrás.

—¿A qué viene eso?

Cuando era adolescente, solía tener discusiones fuertes con mi madre. Le soltaba cosas de las que luego me arrepentía, pero ella siempre se quedaba allí sentada, esperando con paciencia a que me calmase. Cada vez que me peleaba con ella, tenía una de esas experiencias extracorporales en las que me veía a mí misma comportándome como una cría. Y no hubo ni un mísero día en el que no me preguntara: «¿Por qué estoy siendo tan cruel con alguien a quien quiero tanto?».

Así era como me sentía en ese instante con Aiden.

Sin decir nada, me saqué el teléfono del bolsillo y se lo di. Él me lanzó una mirada confusa, pero cuando miró la pantalla, lo entendió todo. Se quedó en silencio mientras me devolvía el móvil.

–¿Por qué no me lo contaste?

Él sacudió la cabeza.

–No... no lo sé. No encontré el momento.

–Te repetí mil veces lo mucho que significaba esa beca para mí. Te dije que podía cambiarme la vida. Te dije que quería demostrarle al mundo que también se podían ganar premios tan prestigiosos como ese con una novela de romance.

Fue incapaz de mirarme a los ojos.

–Rosie, tampoco es para que te pongas así... No es para tanto.

Eché la cabeza hacia atrás.

–¿Perdona? ¡Para mí lo era todo, Aiden!

–¿Acaso estás celosa?

–No, Aiden –le escupí–. No me pone celosa que tu puta obra de atormentado le haya gustado a un grupo de hombres igual de atormentados que tú. De hecho, ni siquiera me sorprende. Estoy así porque me mentiste, joder. –Las palabras salieron de mi boca antes siquiera de que pudiese reflexionarlas.

Odiaba que volviésemos a ser el Aiden y la Rosie de septiembre. Sentí que se volvía a levantar un muro entre nosotros, y no sabía qué hacer para detenerlo.

–Nunca te he mentido –insistió él.

–Y tanto que sí –le recriminé–. Me miraste a los ojos y me dijiste que no ibas a solicitar la beca de la revista.

–No, te dije que me lo había planteado. Así que técnicamente no te mentí. Había pensado en intentarlo y al final lo hice, pero eso fue antes de que sucediera todo esto entre nosotros...

–¿Por qué debería creerte? –le pregunté a la defensiva, cada vez más frustrada–. Deberías habérmelo dicho.

–Claro –resopló–. Porque te habrías puesto igual de contenta que ahora, ¿no? No puedes ponerte así porque te haya quitado una beca.

Eché la cabeza hacia atrás.

–¿Es que todavía no lo entiendes? Me importa una mierda que te hayan dado la beca a ti, Aiden. Lo que me duele es que no me lo dijeses. Te pedí que revisaras mi relato, me diste consejo y te animé a que la solicitases... Y aun así no tuviste el coraje de decirme que lo ibas a hacer. ¡Ni siquiera te hacía falta! Todo el mundo está dispuesto a besarte los pies cada vez que terminas un puñetero manuscrito –le respondí con dureza.

–No es culpa mía que no te la hayan dado. ¿Qué querías que hiciera? ¿Rechazarla? ¿Ponértelo aún más fácil? ¡No hay que ser un genio para escribir una novela romántica!

Di un paso hacia atrás, como si me hubiese empujado. Dejé de oír el ruido estrepitoso de Nueva York; lo único que escuchaba eran las palabras de Aiden resonando una y otra vez en mi cabeza.

–Vete a la mierda, Aiden. Escribir novelas de amor nunca ha sido la opción fácil. ¿Cómo te atreves a decirme eso en la puta cara?

–Eres una buena escritora, Rosie. Una escritora increíble. Sabías perfectamente qué tipo de historias se publican en la revista; no deberías haber presentado una novela romántica.

–¡Ida me animó a hacerlo!

–Pues fue un consejo de mierda –soltó.

Dijera lo que dijese, me había mentido. Sentía un dolor inmenso en el pecho porque ahora sabía Aiden nunca había llegado a tomarme en serio. Si me había ocultado lo de la beca y lo que de verdad opinaba del romance, ¿en qué más me habría mentido?

–¿De verdad piensas lo que me dijiste hace unos meses? –quise saber–. ¿Sigues creyendo que es un género superficial y una pérdida de tiempo?

Sacudió la cabeza.

–Rosie, no tergiverses mis palabras.

–Sé que soy una buena escritora –le aseguré con énfasis–. No necesito que nadie más me lo diga. Porque lo sé, al igual que sé que el cielo es azul y que todas las historias de amor tienen un final feliz. No hay debate posible, Aiden. Escribir novelas románticas no me hace menos escritora que tú, y que insinúes eso te convierte en un gilipollas –escupí–. Pensé que habías cambiado de verdad. Pensé que no eras como Simon, ni como todos los demás. Pero sigues juzgándome desde tu puto pedestal.

–¡¿Y qué más da que no me guste el romance?! –explotó–. A

ti no te gusta lo que yo escribo, y no estoy montando una escena por eso.

Se estaba empezando a enfadar; movía las manos, enfurecido.

–Debería haberme dado cuenta. –Se me formó un nudo en la garganta. Estaba a punto de echarme a llorar, pero me contuve; no quería venirme abajo delante de él. Fui una ilusa al creerme su fachada de chico perfecto. Hasta en la vida real hacía lo que fuese necesario para conseguir su final triste–. Debería haberme dado cuenta de que nunca podrías llegar a quererme como me merezco.

–Soy yo el que debería haberse dado cuenta –me corrigió con tono áspero–. Fui un imbécil al pensar que podrías enamorarte de mí. –Tensó la mandíbula–. Pero no puedes. Porque quieres al lado a una persona que puedas manipular a tu antojo hasta convertirla en el protagonista de una de esas novelas que lees. Una persona a la que puedas colocar en un pedestal del que sabes que tarde o temprano va a caer.

–Sí, puede que te pusiera en uno –espeté, secándome las lágrimas que se me habían escapado con el dorso de la mano–. Prefiero vivir en un mundo en el que siempre saque lo mejor de alguien y no lo peor. Pero ¿sabes qué? Igual debería dejar de hacerlo. Lo que sentía por ti también incluía la ficción literaria y los finales tristes. Nunca te juzgué por eso. Y aun así, me mentiste. –Por un instante, creí ver en su expresión al Aiden del que me había enamorado, pero, con la misma rapidez, su mirada se enfrió–. Termina el libro –balbuceé–. Mata a Maxine. Haz que su final sea lo más horrible y doloroso posible. Yo paso, Aiden.

Antes de que le diera tiempo a responder, me di la vuelta y me fui. Llegué a casa tan rápido que me dolían las plantas de los pies. Sin embargo, me fue fácil ignorarlo, ya que la molestia que sentía en el pecho era mucho más insoportable.

**Extracto de *Sin título*,
de Rosie Maxwell y Aiden Huntington**

Como si fuese una figura de cristal, el corazón se me hizo pedazos. Pero estaba demasiado ocupado intentando recomponer el suyo como para pensar en el mío.

Capítulo 29

Solo nos quedaba una clase juntos. Ida quería que tuviésemos una última sesión de despedida antes de que comenzara el verano. Habían pasado unos días desde nuestra discusión y la herida seguía escociendo como si tan solo hubiesen pasado unos minutos. No estaba preparada para verlo.

Aiden había seguido escribiéndome. Solo lo había hecho por correo electrónico y para hablarme sobre la novela, pero yo nunca le había respondido. Tampoco había leído los capítulos finales.

Cada vez que aparecía su nombre en la bandeja de entrada, sentía el corazón en la garganta. Esperaba un gran gesto, como en las historias románticas: una carta de amor pidiéndome perdón y diciéndome que se había equivocado, que se arrepentía de lo que había pasado aquella noche, que mi ausencia le había dejado un vacío en el pecho y que estaba dispuesto a hacer cualquier cosa para recuperarme... pero no. Los mensajes siempre eran escuetos: «Acabo de terminar el capítulo» o «¿Vas a escribir tú el siguiente o lo hago yo?». Hasta que llegó el último: «Te adjunto el manuscrito final».

Tampoco había visto a Ida desde que todo mi mundo se había derrumbado. Me dolía lo que me había hecho tanto como lo de Aiden. Mi círculo cercano en Nueva York era muy pequeño, y Aiden e Ida eran, sin lugar a duda, dos de las personas más importantes que lo formaban. Ella sabía –puede que incluso más que Aiden– lo mucho que esa beca significaba para mí y lo que podría haber conseguido gracias a ella. Y aun así nunca me contó que Aiden también la iba a solicitar.

Nuestra última clase iba a durar menos de una hora, pero me daba pavor asistir. Mi idea era entrar y salir lo más rápido que pudiese porque tres horas después debía estar en un avión que me llevaría de vuelta a Tennessee.

Cuando en su día les dije a mis padres que me iba a mudar a Nueva York, a mi padre no le hizo demasiada ilusión. Me dijo que apoyaría cualquier decisión que tomase, pero también me lanzó una advertencia: «Rosie Posie, no pierdes nada por intentarlo. Pero eso no te garantiza que te vaya a salir todo bien, ¿vale? No pasa nada si al final decides volver a casa».

Me había reído con esa última frase. En aquel entonces, me había parecido absurdo. Me había pasado casi toda la vida imaginándome en Nueva York, como si fuese Sally Albright o Charlotte York. Nunca pensé que tendría tantas ganas de volver a casa. Pero necesitaba la paz, la tranquilidad y las colinas verdes de Tennessee.

Aiden ya estaba allí cuando entré en el aula. Sentía su mirada fija en mí, pero me negué a devolvérsela.

Jess frunció el ceño cuando me senté a su lado, justo donde normalmente se sentaba Logan:

—¿Va todo bien?

No les había dicho a mis amigos que Aiden y yo habíamos roto. Había pasado mucho tiempo castigándome a mí misma, recordando cada palabra que me había dicho. Y todo se volvió más real cuando se lo conté a Alexa. No creía que tuviese la fuerza suficiente para repetírselo a los demás.

Me encogí de hombros.

—No… no lo sé.

—¿Aiden y tú estáis bien?

Miré a Aiden de reojo, pero él no me estaba prestando apenas atención.

—Hemos roto —le respondí, bajando la voz.

—Oh, Rosie —se lamentó ella a la vez que me agarraba la mano y me daba un pequeño apretón—. Lo siento mucho.

Me volví a encoger de hombros.

—Sabía que pasaría tarde o temprano —contesté.

Tyler entró en clase y le dedicó una sonrisa a Jess. Se sentó enfrente de ella y, cuando empezó a sacar las cosas de la mochila, le susurré a mi amiga:

—Veo que a vosotros os va genial, ¿eh? —Jess vaciló un instante—. Puedes contármelo. No me voy a derrumbar por eso.

Ella asintió.

—Estamos muy bien. Va a venir a conocer a mi familia en verano —me informó, y se le escapó una sonrisa.

—Me alegro mucho por ti, Jess —dije con sinceridad.

—Estábamos pensando en quedarnos en Nueva York este verano, y creo que Logan también. Si te quedas, podemos ir a casa de Aiden a tirarle huevos.

Esbocé una pequeña sonrisa.

—En realidad voy a volver a casa.

—Ah, ¡qué bien! Echas de menos a tu familia; estar con ellos es justo lo que necesitas. Pero volverás el semestre que viene, ¿no? Porque nos han puesto juntas en Técnica Narrativa. Y menos mal. —Cuando negué con la cabeza, ella se enderezó—. Rosie, no puedes quedarte en Tennessee. A ti te encanta Nueva York… ¡Si una vez me dijiste que te gustaban hasta las ratas de esta ciudad! No puedes abandonar tus sueños por él.

—No es por él —Bajé la cabeza y me miré las manos—. Creo que era cuestión de tiempo. Ya no me veo viviendo aquí.

Logan entró en el aula y frunció el ceño cuando me vio ocupando su asiento. Jess le lanzó una mirada e hizo un gesto con la cabeza hacia la silla que estaba enfrente de Aiden. Logan puso cara de pavor, pero cedió enseguida.

—Pensaba que Logan había dejado de tenerle miedo cuando empezamos a salir —le susurré a Jess.

Ella resopló.

—Aiden podría venir a clase vestido de osito de peluche, y Logan seguiría teniéndole miedo.

Ida entró por la puerta y dudó un instante al ver el cambio de asientos. Nuestras miradas se cruzaron durante un segundo antes de que yo rompiese el contacto visual.

Me habían roto el corazón dos personas a la vez. Estos dos últimos años no habrían sido lo mismo sin Ida. Su artículo me había animado a solicitar una plaza en la Universidad de Nueva York y su amabilidad y sus consejos me habían ayudado a creer más en mí. Pero la había estado evitando desde que había recibido el correo con la resolución de la beca.

Ida se detuvo delante de la clase con los brazos cruzados en el pecho. Nos pidió que compartiéramos con el resto nuestras sensaciones y lo que habíamos aprendido tras la entrega del proyecto final. No presté atención a mis compañeros y me quedé toda la sesión con la vista clavada en la mesa.

—Antes de que os marchéis, me gustaría deciros que para mí ha sido un placer ser vuestra profesora. No es normal tener tanto talento en una misma clase, y me alegro mucho de haberos conocido a todos. —Levanté la vista y sus ojos se encontraron con los míos. Desvié la mirada enseguida—. Si necesitáis algo, cualquier cosa, no dudéis en poneros en contacto conmigo. Que tengáis un buen verano.

Todos se levantaron y empezaron a recoger sus cosas. Yo me moví lo más rápido que pude; lo último que necesitaba era un cara a cara con Ida y Aiden. Pero justo cuando estaba a punto de salir corriendo por la puerta, Ida gritó:

—Rosie, ¿podemos hablar un momento?

Hice una mueca y giré sobre mis talones para mirarla.

—Solo quería saber cómo estabas. Esperaba que prácticamente acamparas en mi despacho cuando le estuvieseis dando las últimas pinceladas a vuestra historia.

Me mordí el labio.

—He estado muy liada.

Entornó los ojos e hizo un gesto con la cabeza hacia la silla que tenía al lado.

—Siéntate —me pidió.

A regañadientes, me dejé caer en la silla, con las manos en el regazo.

—No sé si estás así por lo de la beca..., pero siento que no te la hayan dado. Creo que eres una escritora increíble y que tienes posibilidades en el mundo literario. La historia que les enviaste era perfecta. Era sincera, cruda y preciosa. Y me sorprendió cuando...

—Me vuelvo a Tennessee —le solté de repente. Ella abrió la boca, pero la interrumpí—: Y antes de que intentes convencerme de que me quede, quiero que sepas que no voy a cambiar de opinión. Yo... confiaba mucho en ti. Y en Aiden. Y ninguno de los dos me contó que él también iba a solicitarla. Pensé que Aiden y yo habíamos dejado atrás lo de ser rivales para tener algo mucho más especial, pero se ve que yo era la única que no sabía que seguíamos compitiendo. —Solté un suspiro tembloroso—. Tal vez estábamos destinados a acabar como los protagonistas de nuestra novela. Me ha quedado claro; los finales felices no existen en la vida real. Y ahora necesito irme a casa.

Ida suavizó la expresión.

—Rosie, siento mucho que ninguno de los dos te lo dijera...

—Perdón, pero creo que es mejor que me vaya —la corté—. No puedo perder el avión.

Con el peso de todo mi mundo sobre los hombros —o al menos así lo sentí—, salí del edificio por última vez.

Logan, Tyler, Jess y Aiden me estaban esperando fuera. Me bastó con una mirada para saber que Jess había puesto a mis amigos al día.

—Le hemos dicho que se largue —me informó Logan mientras mantenía la vista fija en Aiden, que estaba justo detrás de Tyler—, pero se niega a hacerlo.

—No tienes por qué hablar con él —insistió Jess—. Somos tus guardaespaldas. Podemos sacarte de aquí sin que tengas siquiera que mirarlo a los ojos.

—Sigo aquí —dijo Aiden con sequedad.

—¿Habéis oído eso? —preguntó Logan, mirando a su alrededor—. Parecen los sollozos de una perra.

—¡Oye! —espetó Aiden, y Logan retrocedió, espantado.

—Podéis iros; no os preocupéis. —Sonreí un poco.

—¿Estás segura, Rosie? —me preguntó Tyler.

Asentí con la cabeza.

—Después os escribo.

Todos me lanzaron una mirada de apoyo antes de que Aiden y yo nos quedásemos solos en la calle. El silencio se extendió entre nosotros de una manera insoportable.

—¿Pudiste leer los últimos capítulos? —habló él primero.

Ahora sabía mejor que nunca lo que significaba ese destello de esperanza en sus ojos. No me lo preguntaba porque quisiese saber mi opinión, sino porque quería que alabara su trabajo. Ni siquiera era capaz de despedirse sin que le inflase el ego.

—Sí —mentí.

—¿Y bien? —dijo con cautela.

—¿Y bien qué, Aiden? —suspiré—. Un final espléndido, si eso es lo que quieres escuchar. Hemos terminado las clases, hemos terminado el libro. Ya es hora de pasar página.

Se le tensó la mandíbula.

—Vale —respondió con un tono de voz que parecía estar cargado de veneno—. Que te vaya bien, Rosie.

Giró sobre sus talones y se dirigió hacia el metro.

Después de despedirme de algunos compañeros de clase, me fui a casa a recoger la maleta. Ya había enviado la mayoría de las cajas a Tennessee y estaba más que preparada para marcharme después de este tiempo.

Alexa me estaba esperando en el salón cuando entré. Iba toda vestida de negro porque, tal y como me había dicho ella: «Estamos de luto». La ruptura le había dolido tanto como a mí, a veces parecía que incluso más.

—¿Estás segura de esto? —me preguntó con tristeza. Había arrastrado la maleta hasta la puerta de nuestra casa; estaba cerrada y lista para dejar la ciudad—. Nueva York es enorme; es muy probable que no te vuelvas a cruzar con él en la vida.

Moví la cabeza, con el corazón en un puño.

—Lo he intentado, pero no puedo más. Necesito irme a casa.

Me envolvió en un abrazo, estrechándome fuerte.

—Si decides volver, sabes que aquí siempre tendrás una compañera de piso. Y si hay alguien viviendo conmigo, no tendré reparos en echarlo a patadas por ti.

Me ahogué en una carcajada y se me escaparon un par de lágrimas.

–No sería necesario.

–Pero lo haría. –Me agarró la mano–. Espero que encuentres lo que buscas en Tennessee.

–Joder –suspiré–. Yo también.

VERANO

Capítulo 30

Llevaba un mes en casa y no había escrito ni una sola palabra desde que llegué. Algunas de las mejores escenas que había escrito las había hecho con Aiden. Quería que se me ocurriera algo mucho mejor, quería demostrarme a mí misma que había pasado página, pero no me salía nada; era como si Aiden también me hubiese arrebatado las palabras. Me encantaba escribir, pero lo disfrutaba mucho más con él.

Mi madre venía a comprobar cómo estaba todos los días. Había intentado ayudarme a recuperar esa chispa, pero había sido en vano. Habíamos empezado un sinfín de películas románticas, pero cada vez que llegábamos a una de mis escenas favoritas, sentía un dolor físico insoportable, así que al final tuvimos que dejar de verlas.

Me pasaba el día encerrada en mi habitación, leyendo. Comencé con *Lo mejor que puedo*, el libro de la madre de Aiden que él mismo me había comprado en Strand. Era evidente que se había basado en su propio divorcio. Se me caían las lágrimas mientras me preguntaba qué partes eran reales y cuáles mera ficción. Aiden me había dejado con la sensación de que su padre había descuidado a su familia y había estado a punto de cruzar la línea del abuso emocional. Sin embargo, el niño que aparecía en el libro, Aaron, buscaba con ansias llamar la atención de su progenitor, sin importarle lo más mínimo las consecuencias. La historia se centraba en cómo la madre hacía lo que podía, pero aun así sentía que no era suficiente.

Quería llamarlo y confesarle que lo quería, que no podía dejar que su personalidad se definiese por lo que decía la gente que no lo apreciaba, pero una parte de mí seguía pensando que tal vez eso también había sido fruto de mi imaginación. Había visto lo que quería ver, y cuando Aiden no había seguido la trama con la que había fantaseado, me había acabado haciendo daño a mí misma.

Pero yo había estado allí con él. Había notado sus besos en el hombro cada mañana. Había sentido el peso de su mirada.

Estaba a tan solo una llamada de distancia, pero el Aiden que conocía me parecía inalcanzable. Sin saberlo, me había pasado prácticamente toda la adolescencia leyendo libros de su madre. Aquellos días los releí todos, desesperada por encontrar algún rastro de Aiden en ellos.

Era la décima vez que sonaban los primeros acordes de *All Too Well*, de Taylor Swift, cuando mi hermana irrumpió en mi habitación.

—Se acabó —dijo ella, quitándome el edredón de encima. Se acercó al altavoz y lo desenchufó de la pared—. Me encanta Taylor, pero si vuelvo a escuchar esta canción no solo me voy a volver loca yo, sino también el bebé.

Desde que Maria le había contado a toda la familia que estaba embarazada, se había convertido en su excusa para todo.

—Te saldrá un bebé *swiftie* —le respondí debajo de la sábana—. Es mejor que aprenda cuanto antes que le pueden romper el corazón.

—¿Vas a seguir? —se quejó mientras se sentaba en el borde de la cama, apartándome las sábanas de la cara—. Tú no eres así; tú eres una romántica empedernida. Nunca has escuchado tantas canciones tristes en tu vida. Ni siquiera cuando rompiste con Simon. Rosie, no puedes seguir haciéndote esto.

—¿Haciéndome qué?

Me lanzó una mirada de advertencia.

—Ya sabes a qué me refiero. No puedes vivir ahogada en un vaso de agua. Vale, te han roto el corazón, lo entiendo. Aiden no es quien pensabas que era, y lo siento mucho, Rosie Posie, de verdad, pero tienes que seguir con tu vida —me lo soltó con delicadeza, como si así pudiese hacerme sentir mejor.

–No, no lo entiendes. –Me giré hacia un lado, alejándome de ella.

–Bueno, pues explícamelo. –Me agarró del hombro para que la volviese a mirar–. Háblame. Nos tienes a todos muy preocupados. No quieres desahogarte con nosotros, no quieres salir de la habitación, no quieres escribir... Al menos habla conmigo.

Me incorporé y pegué la espalda al cabecero. Sentía los brazos y las piernas pesadas, y el corazón encogido. No quería hablar de lo que había pasado con nadie. Quería revolcarme y hundirme en mi propia miseria.

Cerré los ojos y respiré hondo.

Inhalé y exhalé, cada vez más lento. Dentro, fuera. Dentro, fuera.

–No se va de mi cabeza. Él, todo lo que vivimos... Estaba tan segura de que estábamos hechos el uno para el otro... Y ahora me siento tan tonta por haberme hecho ilusiones. Por haber permitido que me engañase.

–Vale –dijo con lentitud–. ¿Qué más?

–Aiden debería haber sido mi media naranja, pero fingió ser quien yo quería que fuese y me acabé enamorando de él. Y en la vida real no existe ese chico perfecto que conocí cuando las cosas nos iban bien.

–Oh, Rosie –suspiro con dulzura. Después, me hizo un gesto con la cabeza para que le dejara sitio en la cama. Se acostó a mi lado y nos tapó con las sábanas antes de colocarse las manos en el vientre–. Sabes que eso no es verdad. Sabes que ese chico sigue ahí.

–Sí, en Nueva York –respondí con tristeza–. En la librería Strand. En la sección de novelas románticas.

–Rosie, por favor –me regañó–. Si lo de las almas gemelas no fuese real, ¿por qué seguirían juntos papá y mamá? ¿Por qué acabé yo con Peter?

Me crucé de brazos, abrazándome con fuerza.

–Lo echo de menos –admití en voz baja–. Esa es la peor parte. Lo echo tanto de menos que no hay nada que no me recuerde a él. Echo de menos oír el ruido que hacía al escribir con el lápiz en ese puñetero cuaderno. O la forma en la que se le iluminaba el rostro cuando me veía al otro lado de la calle. Lo echo de menos.

–Y eso está bien –me tranquilizó–. Es normal. Te enamoraste de él...

–¡Y nunca se lo dije! –sollocé, y se me amontonaron las lágrimas en los ojos–. Ni siquiera le dije que lo quería, y él tampoco me lo dijo a mí. Solo nos lo dijimos a través de la novela. Y ahora estoy llorando por alguien que estoy segura de que no habrá pensado ni un mísero segundo en mí desde que me fui.

Se incorporó y me arrastró con ella. Nos sentamos cara a cara. Me apartó un mechón de pelo del rostro y me lo puso detrás de la oreja.

–Te voy a decir esto porque te quiero: tienes que aprovechar toda esa rabia y esa tristeza para escribir. Aunque lo que salga de ahí sea un desastre; de hecho, sobre todo si es un desastre. Saca algo positivo de todo ese dolor que sientes. –Abrí la boca para hablar, pero ella me la tapó con la mano–. Y antes de que empieces a protestar, piénsatelo. La chica que tengo delante no es la hermana mayor con la que crecí. ¿Cuántas veces me has dicho que el amor no siempre es fácil cuando Peter y yo discutimos?

–Sí, no siempre es fácil, pero eso no significa que tenga que doler.

–Quizá –admitió–. Pero el amor se mueve entre la luz y la oscuridad. No siempre es sencillo, Rosie. Las peleas y los desacuerdos son difíciles de digerir, pero al menos sabes que estás luchando por algo que te importa. No es la guerra más difícil a la que tendrás que hacer frente, pero sé que a veces nos puede parecer todo un mundo. –Se levantó de la cama y me sonrió–. Estarás bien. Escribe algo que merezca la pena. –Hizo una pausa–. Al menos podrías hacer el esfuerzo por... ¿el bebé?

–Pienso malcriarlo todo lo que me queda de vida. Te arrepentirás de haberlo usado para chantajearme.

–Haz lo que mejor se te da, Rosie Posie.

Cuando salió de mi habitación, el sol comenzaba a ponerse en Tennessee. Una luz tenue se coló por los huequitos de la persiana, iluminando mi portátil. Suspiré al pensar que tal vez era una señal del universo. Caminé de la cama al escritorio a trompicones, encendí el ordenador y escribí.

Capítulo 31

Una semana después, me sonó el teléfono y el nombre de Ida apareció en la pantalla. Tenía su número guardado porque en su día le supliqué que me lo pasase para poder enviarle el enlace a un *fan fiction*, pero me hizo prometerle que solo la llamaría en caso de emergencia.

Cogí el móvil con las manos temblorosas y con un incómodo cosquilleo por todo el cuerpo. Antes de que pudiese pensarlo mejor, le di al botón verde y respondí:

–¿Hola?

–¿Rosie? ¿Eres tú?

Apoyé la cabeza en el cabecero de la cama.

–Sí. Hola, profesora.

Se quedó en silencio, seguramente porque se había quedado desconcertada al oír que la había llamado «profesora». La primera y única vez que lo había hecho fue cuando nos conocimos, y ella me pidió enseguida que la llamase por su nombre de pila.

–Espero no pillarte en mal momento –dijo en voz baja–, pero es que no puedo dejar de pensar en nuestra última conversación y me siento fatal. Quería disculparme otra vez e… intentar convencerte para que vuelvas el año que viene.

–No… no sé lo que haré.

Agaché la cabeza y empecé a juguetear con un hilo suelto de la manta. Se me formó un nudo en la garganta cuando intenté contener las lágrimas. No me había resultado sencillo tomar la decisión de irme. Echaba de menos Nueva York todos los días,

413

pero no podía volver a caminar por calles que sabía que me recordarían a él.

—Acabo de terminar de leer vuestro libro. Aiden y tú tenéis un talento excepcional y de verdad que espero que vuelvas. Eres una gran escritora, Rosie. Los últimos capítulos de la novela son fantásticos.

Puse los ojos en blanco.

—Bueno, fue Aiden quien escribió los últimos capítulos, así que eso deberías decírselo a él. Yo ni siquiera los leí.

—¿Qué? —Se le agudizó la voz—. ¿No los has leído?

—Sé que igual me estoy metiendo en un problema, pero ya me da igual si eso puede repercutir en mi nota.

—No, Rosie. Lo digo en serio; creo que deberías leerlos —me aseguró con la voz cargada de tensión.

—No.

—Rosie —pronunció ella con urgencia—, no quiero decirte qué es lo que escribió, pero...

—No lo hagas —la interrumpí—. Fui yo la que eligió no leerlos. No tengo ningún interés en hacerlo y no lo tendré nunca. Te agradezco que me hayas llamado para pedirme disculpas, pero no hace falta que insistas —suspiré, y las lágrimas empezaron a nublarme la vista—. Gracias por todo. Tengo que irme.

Y colgué sin decir ni una palabra más. Me hundí en la cama y por fin dejé que las lágrimas me cayesen por el rostro. Una parte de mí sentía curiosidad por saber cómo había terminado Aiden la historia, pero no estaba de humor para leer la escena del ascenso de Hunter y menos aún cómo un autobús atropellaba a Max.

Me puse de lado y mojé la almohada con mis lágrimas.

Esa misma noche mi madre me gritó en español desde la planta baja.

—¡Rosie, tienes visita!

Puse los ojos en blanco. El director de mi antiguo instituto llevaba días insistiéndome en que necesitaban un profesor suplente.

—¿Quién es? —le pregunté, alzando la voz.

—Ven abajo y lo verás.

–Si es el señor Terra, dile que no pienso darles clase a unos mocosos de catorce años.

–No es el señor Terra.

Fruncí el ceño. Vacilé un instante, pero la curiosidad no tardó en hacerme bajar las escaleras, con la madera crujiendo bajo mis pies.

–Mami, si esto es uno de tus trucos para conseguir que hable con el señor Terra, me mudaré. Y lo digo en serio esta vez. Conseguiré un trabajo en Dollywood y nunca...

–Hola.

Aiden Huntington estaba de pie en el umbral de la puerta de mi casa, con la cabeza rozando la parte superior del marco. Llevaba en la mano un ramo de rosas envuelto en papel blanco. Iba nada más y nada menos que con un traje y... estaba en Tennessee.

Tenía la chaqueta arrugada, como si llevara horas con ella puesta. Parecía que llevaba días sin dormir y sin peinarse. Cada vez que le veía con el pelo así –con mechones hacia arriba en todas las direcciones posibles–, sabía que era porque se lo había revuelto él mismo con los dedos, probablemente a causa de los nervios.

–¿Qué estás haciendo aquí? –le pregunté con muy poca delicadeza.

Todavía me faltaba bajar un escalón. Cambié el peso de un pie a otro, avergonzada por la ropa que llevaba puesta: unos pantalones cortos de deporte y una camiseta roñosa de mi adolescencia. Sabía que a estas alturas debería darme igual, pero había una parte de mí que quería hacerle creer que la ruptura no me había afectado lo más mínimo.

No cambió la expresión al oír mi tono: tenía el rostro lleno de esperanza, la mirada suave y suplicante.

–Quería hablar contigo –dijo con dulzura.

–Adelante.

Crucé los brazos. Quería mantener la mayor distancia posible entre nosotros. Ni siquiera era capaz de mirarlo, me dolía mucho el pecho al recordar todo lo que había pasado.

–¿Podríamos hacerlo fuera?

Tenía la vista clavada en la cocina, a mi espalda. Mis padres estaban cenando con María y Peter; el sonido de las carcajadas se oía por toda la casa.

—Está bien...

Pasé por su lado, rozándole el pecho con el hombro, y salí al porche con la respiración agitada. Me siguió y se sentó a mi lado, en los escalones de la entrada. Estábamos a escasos centímetros y tuve que resistir la tentación de deslizarme hasta el extremo opuesto de la escalera. Dobló las piernas, con las rodillas tocándole el pecho.

—Son para ti. Las he comprado en una tienda del centro.

Me ofreció el ramo de rosas, y yo lo cogí, vacilante. Lo dejé en el suelo, obligándome a no acercármelo a la nariz para oler las flores.

—¿Cómo has sabido dónde vivo?

—Tuve que suplicarle a Alexa que me lo dijese.

—Menuda traidora —murmuré.

—Estoy aquí porque te debo una explicación.

—Claro que sí —resoplé.

—Rosie...

—No, no. Adelante. Me sentaré aquí a escucharte para que puedas irte a tu casa con la conciencia tranquila.

Lo estaba provocando. Me conformaba con cualquier tipo de reacción porque discutir con él era mejor que nada. Sobre todo, mejor que llorar con la esperanza de que hubiese venido a recuperarme.

—También quiero disculparme, pero...

—Pero solo después de que consigas sentirte mejor contigo mismo.

—¿Puedes dejarme hablar? —me espetó.

—¿Por qué debería hacerlo? —le respondí con brusquedad—. Has tenido todo un mes para darme esas supuestas explicaciones. No sé por qué te ha costado tanto.

—Sabes que es cosa de dos, ¿no? Tú también podrías haber venido a hablar conmigo si hubieses querido.

Se estaba empezando a cabrear.

—Ya, pero la diferencia es que yo no tengo nada que decirte.

Me levanté y bajé los escalones hasta que me detuve en la acera; necesitaba alejarme de él. En estas últimas semanas, había conseguido juntar algunos pedazos, pero ahora volvía a sentir el corazón frágil y no iba a poder protegerlo si me quedaba sentada a su lado.

–No quiero escucharte, Aiden. No quiero darte el gusto para que puedas volver tranquilo a Nueva York mientras yo me quedo en Tennessee, tratando de buscarle sentido a mi vida. Me importa una mierda la excusa que te hayas inventado para que te perdone.

–No me he inventado nada.

Él también se puso de pie. Tuve que alzar la barbilla para poder mirarlo a los ojos y eso me enfadó todavía más. Volví a subir al escalón para que estuviésemos a la misma altura.

Él puso los ojos en blanco, pero se quedó quieto.

–No hace falta que sigas mintiendo, Aiden. Se acabó. Ya no tienes que fingir que quieres estar conmigo.

Su expresión cambió; parecía que le habían dado un puñetazo en la cara.

–Rosie, ¿qué estás diciendo? ¡Siempre he querido estar contigo! Nunca lo he fingido.

–¡Por favor! –exclamé, levantando las manos–. Me odiabas, me tocabas las narices constantemente en clase...

–¡No sabía cómo hacer que te fijaras en mí! Ya hemos hablado de esto, Rosie. Era mi manera de protegerme, de protegerte a ti.

–¡Qué manera más bonita de lavarse las manos! –escupí.

–Me gustaste desde que te vi cruzar la puta puerta, Rosie. ¡Nunca te mentí!

No era la primera vez que vivía algo así; me pasé una década convenciéndome a mí misma de que la relación con mi ex era algo que en realidad no era. Dejé que Simon me pisoteara porque pensé que era mejor amar que ser amada. Pero ahora quería más, me merecía más.

–¡Es lo único que has hecho, Aiden! Me mentiste cuando dijiste que te gustaba. Me mentiste con lo de la beca. Me mentiste...

–No lo hice, Rosie. –Se acercó a mí y me cogió las manos. Me zafé de su agarre, pero eso no le impidió seguir hablando–: Rosie, soy un imbécil. No soy romántico. No sé cómo serlo, pero estoy intentando parecerme a esos protas de las novelas que lees y...

—Bueno, pues esfuérzate un poquito más porque lo estás haciendo de puta pena.

—Lo estoy haciendo lo mejor que puedo, Rosie —dijo en voz baja y suplicante—. Soy nuevo en todo esto.

—He leído muchos libros, Aiden. Y he visto todo tipo de declaraciones de amor, y en ninguna de ellas el protagonista lo hace gritando.

—Eres tú la que ha empezado —murmuró.

—¡Me da igual! —Levanté las manos—. Me rompiste el corazón, Aiden. ¡Y eso no se soluciona con un maldito ramo de rosas!

Intenté contener las lágrimas cuando sus ojos se encontraron con los míos. Me estudió el rostro con detenimiento. Lo único que se oía, además del canto de los pájaros y las cigarras que teníamos alrededor, eran los latidos de mi corazón y su respiración entrecortada.

—He venido hasta aquí porque sé que no leíste los últimos capítulos. —Se puso serio.

Llevaba los capítulos impresos en la mano, pero cuando extendió el brazo para dármelos, yo no los cogí.

—Sí que los leí —mentí.

—No, no lo hiciste. Me lo dijo Ida.

—Cómo no... —Puse los ojos en blanco.

Se sacó el teléfono del bolsillo y apretó la pantalla un par de veces antes de enseñármela. Leí el correo que le había enviado Ida con los ojos entornados:

Creo que deberías saber que Rosie no leyó los últimos capítulos. Espero que algún día podáis perdonarme por todo lo que ha pasado.

—Me lo ha enviado esta mañana. Fui a su despacho y me lo contó todo. No sabía que no habías leído el final de la historia, Rosie, y tampoco sabía que habías vuelto a Tennessee.

—Ya no importa, Aiden.

Me giré y subí los escalones hacia la puerta, pero él me siguió de cerca.

–Iba todos los días a tu casa. Llamaba al telefonillo un millón de veces hasta que Alexa me pedía que parase. ¡Porque ese puñetero ladrillo desapareció justo cuando yo más lo necesitaba! Iba al Think Coffee todas las mañanas. Comía casi todos los días en el Hideout con la esperanza de verte allí. No me he rendido sin más, Rosie. ¡Es que no lo sabía!

–¡Para ya! –le grité, con las lágrimas corriéndome por las mejillas–. ¡No me hagas esto! ¡No me vuelvas a mentir! ¿Cómo voy a saber si me estás diciendo la verdad?

–Rosie, si hubiese sabido desde el principio que no estabas en Nueva York, habría cogido el primer vuelo que saliese a Tennessee. De hecho, es lo que he hecho. He ido directo al aeropuerto nada más salir del despacho de Ida. –Hizo una pausa–. La novela no termina con un final triste.

–Ya… –me burlé.

Nos habíamos inspirado en nuestra relación para escribir la historia, pero en realidad hasta ahora nunca me había dado cuenta de lo mucho que nos parecíamos a Max y a Hunter. Nosotros competimos por una beca, ellos por unos clientes. Habíamos acabado escribiendo nuestro destino, y no era tan ingenua como para pensar que Aiden les había dado un final feliz.

–Te lo estoy diciendo en serio –dijo con énfasis–. Te pregunté después de clase si habías leído los últimos capítulos, y me dijiste que sí. Pensé que me estabas rechazando, pero tendría que haber insistido. No debería haber dejado que salieses corriendo una segunda vez.

Cerré los ojos con fuerza, intentando hacer que creyese que sus palabras no me afectaban. Quería creerlo, pero no podía volver a pasar por esto. No iba a tropezarme otra vez con la misma piedra, no iba a volver a enamorarme de una versión de Aiden que ni siquiera era real.

–Rosie, te lo suplico. Léelos, por favor.

–Llegas tarde, Aiden –le solté–. No quiero leerlos. No quiero perdonarte. No quiero que me vuelvas a hacer daño. No quiero.

—¿No me vas a dar otra oportunidad? —me preguntó, levantando una ceja.

Tragué saliva.

—No.

—Pues me cuesta mucho creerte —dijo con dulzura.

—¿Por qué? ¿Porque me conoces muy bien?

—Pues sí. Eres la persona más terca que conozco. Y si de verdad no quisieras escucharme, no estarías aquí de pie en el porche, mirándome así.

—¿Mirándote cómo? ¿Como si quisiese arrancarte los ojos?

Esbozó la primera sonrisa sincera de la noche.

—Esa es mi Rosie.

Me di la vuelta porque sabía que si seguía mirándole la sonrisa, cedería. Y quería hacerlo. Quería abrazarlo y olvidarme de todo lo que había pasado. Pero no podía arriesgarme a que me volviese a romper el corazón.

—Ya no soy tu nada.

—Vale. Como quieras, pero necesito que sepas que yo sigo siendo tuyo. Lo fui desde la primera vez que te vi y nunca he querido dejar de serlo. Cuando pasábamos tiempo juntos no podía parar de pensar que eras mejor que cualquier sueño, Rosie. Mejor que cualquier personaje que pudiese crear. —Se metió la mano en el bolsillo trasero de los pantalones y volvió a sacar la pila enrollada de papeles—. Léelos, por favor. Cuando quieras. Si no es hoy, mañana. Si no es mañana, la semana que viene. Y si no es la semana que viene, quiero que sepas que te estaré esperando en casa, en Nueva York.

Me quedé mirando los papeles, convenciéndome a mí misma de que no me importaba lo más mínimo. Que nunca querría saber qué palabras había escrito para intentar recuperarme. Pero mi lado romántico me lo puso difícil.

Vacilante, se los quité de las manos y él puso expresión de alivio.

—Te esperaré el tiempo que haga falta. Te lo juro. Quiero que lo nuestro dure, Rosie. Quiero formar parte de tu futuro. Todo el tiempo que me dejes —dijo con un tono de voz que denotaba súplica, casi como si fuese una promesa.

Me salió un suspiro tembloroso y me aferré como pude a los papeles.

—No puedes quedarte aquí –le informé, mirándolo con los ojos entornados–. Quiero estar sola cuando los lea.

—Sí, tranquila –contestó enseguida–. Esperaré en esa cafetería de la que me hablaste. Esa en la que un niño al que le dabas clases particulares te tiró el café por encima. Esa en la que tu mejor amiga se bebió seis cafés seguidos y...

—Sí, en el Honeybee. Conozco el sitio, Aiden.

—Era solo para demostrarte que te escucho. –Se le curvaron las comisuras de la boca hacia arriba. Y esta vez, cuando se acercó a mí y me agarró las manos, yo le dejé hacerlo–. Estaré allí. Toda la noche.

Asentí con la cabeza una vez y lo observé mientras caminaba hasta el coche de alquiler. El cielo azul ya estaba empezando a teñirse de rosa y naranja.

—¿Qué pasa si no termino de leerlos antes de que cierren la cafetería? –le grité.

Me miró por encima del hombro.

—Pues entonces esperaré en la parte de atrás del coche.

Esbocé una sonrisa triste y me giré de inmediato para que no pudiese verme la cara.

—Vale –dije con un hilo de voz–. Vale.

Me quedé en el porche para ver cómo se marchaba y bajaba por la calle, con la puesta de sol de fondo.

Una parte de mí quería esperar para leer los capítulos. Quería hacerle sufrir como castigo por haberme hecho sufrir a mí. Pero la curiosidad me pudo.

Miré el taco de folios y empecé a leer la primera página.

Vivía con el corazón en un puño. Cuando la vida te trataba demasiado bien, tarde o temprano llegaban las consecuencias. Cuando mi madre se hizo famosa, enfermó. Cuando por fin entré en la carrera que quería, murió.

Siempre iba con pies de plomo cuando Max estaba cerca. Me daba miedo ser yo el culpable de que lo nuestro se acabase. Que de manera inevitable pasara algo que acabase rompiendo lo que teníamos.

Habíamos terminado la presentación que nos habían asignado. El proyecto nos había unido, pero estaba esperando a que llegara el momento en el que todo se diese la vuelta. Max creía que la presentación le serviría para lograr su ansiado ascenso, pero ella no sabía que yo también lo había pedido. Quería el ascenso por razones diferentes a las suyas. Quería algo con lo que pudiese demostrarme a mí mismo que si mi madre todavía estuviera aquí, estaría más que orgullosa de mí. Que ella, e incluso mi padre, viesen que estaba a la altura de su legado mientras creaba el mío propio.

Pero después de descubrir por qué quería Maxine el ascenso y lo mucho que le podría cambiar la vida, intenté renunciar a él. Hablé con nuestro supervisor, pero sabía que si me echaba atrás a esas alturas, corría el riesgo de poner en peligro mi reputación. Y no podía permitírmelo. Cargaba con ese arrepentimiento cada vez que Max sacaba el tema, cada vez que me decía lo mucho que lo necesitaba. Se suponía que nos dirían algo pronto, y yo estaba hecho un manojo de nervios.

Habíamos quedado para cenar, así que en lo último que pensaba era en ese puñetero correo. Siempre sentía un cosquilleo por la anticipación cuando sabía que iba a verla.

La vi caminando hacia mí desde el otro lado de la calle. Tenía el ceño fruncido y los labios apretados en una fina línea. Supe en ese instante que algo iba mal porque Max siempre sonreía.

Cuando llegó a mi altura, no pude evitar estrecharla entre mis brazos. Mis padres nunca habían sido muy cariñosos conmigo, ni siquiera mi madre. Me ponía una mano en la frente cuando me encontraba mal para ver si tenía fiebre o me abrazaba cuando algo me dolía, pero eso era todo. Sin embargo, con Max era diferente; siempre buscaba cualquier excusa para tocarla. En medio de la noche, si había un hueco entre nosotros en la cama, me pegaba a ella y me acurrucaba a su lado. Era una especie de impulso, algo instintivo.

–No sabes cuánto te he echado de menos hoy –le dije, dándole un beso en la frente. Notaba que tenía el cuerpo en tensión. Me aparté, buscando sus ojos distantes–. ¿Va todo bien?

–Perfectamente –respondió.

–Vale. ¿Te sigue apeteciendo cenar aquí?

Apenas podía mirarme a los ojos. Siempre se me había dado de maravilla leer a Max. Desde el otro lado de la sala de conferencias, veía cómo se le iluminaban siempre los ojos cuando algo le hacía mucha gracia. En nuestro pequeño cubículo, notaba por su tono de voz si el cliente la estaba haciendo perder la paciencia, aunque ella siempre se esforzaba por ser amable. Pero ahora no podía leerla.

– Sí, me parece bien aquí.

Cada vez que estábamos a punto de discutir, sentía un dolor en el pecho. Como si el universo se desequilibrara y mi cuerpo se estuviese preparando para levantar los muros antes de que me hicieran daño. Sentía el rechazo que se extendía entre nosotros y, poco a poco, me iba cerrando en banda.

Fruncí el ceño, negándome a dejarlo estar.

–¿Seguro que estás bien?

–Estoy bien –me respondió con brusquedad. Bajé la cabeza para estudiarla e intenté detectar algún signo de ira o dolor, pero su expresión se mantuvo impasible–. Hunter, estoy bien.

–Te pasa algo, Max. Sé cuándo estás enfadada. Te conozco.

–Quizá no me conozcas lo suficiente –me espetó–. Y quizá yo no te conozca lo suficiente a ti.

–¿A qué viene eso? –le pregunté, aunque en el fondo lo sabía. No necesitaba mirar el móvil para confirmar que había llegado el momento que tanto temía.

–¿Por qué no me lo contaste?

Antes de que mis padres se divorciaran, mi padre se pasaba

la mayor parte del tiempo que estaba en casa gritándonos. Nos lanzaba las frases como si fuesen cuchillos. Y gritaba hasta que se quedaba sin voz, y nosotros sin lágrimas. Cuanto más crecía, más me daba cuenta de lo mucho que le gustaba ver el miedo en nuestros ojos. Había aprendido a mantenerme impasible, impenetrable, hasta que reuní todo el coraje que necesitaba para defenderme. Siempre discutía o salía huyendo cuando sabía que corría el riesgo de perder. Y me daba muchísimo miedo perder a Max.

Lo que más me dolió fue la forma en la que me lo preguntó. No solo había perdido su confianza, sino que también le había hecho daño. Era consciente de que debía disculparme, pero lo único que sabía hacer era defenderme de cualquier ataque. Todavía estaba aprendiendo a amar; aprendiendo poco a poco de ella, que lo hacía siempre con tanta intensidad, con tanto cariño. Yo era nuevo en todo eso y me había equivocado.

–No… no lo sé. No encontré el momento –dije con lentitud.

–Te repetí mil veces lo mucho que significaba ese ascenso para mí. Te dije que podía cambiarme la vida. Sacaba el tema prácticamente todos los días, ¿y aun así no se te ocurrió contármelo?

Su dolor se transformó en ira y la voz se le volvió más aguda que nunca. Como si no le hubiese dado tiempo a asimilarlo todo antes de la discusión. Lo primero que pensé fue que quizá había cometido el error de pasar demasiado tiempo conmigo.

–Max, tampoco es para que te pongas así… No es para tanto. –La miré con los ojos entornados.

–Para mí lo era todo –insistió.

–No puedes ponerte así porque te haya quitado un ascenso. Estaba a punto de explotar por culpa de la ira. Y mientras intentaba salvar lo que teníamos, supe que también estaba a un paso de destruirlo.

–Me importa una mierda que te hayan dado el ascenso a ti, Hunter –me aseguró. Se notaba lo frustrada y enfadada que estaba en la mirada y en el tono de voz–. Si de verdad piensas eso, no me conoces tanto como dices. Si me hubieses dicho que tú también lo ibas a pedir, me habría alegrado por ti.

Pero te guardaste el secreto durante meses. Pensé que podía confiar en ti.

—Nunca te mentí, Max. —Estaba aferrándome a lo poco que me quedaba. No quería pelearme con ella. Quería sentarme a su lado en la mesa de un restaurante lleno de gente y ver cómo le brillaban los ojos cada vez que hablaba. Quería acariciarle la rodilla por debajo de la mesa y poner los ojos en blanco cada vez que me robase comida del plato. No quería estar en la esquina de una calle y perder todo lo que tenía—. Estás enfadada porque me lo han dado a mí y no a ti.

Dio un paso hacia atrás, como si la hubiese golpeado.

—No estoy enfadada por eso. Me da igual que no me lo hayan dado a mí. Pensé que habíamos llegado a un punto en el que podíamos ser totalmente sinceros con el otro, pero me has ocultado cosas, Hunter.

—No es culpa mía que te sientas inferior, Maxine. ¿Qué querías que hiciera? ¿Qué te lo pusiese todo en bandeja? Ya lo tienes todo a mano en ese mundo de fantasía en el que vives.

Las palabras se me escaparon de los labios antes siquiera de que me diese cuenta de lo que estaba diciendo. Sentí un regusto amargo en la boca cuando vi el dolor reflejado en su rostro.

Y entonces fue cuando llegaron las consecuencias. La forma en la que me miró me perseguiría toda la vida. No dijo nada, solo se dio la vuelta y se alejó de mí.

Un imbécil la habría dejado marchar. Le habría podido el orgullo y la arrogancia como para volver a intentarlo. Se habría pasado semanas sin saber nada de ella por no atreverse a pedirle perdón.

Nunca pensé que el amor entraría en mis planes. Había visto a las personas que quería, y a las personas que se suponía que debían quererme, alejarse de mí sin pensárselo dos veces. Había aprendido a vivir sin amor, sin mirar atrás, porque sabía que si lo hacía, la caída sería lenta y dolorosa. Plasmaba mi parte más vulnerable en el papel para que nadie pensara que me estaba escondiendo. Al menos así todo el mundo sabría lo que se encontrarían si se acercaban a mí. Y tal vez mis personajes nunca tenían un final feliz, pero sobrevivían. Terminaban destrozados, pero seguían adelante de todas formas. Me imaginé lo que pasaría si me esforzaba un poco más. No sabía amar, pero por Maxine estaba dispuesto a aprender a hacerlo.

—¡Maxine, espera! —Salí corriendo tras ella, empujando a todo el que se cruzaba en mi camino—. Max, lo siento.

—Todo ha sido una mentira. —Las lágrimas se le acumulaban en los ojos.

—Nada lo ha sido.

—Todo —repitió, vacilante—. A veces te odio, Hunter. Mucho.

—Bueno, pues ya somos dos. Porque yo a ti también te odio —le respondí en un hilo de voz—. Odio las carcajadas que sueltas cada vez que oyes un chiste en la tele, aunque en el fondo no te haga gracia. Porque sé que te quedas atrapada en ese momento. Y odio que lo hagas porque es como si te fueras a otro mundo completamente diferente sin mí. Odio no poder ser tu sombra para poder estar siempre a tu lado.

Negó con la cabeza.

—Hunter, las cosas no son tan fáciles...

—Pero te quiero —dije en voz baja—. Y sé que no te lo he dicho lo suficiente. Pero me encanta la forma en la que me miras porque me haces sentir que solo tienes ojos para mí. Me encanta que me sonrías nada más verme por las mañanas, aunque sé lo mucho que detestas madrugar. Y me encanta que siempre quieras ganar todas las discusiones que tenemos. Con esta lo has hecho. Has ganado, Maxine. Porque te quiero más de lo que jamás pensé que podría querer a otra persona. Y lo siento, sé que no soy fácil de querer. Y ahora estoy muy enfadado y cansado, pero quiero ser esa persona que merece tu amor. Ese chico al que buscas de manera instintiva. A partir de ahora, te dejaré ganar todas las discusiones que tengamos. Pero, por favor, no te rindas conmigo.

Le agarré las manos con miedo.

Ella me las apretó con fuerza y los ojos le brillaron por culpa de las lágrimas.

—Estás de suerte; has hecho bien en ponerte ese abrigo de botones...

Empecé a reírme a carcajadas y tiré de ella para abrazarla. Eran los momentos como este, cuando nos estrechábamos el uno al otro y me resultaba difícil saber dónde empezaba ella y dónde terminaba yo, los que me hacían creer en los finales felices.

Rosie, lo siento. Te quiero. Una vez me dijiste que cuando te enamorases, no querías siquiera cuestionarte si lo que sentías era real. Yo nunca me he cuestionado lo que siento por ti. Sé que prefieres el mundo que se esconde tras las páginas de tus libros favoritos, y yo finjo que no quiero ser como uno de los protagonistas, pero sí que quiero. Quiero ser la persona que te imaginas cuando lees o cuando sueñas, porque a mí me pasa eso contigo. Te quiero mucho. En lo bueno y en lo malo, en las novelas románticas y en la ficción literaria. En esta vida y en la siguiente.

Capítulo 32

Fiel a su palabra, Aiden me estaba esperando en el Honeybee. Estaba tan desesperada por descubrir todo lo que había escrito, que había devorado las últimas páginas en menos de cinco minutos. Cuando terminé, las leí por segunda vez analizando al detalle cada línea porque Aiden nunca seleccionaba las palabras al azar. Y luego las volví a leer hasta que se puso el sol y me quedé a oscuras en el dormitorio, a excepción de la luz que proyectaba la farola que había enfrente de mi casa.

El Honeybee estaba cerrado y el coche de Aiden era el único que había en el aparcamiento. El maletero estaba abierto y él estaba tumbado boca arriba, balanceando las piernas por fuera y rozando la grava con la suela de los zapatos.

Cuando entré con el coche en el aparcamiento, Aiden se incorporó enseguida y salió de un salto del maletero. Se había quitado la chaqueta del traje y se había subido las mangas de la camisa blanca hasta los codos.

–Hola –lo saludé.

–Hola –pronunció él con cautela.

El pecho se me hinchó nada más verlo. Se me aceleró el corazón al recordar que me amaba y que el hombre imperfectamente perfecto que tenía a tan solo unos centímetros de distancia me estaba esperando.

–Antes de que digas nada –me advirtió–, quiero que me lo escuches decir, porque mereces escucharlo. Te mereces más que un te quiero escrito en un papel. Porque es cierto, Rosie. Te quiero. Te quiero muchísimo. Y lo siento. Si pudiera, retrocedería en el tiempo y cambiaría la forma en la que lo gestioné todo para que supieras cuánto aprecio lo nuestro.

–Aiden...

–No –me cortó–. Lamento haber sido un imbécil con lo de la beca y con lo del romance. Debería haberte dicho que la pedí. Lo primero que hice en enero fue ir a ver a Ida para decirle que quería retirar la solicitud porque sabía lo importante que era para ti, Rosie. Pero me dijo que era demasiado tarde, que ya se había aprobado y que no podía hacer nada. Rezaba todos los días para que no me la diesen y luego, cuando lo hicieron, fingí que no me importaba. Pero sí me importaba y lo sigue haciendo. Y lo siento. Te mereces todo lo que no puedo darte, pero por ti estoy dispuesto a intentarlo todos los días.

No dije nada, solo saqué las dos hojas de papel que me había escondido detrás de la espalda y me acerqué a él, entregándole una de las copias.

Aiden frunció el ceño.

–¿Qué es esto?

–Tú escribiste tu último capítulo, y yo he escrito el mío.

Me miró, un poco aturdido, y cogió con cuidado la hoja, desdoblándola despacio. Observé cómo sus ojos verdes recorrían las primeras líneas hasta que se alzaron para encontrarse con los míos.

–Rosie...

–Yo también tengo una copia –le informé antes de levantar el papel y aclararme la garganta–. «Hola» –empecé a leer, y cuando vi que seguía mirándome, hice un gesto con la cabeza hacia su papel, instándolo a continuar.

–«Hola» –leyó.

–«Me he pasado toda la vida defendiendo lo que amo. Preparada para saltar a la primera de cambio cuando alguien critique las novelas románticas. Pero yo también me equivoqué; debería haber celebrado tus logros. El amor debería estar presente en las buenas y en las malas. Y yo quiero vivir ambas contigo. Debería haberte escuchado en lugar de limitarme a salir corriendo cuando las cosas empezaron a ponerse demasiado feas, pero la verdad es que tengo miedo. Porque tienes razón; tengo las expectativas demasiado altas y me da pavor mostrarme tal y como soy y que no sea suficiente. Siempre he querido ser una de esas personas a las que les es sencillo amar. No solo gustar o admirar, sino amar. Quiero tener a alguien al lado que me busque en una calle abarrotada y sonría de alivio nada más verme. O que piense en mí cada vez que tiene la oportunidad. Alguien que realmente me conozca y aun así busque la manera de saber más. Pero ahora sé que en el fondo yo tampoco sé cómo dar amor».

Aiden se quedó mirando el papel antes de preguntarme:

—¿Vas a seguir interrumpiéndome cada vez que empiece una frase?

—Sí.

Apareció un amago de sonrisa y se aclaró la garganta.

—«Rosalinda, no»...

—«Pero te quiero» —lo interrumpí. No había escrito nada más después de esa línea porque no necesitaba recordarme a mí misma por qué lo quería. Aiden me miró, esperando a que continuase—. Me encanta que me des la mano cuando caminamos entre la multitud, como si me estuvieras protegiendo. Me encanta que se te salgan los pies del colchón de mi cama y que no te hayas quejado ni una sola vez. Me encanta ese maldito abrigo de botones que llevas siempre. —Sacudió la cabeza y puso los ojos en blanco. Pero también esbozó una sonrisa—. Te quiero. Y hacerlo es lo más fácil que he hecho en mi vida. Ni siquiera tengo que plantearme si lo que siento por ti es real o no. No debería haberme marchado aquel día.

Di un paso hacia él y le agarré las manos. Él entrelazó nuestros dedos.

—Yo también tengo miedo —admitió a la vez que deslizaba las manos por mis brazos hasta llegar a mi rostro—. Pero te busco en todas las calles abarrotadas y cuando te veo, se me escapa una sonrisa cargada de alivio y alegría. Les pedía a las estrellas y a las velas de cumpleaños que apareciese alguien que me quisiera, pero cuando te conocí de verdad en enero, empecé a desearte a ti, Rosie Maxwell. A la chica que vive por y para el romance. A la chica que no puede pasarse más de tres horas sin comer chocolate. A la chica que arruga la nariz cada vez que la saco de sus casillas. Te he deseado tanto que ya no sé cómo dejar de hacerlo. –Frunció el ceño cuando se dio cuenta de que estaba llorando. Me acarició la mejilla con el pulgar para secarme las lágrimas–. Los dos estamos aprendiendo. Y vamos a seguir cometiendo un sinfín de errores, así que es muy probable que la caguemos un millón de veces...

Se me escapó una carcajada y los ojos me brillaron cuando me encontré con los suyos.

–Pero quiero que sepas que cada vez que la cague, me quedaré a tu lado –añadió–. Y buscaremos la forma de hacerlo mejor porque no somos de los que tiran la toalla. Nos pondremos a prueba, cometeremos errores y aprenderemos de ellos. Pero también nos haremos mucho más fuertes.

Asentí y apoyé la cabeza en su pecho. Me acarició la nuca, pegándome más a él.

–Yo también me quedaré a tu lado. –No quería llorar, pero ahora que había empezado, era incapaz de parar–. No hay nadie con quien preferiría discutir. Te quiero, Aiden Huntington.

–Te quiero, Rosie Maxwell. Te quiero más de lo que cualquier persona podría amar a otra.

–Te equivocas –le susurré antes de que sus labios se posaron sobre los míos.

Solo había estado un mes lejos de él, pero por primera vez en semanas sentí que podía volver a respirar con normalidad. Tiré del cuello de su camisa, y él me rodeó la cintura con los brazos.

Y fue como en las novelas románticas.

Epílogo

–**N**o.
 Quería estrangularlo. Quería agarrarle el cuello con las manos y zarandearlo hasta que obedeciera.

–¿Por qué no?

–Porque no quiero.

–Menuda excusa de mierda –le espeté.

–Rosalinda, no pienso llevar el puñetero abrigo de botones en nuestra boda.

–Pero estarías tan guapo –le susurré, pasándole una mano por el pecho. Estábamos de pie enfrente del *food truck* de Juanita; nuestra última comida antes de coger un avión a Tennessee mañana por la mañana–. *Porfi*, hazlo por mí –le pedí, moviendo las pestañas de manera exagerada, pero él negó con la cabeza.

–Esta vez no te va a funcionar. –Me dio un beso en la frente–. Tu madre me cortaría la cabeza si apareciese con él puesto.

–¿Y qué? No te vas a casar con ella.

Resopló.

–No puedo arriesgarme a decepcionar a tu madre. Si lo hiciera, dejaría de enviarnos alfajores.

Solté un suspiro. Solo faltaba una semana para que nos casásemos, y Aiden se había negado rotundamente a concederme el único deseo que había pedido para la boda: que se pusiera su abrigo de botones.

Aiden me propuso matrimonio un año después de que volviéramos a estar juntos. Un día llegué a casa del trabajo y encontré

433

pétalos de rosas esparcidos por el suelo de su casa de piedra caliza. Se las habían enviado desde Rogersville, mi pueblo de Tennessee. Me estaba esperando arrodillado a la luz de las velas, con una canción de Taylor Swift de fondo.

—¿Le enviaste el último borrador a Jeanine? —me preguntó, acariciándome el brazo.

Nos habíamos pasado todo el año revisando nuestra novela hasta que, con un golpe de suerte, dimos con nuestra agente literaria.

—Pensé que te ibas a encargar tú.

—No, quedamos en que te encargarías tú.

Me enderecé con el ceño fruncido.

—La última vez lo envié yo. Te tocaba a ti —le recordé.

—No, la última vez te tocaba a ti, pero te olvidaste. Así que tuve que enviarlo yo, y al final acordamos que tú mandarías el siguiente.

Lo miré con los ojos entornados. Tenía razón, pero no quería admitirlo.

—¿No me habías dicho que me ibas a dejar ganar todas las discusiones?

—Preciosa, si te dejase, nunca publicaríamos el libro. —Me miró con cariño.

De todas formas, Jeanine era bastante flexible con los plazos de entrega. Después de leer nuestra novela, entendió que discutíamos con facilidad y que perdíamos mucho tiempo en nuestro día a día haciéndolo.

—Vale. Lo enviaré… pero solo si te pones el abrigo de botones.

Aiden alzó la cabeza hacia el cielo.

—Señor, ayúdame.

Me reí y le di un empujoncito con el hombro.

—Es broma. Es broma. Después lo envío.

—Aquí tenéis. —Juanita nos entregó los burritos envueltos en papel de aluminio—. Mateo y yo ya estamos con los preparativos del menú. Os veremos en Tennessee a finales de esta semana.

Con todo el estrés de la planificación de la boda, le dije a Aiden que quería que Juanita y Mateo se encargasen por nosotros del cáterin. Les ofreció una cantidad desorbitada de dinero y les pagó los vuelos y el hotel. Creo que lo hizo porque sigo desesperada por que acaben juntos.

–Gracias, Juanita. –Le sonreí–. Quizá podrías usar la excusa de la boda para hablar un poquito más con él...

Ella se sonrojó.

–Hasta dentro de unos días –se despidió.

No me dejaban de llegar notificaciones al móvil. Abrí el grupo que tenía con mis amigos, que ahora se llamaba: «La boda de Raiden».

> **LOGAN:** rosie, tienes alguna prima k esté buena???
>
> **JESS:** por dios, logan!!! a la novia no le interesa saber con quién te lo montas!!!
>
> **LOGAN:** lo hago x ella!!! Le encanta TODO lo k tenga k ver con el amor
>
> **TYLER:** Logan, no seas pesado.
>
> **ROSIE:** deja a mis primas tranquilitas!!!
>
> **ROSIE:** te llevarás bien con carla
>
> **LOGAN:** TE QUIERO, ROSIE!!! Nos vemos en tennesseeeeeee!

Nos fuimos comiendo el burrito de camino a casa de Aiden. Se moría de ganas de ver a Cori, la hija de Maria. Le encantaba que todo el mundo lo llamase tío Aiden. Al principio le pareció raro que se lo dijesen en español, ya que él no hablaba el idioma, hasta que le aseguré: «También le decimos a mi tío por parte de padre "tío Sean" y no sabe decir ni una palabra en español. Nos sale de manera inconsciente, créeme».

La sala de estar de Aiden, que pronto se convertiría en nuestra sala de estar, estaba llena de cajas con mis cosas. Habíamos acordado que las abriríamos después de comer, pero en realidad a ninguno de los dos nos apetecía hacerlo.

Aiden me miró de reojo.

–Creo que solo nos llevará un par de horas sacarlo todo… Quiero que cuando volvamos de Tennessee esto ya parezca un hogar.

Asentí.

—Coge el cúter. Yo voy poniendo la música.

Y durante las siguientes horas, hasta bien entrada la noche, Aiden y yo desembalamos todas las cajas y fuimos colocando mis cosas con las suyas. Nos distrajimos varias veces: cuando nos reímos de las fotos que nos íbamos encontrando, cuando nos perseguimos por toda la casa y cuando Aiden me sentó en la encimera de la cocina para sujetarme la cara con las manos.

Aiden seguía sin creer mucho en los finales felices. Habíamos discutido varias veces sobre el futuro de Max y Hunter. Sin embargo, terminó aceptando que nuestros personajes estaban hechos el uno para el otro y que no se merecían un desenlace trágico. Pero en realidad me daba absolutamente igual lo que les pasara a Max y a Hunter. Porque sabía con certeza cómo sería mi futuro con Aiden.

**Extracto de *Entre el amor y el odio*,
de Rosie Maxwell y Aiden Huntington**

La gente dice que del amor al odio hay un paso, y ¿sabéis qué? Tienen razón.

Agradecimientos

Sigo sin creerme que esté escribiendo los agradecimientos de mi propio libro. A mí siempre me encanta leer los agradecimientos, así que un saludo a todos los lectores de novela romántica que buscan una dosis extra de amor en estos párrafos. Esta novela ha sido una mezcla de amor, lágrimas, chocolate y patatas sabor a barbacoa. ¡Y quiero daros las gracias a todos los que me habéis apoyado en el proceso!

Soy quien soy gracias a mis padres. Mamá y papá, os quiero mucho más de lo que se podría escribir en la dedicatoria o los agradecimientos de un libro. Me habéis dado la mano desde el principio. Escribir una novela nunca me pareció algo imposible gracias a vosotros. Siempre os habéis asegurado de que tuviese una vida feliz y os echo muchísimo de menos, tanto como añoro las cenas de los Holt 5. No estaría escribiendo esto si no me hubieseis llevado tantas veces a la biblioteca Cedar Bluff, al teatro de marionetas y a los concursos de relatos cortos. Siento mucho haber escrito tantas palabras obscenas, aunque no lo suficiente como para borrarlas. Mamá, te pido perdón por todas ellas, pero ya que pensáis que es una especie de autobiografía, entenderéis que no hubiese quedado realista sin ellas...

Leah Marie Holt, ¡mi mejor amiga, mi alma gemela! Gracias por ser mi defensora número uno y por apoyarme delante de toda la familia en esa cafetería de París por los libros leo y escribo. No hay nadie con quien preferiría vivir, reírme y quedarme en una esquina apartada en cualquier evento con barra libre. Gracias por escucharme cuando hablo sobre las tramas sin sentido que se me ocurren, por apoyar mis proyectos y por seguirme el rollo cada vez que canto alguna canción de Taylor Swift que no me puedo sacar de la cabeza. *Gleep glorp.* William, tú también eres lo más. ¡Drewcifer! Perdóname por mencioanrte así en los agradecimientos, pero tenía que hacerlo. Me he pasado toda la vida admirándote e intentando leer tan rápido como lo hacías tú. No tendría el gusto musical ni el sentido del humor que tengo sin esos maratones de *Arrested Development* y *The Office*, aunque nuestros chistes eran muchísimo más divertidos. ¿Crees que nos flipamos mucho cuando nos hacemos los graciosos? Gracias por entender el amor que siento por The Smiths y por intentar hacer lo mismo con las novelas románticas. ¡Joyce también tiene un gran sentido del humor! Te quiero muchísimo y ojalá te mudases a Nueva York de una vez por todas.

También quiero darle las gracias a Beth por todas las noches de chicas que hemos pasado y por comprarme un sinfín de libros cuando era pequeña. Gracias, Reba, por las noches de margaritas bien cargados y por comprarme tinte de pelo rosa en Walmart. Muchas gracias, Boom Boom, por nuestras charlas nocturnas y por enseñarme a conducir (gracias a ti soy la mejor conductora de la familia). Siempre recordaré nuestras fiestas de pijama y nuestras escapadas a la playa. Tío Andy, te echo mucho de menos; no hay día que no piense en ti. Tía Janecita, me encanta ir contigo al Waffle House; ¡me muero de ganas de volver! Tía Anita, te extraño todos los días; gracias por regalarme libros cada vez que voy a visitarte y por hacerme galletas con pepitas de chocolate.

Abuelo, eres todo un ejemplo a seguir. Me encanta ir a verte y que me hables de tus viajes. Me fascina escuchar tus historias, tus bromas y tus opiniones. Siempre recordaré con cariño todas las llamadas telefónicas y las visitas. Abuela, ojalá la vida me hubiese dado más tiempo para conocerte. Cada vez que aprendo algo nuevo sobre ti, atesoro el dato como si lo hubiera descubierto por mí misma. Lito, me siento profundamente honrada de conocerte y valoro enormemente todo el tiempo que compartimos. Admiro tu forma de vivir y la ambición que te caracteriza. Lita, siempre has sido un modelo a seguir en cómo actuar. Tu constante amabilidad y empatía es hermosa. Me encanta tu risa con facilidad y espero poder ser como tú cuando sea mayor.

Solo conozco a Momo a través de las historias que me han contado, ¡y menudas historias! Espero que ella y todos sus seres queridos se sientan orgullosos de mí al ver que he escrito y publicado una novela. En su autobiografía escribió: «No hay cosa que se me dé mejor que soñar despierta». Aunque nunca llegué a conocerla, he crecido admirándola y leyendo con entusiasmo cada palabra que nos dejó escrita.

¡Gracias a todo el equipo de Alcove Press por haber hecho realidad mis sueños literarios! Jess, gracias por haber visto algo en mi protagonista, ese hueso duro de roer al que le encantan los abrigos de botones, y por haberme ayudado a darle forma a una novela de la que estoy muy orgullosa. Dulce Botello, Mikaela Bender, Cassidy Graham, Stephanie Manova, Megan Matti, Rebecca Nelson, Thaisheemarie Fantauzzi Pérez, Doug White, Matt Martz y todo aquel que aportó su granito de arena en este proyecto: ¡muchas gracias por haberos dejado la piel!

Mi maravillosa agente, Steffi Rossitto. Dios mío, ¡te estaré eternamente agradecida por todo! Nada de esto habría sido posible sin tus acertadas correcciones y tu infinita paciencia mientras ponía todo mi empeño en la novela. Gracias por darme una clase de matemáticas (ahora sé cómo funciona lo de los derechos de autor) y por resolverme hasta la más mínima duda que he tenido. ¡Me alegro de poder seguir trabajando contigo!

También quiero darle las gracias a Mazey Eddings por ser mi segunda madre, mi mentora, mi mejor amiga y la persona que me descubrió las novelas de romance histórico y la sopa de *dumplings*. A Clare Gilmore, por todo su apoyo, por hacer que eche de menos Tennessee todos los días y por dar vida a protagonistas tan monas. A Tessa Bailey, por animarme a escribir escenas subidas de tono sin importarme lo que opinen los demás. Y también por la escena de la caseta en *El amor no tiene planos*. Krista y Becca Ritchie, gracias por crear a Connor Cobalt. A Christina Lauren, por ser un pilar tan atento y fundamental para la comunidad. Y a todas las escritoras de novela romántica que se convirtieron en un ejemplo desde que era demasiado pequeña para leer sus libros.

McKenna, no sé ni por dónde empezar. Desde secundaria y hasta que la muerte nos separe. Te querré toda la vida por escucharme cada vez que echo pestes de los hombres y hablo de libros y de la vida en general. Nada podrá superar nunca nuestras noches de vino y tus coles de Bruselas con alioli. ¡Cori Purcell! ¡Mi bomboncito! Hemos crecido juntas. Teníamos catorce años cuando me dijiste que mi primer libro era buenísimo cuando no lo era. Diez años más tarde, sigo pensando que siempre fuiste y siempre serás mi fan número uno. Te quiero muchísimo. ¡Señora Purcell, a usted también la quiero! ¿Cuándo vamos a hacer ese viaje de chicas a Nueva York? Addie, Mara, Casey, Kyra, Ashlyn: gracias a todas. Rachel Bazzoon, mi gemela; gracias por los panecillos del Texas Roadhouse, los cócteles Shirley Temple y las risas. Bella, te echo tanto de menos… Gracias por tu apoyo incondicional y por coger siempre la botella de vino grande cuando digo que quiero la pequeña. Maria, gracias por ver películas con escenas muy *hot* y por entenderme mejor de lo que me entiendo yo a mí misma. Gabriela, Gabby, Ashley, Lilly, Natalie y Hailey: conseguisteis hacer que estar en la Universidad de Nueva York fuera mucho más llevadero porque a veces llorar en Washington Square Park es reconfortante, pero otras muchas, una experiencia de lo más traumática. Carson, Yasmine, Bailey, Lianna, Rachel, Steph, Sophie, Julia y Anna: gracias por estar siempre ahí y por vuestra amistad. Y a todos mis amigos de Strand: Alex, Jenny, Collie, Rickea, Jordan, Marissa, Walker, Boice, Grecia, Niccolo, Joel y Maria. Sin vosotros, me habría parecido mucho más tedioso colocar en las estanterías los libros de historia y cultura norteamericana… Siempre estaré ahí para lo que necesitéis.

The Talented Bastard Co-op: fuisteis las primeras personas que me hicisteis creer de verdad que tenía posibilidades de publicar un libro. Durante esas semanas, di lo mejor de mí y fui muy feliz. Me encantaban nuestras sesiones de escritura por Zoom; ¡necesito otra reunión ya! Rachel Carter, me cambiaste la vida ese verano y sé que hoy no estaría escribiendo esto si no fuese por ti.

Señorita Mynatt, señorita Williams, señora Lentz, señora Phillips, señorita Murphy, señora McCarter y señora Hopkins: gracias a todas por haberme animado a seguir leyendo y escribiendo, y por ser el tipo de profesora de la que una se acuerda diez años más tarde. Profesor Row, usted fue el único profesor de la NYU que no puso mala cara cuando le dije que escribía novelas de amor. ¡Algún día el mundo conocerá la historia de Darla y Lucas! Profesor Weintraub (lo siento, sé lo mucho que odia que lo llamen «profesor»), aunque su asignatura era de escritura de guiones, siempre recordaré lo mucho que me ayudó con mi *romcom*. Es muy probable que la historia de Lanie y Clark nunca vea la luz.

También quiero darle las gracias a Taylor Swift porque a menudo pensaba: «Si ella puede hacer un concierto de tres horas con el corazón roto, yo puedo terminar este libro». Escuché de manera religiosa los álbumes *Speak Now*, *1989* y *Midnights* mientras escribía esta novela.

Y por último, muchas gracias a ti, lector. Ni siquiera soy capaz de imaginarme a alguien entrando en una tienda y llevándose mi libro a casa. ¿Y disfrutándolo? ¡Creo que eso ya es mucho pedir! Que tengas *Amor entre líneas* entre tus manos significa mucho más de lo que jamás podré expresar.

Índice